寻找唯一的真相

找麻烦是我的职业

TROUBLE

找麻烦是我的职业

IS MY

【美】雷蒙德·钱德勒◎著
徐 芳 李天智◎译

BUSINESS

马洛系列 私人侦探
NO.8

中国出版集团
现代出版社

目　录

找麻烦是我的职业

1

安娜·哈尔西是个中年妇女，大约二百四十磅重，一脸油光，穿着定制的黑色套装。黑色的眼珠，像鞋上的纽扣似的，闪闪发亮，脸颊如同板油般柔软细腻。黑色玻璃办公桌看上去就像拿破仑的墓碑一样，她坐在桌子前面，叼着一根黑色烟斗。烟斗不是很长，跟卷起来的雨伞差不多。她说："我需要一个男人。"

我看着她弹着烟头，烟灰掉落在明亮的桌上，一缕缕烟雾随风吹向窗外。

"我需要的这个男人必须足够帅气英俊，这样才能吸引到那个有阶级观念的妇人，但同时也得足够坚强抗压，即使没有武器也能对付强敌。这个男人要像被禁锢的蜥蜴般灵活，像伍迪·艾伦般能说会道，最好是比他更能说，并且要足够乐观，即使被运啤酒的卡车撞了头，也能把它想象成是被漂亮女人拿面包砸的。我需要这样一个男人。"

"这事好办。"我说，"你去找纽约洋基队的罗伯特·多纳特和游艇俱乐部的小伙子们就行了。"

"或许你可以。"安娜说，"好好拾掇下自己。我付你二十美元一天的佣金，外加额外的津贴。我可是好几年都没给人介绍工作了，不过这次我自己没法办到。我对侦探行业虽然看好，但也不能为了赚钱丢了自己擅长做的事。我们先看看格雷迪斯对你感觉如何。"

她将烟斗倒转过来，然后按了一下黑色通信盒上的按钮。"亲爱的，进来把我的烟灰缸清理一下。"

我们在屋里等着。

这时门开了，一个身穿棕色连衣裙的高挑女人走进屋里，打扮得跟温莎公爵夫人似的。

她优雅地穿过房间，清空了安娜的烟灰缸，又轻拍了下安娜的脸颊，然后快速朝我扫了一眼，便走出了房屋。

“我觉得她脸红了。”门关上的时候安娜说，“我猜她的心是去你那儿了。”

“她确实脸红了，而且我，晚上要跟达里尔·扎纳克共进晚餐。”我说，“别绕弯子了，到底怎么回事？”

“你的任务是要毁掉一个女人。那是个性感撩人的红发女人，她现在在给一个投机商人当托儿，已经勾引了一个富商的儿子。”

“那我要对她做什么？”

安娜叹了口气。“菲利普，你的任务有点残酷。你若发现她当托儿的任何蛛丝马迹，立马揪出来当众揭穿她。要是找不到证据，这种可能性倒是更大，因为她出身很好，这种情况就要看你的了。你平时点子就多，不是吗？”

“我都记不起上次想到点子是什么时候的事了，你刚才说什么投机商人和富商？”

“马蒂·埃斯特尔。”

我从椅子上站起身准备走，然后想到这个任务最多也就一个月时间，而我需要这笔钱。

于是又坐了回去。

“当然，这可能会给你惹上麻烦。”安娜说，“尽管我从未听说过马蒂会在光天化日之下，明目张胆地干掉一个人，但他确实不好惹。”

“找麻烦是我的职业。”我说，“要我接这个工作的话，每天付我二十五美元，外加二百五十美元的底薪。”

“我多少也得给自己留点吧。”安娜嘀咕道。

“行，反正镇上劳力有的是。看到你一切安好我很高兴，再见安娜。”

这次我站了起来。我的命虽说不值钱，但那点钱还是值的。马蒂·埃斯特尔是个极难对付的角色，身后既有帮手又有保卫。他在洛杉矶和拉斯维加斯街都很有名，他不轻易动粗，但要是真动起来，谁也别想逃。

“坐下吧，成交！”安娜嘲讽地说道，“我一个破产的穷苦老女人，经营着这家高级的侦探所，除了身上这身赘肉和病痛，什么好处也没捞到。佣金都归你了，都拿去来嘲笑我吧。”

“那个女人是谁？”我又重新坐了下来。

“她叫哈里特·亨特里斯，连名字都这么好听。她家住在艾尔米拉诺酒店，北语桐 1900 号街区，非常高级的酒店。她父亲三十一岁的时候破产，从办公室窗户跳楼坠亡，母亲也过世了。她有个妹妹从寄宿学校回到了康涅狄格州，这或许可以成为一个突破口。”

“这些都是谁挖出来的？”

“我这儿有个客户拿到一堆复印的票据，票据都是他儿子签给马蒂的，总额高达五万美元。不过那小伙子不认账，所以我这客户便雇了个人帮他鉴定，那人自称是这方面的行家。那人接手这件事后也查到了点东西，不过他和我一样，都太胖了，没法出去搜集线索，所以现在也不管这事了。”

“我能跟他聊聊吗？”

“当然可以。”安娜点头应道。

“你说的那个客户叫什么名字？”

“你运气不错，你可以跟他面谈……就现在！”

她重新按响通信盒上的按钮。“亲爱的，叫吉特先生进来。”

“那个格雷迪斯，她有归宿了吗？”

“不许打她的主意！”安娜差不多是对着我怒吼道，“她每年处理离婚案能帮我赚一万八千美元，菲利普，不管是谁都别想打她主意，否则他就死定了。”

“她总有一天要嫁人的。”我说，“为什么我不能追她呢？”

这时门开了，我们停止了说话。

我在接待室没见到他，所以他一定是在某个私人办公室等安娜。他应该等得不是很高兴，门一开他就急切地走了进来，然后立马关上门，从夹克内袋里掏出他的铂金手表，一脸不满。他个子很高，皮肤白皙，金发碧眼，身穿一件法兰绒衬衫，领口上还戴着一朵粉红色的小花苞，满脸不高兴，眼袋很重，拄着一根银质把手的木拐杖，看上去是个打扮入时的六十岁老头，但我觉得他应该有七十多了，反正我对他没什么好感。

“迟了二十六分钟，安娜小姐！”他冷冰冰地说，“我的时间可是很宝贵的，就刚刚那一会儿我能赚好大一笔了。”

“好吧，我们会尽量减少您的损失的。”安娜故意拉长声音说，她也不喜欢这个男人，“不好意思，吉特先生，让您久等了。不过您想要见合适人选的话，我得挑选后才能让您过目呀。”

“他不是我想要的那种类型。”吉特嫌弃地扫了我一眼说，“我想要更像绅士点……”

“您不会是‘烟草路’的那个吉特吧，是吗？”

他慢慢走近我，半拄着他的拐杖。他用冰冷的眼神看着我，像是要把我撕了一般。“所以你是在侮辱我。”他说，“侮辱像我这样有地位的人。”

“你们都冷静一下。”

“冷静个屁啊。”我说，“这家伙说我不是绅士，或许像他这种有地位的人能接受这样的评价，但像我这样的男人可受不了别人泼脏水，他也泼不起。当然了，除非他是无心的。”

吉特被激怒了，眼睛瞪着我。他又拿出他的手表，看了看时间。“二十八分钟了。”他说，“我跟你道歉，年轻人，我不是故意这么粗鲁的。”

“这话听着舒服。”我说，“我就知道你不是‘烟草路’的那个吉特。”

这句话差点又要激怒他，不过他忍住了，他也不能确定我那是什么意思。

“趁现在我们见面了，我有一两个问题问你。”我说，“你会愿意给那个叫亨特里斯的女孩一点钱当作日常花销吗？”

“一个子儿都不给。”他吼道，“我凭什么给她钱？”

“这是某种习俗吧，假设她嫁给你儿子，他能得到什么呢？”

“到那时候，他能从他母亲——也就是我的前妻——那儿的信托基金里每个月拿到一千美元。”他低了低头说，“等他到了二十八岁，会有更多的钱。”

“你不能怪罪一个想攀附的女人。”我说，“现在时日不同了。马蒂现在怎么样？他那边搞定了吗？”

他捏着自己的手套，手上的手筋暴起突出着。

“那种是赌债，没法收回的。”

安娜无力地叹了口气，掸了掸桌上的灰尘。

“那是当然。”我说，“不过赌徒们也不会任人食言吧。毕竟，如果赢钱的是你儿子的话，马蒂会付给他钱的。”

“我对这些没兴趣。”他冷酷地说道。

“好吧，不过想到马蒂拿着五万美元的钞票坐在那里，却发现连五分硬币都不值。他晚上怎么睡得着觉呢？”

吉特一副若有所思的神情。“你是说他可能会动用暴力解决这事吗？”他近乎讨好地问道。

“那很难说，马蒂经营的场子很大，身边追随的人也多，他也要考虑自己的名声。不过他生活在这个圈子里，而且又深谙人情世故。所以只要是离马蒂家足够远的地方，什么情况都可能发生。再说了，马蒂又不是浴室防滑垫，要是谁踩在他头上，他一定会让那人好看的。”

吉特又看了一下手表，这次他很恼怒。他把手表塞回夹克里面。“你说的那些与我无关。”他打断我说，“当地的法官是我私下交好的朋友，要是你觉得无能为力……”

“我明白。”我对他说，“不过就算你带人扫平我们这条街也无济于事，就像手表虽然在你的口袋里但你没法控制时间一样。”

他戴上帽子，再戴上一只手套，拿起拐杖轻敲了下鞋边，走到门边后打开了门。

“我要的是结果，我愿意为结果埋单。”他语气冰冷地说，“我可以立即支付，有时甚至出手很大方，尽管我不是个慷慨的人。我想我们都懂对方要什么了。”

接着他差不多是眨了下眼睛，走出门去了。门轻轻地关了，合在闭门器上。我看着安娜，然后笑了。

“很可爱，是吗？”她说，“我倒希望我的鸡尾酒会上多来几个这样的人。”

我从安娜那里拿了二十美元——当作日常花销。

2

我要找的阿波加斯特全名叫约翰·阿波加斯特，他的办公室在伊瓦尔附近的日落大街上。我在电话亭给他打了个电话，电话那头的声音很浑厚，轻轻地喘着气，就像刚赢得吃馅儿饼比赛的男人的声音一样。

“请问是约翰·阿波加斯特先生吗？”

“我是。”

“我叫菲利普·马洛，是接手你调查的那件事的私人侦探，我们的客户叫吉特。”

“请问有什么事吗？”

“我吃完中饭后能去你那儿聊聊这件事吗？”

“可以。”他说完就挂了，我觉得他是个不太健谈的人。

我吃完中饭后开车去找阿波加斯特。他那里位于伊瓦尔的东部，一栋两层的老式建筑，墙壁最近被重新粉刷过。街道旁边有很多商店和饭馆，建筑的入口很宽敞，可以直接上到二楼。下面的指示牌上写着：约翰・阿波加斯特，212 室。我上了楼梯，来到一间和街道平行的走廊，一个穿着罩衫的男人站在右边的一个门口。他额头上挂着一面圆镜子，一脸疑惑的表情。见到我后他回了自己办公室，然后关上了门。

我走向另一边，大概走到走廊一半的距离，远离日落街一侧的门上写着：约翰・阿波加斯特，可疑文件审查员，私人侦探，请进。门一下子就被推开了，我看到一个没有窗户的小接待室，屋里摆着几张椅子，一些杂志，两个烟灰缸，还有两盏亮着的落地灯和一顶吊灯。房间侧边铺着廉价的但很新的厚地毯，地毯上写着：约翰・阿波加斯特，可疑文件审查员，闲人勿进。

我打开外门的时候，警报器一直响着，直到我关上才没有声响。什么事也没发生，等待室一个人影也没有。里屋的门没有开，我走过去贴在门上听，屋里也没有说话声。我敲了敲门，里面没有人应答。我扭了一下门把手，门没锁，于是我便开门走了进去。

这间房有两扇朝北的窗户，全都拉着窗帘紧闭着。窗台上有灰尘，屋里摆着一张桌子，两个档案柜，一张普通的地毯，墙壁也没什么不一样。屋里左边的门上的玻璃写着：约翰・阿波加斯特，实验室，闲人勿进。

我现在已经能完全记住这个名字了。

我站着的这个房间很小，实在是小得有点过头了，即使是那么粗短的小手都有点容不下。那只手拿着一根粗粗的铅笔，纹丝不动地趴在桌上。他的手腕没有汗毛，就像盘子一样光滑。外套的衣袖有点脏，系着扣子，从袖套里露出来。办公桌不到一米八长，所以他应该不是大高个。从我这儿看，只能看到他的手和衣袖。我轻声地走回外面接待室门口，从里面用东西将门顶住，然后关掉那亮着的三盏灯，回到实验室，在桌子角落边来回走着。

他是个大胖子，非常的胖，比安娜·哈尔西都还要胖。从我观察到的来看，他的脸长得有篮球那么大，甚至现在面色还有些许令人愉悦的粉红。他跪在地板上，把自己的大脑袋靠在桌子钥匙孔的内侧角。他的手掌压在地板上的一张黄纸上，手指最大限度地张开，从指缝间可以看到那张纸。他看起来像是在用力撑在地板上，然而他并没有。支撑住他的其实是他的脂肪。他的身体叠靠在自己的大腿上，大腿上的肥肉使他得以保持那个姿势，跪在那里，一动不动。我在想，也许需要十几个壮汉才能把他击倒。虽然我觉得这个想法不怎么样。我回了回神，搓了一下自己的脖颈，今天不是一个温暖的天气。

他的头发灰白，剪得很短，他脖子上的皱褶像手风琴的风箱一样。他有一双肥胖的男人都会有的小脚，脚上穿着一双黑的发亮的鞋子，伸向地板的一边，紧闭在一起，看起来既整齐又脏乱。他穿着一身深色西装，很久没洗了的样子。我弯下腰，把手伸进他满是肥肉的脖子里。他是有动脉的，但我摸不到，他也不需要了。在他肿起的膝盖间，留着一摊血，不断地蔓延……

我跪下来，把他粗短的手指从纸片上挪开，他的手很凉，但还不算冷，软中透着一点硬，这片纸是从一块板上撕下来的。要是上面写有什么信息就好了，可惜没有。上面只有一些模糊的看不懂的符号，没有文字，甚至都不是字母。在他中枪前，他仿佛想要写下些什么，也许他自己也以为要写点什么吧，但他最终留下的只是一些看不明白的涂画。

之后他便中枪倒下了，手里依然拿着那张纸，用他的肥手按在地板上，另一只手则拿着那支粗粗的铅笔，整个身体跌坐在大腿上，然后便死去了。“约翰·阿波加斯特，可疑文件审查员，闲人勿进”，真他妈的够私密啊，死了都没人知道。他在电话里跟我说了三次表示同意的话。

现在却躺在地上死了。

我用自己的手巾擦了门把手，关掉屋里的灯，从外门离开，这样就能从外面锁门了，然后离开了走廊，离开了那栋楼，离开了那周边，远离到没有人目击到我进过那间屋子的地方。

3

根据安娜所说，艾尔米拉诺酒店位于北语桐 1900 号街区，是最高级的酒店。我将车停在装饰性前院的附近，然后往前一直走到装有浅蓝色霓虹灯的地下车库门口。下了一个铁护栏斜坡后，我来到一个明亮的地方，里面停着各种豪车。一个肤色较浅的黑人从玻璃办公室走出来，穿着齐整的蓝色袖口制服，长着一头乌黑的头发，如同乐队主唱的头发般顺滑。

“在忙吗？”我问他。

“先生，一般吧。”

“我车停在外面，需要清洗一下，我付五美元你去洗一下吧。”

这招对他不管用，他不是那种用钱好打发的人。他栗色的眼睛变得若有所思而且深邃起来。“先生，洗车就给五美元可是笔好买卖啊，我能问问除了洗车还包括别的事吗？”

“有点别的事。我想问问哈里特·亨特里斯的车开进来了吗？”

他看着车库里的车，我看到他朝一排耀眼的车望去，然后视线停在一辆金黄色敞篷车上。那辆车和前院的草坪一样不怎么惹人注目。

“是的先生，开进来了。”

“我想知道她的房门号，还有不经过大厅就能上去她那儿的法子。我是名私人侦探。”我向他出示了我的警报器，他看了一眼，不为所动。

他露出一个极其虚弱的微笑。“先生，对于一个工作党来说，五美元确实不是小数目。不过让我做不惜风险丢掉职位的事，这个价格就差得有点远了，从这儿到芝加哥那么远。先生，我劝你还是收好自己的五美元，然后从入门口进去吧。”

“小伙子你行啊。”我说，“等你长到五英尺高你打算去干什么呢？”

“先生，我已经是大人了。我现在三十四岁，有幸福的婚姻，还有两个孩子。午安先生。”

他转身走开了。“好吧，再见。”我说，“另外抱歉我刚才说话有股酒味，我刚从比特出来。”

我重新爬上之前那个斜坡往回走，在街上逗留着，想着自己最开始应该先去哪个地方最合适。我早就应该知道，在艾尔米拉诺酒店这样的地方，用五美元和警报器是换不到任何线索的。

说不定那个黑人现在已经在打电话报警了。

这栋住宅是一栋混凝土筑成的白色大楼，摩尔式风格，前院挂着磨损了的大灯笼，种着高大的古棕榈树。入口处位于呈L形的角落处，需走上大理石台阶，然后穿过加利福尼亚式嵌花拱门才到。

一个门卫为我开了门，我走了进去。大厅没有洋基体育场那么大，地上铺着带海绵橡胶垫的浅蓝色地毯，踩在上面很柔软，让人忍不住想在上面打几个滚儿。我走到前台，一手撑在桌上面。一个白皙瘦削的职员注视着我，一边把玩着自己浓密的胡须。他的视线越过我肩膀，朝我身后的一只阿里巴巴油罐望去，油罐大得都可以关进一只老虎了。

“亨特里斯小姐在吗？”

“请问您是？”

“马蒂·埃斯特尔。”

这招的效果和在车库的相比好不了多少。他听完把左脚斜靠在什么东西上，这时他身后的蓝色镀金门开了，走出一个沙色头发的彪形粗汉，背心上沾着烟灰。粗汉漫不经心地靠在桌子一端，盯着阿里巴巴油罐看，像是在思考眼前的这个罐子是否是一个痰盂一样。

职员提高嗓门儿问道："您是马蒂·埃斯特尔先生？"

"我是他手下。"

"这两者难道差别很小吗？那先生请问您叫什么呢，要是有人问起的话？"

"有人要问。"我说，"那就不说咯。这就是我的行事作风，要是你觉得我顽固古怪，那么抱歉了。"

他不喜欢我的举动，也不喜欢我这个人。"恐怕我没法为你通传。"他冰冷地说道，"霍金斯先生，有件事能请教一下你吗？"

那个看着油罐的沙色头发的粗汉回过头来，慢慢走向我身边。

"格雷戈里先生，什么事呢？"

"呸，你们两个傻子！"我说，"你们的女性朋友也都是傻子。"

霍金斯笑了。"哥们儿，来我办公室一趟，我们看看能不能帮你理理。"

我跟着他走进他刚才出来的蓝色镀金大门，房间不是特别宽敞，里面摆着张小桌子，两把椅子，还有一个及膝痰盂和一箱打开着的雪茄烟。他屁股靠在桌上，和善地对我龇着牙笑。

"哥们儿，进展得不太顺利，对吗？我是这儿的经理，有事你直说。"

"有时候我感觉一切都进展得很好。"我说，"有时候我又觉得这像铜墙铁壁。"我拿出钱包，向他出示了我的警报器和证件复印件。

"又是私人侦探，嗯哼？"他点头说，"你应该最开始就来找我的。"

"是啊，但我都没听说过你。我想见亨特里斯小姐，虽然她不知道我，但我和她有点事情要谈，不会打扰到其他人。"

他朝一边走了一米多远，把雪茄烟换到了另一侧嘴角。他看着我的右眉毛说："到底什么情况？你为什么要收买下面车库的黑人？那样你能拿到提成吗？"

"也许吧。"

“虽然我是个善人。”他说，“不过我也得保护这儿的客人。”

“你的雪茄烟都快没了。”我看着箱子里剩下的九十几根烟。我拿起两支，闻了闻，用十美元钞票夹着放了回去。

“真不错。”他说，“我们可以好好打交道了，你想我怎么做？”

“跟她说我是马蒂·埃斯特尔先生的手下，她就会见我的。”

“我帮你做这个有什么回扣吗？”

“没有，我的靠山可都是重要人物。”

说完我便伸手去拿回我的十美元，他立马阻止了我。“我试试看。”他说。他拿过电话，拨通了814套房的号码，然后便开始哼哼唧唧的，就像一只病牛似的。他突然斜倚着身子，脸上堆着甜蜜的笑容，声音变得娇滴滴的。

“请问是亨特里斯小姐吗？我是这里的经理霍金斯，我叫霍金斯……没错，我是霍金斯。我当然知道你很忙，要见很多人，不过我办公室现在有位先生想见您，说是带了马蒂·埃斯特尔先生的消息。由于他不愿对我们透露姓名，所以没有您的允许我们不会放他进去……没错，亨特里斯小姐，我是经理霍金斯。他说您不认识他，不过我看他样子不像坏人……好的，谢谢您小姐，他马上上去。”

他放下电话，轻轻地拍着电话机。

“你说得比唱得还好听，现在就差点背景音乐了。”我说。

“你可以上去了。”他如痴如醉地说，一边不经意地从雪茄箱子里拿出那折叠的十美元。“亨特里斯小姐可不是一般人。”他轻声说，“我每次一想到她，都必须得出去沿着酒店绕绕。我们现在上去吧。”

我们重新走到大厅，霍金斯带我到了电梯处，目送我进电梯。

电梯门关上的那一刻，我看到霍金斯走向入口处，大概又是去沿酒店绕圈了。

电梯像温度计里的水银一样，缓缓往上升，里面铺着地毯，还有镜子和反射的灯光。这时电梯门轻轻开了，我沿着走廊往前走，到了标着 814 号的房门前，按了房门上一个小按钮，屋里响起叮叮声，门开了。

亨特里斯穿着碧绿色的羊毛连衣裙，戴着一顶斜檐帽，垂在耳边像一只蝴蝶似的。一双蓝色的大眼睛，头发呈灰红色，像一团已经被控制但仍然很危险的火焰。身材高大，不属于可爱的类型，化着恰到好处的妆容，嘴里叼着一根三英寸长的香烟对着我。她看上去并不无情，不过她似乎早已洞悉一切，而且清楚地知道哪些人未来某个时候能为她所用。

她冷酷地看着我。“什么消息呢，棕眼睛？”

“我得先进去。”我说，“我站着没法说话。”

她听后无所谓地笑了，我从她身边走进房里，房间很长但有点窄，摆放着很多高档家具。屋内有很多窗户，很多窗帘，还有很多很多东西。壁炉里的火发出闪亮的光，前面放着一具长形的粉红色沙发，沙发前面铺有丝绸地毯。一旁的小凳上摆着威士忌酒和冰桶，屋内的一切都让人感觉回到自己家一样温馨。

“最好先喝一杯。”她说，“大概手里没酒你也说不了话吧。”

我坐下来去拿威士忌酒，亨特里斯跷着二郎腿在一把椅子上坐下来。我想到绕街区走路的霍金斯，有点明白他为什么会有那样的想法了。

“所以你是马蒂的手下咯？”她说，拒绝了我的酒。

“我们素未谋面。”

“早就猜到是这样，你到底来干什么？马蒂应该会喜欢听到你怎么盗用他名号这事的。”

“这话听得我双腿发颤。那你为什么还同意我上来？”

“好奇。我一直都在等着你这样的人来，我从不逃避麻烦，你应该是个侦探吧，是吗？”

我点了一根烟，点头答道：“我是私人侦探，想跟你谈个小交易。”

“说吧。”她打了个哈欠。

“你要多少钱才愿意离开小吉特（吉特·杰拉尔德）？”

她又打了个哈欠。“你这交易我没什么兴趣，无可奉告。”

“不要吓唬我，说真的，你想要多少？还是说谈钱对你来说是种侮辱？”

她微笑着，笑容十分好看，露出美丽的牙齿。“我现在是个坏女人了。”她说，“我不需要问，他们自己会送钱过来，还用丝带绑好了给我。”

“老吉特有点难搞，听说他势力很大。”

“势力又值不了几个钱。”

我点点头，又多喝了几口。酒是上好的苏格兰威士忌，堪称极品。“他想让你一个子儿都拿不到，想毁掉你，让你横竖不是人，我不想那样。”

“你可是他的人。”

“听上去很有趣，不是吗？本来我应该可以狡猾点，不过我这会儿想不到什么法子。你想要多少，或者说你想不想要？”

“五万美元怎么样？”

“五万美元给你，再花五万美元给马蒂吗？”

她笑了。“你现在应该了解到马蒂不喜欢我插手他生意上的事，我只想着我的那份儿。”

她换了一侧跷着二郎腿，我往酒里又加了一块冰。

“我想的是五百。”我说。

“什么五百？”她疑惑地问道。

“五百刀莱斯（美元）啊，不是劳斯莱斯。”

（译者注：美元的英语发音“刀莱斯”，跟“劳斯莱斯”的英文发音很像。）

她听完开心地笑了。“你这人真搞笑，按理说我应该让你滚蛋的，不过我喜欢你的棕色眼睛，温暖的瞳孔里还有金色的小点。”

"你连钱都不要，我可是一个子儿都没有。"

她微笑着，拿出一根香烟放在唇间。我凑过去给她点烟，她睁大眼睛注视着我的双眼，眼神里冒着火花。

"也许我已经有一笔钱了。"她轻声说。

"大概那就是他要雇用那个胖男人的原因，那样你就拿他没辙了。"我重新坐回沙发上。

"谁雇用的？哪个胖男人？"

"老吉特雇了一个叫约翰·阿波加斯特的胖男人，在我之前这件事由他负责，这些你都不知道吗？他今天下午遇害了。"

我装作很不经意的样子说着，想看到她惊讶的样子，但她丝毫不为所动，嘴角依然带着撩人的微笑。她眼神不变，发出微弱的呼吸声。

"这件事跟我有什么关系吗？"她平静地问。

"我不知道，也不清楚是谁杀了他。他是在办公室遇害的，时间大概是中午或者晚些时候。这件事本身跟吉特的事情没有任何关系，不过时间太巧合了……我一接手这事，刚跟他约好面谈，他就被害了。"

她点点头。"我明白了，你认为是马蒂做的，并且理所当然地报警了？"

"我当然没有。"

"哥们儿，你去过那里可是免不了遭嫌疑的。"

"对，不过我们一起谈个价钱嘛，最好别太高。因为不管警察对我做什么，要是他们知道真相的话……假设他们知道……他们会对你和马蒂更加不利。"

"听上去有点像在威胁我。"她冷酷地说，"我想可以称之为威胁。棕眼睛，别离我太远。对了，还不知道你名字呢？"

"菲利普·马洛。"

"听着，菲利普，我曾是社交册上都有名字的人。我的家人都是好人，老吉特毁了我的父亲，虽然毁灭的方式合法又正当，就像用高跟鞋踩死一个人一样，但他毁了我的父亲，害得他跳楼自杀，母亲也随后死去。我有个还在上学的妹妹，或许是我不知道怎么样去弄到钱照顾她的生活，也可能是我想好好照顾一下老吉特，即使这一切要通过嫁给他儿子来实现。”

“是继子，养子。”我说，“根本没有血缘关系。”

“哥们儿，那样也足够伤他很深了。过不了几年，他儿子也会有一大笔钱，到时候我可以做得更绝……尽管他嗜酒成性。”

“你当着他的面不会这么说吧？”

“不会吗？看看你后面，你耳朵真该好好清清了。”

我站起来，迅速转了个身。离我大概四尺远的地方站着个男人，他应该是从某个门进来，然后悄悄沿着地毯走近我，只是我刚才忙着说话，完全没有注意到他的动静。他身形高大，棕色皮肤，穿着粗布运动套装，上面穿了件开领衬衫。他满脸通红，眼睛冒着光，但眼神很迷离，应该是喝了不少，已经醉了。

“趁你还没打趴下来打我啊。”他嘲笑地说道，“我都听到了，亨特里斯说我什么都可以，我都乐意听。来打我啊，看我不打得你满地找牙。”

亨特里斯在我身后大笑着，我不喜欢这种感觉。我朝前面的粗汉走了一步，他朝我眨着眼睛。虽然他身材高大，但并不难对付。

“亲爱的，打他！”亨特里斯在我背后冷冰冰地说，“我喜欢看那堆肥肉被打倒在地。”

我回头对她抛了个媚眼，这个举动是个错误，粗汉被激怒了。虽然他现在喝醉了，但打倒一个不躲不闪的人还是没问题的。就在我回头的时候，他给了我一拳，打得我痛得要命。他又对着我的下巴来了好几拳。

我扶着墙壁往外走，费力地拖着步子，一步步走过丝绸地毯。我跌跌撞撞地走着，一下子鼻子撞到这儿，一下子头又撞到家具上。

我依稀看到他脸上露出胜利的笑容，可即使是这一刻，我依然为他感到悲哀。

黑夜降临，我走了出去。

4

当我醒来的时候，窗外透进的光线照亮了整个屋子，径直照在了我的眼睛上。我感觉后脑勺有些疼，而且黏糊糊的。我慢慢挪动了几下，整个人像是闯进奇怪房子里的一只猫，跪着坐起来，伸手去拿长沙发另一头矮凳上的那瓶苏格兰威士忌。奇迹的是，我抓住了瓶子，然而自己却栽下了床，头又磕在像爪子般的椅子腿上，那一瞬间可比挨小吉特猛地一拳更痛。我能感觉到下巴上的伤口，但并没严重到写入日记里。

我站了起来，喝了一大口苏格兰威士忌，四处张望一番，也没什么可看的。房间空荡荡的，一片寂静，空气中残留着一种迷人的香气。这种香气好比树上的最后一片叶子，只有当叶子快掉落的时候，我们才发现它；只有当香气快要消散的时候，我们才察觉到它。头又开始作痛，我用手帕擦了擦黏糊糊的地方，确定没什么好嚷嚷的之后，又喝了一口。

我坐下，把酒瓶放在膝盖上，听着远处某个地方传来的交通噪声，不由感叹，这个房间真的很美。哈里特·亨特里斯小姐十分善良，但她认识几个品行不良的人，但谁又不是这样呢？我不应该对这类小事说三道四，于是，我又喝了一口酒。这时，瓶中酒已少了许多。酒入口柔滑，我不知不觉喝了不少，还未细细品味就咽了下去。酒的味道很迷人，我不能自已，喝了一口又一口。头现在不疼了，我感觉好多了，就像是在唱着《丑角》的开场白。她的确是个好女孩，如果她自己负担房租的话，就再好不过了。我欣赏她的善良有趣，又喝下几口她留下的苏格兰威士忌。

酒瓶里还剩下半瓶，我轻轻地摇晃着瓶子，塞进了大衣口袋里，随手戴上帽子走了出去。还未按下楼层，电梯就来了，我坐着电梯来到楼下，走进大堂。

管家霍金斯又靠在桌子的另一头，盯着那只阿里巴巴油桶。之前那个职员又在摸他那一丁点儿胡子，我冲他笑了笑，他冲我回笑。霍金斯朝我笑笑，我又笑了，这儿的人都不错。

我第一次走了前门，给了守门人一些小费，快步走下楼梯，沿着小路来到大街上，找到自己的车。加利福尼亚的黄昏来得这般匆忙，真是个可爱的夜晚。西边的金星如街灯那般闪烁，如人生那般灿烂，如亨特里斯小姐眼睛那般明亮，如苏格兰威士忌那般鲜艳夺目。我蓦然想起，拿出那个装有威士忌的方形酒瓶，小心旋出酒塞又塞回去，再把酒瓶塞回衣服口袋带走。瓶里剩的酒还够喝到回家。

回去的路上，我连闯了五个红灯，但好在幸运，没被警察逮住。我迷迷糊糊地把车开到屋子前边，靠路边停下。我搭电梯上楼，门有些打不开，于是借了酒瓶的力。我把钥匙插进锁孔，开了门，进屋之后找到了灯的开关，像喝药那般灌了一口酒，免得四肢乏力。接着，我去厨房拿了些冰块和姜味汽水，准备调一杯真正的饮料。

屋子里飘散着一股难以形容的气味，我一下子想不出词来，像是一种药味。但我身上没有这种味道，出门的时候房间也没有这种味道。我的嗅觉十分确定，不容怀疑，于是我准备从厨房开始搜寻气味的来源。

走到半路的时候，从壁床旁的卧室几乎并排着走出来两个人，手里都拿着枪。个头高点的那个人正咧着嘴笑，帽檐压得很低，挡住了前额，楔形脸，下巴尖尖的，就像钻石的下半部分。他的双眼乌黑深邃，还有些湿润，鼻子像白蜡制成一般，毫无血色。他手上拿着一把柯尔特护林者手枪，枪管很长，前瞄准具已被锉掉，这便意味着他对自己的枪法非常自信。

另一个小混混长得有点像梗犬，一头红发又粗又硬，没戴帽子，双眼水汪汪的但眼神空洞，兜风耳，一双小脚穿着脏了的白色运动鞋。他手里拿着一把自动手枪，看起来枪太重他举着有些困难，但他似乎很喜欢拿枪。他张着嘴深呼吸，大声嚷着，一阵阵散发着我之前注意到的那种气味，原来那就是薄荷醇的气味。

“你个家伙，伸手！”他喝道。

我举起双手，无可奈何。

个头小的混混绕到一边，又走到我面前，朝我讥讽道：“和我们说我们逃不掉了。”

“你们逃不掉了。”我说。

高个子继续毫不在意地咧着嘴笑，鼻子看起来仍像白蜡做的似的。小个子往我家地毯上吐了口口水。“呸！”他向我走近，上下打量着我，用手里的大枪抵在我下巴那儿挑逗我。

我闪开了。通常在这种情况下，我只能欣然接受。但当时我感觉比平时更有精力，天下无敌，得把他们连人带抢一起收拾了。想着，我掐住小个子的喉咙，猛地把他拽到我怀里，手放在他的枪上一把将它打落在地，容易得很。一切安然无恙，只是他的呼吸变急促了，嘴巴一边咒骂，一边喷着唾沫星子。

高个子站起身，斜视了一眼，并没有开枪，甚至一动不动。我想他的眼神透着一丝焦虑，但忙得很，也没工夫去确认这一切。我站在小个混混身后，拽着他蹲下，手还控制着他的枪。但我又错了，这时候应该掏出我自己的枪才对。

我推开他，他踉跄地撞到一把椅子，跌倒在地，于是朝那椅子一阵狠踢。高个子眼看着，也笑了。

“枪里其实没有子弹。”他说。

“听着，”我一本正经地说，“我喝了许多上好的苏格兰威士忌，想到处走走，做点事情。你不要这样一直浪费我的时间。说，你们究竟想要什么？”

“枪里真的没有子弹。”蜡鼻子又解释道，“不信你试试看，我从不让弗里斯科带上了子弹的枪，他太冲动了。不过伙计，你身手也不错，这是实话。”

弗里斯科在地上坐了起来，又往地毯上吐了口口水，一阵大笑。我将那把自动手枪的枪口指向地板，扣下扳机，只听见“咔嚓”一声，但从枪的平衡感来看里面像是上了子弹。

“我们并没恶意。”蜡鼻子说，“至少这次没打算伤害你，也许下次？谁知道呢？你应该能听懂我的意思，别再插手小吉特的事，明白了吗？”

“不明白。”

“你会照做吗？”

“不，我不明白，小吉特究竟是谁？”

蜡鼻子很是不快，缓缓地转着自己那22式长管手枪。“伙计，看来咱们得帮你恢复下记忆，这时应该把门关上啊。不过这个容易，弗里斯科只需吹口气就行了。”

“这我明白。”我说。

“把枪给我。”弗里斯科大声嚷着。这时他已经站了起来，不过这次他冲向了自己的搭档，而不是我。

“停下，蠢货！”高个子喝道，“我们只是来给他带个口信，不是来找他麻烦的，至少今天不是。”

“说你呢！”弗里斯科一边怒骂，一边试图夺过蜡鼻子手上那把22式长管手枪。而蜡鼻子轻而易举地把他扔到一边，我赶紧把自动手枪换到了左手，又掏出一把鲁格尔手枪指着蜡鼻子。他点了点头，似乎不为所动。

“他也有父母啊。”他说得很伤心，“我只是让他跟着我，只要他不咬你，你就当他不存在。我们话带到了，现在得走了，你记着，别再管小吉特的事了。”

“你面前这把可是鲁格尔手枪。”我说，“说，谁是小吉特？不然我要叫警察了。”

他满脸疲倦，笑了笑：“先生，我带这支小口径枪可不是闹着玩的。如果你以为你能抓住我，尽管来好了。”

“好吧。”我说，“你认识一个叫阿波加斯特的人吗？”

“我认识许多人。”他说着，又露出了疲惫的笑容，“或许认识，或许不认识。伙计，我走了，你管好自己的事。”

他慢慢走到门那儿，往一边稍稍侧身，这样一来就能一直瞄准我，我也能瞄准他，问题只在于谁先开枪和谁的枪法更准，或者说这根本值不值得开枪，又或是喝了这么多暖胃的上好苏格兰威士忌之后我还能不能瞄准。最后，我放他走了，因为他一点儿也不像个杀手，但也有可能我错了。

趁我完全没注意到他，小个子蓦地冲过来，一把抢过我左手上的大型自动手枪，跳到门口，又朝地毯上吐了口口水，溜了出去。蜡鼻子在他身后倒退，他那尖尖的长脸，蜡白色的鼻子，高突的颧骨，疲惫的神情，我不会忘记。

他轻轻把门带上，就剩我拿着枪傻傻站在那里。我听见电梯上来又下去，又停在那里。我依然站在原地，一动不动。马蒂·埃斯特尔不大可能雇这样两个滑稽的人来恐吓人，我思前想后，毫无头绪。我想起自己还剩了半瓶威士忌，又不停喝了起来。

一个半小时过后，心情好点儿了，但我依旧没想明白，只是感觉整个人昏昏欲睡。

我就那么躺在椅子上睡着了，直到手机铃声震动吵醒了我，我后悔自己就这样睡过去了。醒来时我嘴里塞着两张法兰绒毯子，头痛欲裂，除了后脑勺上的伤口下巴也破了，两个伤口，都没雅吉瓦苹果那么大，但都很疼。我感觉难受极了，就像我的一条腿被截肢了一样。

我爬到电话那儿，弓身坐在一旁的椅子上，接起电话，电话那头的声音像冰柱一样冰冷。

“马洛先生？我是吉特，我想今早我们见过面，恐怕当时我冒犯了你。”

“我的态度也有点问题，你的儿子揍了我的下巴，就是那个叫杰拉尔德的男孩，或者说是你的养子，随便怎么叫吧。”

“他既是我的继子也是养子，你相信吗？你在哪儿遇到他的？”

“亨特里斯小姐的公寓里。”

“噢，我知道了。”他讲话的语气一下子温和许多，好像冰柱融化了，“原来如此，那亨特里斯小姐怎么说的？”

“她不生气，还喜欢你的儿子揍我下巴。”

“我了解了，那他为什么那样做呢？”

“她让你的孩子出去，但他无意听到了我们的对话，十分反感。”

“嗯，我一直在想，或许我们应当适当给她一些零钱，当然不需要很多，这样也许她就会配合咱们。如果她能听咱们的，就给些钱吧。”

“那你要给她五万美元。”

“恐怕我没有……”

“别开玩笑了。”我不耐烦地说，“才五万美金啊，五万，我可是开价五十万才堵住她的嘴。”

“你处理这件事未免太轻率了。”他冲我回吼了一句，“我根本不了解这事，也不喜欢这样做。”

我打了个哈欠，我才不管这事要不要保密。“听着，吉特先生，我虽然很会胡闹，但我同样重视我的工作。因为这个发生了许多怪事，比如刚才有两个持枪男子来我的公寓恐吓我，警告我别插手小吉特的事。我不明白这事怎么这么难。”

“天哪！”他听起来十分震惊，“你最好马上来我家一趟，我们好讨论一下如何处理。我会派车来接你，你能马上过来吗？”

“好的，但我可以自己开车过去。我……”

“不行，我派司机开车去接你，司机叫乔治，你可以完全信任他，他大约二十分钟能到你那儿。”

“好吧。”我说，“这样我正好有时间吃个晚餐，让他把车停在肯摩尔拐角处，对面就是富兰克林大厦。”

我冷热水交替洗了个澡，换上干净的衣服，顿时觉得得体多了。我喝了几小杯酒，试图换个心情，披上薄外套，向街边走去。

这时，车已经停在那儿了，我沿着边道走过半个街区就看到了它。那辆车车型似乎刚上市，车的几个前灯像流线型火车的前灯一样。两盏琥珀色的雾灯钩住前边的挡泥板，舷灯像常见的车前大灯那般大。我走近它，站住，这时一个男人从暗处走出来，手腕轻轻一抬，将手里的烟往肩后扔去。他个子很高，肩膀宽阔，肤色黝黑，戴着一顶鸭舌帽，身穿俄罗斯风格的短袍，系着山姆布朗的腰带，下身是光亮的绑腿和马裤，和英国军士长的马裤呢军装一样闪耀。

“马洛先生？”他戴着手套，用食指摸了摸帽顶。

“没错。”我说，“别紧张，别告诉我这是老吉特的车。”

“只是其中一辆。”他说话的语气很冷酷，也很陌生。

我们沿着山脚加速往上开，看到远处大学建筑闪烁着的灯光，往北转入贝莱尔区。我们开始在狭长的街道上慢行，两侧高墙筑起，我并没有看到人行道和大门。傍晚来临，霞光洒落在一幢幢公寓上，没有其他事物的打扰。四周一片寂静，稍稍能听见轮胎驶过水泥地发出的阵阵咕噜咕噜的响声。我们又左转，这时我发现了一块标志牌，上面写着卡尔韦洛大道。车开到半山腰时，乔治开始尽量靠外侧行驶，以便左转进入两扇十二英尺高的铁门。这时，意想不到的事发生了。

大门另一侧突然亮起两只灯，刺耳的喇叭声响起，一辆汽车快速驶出。又一辆车迅速地冲向我们，只见乔治手腕一甩，把车身摆直，一个急刹车，顺手脱了右手的手套，整套动作一气呵成。

那辆车仍没有停下，灯光在闪。“见鬼了，碰到个醉鬼！”乔治一边回头，一边咒骂。

也许吧。酒鬼才会开车去各种地方喝酒，应该是这样。我俯身坐到车里地板上，从腋下掏出我的那把鲁格尔手枪，起身把车锁打开。我把门开了一条缝，用手扶着，探出一点头从车窗往外看。对面车前灯照在我脸上，我立马低下头去，等光线跑了我再探出头来。

另一辆车紧跟着也停了下来。车门“砰”的一声打开，一个人跳了出来，手里晃着一支枪，大声喊叫着。我听过那个声音，一下便认了出来。

“你们这群浑蛋，把手举起来！”弗里斯科朝我们尖叫。

乔治左手放在方向盘上，我把身旁的车门又开大了一点。这时，小个子男人站在马路上上蹦下跳，大喊大叫。他开来的那辆车的发动机还在嗡嗡作响，除此之外再没发出任何声音了。

“这是抢劫！”弗里斯科嚷道，“你们这些狗崽子，都给我出来，站成一排！”

我踢开车门，手里握着那把鲁格尔手枪准备出去。

“都是你自找的！”小个子仍骂骂咧咧的。

我立马俯身躲闪。他手里的枪冒着烟，一定是有人在他的枪里装了子弹。而我脑后的那块玻璃已经碎了。我用余光扫到乔治沿着水面波纹那样的形状迅速移动，其实当下那个时刻也不存在余光了。我举起鲁格尔手枪，准备扣下扳机，但突然身边一声枪响——乔治开枪了。

我终久没开那一枪，现在也不需要了。

那辆黑色轿车跌跌撞撞地往前开，疯了一般冲下了山，呼啸而过，在远处消失不见。留下的这个小个子仍在马路中间踉跄，两侧高墙反射的光照在他身上，旁人完全看不明白。

这时一种暗色的物体在他脸上蔓延开来。他的枪掉落在水泥地上，又弹了起来。他的小腿发软，倒向一边，滚了几圈，突然又停住了。

乔治说了一句“棒极了”，又嗅了嗅他那左轮手枪的枪口。

“好枪法。”我走下车，站在原地望着小个子，他蜷缩在那里，没有人在意他。汽车侧灯灯光照在他那脏了的白色运动鞋上，闪着微光。

乔治也从车里出来，站到我身旁：“小伙子，干吗招惹我呢？”

“我没开枪，我只是在看你那幅漂亮的臀部画，那可比蜜还甜。”

“谢了，伙计。毫无疑问，他们在找杰拉尔德先生，通常我每天这个时候会去酒吧接他回家，满身酒气，打桥牌输惨了。”

我们走到小个子身边，低头看了一眼。“他没什么好看的，不就是一个死了的小男人，脸上中了一枪，流了血。”

“把该死的灯关了！”我吼道，“我们赶紧离开这儿。”

“房子就在街对面。”乔治的声音听起来十分平静，就像他刚刚射穿的是一块镍币，而不是个大活人。

“这事和吉特无关，如果你喜欢你的工作，你应该明白怎么做。我带你去我家，就当这一切没发生过。”

“我明白。”他怒气冲冲地说，又跳回车里。他关了雾灯和侧灯，我坐在他身旁的副驾驶座上。

一切说明白了之后，我们沿着山路开车前往山顶。我回头看了看最后面那块破碎的车窗，那块玻璃并不防碎，上面掉了好大一块，他们如果能找点时间装上一块新的，也能伪造一些证据。我并不认为这有什么意义，或许有吧。

到达山顶时，一辆大型豪华轿车和我们擦肩而过，往山下开去。车的顶灯开着，好像一个点亮的供展示的橱窗，里面坐着一对老年夫妇。两人一动不动地，颇具皇家风范。

乔治若无其事地开过，猛踩油门儿，迅速右转，进入一条黑漆漆的街道。“这儿的好几个不错的厨师都被枪杀了。”他拉长声调地说道，“我打赌他们不会曝光这事。”

“对啊。我们回家喝一杯吧。”我说，“我从来没有真正喜欢上杀人这件事。”

5

我们面对面坐着，喝着亨特里斯小姐的威士忌酒，透过酒杯边缘看着对方。摘下帽子的乔治很好看，深棕色的头发，洁白的牙齿。他小抿了一口，嘴里还叼着一根烟，黑色的眼睛里透出一种酷酷的味道。

“你是耶鲁大学毕业的？”

“我是达特茅斯学院毕业的，这关你什么事。”

“什么都关我的事，现在上大学是什么样的？”

“三点一线，一套校服咯。”他拉长声音说道。

“杰拉尔德是个什么样的人？”

“彪形大汉，打得一手好高尔夫，跟个女人混在一起，嗜酒成性，但迄今为止也没喝吐过。”

“那老吉特是个什么样的人？”

“只有在他没带五美分硬币的时候，才可能会给你十美分。”

“啧啧啧，你在说的可是你自己的老板啊。”

乔治咧嘴笑了。“他这人特别抠，摘掉帽子的时候头都变小了。我一直抱着侥幸心理，也许这就是为什么我至今还只是个司机吧。这酒不错！”

我又倒了一杯，酒瓶现在空了，然后重新回到座位上。

“你觉得那两个家伙是冲着杰拉尔德先生来的？”

“不然呢？我以前经常开车送他回家，今天没有。他身边有不少人想害他，所以他都是很晚了才外出。你是个侦探，应该知道一切是怎么回事，对吗？”

“谁告诉你我是侦探？”

“没人告诉我，不过只有侦探才会一个劲儿地问别人问题吧？”

我摇摇头。“嗯，我只问了你六个问题，你老板很信任你，一定是他告诉你的。”

他点点头，无力地笑着抿了一口酒。“刚才的一切很明显。”他说，“汽车刚拐进私家车道他们就开始动手了，我本来以为他们只是想吓唬一下，不会真的杀人，除非那家伙疯了。”

我看着乔治，他的眉毛又浓又黑，就像马鬃一样。

“马蒂看起来不像是会找那种帮手的人啊。”

“没错，大概这正是他找那种帮手的原因，没人会怀疑到他头上。”

“你很聪明，我们应该会相处得很愉快。不过你枪杀了那小子这事有些棘手，你打算怎么做？”

“什么也不做。”

“行，要是他们找上门来，要求查看你的枪——不过那时候你应该把枪妥善处理好了——你就说他持枪抢劫未遂，你是正当防卫就行了。只是有一件事我不明白。”

“什么事？”乔治喝完了第二杯酒，将玻璃杯放在一边，点了一根香烟微笑着。

“在夜里，人们很难辨认出前面是什么车，就算所有车灯都开着也看不清，所以那帮人可能是某个认识的人。”

他耸耸肩，点了点头。“不过要是说成恐吓的话，也能说得通。因为吉特一家都会知道这件事，老吉特也会想到那帮人是谁，以及他们为什么那样干。”

“天哪，你真是个聪明人！”我崇拜地说，然后电话响了。

电话那头是个男管家的声音，说话精准利落，他问我是不是菲利普先生，说吉特先生想跟我通话。老吉特很快就接了电话，语气冷冰冰的。

“我不得不说，你还得花时间学学规矩。”他大吼道，“要不是我的司机……”

“没错，吉特先生，他现在在这儿呢。”我说，“我们遇上了点麻烦，乔治会告诉你的。”

“年轻人，当我想做某件事的时候……”

“听着，吉特先生，我一天下来很累了。你儿子朝我下巴揍了几拳，打得我头痛欲裂。等我一瘸一拐回到自己公寓的时候，已经是九死一生，这时候又冒出两个家伙，拿着枪威胁我别管小吉特的事情。我在尽力做好，不过我现在有点累了，所以不要再威胁我。”

“年轻人……”

“听着。”我真诚地说，“要是你想操纵一切，那你干脆自己动手好了。或者你可以省掉一笔钱，直接找个唯命是从的人就行了。我做事情有自己的一套。今晚有警察找你了吗？”

“警察？”他又重复一遍，“你是说警察吗？”

“不然呢？我说的就是警察。”

“警察为什么要找我？”他大吼道。

“半小时前你家门口有具尸体，也就是说死人，他身形很小。要是你觉得碍事的话，就扫进你家的垃圾堆吧。”

“我的天啊，你没开玩笑吧？”

“我是认真的，而且他还朝乔治和我开了一枪，他认得我们的车。吉特先生，他一定就是冲着你儿子来的。”

电话那头沉默了一会儿。“你开始说人死了。”老吉特用冷冰冰的语气说，“现在你又说他开枪杀你们。”

“他死之前开的枪。”我说，“乔治会告诉你的，乔治……”

“你现在立马过来！”他在电话那头吼道，“马上！听到了吗？马上过来！”

“乔治会告诉你的。”我轻声说，然后挂断了电话。

乔治冷漠地看着我，站起身戴上帽子。“行，侦探。”他说，“说不定哪天我能把你推向一个不难打交道的人。”说完便往门口走。

“我不得不那样做，这取决于他，他必须做出决定。”

“胡说！”乔治回过头说，“侦探，省省吧你，你现在说什么我都觉得是噪音。”

他打开门又“砰”地关上，扬长而去。我依然拿着电话机站在原地，嘴巴张大着，尽管嘴里什么都没有，但还是觉得一股怪味。

我走到厨房，摇了摇威士忌酒瓶，还是空空如也。我打开一瓶黑麦威士忌，喝了一口，味道酸酸的。我感觉某件事情正困扰着我，而且我能感觉到在我理清楚之前，那件事会越来越困扰我。

他们一定没有认出乔治，我听到电梯刚下去就上来了。外面走廊的脚步声越来越大，有人敲响我的门，我走过去开了门。

门外站着两个人，一个穿着棕色衣服，一个穿着蓝色衣服，两个都身形高大，肌肉发达。

穿棕色衣服的男人用他那长了雀斑的手，把帽子转到脑后说道：“你是菲利普·马洛吗？”

“我是。”我说。

说完他们就将我押回房间，蓝衣男子“砰”地关上门，棕衣男子手里拿着一枚盾形徽章，我看到上面的黄金和珐琅闪闪发着光。

“我是刑事重案组刑警中尉芬利森。”他说，“这是我搭档希柏德，我俩都不吃油腔滑调那套。我们听说你枪法很准。”

希柏德摘下帽子，用手掌拍了拍头上的灰尘，悄无声息地去了厨房。

芬利森在一张椅子边坐下来，用手摸着下巴。他的指甲都是方形，像冰块一样，颜色则是石膏般的暗黄。他年纪比希柏德大，但长得不是特别好看。他紧锁着眉头，一副经验丰富的警察却理不清案子头绪的表情。

我坐下来对他说：“你说的枪法很准是什么意思呢？”

“我的意思就是开枪杀人很准。”

我点了一根烟，这时希柏德从厨房走了出来，然后又进了壁床后面的更衣室。

“我们了解到你有私人侦探执照。”芬利森语气沉重地说。

“没错。”

“给我看看。”他伸手道。我把钱包递给了他，他仔细查看一番后还给了我。“带枪了吗？”

我点了点头，他又向我伸出手索要枪。此时希柏德从更衣室走了出来。芬利森闻了闻我的鲁格尔手枪，一枪击穿杂志。他清理了下枪的后膛，然后举着枪用杂志反射的光照进里面看。他眯着眼睛看着枪口，接着把枪递给了希柏德。希柏德又重复检查了一遍。

“不要以为枪没动就没事。”希柏德说，“枪管说不上干净，也说不上不干净，总之一小时内没有清理过，里面有一点灰尘。”

“没错。”

芬利森从地毯里拔出子弹壳，把它放到杂志里面，然后将杂志放回原地。他把枪递给我，我接过枪放回腋下。

“今晚去过哪里吗？”他直截了当地问道。

“不要跟我说这些。”我说，“我只是个跑龙套的小人物。”

“你是个聪明人。”希柏德冷静地说。他又拍了拍头上的灰，打开一个抽屉。“挺有意思，适合写个专栏。我就喜欢这样捉摸不透的案情。”

芬利森叹了口气。“今晚出去了吗侦探？”

“当然，我总是进进出出，为什么这么问？”

他没有理我的问题。“你去了哪儿？”

“出去吃晚餐，办点生意上的事。”

“在哪儿吃的？”

“抱歉，这我无可奉告，生意也要保密的。”

“屋里之前有客人啊。”希柏德拿起乔治的杯子闻了闻，说：“应该是一小时内。”

“别以为自己说得都对。”我酸酸地说道。

“坐凯迪拉克车去的吗？”芬利森无趣地说道，深吸了一口气。“去了西洛杉矶那边吗？”

“我坐的是克莱斯勒车，去了瓦因街方向。”

“也许我们干脆把他放倒比较好。”希柏德看着自己的指甲说。

“也许是你们把那套对付流氓的招数收起来比较好。就事论事，我和警察一直都井水不犯河水，前提是他们不摆出一副依法行事的臭架子。”

芬利森一直盯着我看，对我说的话毫不在意，希柏德说的话他也没怎么听。他是个极其有主见的人。

“你认识一个叫弗里斯科·拉翁的小混混吗？”他叹气问道，“他以前是个假投手，后来觉得做混混更好，不用做违法的勾当。他当了十二年混混，经常拿着把枪，做事不用脑子。他今晚七点半的时候死了，身体僵硬，子弹正打中他的额头。”

“没听说过。”我说。

“你今晚杀人了吗？”

“这我得看看我的笔记本。”

芬利森礼貌性地向前倾着身子。“你接吻的时候介意对方有口气吗？”他问。

芬利森猛地伸出手。“住口！住口！听着，菲利普，也许我们来错了地方，但我们并没有说那是谋杀，也有可能是某人正当防卫。今晚那个弗里斯科·拉翁就死在了卡尔韦洛路上，四肢僵硬地躺在马路中间，没有任何目击者，所以我们也是想了解下情况。”

“行！”我大吼道，“那这事跟我有什么关系？还有让那家伙不要来管我！就算他衣服好看，指甲也很干净，但也没必要把徽章拽得那么紧吧！”

“你放屁！”希柏德说。

“我们接到个有意思的电话。”芬利森说，“打电话的人举报了你。我们的重心也不完全在这儿，我们在找一把 0.45 口径的枪，举报的人也不清楚是什么样的枪。”

“凶手很聪明，杀了人后就把枪扔在了莱维街的一个酒吧里。”希柏德说。

“我从不用 0.45 口径的枪。”我说，“用那种大枪的人应该都有一把备用枪。”

芬利森怒视着我，一边数着自己的手指。接着他深吸一口气，突然对我软弱起来。“没错，我就是个顽固的傻子。”他说，“谁都可以来扯我耳朵，而我自己甚至都察觉不到。我们都别兜圈子了，说点正经事吧。”

“弗里斯科的尸体是在西洛杉矶警察局接到匿名电话之后发现的，他死在一个叫吉特的男人的大房子外面，吉特是一家连锁投资公司的老板，他这样的人物不会用这样的手下，所以这事跟他没什么关系。吉特家的用人什么动静都没听到，附近的人也都没听到什么可疑动静。弗里斯科躺在马路中间，身上有被踩过的痕迹，不过真正让他毙命的是一把 0.45 口径的枪，子弹正打中他的头颅。就在西洛杉矶警方赶去现场的途中，我们重案组也接到匿名电话，那人说想要知道真相就去找一个叫菲利普·马洛的私家侦探，他还给了详细的地址和相关信息，然后就挂断了电话。”

“好吧，那个投资公司老板给了我线索，我对那个弗里斯科其实一无所知，不过我问了档案组，确定有这个人的信息，正当我打算深入调查的时候，西洛杉矶那边接到了匿名电话，而且说辞相当吻合。于是我们两边一起行动，目标都是同一人，警长把我们放在这周边，所以我们就来到了这附近。”

“然后你们就找到了我这儿。”我说，“要喝一杯吗？”

“如果行的话，能跟我们合作吗？”

“当然，那个匿名电话是个很好的误导，我是说等你们花上六个月时间调查后会发现的。”

“我们已经明白那事了。”芬利森低吼道，“许多人都没有在意那个细节，且其中大多数人会认为这样栽赃嫁祸给你是明智之举，让我们感兴趣的正是这些人。”

我摇了摇头。

“没有任何想法吗？”

“只会说风凉话。”希柏德说。

芬利森慢慢地移动着步子。“行，我们得到处看看。”

“也许我们应该带个搜查令过来。”希柏德说，舌尖放在双齿之间。

“我没必要揍这家伙，对吧？”我问芬利森，“我是说，我这样任由他在这儿胡言乱语没所谓吧？”

芬利森抬头看向天花板，干巴巴地说：“他妻子前天抛下了他，就当他是发泄一下情绪好受点吧。”

希柏德脸色变得苍白，无力地转动着自己的指关节。然后他轻轻地笑了一下，站起了身。

两人开始在屋里翻查，拉开抽屉再关上，书架后面、坐垫下面，又把壁床放下来，然后又仔细查看了冰箱和垃圾桶，找得他们很不耐烦。

十分钟后他们重新坐下。“我们太傻了。”芬利森无力地说，“说不定别人只是随便在花名册上找了你的名字，什么可能都有。”

“现在我要喝杯酒了。”他说。

“我不喝！”希柏德怒吼道。

芬利森双手交叉放在肚子前面。“哥们儿，那也并不表示要把它拿去浇花啊。”

我倒了三杯酒，把其中两杯放在芬利森面前。他喝了半杯，看着天花板。“我还接到一起凶杀案。”他若有所思地说，“菲利普，死者也是干你这行，是日落街上的一个胖家伙。他叫阿波加斯特，你听说过这人吗？”

“我知道他是笔迹方面的行家。”我说。

“你现在说的可是案子的事情。”希柏德冷淡地对芬利森说。

“我当然知道，这起案子今天早上已经见报了。阿波加斯特被击中三次，死在一把 0.22 口径的枪下，是把靶枪。关于这种枪你知道什么线索吗？”

我紧握酒杯，慢慢地咽下酒。我之前没想到蜡鼻子会是个危险人物，不过谁说得定呢。

“我知道。”我慢慢地说，“有个叫阿尔·泰斯洛尔的杀手用的就是这种枪，不过他现在人在福尔松，他用的是柯尔特护林者手枪。”

芬利森喝完一杯酒，接着又拿起第二杯站了起来。希柏德也站了起来，仍然是发疯的神情。

芬利森打开了门。“走吧，哥们儿。”然后两人便离开了。

我听到他们沿着走廊的脚步声，电梯“叮”的一声又响了。楼下的汽车发动，然后“呼”的一声消失在黑夜中。

“那种家伙不会杀人的。”我大声说道，然而我错了。

我在屋里等了十五分钟后才重新出门，期间电话响了，但我没接。

我开车前往艾尔米拉诺酒店，路上兜了很多圈，以防被人跟踪。

6

大厅还是老样子，我走向前台时，脚踝依然碰到那些蓝色的地毯。那个皮肤白皙的职员正将一枚钥匙递给两个长脸女人，发现我后照旧跺了一下左脚，然后他身后的门慢慢地开了，走出来那个胖胖的经理霍金斯，他脸上还是像擦了雪茄烟灰似的。

他大步朝我走来，这次他给了我一个温暖的大笑脸，还挽着我到隔壁。“我正想见你呢。”他咯咯笑着说，“我们去楼上聊会儿吧。”

“有什么要紧事吗？”

“要紧事？”他笑得更欢了，脸就像双车库的大门似的，“没有什么事不要紧。来，这边走。”

他推着我走进电梯，用他那浑厚的声音说了句“八楼”。到了之后我们出了电梯，慢慢地沿着走廊走。霍金斯挽着我的那只手很有力，他知道怎么去抓别人胳膊，我倒是很想让他放手。他按了下亨特里斯房间的门铃，里面响起大本钟的声音，门开了。开门的是个面无表情的男人，戴着顶常礼帽，穿着晚宴服。他右手插在衣服口袋里，帽子下面可以看到吓人的一对眉毛，再下面是一双死气沉沉的眼睛，就像煤气罐的盖子一样。

他轻轻动了下嘴巴，说：“谁呀？”

“老大的朋友。”霍金斯浮夸地说。

“什么朋友？”

“还是我来说吧。”我说，“有限责任公司，让我进去。”

“嗯哼？”他挑着眉毛，翘起下巴说，“我希望你不要惹事情。”

“好了，好了，哥们儿……”霍金斯开始打圆场。

这时开门男子身后响起一个人的声音，打断了我们。“彼弗，什么事啊？”

“他正在水深火热中！”我说。

“听着，小子……”

“好了，好了，你们……”霍金斯又开始打圆场道。

“不是什么要紧事。”彼弗回过头对着屋里说，“酒店经理带了个家伙上来，那人自称是朋友。”

“彼弗，让他进来。”我喜欢这个声音，平静温和，听了让人愿意花三十镑乘着雪橇，冒着寒风大雪只为让他念一下自己的名字。

“进来吧。”彼弗说，然后站到门的一边。

我们走了进去，霍金斯走在我后面，彼弗笔直地站在一边，就跟一扇门似的，进屋的时候我们仨挤着的样子应该像个三明治。

亨特里斯小姐没在房里，壁炉里的火快灭了，屋里依旧飘着一股檀香味，还夹杂着香烟的味道。

长沙发的一侧站着一个男人，体形高大，头发乌黑，儒雅又令人害怕。双手插在蓝色外套的口袋里，衣领高高地竖着，戴着黑色毡帽，外套上披着条散开的围巾。他面无表情地站在那里，嘴里叼着一根烟，一言不发。

霍金斯慢慢走到他身边。“马蒂先生，这就是我跟你说过的那家伙。”霍金斯嘟囔道，“他之前来过这儿，骗我说是你的手下。”

“彼弗，给他十美元。”

戴常礼帽的彼弗伸出左手不知从哪儿拿了十美元，然后对着霍金斯，霍金斯脸色红润地接过钱。

“马蒂先生，其实不用这样啦，不过还是谢谢您的犒赏。”

“出去！”

“嗯？”霍金斯震惊地说道。

“没听到吗？”彼弗粗鲁地说道，“要我一脚踹你出去吗？”

霍金斯给自己找托词道：“我得保护房客们的周全，先生们你们也知道，我得去忙自己的工作了。”

“嗯，去吧！”马蒂的嘴似动非动地说。

霍金斯转过身，快速安静地走出了房间，然后轻轻地关上了门。彼弗回头看了看门，然后走到我身后。

“彼弗，检查下他有没有带枪。”

彼弗在我身上摸了摸，拿走了我的鲁格尔手枪。马蒂漫不经心地看着我的手枪，又看向我，眼神中露出不屑一顾的厌恶情绪。

“菲利普·马洛是吗？一个私人侦探。”

“是又怎样？”我说。

“你是想要别人把你脸按到地板上吧。”彼弗冷漠地说。

“噢，废话留到一边说去。”我对他说，“我今晚讨厌动粗的家伙，我说‘那又怎样’，那就是我要说的话。”

马蒂看上去饶有兴趣的样子。“彼弗，你悠着点，我得照顾好自己的朋友啊，不是吗？你知道我是什么人，行，我也知道你跟亨特里斯说了些什么，而且我还知道你的一些事情，你自己都不知道有人知道。”

“好啊。”我说，“那个胖霍金斯下午放我上来还收了我十美元，原来那时候他就知道了我的身份，他出卖我后又从你这儿拿了十美元。把枪还我，跟我说说我的事为什么跟你有关系。”

“原因有很多。亨特里斯现在不在家，我们在这儿等她说件事。我现在等不及了，得回俱乐部工作，你这次来造访她是为了什么？”

“我在找杰拉尔德，今晚有人开枪射他的车，从现在开始他需要人保护他的安全。”

“你觉得我会做那样的事吗？”马蒂冷漠地问我。

我走到酒柜边，打开柜子拿出一瓶苏格兰威士忌酒。我拧开盖子，倒了一杯，尝了尝，味道还是那么的好。

我找了找冰块，但没找到，冰块全都融化在冰桶里了。

“我问你话呢！”马蒂阴沉着脸说。

“我知道，我正在整理思绪。我的回答是，我也没料到你会那样做，但事情却还是发生了。我当时就在现场，就坐在车里杰拉尔德的座位上，他父亲正好派车来接我过去谈事情。”

“什么事情？”

我懒得做出惊讶的神情。“你手里有杰拉尔德签的五万美元支票，要是他出了什么状况，对你来说也没好处。”

“我没想那样做，因为那样的话我就拿不到钱了，老吉特肯定不会支付。不过我可以等个三五年，再从杰拉尔德那里收回来，他满二十八岁就能拿到信托基金，现在他一个月才一千美元，而且还不能想拿就拿，因为还存在基金里面呢。懂了吗？”

“所以你不会要他的命。”我喝着威士忌酒说，“但你会派人去吓唬他。”

马蒂皱了皱眉，把烟丢进烟灰缸，看着它燃了一会儿后，又拿起烟拧灭了烟头。他摇了摇头，说：“要是你去保护杰拉尔德，我就得花差不多你薪水的价格去请人了，是吗？差不多吧。像我这样的人没法顾全所有事情，杰拉尔德这么大了，跟谁待在一起是他的事情，就比如说女人。一个好女人想要从五百万里拿到一部分，这有什么不应该的吗？”

我说：“我觉得这想法很好。你之前说你知道些我不知道有人知道的事，是什么？”

他淡淡地笑了。“你等着告诉亨特里斯的又是什么事呢？”

他又露出一个微弱的笑。

“听着，菲利普，不管什么事情，都有很多做法。我做的就是收取赌资提成，因为那才是我赢的主要目的。是什么让我变得粗暴？”

我新卷了一根烟，试着用两根手指将烟纸铺在玻璃杯上。“谁说你粗暴了？我听到的一直都是对你的赞赏。”

马蒂点了点头，无力地微笑着。“我有很多消息源。”他平静地说，“要是有人欠了我五万美元，我肯定会找人调查他。老吉特找了个叫阿波加斯特的人帮他调查，那人今天死在了自己办公室，是把 0.22 口径的枪，这本来跟吉特的事没什么关系。但我的人跟踪到你去过那里，而且没有报警，在这点上我们是站在一边的对吗？”

我舔了舔杯口，点点头。“这点上是的。”

“从现在开始不要再骚扰亨特里斯小姐，知道了吗？”

“嗯。”

“所以我们现在说得够清楚了吧。”

“对。”

“行，我要走了。彼弗，把枪还给他。”

彼弗走过来，把枪重重地扔在我手上，砸得我骨头生疼。

“你不走吗？”马蒂走到门边问道。

“我等会儿再走，霍金斯还要上来问我收十美元呢。”

马蒂咧开嘴笑了笑，彼弗面无表情地走在他前面到了门口，打开了门。马蒂走了出去，门又重新关上。这时房间里静悄悄的。我嗅着逐渐消散的檀香木的香气，站在那里一动不动，四下张望。有人疯了，我也疯了，所有人都疯了。我所拼凑的线索一点价值也没有。马蒂正如他自己所说的那样，没有杀害任何人的动机，因为一旦他这么做，就完全没有机会再拿到他的钱。即便他有杀人的动机，他似乎也不会选择蜡鼻子和弗里斯科这样的手下去完成这项任务。我和警方的合作不是很融洽，我已经花掉了自己二十美元经费中的一半，而且也没有办法从任何地方再筹集到一分钱。

我喝光杯中的酒，把杯子放下，在房间里来来回回地走。抽第三支烟的时候，我看了下手表，厌烦地耸了耸肩。套房内的门紧锁着，我走到了杰拉尔德那天下午溜出来的那个房间的门前，打开了往里面张望。这是一件拿象牙和玫瑰花瓣装饰过的卧室，里面有一张不带脚踏板的双人床，床上铺着织绣床单。厕所里的物件摆放在一张嵌入式的带有一排灯光的梳妆台上，闪闪发亮，桌子上靠近房门处有一个台灯，正亮着。透过靠近梳妆台的一扇门，可以看到卫生间的瓷砖闪着冷绿色的光。我走过去往里边看，整个房间实在是精致，一个立体的玻璃淋浴室，架子上摆着带有印花的浴巾，浴缸旁边放着装有香水和浴盐的盒子。一切都布置得整洁有序。亨特里斯过得不错，我希望她是在自己付房租。虽然这对我来讲并不重要，但我还是喜欢那样。

我朝客厅走回去，在门廊的位置停了下来，又愉快地四下张望了一下，发现了我在踏进这间屋子的那一刻本就应该发现的东西……空气中的那股火药味，那股就要散去但还没完全散去的火药味。接着我又注意到了另外一件事。床被移动过了，移动到了床头恰好盖住了柜门边缘的地方，柜子的门虚掩着。床的重量挡住柜门，不让它打开。我慢慢地走过去想看一看里面究竟是什么东西，我的脚步很慢，走到一半的时候我才发现自己手里拿着一把枪。

我抵着柜门，门没有动，我又加了力，门还是没有动。我用身体抵着柜门，用脚把床从前面移开。我感觉柜子里有东西用力往外推，我于是赶紧往后撤了一步。突然，眼前的柜子里躺了个人，侧着身子，蜷缩着。我在柜门上加大了力，扶着不让他倒，眼睛看着他。他身子还是那么大，头发还是金黄，还是衣着结实的运动衣布料，戴着围巾和一件开领的 T 恤衫。但他的脸不再红润了。

我动了下身子，他沿着柜门滑了出来，就像冲浪的游泳运动员，摔在了地板上，几乎背朝下躺在那里，眼睛还是看着我。床边的台灯发出的光照在他的头发上，闪闪发亮。他的外套上有一块烧焦了的血斑，大约就在心脏附近。所以我知道他还是等不到那五百万了。没有人能拿到什么好处，马蒂也拿不到他的五万了，因为杰拉尔德已经死了。我往柜子里望了望，柜门现在敞开着。里面的架子上摆放着衣服，都是女人的衣服，很漂亮。他刚才就是背靠着这些衣服，可能双手举在空中，枪口抵在胸口，接着就被击毙了。凶手没有时间又或是没有足够的力气去把柜门关死，又或许只是吓坏了，于是便用床抵住柜门，留下刚才那个样子。地板上有东西在发光。我把它捡了起来。是一个口径 0.25 的自动手枪，这是女士用的放在皮包里的手枪，枪柄上还镶嵌着银饰和象牙，十分精美。我把手枪放进口袋，这一举动似乎很滑稽。我还是没有碰尸体，他和阿波加斯特一样死了，只是死得更惨。我把门开着，听了听动静，快速穿过房间来到客厅。关上卧室的门，习惯性地把门把手上的指纹抹去。这时我听到钥匙插进钥匙孔的声音，门开了，霍金斯上来了，来看看我怎么还没走。

他进屋的时候我正倒着酒。

他款款走进屋里，站定之后冷漠地环视屋内。

“我看到马蒂和他手下走了。”他说，“但没见到你，所以上来看看，我得……”

“你得保护客人安全。”我接过他的话说。

“没错，我得确保客人的安全。哥们儿，你不能待在这里，不能趁亨特里斯小姐不在的时候进来。”

“但马蒂和他手下却可以进来。”

霍金斯走近我，用势利的眼神看着我，也许他一直都这样，只是我现在感觉更为强烈。

“你留下来不可能没有企图吧？”他问我。

“没有，只是每个人都有自己的软肋，喝一杯。”

“那又不是你的酒。”

“亨特里斯小姐送了我一瓶，我们是朋友，马蒂跟我也是朋友，大家都是朋友，你不想做个朋友吗？”

“你是在逗我，是吗？”

“喝一杯，不说这个了吧。”

我找出一个杯子，给他倒了杯酒。霍金斯接过了酒。

“要是有人闻到我身上的酒气，那我也是为了工作。”他说。

“嗯嗯。”

他慢悠悠地喝着，一边用舌头品味着酒。“好酒！”

“你不会是头一次喝它吧？”

他听完又变得粗暴起来，然后又恢复了。“算了，我猜你只是爱开玩笑。”他喝完酒，放下杯子，用一块宽大的手巾擦了擦嘴巴，然后叹了一口气。

“好了。”他说，“我们现在得走了。”

“没问题，我猜亨特里斯一时半会儿也不会回来，他们出去时你看到了吗？”

“她和她男朋友出去的，嗯，已经很久的事了。”

我点点头。我们一起走到门口，霍金斯看着我走出房门，看着我下了楼梯，看着我离开前台，但他却没发现亨特里斯卧室里的一切。我想着他会不会折回房里，就算去了，大概也是去喝喝威士忌酒吧。

我坐进自己车内，开车回家，打算给安娜打个电话，告诉她我们调查的案子已经没了。这次我直接把车停在路边，心情糟透了。我上了电梯，打开房门，按开屋里的灯。

此时蜡鼻子正坐在我最好的椅子上，手指夹着根烟，跷着二郎腿，那把护林者大枪牢牢地放在大腿上。他微笑着，不是很友好的那种微笑。

“你好啊侦探。”他拉长声音说道，“你还没关门呢，先把门关上行吗？”他的声音死气沉沉的。

我关上门，然后站在原地看着他。

“你杀了我的同伴。”他说。

他慢慢站起身，一步步穿过房间，将他那把 0.22 口径手枪抵在我的脖子上。他笑的时候厚厚的嘴唇一动不动，就像他蜡黄色的鼻子一样。他悄无声息地从我外套里拿走了我的鲁格尔手枪，我想以后干脆把它留在家里算了，似乎这镇上所有人都能从我身上夺走它。

他走了回去，重新坐回之前的座位上。

“别乱动。”他近乎温和地说道，“放松下身子，哥们儿，不要乱动，不要动。我们就要说再见了，你倒计时，然后我送你走吧。”

我坐了下来，注视着他。现在的我十分好奇，我舔了舔嘴唇。“你跟我说过他的枪里没有子弹的。”我说。

“是，那个小家伙是那样骗我的，我也告诉过你放过杰拉尔德。现在不说这事，我现在想的是弗里斯科，很疯狂对吗？我让那样一个傻瓜跟着我，围着我转，结果还让他被人害了。”他叹着气又加了一句，“他是我弟弟。”

“我没有杀他。”我说。

他微笑了一下，自始至终他一直微笑着，只是这回嘴角弧度有点大。

“是吗？”

他取下鲁格尔手枪的安全链，小心翼翼地放在他右手边的椅子上。他将手伸进口袋，拿出一个让我看了脊背发凉的东西。

金属管，黑乎乎的，外表很粗糙，约四英寸长，上面有很多小孔。他左手拿着他的护林者手枪，然后将那根金属管上到了枪里。

“消音器。”他说，“我猜你们这些聪明人肯定觉得很荒谬，但这个不是无稽之谈，要不然也不能连发三枪，我应该知道的，因为这是我自己做的。”

我又舔了下嘴唇。“它只能消一枪。”我说，“然后就会阻碍你的操作。那个东西看上去像个铁块，到时候很可能会炸裂你的手。”

他依旧微笑着，慢慢地、钟爱地扭紧螺丝，最后用力地拧了一下，然后又放松地坐了回去。“不是你说的那样，消音器用羊毛包着的，就像我说的，那样可以连发三枪，之后可以用羊毛再包一次。而且这枪背压力没有那么大，所以不会阻碍操作。现在感觉好吗？我想要让你感觉好点。”

“我觉得很好，你这个变态的鸟人！”我说。

“一会儿我会让你躺在床上，不会让你什么感觉都没有的，我对杀人这种事是相当讲究的，我想弗里斯科死得应该很痛苦，你倒是手法很快。”

“你就是个无知的傻缺。”我嘲讽道，“是司机用他的44式史密斯威森手枪杀了你弟弟，我根本就没开过枪。”

“嗯哼。”

“行，你不相信我。”我说，“那你为什么要杀阿波加斯特？你杀他的时候可不怎么挑剔，他就死在自己的办公桌上，被0.22口径的枪连击三次倒在地上。他又是做了什么惹到了你那个恶心的弟弟？”

他举起枪，笑容依旧。“你在胡说。”他说，“阿波加斯特又是谁？”

我告诉了他，把很多事情都详细地告诉了他。他听着听着开始面露疑虑，眼睛一眨一眨看着我，把视线移开，又看向我，像只蜂鸟一样。

“哥们儿，我不认识什么阿波加斯特。”他缓缓地说，“从没听说过他，而且我今天也没杀任何胖胖的家伙。”

“你杀了阿波加斯特。”我说，“你还杀了杰拉尔德，就在亨特里斯的房间里杀的，他的尸体现在还躺在那里。你为马蒂卖命，但他要是知道你杀了杰拉尔德，你就完了。动手吧，连开三枪啊。”

他面如死灰，脸上的笑容最终还是散了，现在整张脸看上去就跟白蜡似的。他张开嘴吸了口气，发出担忧的声音。我看到他前额冒着汗珠，而且也能感觉到自己身上的冷汗。

蜡鼻子十分温和地说道：“哥们，我没有杀过任何人，一个也没有。我不是谁的杀手，在弗里斯科死之前我从没有过杀人的念头，就是这样。”

我尽量让自己不去看他装在手枪里的金属管。

他眼神里闪现出一丝微弱的光，越来越亮，越来越清晰。他低头看着双脚间的地面，我看了一下灯开关的位置，不过离我实在太远了。他又抬起头，开始慢慢地拆掉消音器，将其放回口袋里。他站起身，双手各拿一支枪，然后改变了主意。他重新坐下，快速地卸下鲁格尔手枪里的子弹，卸完后把枪扔在掉落的子弹边。

他轻轻地穿过屋子走向我。“今天应该是你的幸运日。”他说，“我还得去个地方见个人。”

“我一直都知道今天是我的幸运日，我刚才一直感觉很好。”

他灵敏地绕过我走到门口，将门打开了一点，准备从打开的狭窄门缝离开，脸上又泛起微笑。

“我得去见个人。”他十分温和地说道，舔了舔嘴巴。

“还不行。”我说，然后跳了过去。

就在他拿枪的那只手快要消失在门缝的时候，我跳过去踹上了门，他的手被紧紧夹住。他现在被卡在门边，脱不了身，我费尽所有力气拼命卡住他。我这么做有点疯狂，他已经放过了我，我应该好好待着不动等他离开才对。不过我也要去见一个人，而且我想先去见他。

蜡鼻子斜视着我，破口大骂，他用那只挣脱掉的手疯狂反击，我转身用尽全力揍了他下巴一拳，这拳够他受了，他踉踉跄跄地站起身，我又给了他一拳，他的头“啪”地撞在木门上。我又揍了他一下，我从没这么用力打过一个人。

我回到屋里，他拖着步子朝我走来，眼神空洞，膝盖无力。我走到他身边，将他手反扭到身后，任由他倒在地上，喘着粗气。我又走向门口，他的护林者手枪还掉在那儿的地上，我走过去捡起来放到自己口袋，不是那个装着亨特里斯小姐枪的那只口袋。蜡鼻子甚至都不知道我兜里有那把枪。

他躺在地上，尽管他又瘦又弱，我还是喘着粗气。一会儿后他睁开眼睛，抬头看着我。

“贪得无厌。”他无力地低语道，“为什么我要离开圣中尉？”

我用手铐铐住他的双手，把他拉到更衣室，用绳子绑了他的双脚。他躺在里面，侧着身子，鼻子还和往常一样白，双眼空洞，嘴里嗯嗯啊啊着。这家伙有意思，不完全是个坏人，但也没单纯到让我为他掉眼泪。

我拿走我的鲁格尔手枪，现在总共有三把枪了，屋外什么人也没有。

7

吉特大楼坐落在一个九到十英亩的小山上，一个拥有浓厚的殖民地风格——白色石柱，老虎窗，木兰花和停放四车的车库。在车道顶端有循环的停车位，里面停着两辆车——其中一辆是我坐过的庞然大物；另一辆是我之前见过的淡黄色的运动折篷车。

我按响了银币大小的门铃，一个瘦瘦高高，穿着深色衣服的人给我开了门，并冷漠地看着我。

“吉特先生在家吗？我是指老吉特先生。”

“请问你是谁？”他的口音有点重，听起来像苏格兰人。

“我是菲利普，我在他手下工作。也许我应该从侍从入口处进来。”

他用手指拂了拂他的燕子领，一脸不悦地看着我说：“噢，也许真应该这样。你进来吧，我需要通知吉特先生。他现在应该在忙，请你在大厅耐心等待一下。”

“这样听着真难受。”我说，“如今的英语仆役长可不会有不发h音的。”

“这么聪明，嗯哼？”他生气地说道，声音就像从霍博肯穿越大西洋传送过来一样不清楚。

“在这儿等着。”说完他就溜了。

我坐在一个雕花椅子上，觉得有点口渴。过了一会儿管家从大厅后面轻步走来，抽了抽他的下巴，不悦地看着我。

我们沿着门厅走了好一段路，最后到达了一个巨大的没有任何门挡的日光室。在日光室很远的一边，管家打开了一个大门，我从他身边走过进入了一个椭圆形的房间，房间里有黑银相间的椭圆地毯，中间摆放着黑色大理石桌，呆板的高靠背雕花椅子靠墙摆放着，还有一面巨大的椭圆哈哈镜，把我照得像一个脑积水的侏儒。房间里有三个人。

在我进房间的对面方向，司机乔治穿着他整洁的黑色制服僵硬地站着，手上拿着他的尖顶帽。哈里特·亨特里斯女士坐在一张极不舒适的椅子上，手上拿着半杯饮料。老吉特先生正绕着椭圆地毯的银色边缘慢跑，仍然保持着镇定，但内心已经非常生气了。他的脸很红，鼻子上的静脉都充血了。他双手插在天鹅绒便服的口袋里，穿着起皱的衬衫，胸前有一颗黑珍珠，系着黑色领结，他的漆皮牛津鞋还有一只没有系鞋带。

他回过头对我身后的管家吼道：“滚出去！关上门！今天谁找我都说我不在家，无论是谁，听懂了吗！”

管家关上了门。我推测他应该离开了，尽管我没有听到任何脚步声。

乔治给了我一个酷酷的单边嘴角上扬的微笑，亨特里斯女士透过她的杯子冷漠地瞥了我一下。“你这次的回归真漂亮。”她强装镇定地说。

“你给了我机会让我单独留在你的公寓。”我对她说，“我可能偷了你的一点香水哦。”

“好了，你到底想要什么？”吉特对我吼道，“原来你还真是个称职的侦探啊。我给了你秘密工作，结果你直接去亨特里斯那儿全部解释给了她听。”

“这不是起到作用了吗？”

他盯着我，他们都盯着我。“你怎么会这样想？”他怒吼着说。

“我一见到她就知道她是个好女孩。她来这儿就是想告诉你她之前的想法不是太好，并且想让你不要太担心。杰拉尔德先生在哪儿呢？”

老吉特停止了咆哮，并更认真地盯着我。“我还是认为你是无能的。”他说，“我儿子不见了。”

“我可不是为你工作的。我是为安娜·哈尔西工作的，你有任何的抱怨应该去向她投诉。我是自己倒酒呢还是让你那穿着紫色制服的仆人帮我倒酒？还有，你说你儿子不见了，什么意思？”

“是否需要我把他提起来打一顿，先生？”乔治轻声问道。

吉特摇了摇手指了指黑色大理石桌上的酒壶、虹吸管和玻璃杯，继续开始慢跑。“别傻了。”他厉声训斥乔治。

乔治脸红到了他的颧骨，嘴唇看上去有点干。

我给自己调了杯酒，坐下慢慢品尝，又问道：“吉特，你说你孩子丢了是怎么回事？”

“我可是付了你一大笔钱！”他疯了似的朝我吼叫。

“什么时候？”

他突然停下慢跑，再一次看向了我。亨特里斯小姐轻声笑笑，乔治面露不悦。

“你以为我什么意思？我的儿子不见了！”他怒不可遏，“我本应该想到，这事你再清楚不过了。没人知道他去了哪里，亨特里斯不知道，我不知道，没人知道他可能会在哪儿。”

“但我比他们都聪明。”我说，“我知道。”

好一会儿，大家一动不动的。吉特目光呆滞地盯着我，乔治也盯着我，女孩也盯着我。她一脸茫然，而其他两位只是呆呆地盯着。

我看着她，说道：“能不能告诉我，你出门后去了哪儿？”

她深蓝色的眼睛如水一般清澈。“这不是什么秘密。我和杰拉尔德一起坐了出租车出去，因为他违章太多次，驾照被扣了一个月。我们朝海滩开，但就像你猜的那样，我改主意了。我承认自己只不过是个骗子，但我真的不想要他的钱，我只是想要复仇，因为他毁了我的父亲。虽然我做的一切都不是合法的，但我仍然可以报复他。但我自己陷入了一个深渊，我无法继续复仇，也不像一个廉价的骗子。所以，我让他找别的女孩玩，他十分气恼，于是我们吵了一架。我让出租车停下，自己下车去了贝弗利山。他坐着出租车走了。我不知道他去了哪里，之后我回到艾尔米拉诺，去车库取了自己的车开来这里。我来就是想告诉吉特先生，请您忘记这整个事情，别再费尽心思找侦探调查我了。”

“你说你和他一起坐出租车出去的？”我说，“他不能自己开车的话，为什么不让乔治送他？”

我盯着她，但却没和她说话。吉特冷漠地回答了我：“乔治那时候当然去办公室接我回家了，但那时，杰拉尔德已经出门了。这很重要吗？”

我转身，面对他。“是的。这一点即将变得很重要。管家霍金斯告诉我，杰拉尔德现在在艾尔米拉诺。他回到那里等亨特里斯小姐，于是霍金斯请他去房间等。只要你给霍金斯十美元，他很乐意为你帮点小忙。杰拉尔德先生现在可能还在那里，也可能不在了。”

我依然观察着他们，要同时观察三个人可真不简单。但他们一动不动，只是看着我。

“好吧，听到这个我真高兴。”老吉特说，“我还担心他在哪儿喝醉了。”

“没有，他没去买醉。”我说，“再说，你吩咐大家找了那么多个地方，怎么唯独就落了艾尔米拉诺呢？”

乔治点点头：“没有，我问了，但他们说他不在那里。看来管家给了接电话的女孩不少好处，她这才隐瞒实情。”

“他不用这样做。她应该直接打公寓的电话，通常杰拉尔德是不会接的。”我死死地盯着老吉特，饶有兴致。承受这件事对他来说并不容易，但他必须这么做。

他也确实做到了。他舔了舔嘴唇，语气冰冷：“我是否能问一下，为什么通常情况下他不接电话呢？”

我把手中的酒杯放在大理石桌上，背靠在墙上，手便轻松了。不过，我仍旧尝试观察他们，三个一个都不能少。

“我们一起来稍微回顾下这件事。”我说，“我们都清楚彼此的情况，我知道乔治只是个仆人，尽管以他的身手不应该只是个仆人，也知道亨特里斯小姐的身份，当然也知道吉特先生您的事，所以我们看看现在手上掌握的信息。我们有很多事情没有联系起来，不过我这人很聪明，不管怎样我都能将事情联系起来。首先，马蒂先生提供了一叠票据的复印件，杰拉尔德先生不肯认账，吉特先生您也不愿意支付，不过马蒂找了个叫阿波加斯特的笔迹专家，他能证明出票据上的签名是否属于杰拉尔德，笔迹确实是杰拉尔德的，这个阿波加斯特可能还调查出了些别的事情，不过具体我不知道，也没法问他，因为我去见他的时候，他已经遇害了，连中三枪，据说是死于一把 0.22 口径的枪下。不过吉特先生，我并没有报警。”

吉特先生听完极为震惊，瘦弱的身躯像芦苇一样，风一刮就摇摇欲坠着。“他死了？”他低声说道，“是谋杀吗？”

我看着乔治，他一动不动地站在原地。我又看看亨特里斯，她安静地坐在那里，紧闭着嘴巴，等着我继续说下去。

我说：“假设他的死跟吉特先生您有关系的话，那唯一的关联就是那把 0.22 口径的枪了，这件案子里有个男人就带着把那样的枪。”

他们依旧注意力集中地听我说话，三个人都一言不发。

“我不明白为什么有人要取他的命，不管是对亨特里斯还是对马蒂，他都不算个危险人物，他太胖了，根本没法到处走动，所以我猜他被害的原因应该是聪明过头了。他原本只是接了个普通的笔迹验证案子，结果却顺着笔迹的线索越查越深，说不定还拿着线索去要挟过，于是下午有人便用 0.22 口径手枪了结了他。没事，我无所谓，反正我也不认识他。”

“因此我后来便去找亨特里斯小姐，在跟酒店经理费尽一番周折之后，我见到了她并跟她聊了一会儿，接着藏在屋里的杰拉尔德先生便出来了，朝我下巴揍了一拳，我的头还撞在了椅子脚上。等我出了酒店后，线索又断了，于是我便回了家。”

“一到家我便发现两个男人在我屋里，一个拿着 0.22 口径手枪，另一个揣着把大枪、满嘴口臭，叫弗里斯科，两人是亲兄弟。不过现在这些已经无关紧要了，因为弗里斯科想去劫您的车，已经死在了您的家门前。那个拿着 0.22 口径枪的人，他误以为是我杀了他弟弟，于是便报警想整我，警察接到消息后便跑来盘问我。然而我这儿什么线索也没有，这是第二起命案。”

“现在我们来说下第三起，也是最重要的一起命案。由于杰拉尔德不太可能到处随意溜达，我便回到艾尔米拉诺酒店找他。他貌似有几个仇家，甚至有人今晚想置他于死地，将他击毙在本该坐着他的车座上，不过那只是障眼法而已。”

老吉特皱着花白的眉毛，一脸困惑的神情。乔治倒不觉得困惑，面无表情地像个木头人似的站在那里。亨特里斯此刻脸色有些苍白，神情有点紧张。我接着说。

“回到艾尔米拉诺酒店后，我发现亨特里斯不在，霍金斯让马蒂和他手下在房里等她。马蒂想跟她说阿波加斯特遇害的事，这样她就有借口不搭理杰拉尔德，等警察摆平这件事再说。马蒂是个深思熟虑的人，比你们想象的都更精于算计。比如说，他知道阿波加斯特，也知道吉特先生今早去找了安娜，还知道了我现在接手了这个案子。于是他便派人跟踪我去了阿波加斯特办公室，后来从警察那边知道他被谋杀了的事，并且知道我没有声张出去，所以便找我过去交个朋友。他说完后便离开了，留我一个人在屋内。不知怎的，我就在屋里随处转悠起来，然后发现了杰拉尔德在卧室，在卧室的衣柜里。"

我快步走到亨特里斯身边，从口袋掏出那把精美的 0.25 自动手枪，然后放在她膝盖上。

"你见过这枪吗？"

她声音里流露出紧张，但深蓝色的眼睛却从容地看着我。

"见过，这是我的枪。"

"你把它放在哪儿了？"

"放在床头柜的抽屉里。"

"你确定？"

她想了一下，屋里两个男人都没有任何举动。

乔治开始扭动自己的嘴角，亨特里斯突然将头侧向一边。

"不确定，我现在想起来我把它拿出去给人看过，因为我不太懂枪，然后就落在客厅的桌上了。实际上我几乎可以确定我拿出去过，我拿给杰拉尔德看过。"

"所以他可能动过这枪，要是谁对他不利的话？"

她点点头，很疑惑。"你说他在衣橱里，这话什么意思？"她快速小声地问道。

"你懂我的意思，这屋里的每个人都懂，他们都知道我给你看这枪的目的。"我从她身边走开，看向乔治和老吉特，"毫无疑问，他已经死了，子弹穿过心脏，应该就是死在这把枪下。枪就放在他尸体旁边，你刚刚那番话也就是凶手把枪放在他身边的原因。"

老吉特上前一步又停了下来，扶着桌子。我不知道他此时脸色是否变得惨白，还是他脸色是否早就变得惨白。他伫立在原地盯着亨特里斯，慢慢地、一字一句地说："你这个杀千刀的凶手！"

“有没有可能是自杀呢？”我嘲讽道。

老吉特转头望向我，我感觉到他被我的话吸引到了，他轻轻点了点头。

“不。”我说，“绝不可能是自杀！”

他不喜欢这个答案，听完他的脸开始充血，鼻子上的静脉鼓了起来。女孩摸了摸腿上的手枪，慢慢握起枪柄。我看见她的拇指小心地划开了手枪的保险。她不是很懂枪，但是她知道怎么开枪。

“这不可能是自杀。”我又说了一遍，语速很慢，“如果只有这一件案子，倒不是没有这个可能，但只要联系到其他案子，这就不可能是自杀。阿波加斯特的死，这栋楼前的抢劫案，那帮安插在我家的歹徒，还有这起 0.22 口径手枪造成的杀人案。”

我把手伸进口袋，掏出了蜡鼻子的那把手枪。我小心地托在左手手掌上。“很奇怪，我不认为是这把枪杀的人，尽管这就是凶手的武器。没错，我抓到了凶手，他在我家绑着呢。他回来想把我搞定，但是我说服了他，我很善于沟通的。”

“但是你沟通得太过了。”女孩冷冷地说道，把枪稍稍抬起。

“亨特里斯小姐，凶手是谁已经很明显了。”我说道，“现在的问题只是要弄清楚杀人动机和时机。不是马蒂做的，也不是他找人做的。因为那样的话，他就没法拿到他的五万美元。也不是弗里斯科的朋友做的，不管他是替谁做事，而且我也不认为他是为马蒂做事。他不可能走进艾尔米拉诺酒店做下这种事，更加不可能潜入亨特里斯小姐的公寓。不管凶手是谁，他一定能够从此中获利，并且具备潜入作案地点的机会。那么，谁能因此获利呢？杰拉尔德两年后会从一笔信托基金中收获五百万。在他拿到钱之前，他不可能定遗嘱。所以当他死了的话，他的自然继承人就能得到这笔钱。那么谁是他的自然顺位继承人呢？告诉你的话你一定会大吃一惊。你知道在加利福尼亚州和一些其他的州，但不是所有州，一个人可以靠自己的行为就成为自然继承人。只要领养一个有钱人，而这个有钱人没有继承人就行。”

乔治迈开了脚步，他的动作又一次像水波一样平稳。他的史密斯威森手枪在他手里闪着暗光，但是他没有开枪。女孩手中的自动手枪响了，鲜血从乔治的棕色的手上溅出。他的手枪掉落在了地板上。他咒骂了一声，女孩不是很懂枪，但知道怎么开枪。

“没错！”女孩声音低沉地说，“乔治是能不费功夫地进入我的屋子。如果杰拉尔德在房里的话。他就可以通过车库进入，他只需要扮成穿制服的司机，乘电梯上去，然后敲门。等杰拉尔德开门的时候，乔治就能用枪劫持杰拉尔德。但问题是乔治是怎么知道杰拉尔德在家的呢？”

我说：“他一定是跟踪了你的出租车。我们不知道他离开我这里后又去了哪里。他自己有部车。警察会搞清楚这件事的。乔治你能从这桩案子里拿到多少好处？”

乔治用左手紧紧捂住右手腕。他的表情狰狞，冷酷。什么也不说。

“乔治会用他的史密斯威森手枪劫持住杰拉尔德。”女孩疲惫地说，“他接着会看到我放在壁炉上的手枪。他觉得用我的枪会更好。他把杰拉尔德劫持到卧室，离走廊远的地方，把他逼进橱柜里，他就是在那里开的枪，然后把枪丢在地上。”

“乔治还杀了阿波加斯特。他是用一把 0.22 口径的手枪杀的人，因为他知道弗里斯科的兄弟有一把这样的枪，而且杰拉尔德很怕他的这个兄弟，所以当阿波加斯特被杀的时候，现场很像是马蒂找人干的。这就是我今晚被吉特先生的车带到这里的原因，目的就是通知那两个浑蛋并把他们安排起来，进行他们的阴谋，如果我不合作的话，说不定还要把我干掉。只有乔治喜欢杀人，他一枪打中弗里斯科，打在他脸上。那一枪打得那么准，让我都以为他是不是故意要打偏呢。乔治，你说对吗？”

屋里一片沉寂。

我最后看向老吉特，以为他会自己掏出把枪来，但他没有。他只是站在那里，张大着嘴，惊吓过度地斜倚在黑色的大理石桌边，浑身颤抖着。

“天啊！”他低声说，“我的天啊！”

“除了钱，你现在一无所有。”

我身后的门突然开了，我转了下身子，其实没必要担心的。一个粗暴的声音响起：“把手举起来！”听着像是英语，又像是阿莫斯语，还有点像希腊语。

管家，就是那个很像英国人的管家，咬着牙站在门口，手里拿着把枪。亨特里斯转动手腕，随意地朝他开了一枪，击中了他的肩膀还是什么地方，打得他痛得尖叫。

“滚开，这儿没你的事。”亨特里斯冷冰冰地说。

管家跑走了，我们都听到了他跑走的声音。

“他会倒下的。”

我现在右手掏出我的鲁格尔手枪了，一如既往地慢了一拍。我举起枪，老吉特扶着桌子站着，面如死灰。他的双膝颤抖着，乔治站在一边，拿着手巾包扎流血的手腕，冷笑地看着老吉特。

“随他倒下吧。”我说，“那是他的命。”

老吉特倒下了，头扭在一边，倒在身旁的地毯上，嘴巴松弛地张着，流着口水，皮肤慢慢变成紫色。

“美女，去报警吧。”我说，“这里我看着。”

“好。”亨利特斯起身说，“不过菲利普先生，你的侦探工作一定还需要多多帮忙吧。”

8

我独自在屋里整整待了一小时。屋子中间摆着一张破损的桌子，墙边也摆了一张。地上放着一个黄铜的痰盂，墙上挂着警报器。屋里一股雪茄烟味，还夹杂着旧衣服的臭味。此外还有两把有坐垫的扶手椅和两张没有坐垫的直靠背椅。电灯罩上很干净，没什么灰尘。

这时门猛地被推开，芬利森和希柏德走了进来。希柏德还是一如既往地穿戴整洁，脾气暴躁。芬利森看上去苍老了许多，整个人更疲倦更沉默了。他手里拿着一叠纸，在我对面坐了下来，不悦地瞪着我。

"你这家伙就是麻烦多。"芬利森尖酸地说道。希柏德靠着墙坐下，把帽子斜向脑后露出眼睛，打了个哈欠，看着自己新买的不锈钢手表。

"找麻烦是我的职业。"我说，"不然我怎么赚钱呢？"

"你瞒了我们这么多事情，我们应该把你关起来。这桩活儿你能赚多少钱？"

"我给安娜办事，安娜又是给老吉特办事。现在老吉特死了，我想我这钱收不回来了。"

希柏德对着我微笑着。芬利森点了一根烟，在烟灰缸上弹了弹烟灰，吸一口的时候依然冒着烟。他把一堆纸从桌上推给了我。

"签了这三份。"

我接过文件签了。

他将签好的文件拿回去，打了个哈欠，抓了抓自己苍白的头。"老吉特中风了。"他说，"怕是不行了，也不知道什么时候能出院。那个叫乔治的司机，他只是一个劲儿地嘲笑我们，得让他尝点苦头才行，我倒想好好整整他。"

"他是个狠角色。"我说

"没错，现在你可以好好揍他了。"

我站起身朝他们点点头，然后走向门口。"晚安了，哥们儿。"

他俩都没有回应我。

我走出房间，沿着走廊走到电梯，坐电梯下到市政厅大厅，接着走到了街上。我走过长长的坡路，寒风袭来，我到街尾处点了根烟，想到车还停在老吉特家。于是我便打算去街对面打个出租车，这时停在路边的一辆车内突然有人说话。

“你过来一下。”

我听到是个男人的声音，严厉而粗暴，是马蒂。他坐在一辆大轿车里，前排坐着两个男人。我朝车子走去，后窗的玻璃摇下，马蒂从里面伸出手搭在车窗上。

“上车。”他打开车门，我便上了车，已经累得没有力气说话了。“斯金，开车吧。”

车子穿过整洁安静的大街，朝西方向开。晚上的空气虽不新鲜，但十分凉快，车子驶出一座小山丘后便开始加速了。

“他们知道了些什么？”马蒂冷漠地问。

“他们没告诉我，他们还没整那个司机。”

“在这镇上是没法给一桩涉及几百万美元的案子定案的。”那个叫斯金的司机回头笑着对我说，“也许现在那五万美元我一分都拿不到了……她喜欢你了。”

“嗯，那又怎样呢？”

“别招惹她。”

“我招惹她能得到什么呢？”

“你应该说不招惹她你能得到什么。”

“对，当然。”我说，“滚一边吧，我现在累得很。”我闭上眼睛，靠着车的一角，就像要睡觉一样。有时候压力过后，我这样也能睡着。

一只手摇着我的肩膀，把我弄醒了。车子停了，我一看到家了。

“到家了。”马蒂说，“你记住，不要招惹亨特里斯。”

“怎么把我送回家了？就为了跟我说这个？”

“她让我好好关照你，所以你这次才能脱身。亨特里斯喜欢你，我喜欢她，懂了吗？你不想再给自己惹麻烦吧。”

“找麻烦……”我正想说但还是停下了，今晚我已经累得没有精力说这些了。“谢谢你送我回家，还有，去你的那些屁话！”说完我转身走进了公寓，上楼回家。

门锁依然松开着，但这次没有人在屋里等我，蜡鼻子应该早就逃走了。我走进屋里，没有关门，打开窗户，依然闻得到警察的雪茄烟味。这时电话响了，是亨特里斯，声音酷酷的，没有受到什么影响，语气很欢乐。大概是她已经想通了所以才这么开心吧。

“你好啊棕眼睛，安全到家了吧？”

“你朋友马蒂送我到家了，他让我别招惹你。全心全意感谢你，不过别再打过来了。”

“菲利普先生，你害怕了？”

“没有，等我打给你。”我说，“晚安，美人。”

“晚安，棕眼睛。”

电话挂断了，我放下电话，关上门，然后放下壁床，和着衣服在床上躺了会儿。

之后我从床上起来，喝了杯酒，洗了个澡然后上床睡觉。

最后芬利森和希柏德还是搞定了乔治，但还是不够彻底。乔治说他和杰拉尔德为了亨特里斯打了一架，打斗过程中杰拉尔德抓起了桌上的枪，乔治同他打斗的时候枪走火了。当然，这些写成文章的话还是有可能的。他们没有把杀害阿波加斯特的罪名扣在乔治或者其他人身上，也没有找到那把行凶的枪，我指的不是蜡鼻子的那把。蜡鼻子消失了，我从没听说过他去了哪儿。他们也没再找老吉特，因为他中风一直没好，只能躺在医院的病床上，听护士告诉他公司在萧条期有没有亏损。

马蒂给我打了四次电话，让我不要招惹亨特里斯。我有点为他感到悲哀，他这么痴情。我跟亨特里斯出去过两次，还去她家坐过两回，喝着她的威士忌酒。我们相处很好，但我给不了她金钱、衣服、时间和风度，之后她就搬离了艾尔米拉诺酒店，我听说她去了纽约。

我很开心她离开了，尽管她连个招呼都没跟我打。

狗　痴

1

屋门前停着一辆崭新的铝灰色迪索托轿车。我绕过轿车，上了三级白色的台阶，穿过一扇玻璃门后，又上了三级铺着地毯的台阶，然后按响了墙上的门铃。

突然间传来一阵震耳欲聋的狗叫声。听着狗儿们声嘶力竭地大声嚎叫，我看向屋内，一间小型的壁龛办公室内摆着一张拉盖书桌，休息室内有几张牛皮椅，墙上挂着三张文凭证书，桌上散乱地摆着几份《爱狗者公报》。

这时有人制止了狗叫，里面的门开了，出来一个英俊的矮个子男人，穿着棕褐色罩衫和橡胶鞋，留着细窄的八字胡，满脸热情地笑着。他朝我左右和身后瞅了瞅，见我没有带狗，笑得更加放松了。

“我也想改掉它们这臭毛病，不过没法子，每次听到门铃响，这些家伙就会起来叫。它们平时太无聊了，听到门铃响就知道是有客人来了。”男子开口说。

我回应了一句“是啊”，然后递上我的名片。他看了看名片内容，又翻过去看了看背面，再又翻回来看了看正面。

“您是一名私人侦探。”他舔了舔湿润的嘴唇，轻声地说道，“我叫夏普，是个兽医，请问您有何贵干呢？”

“有条狗丢了，我在找它。”

他快速地瞧了我几眼，嘴巴紧闭起来，整张脸也渐渐地泛红了。我说：“夏普医生，我没有说就是您偷了狗，可以说任何人都可能把狗安放在您这个地方，您不会觉得那些人没可能那样做吧，不会吧？”

“没有人会想到去那样做吧。”他拘谨地说道，“那您要找的是什么样的狗呢？”

“一条警犬。”

他朝薄地毯上摩擦着脚趾，眼睛看向天花板的一角。他的脸不再红润，此刻变得十分亮白。过了好一会儿，他说：“我这儿只有一条警犬，并且我知道它的主人是谁，所以恐怕……”

“那您不会介意我去看看这条警犬吧。”我打断他的话，径直走进屋里。

然而夏普一动不动地站在门边，脚趾摩擦得更厉害了。“我不确定现在是否合适让您去看。”他轻声说道，“或许晚些时候来看更好。”

“我觉得现在对我而言就是更好的时机。”我说，然后便伸手去推里屋的门。

他急忙穿过休息室，跑到那张小拉盖书桌前，伸手去拿桌上面的电话。“你要是硬闯的话，我……我就报警了。”他匆匆地说。

“那再好不过了。”我说，“打给富尔威德警长啊，告诉他卡尔马迪来这儿了，我刚从他办公室过来。”

夏普放下了电话，我冲他咧着嘴笑，一边卷了支烟。“走吧，夏普医生。”我说，“要看清楚情况啊，带我去瞧瞧那条警犬吧，你好好配合的话兴许我还会告诉你些事情。”

他咬咬上唇，又咬咬下唇，眼睛紧盯着桌上的棕色记事簿，拨弄着本子的一角。然后他站起身穿过房间，打开了我面前的门，接着我们俩沿着一条狭窄的灰色走廊走，经过一扇敞开的门，看到里面有张手术台。又走了一段距离，我们进门来到一间房里。房间内空荡荡的，铺着混凝土地板，角落里摆着个取暖器，取暖器旁边放着一碗水，然后就是一堵空墙了，墙壁边上是两个装着粗钢丝网门的小隔间。

钢丝网门后的猫猫狗狗们一声不吭，满是期待地看着我们。里面有只特别小的吉娃娃，脖子上戴着大大的羊皮项圈，依偎在一只壮硕的红色波斯猫身下哼哼唧唧。此外还有一只苏格兰野狗，看上去凶神恶煞的；一只一条腿脱光了皮的杂种狗，一只白如丝绸般的安哥拉猫和一条犀利哈姆犬，以及其他两只杂种狗和一条犀利的猎狐犬，猎狐犬鼻子长而宽，往右垂下来刚好离身体还有两英寸。

每只猫和狗的鼻子都湿漉漉的，一个个眼睛发亮，像是想知道我到底是要去看它们中的谁。

我察看着它们。“夏普医生，里面这些都是宠物啊！”我吼着，“我说的狗可是警犬！黑灰色的警犬！不是棕色，是条公狗，九岁大了，除了尾巴太短，全身上下都完美无瑕。说这么多你烦了吗？”

夏普盯着我，摆出一副不高兴的样子。“是烦了，不过呢……”他咕哝着说，“好吧，跟我来。”

我们往回走出房间，猫和狗们看上去都很沮丧，特别是那只吉娃娃，不停地朝铁丝网门跃起，差点都从里面翻过来了。我们走出一道后门，来到一个水泥院子里，院子前面有两个车库，其中一个空空如也，另一个车库的门打开了一英尺高，里面黑乎乎的，车库里面拴着一只大狗，狗把链子晃得叮当作响，下巴朝下平贴在一床旧被子，也就是它的窝上。

“你小心点。”夏普说，“它有时候暴躁凶残得要命，我以前是把它跟刚才那些猫狗们放在一起的，不过它们都特别惧怕它。”

我走进车库，狗便大声吼叫起来。我朝它走过去，它“砰”的一声撞到了锁链的另一头上。我对它说：“嘿，沃斯，你好啊！来握握手。”

它把头缩回旧被子上，耳朵向前竖得老高，静静地一动不动。它的眼睛周围有黑晕，眼神如狼般凶狠，然后它那弯弯的短尾巴开始轻轻地拍打着地面。我对它说：“来，伙计，咱们握握手。”然后伸出自己的手，身后的站在门口的夏普一直在提醒，要我注意安全。

狗慢慢地移动着它那粗壮的大爪子走了过来，耳朵也恢复到常态，然后朝我抬起了左爪。我便握了它的爪子。

兽医夏普嘟囔着说：“这对我来说真是太惊奇了，卡卡……”

“卡尔马迪。”我说，“没错，确实挺惊奇的。”

我轻轻拍了拍狗的头，然后走出了车库。

我们进了屋内，来到了休息室。我把桌上的杂志统统移开，腾出一个角坐了下来，然后细细地打量着眼前这个英俊的兽医。

“好吧。”我说，“说吧，狗主人叫什么名字，他们住哪里？”

夏普苦着张脸想了一下说：“狗主人叫沃斯，他们搬家去东部了，说在那边定下来后就来接狗。”

“真有意思！”我说，“沃斯原本是个德国战机飞行员的名字，狗就是以他的名字取名的，现在那些狗主人又跟着狗起名了。”

“你认为我在骗你！”夏普有些激动地说。

“嗯，就你这胆量也当不了骗子，我觉得有人是想故意丢掉这条狗。事情是这样的，两周前有个叫伊泽贝尔·斯奈尔的女孩失踪了，她一直住她姑奶奶家里。那位和善的老太太尽管白发苍苍，但人并不糊涂。女孩失踪前一直跟些不三不四的人出入夜总会和赌场，老太太知道这事不太光彩，所以没敢轻举妄动，也没去控告那伙人。直到后来，斯奈尔的一个女性朋友碰巧在你这儿看到了那条狗，并把这事告诉了老太太。老太太便聘请我来调查这件事，因为她外甥女失踪前开跑车出去的时候是带着那条狗的。”

我踩灭烟头，点了一支新的。夏普此时脸变得煞白，可爱的小胡子上渗着汗珠。

我放低声音接着说：“现在警察还没调查这事，我开始说富尔威德警长那是在逗你呢。现在这件事就你知我知，怎么样？”

“那，那你想要我怎么做？”夏普结结巴巴地说。

“回想回想你所听到的跟狗有关的其他事情？”

“好吧。”他快速答道，“狗主人看上去特别喜欢那条狗，是个真正的爱狗人士，狗跟他在一起的时候也很温顺。”

“那说明他肯定会联系你。”我说，“到时候他跟你联系了务必告知我一下，另外狗主人长什么样子呢？”

“又高又瘦，一双黑色眼睛特别敏锐。他妻子和他一样高高瘦瘦的，两人穿着都很讲究，而且都不怎么说话。”

“失踪的那个女孩身形倒是有点弱小。”我说，“不过他们为何那么沉默谨慎呢？”

夏普低头盯着自己的脚，一言不发。

“那行。”我说，“咱们一码归一码，你配合我调查这事，我也不给你添任何麻烦。成交吗？”说完我向夏普伸出一只手。

“我会配合你。”他轻声应道，然后半信半疑地伸出他那汗湿的小手掌。我小心翼翼地握了握他的手，生怕一不小心弄伤了他。

交代了自己的住址后，我便离开他家走到了街上。外面阳光明媚，我沿着街区走到停着我那辆克莱斯勒车的角落，钻进车便发动车子往前开，一直到能从远处看到夏普住宅和他家门前那辆迪索托轿车才停车。

我就这样在车里坐着。半小时后，我看到夏普换了套休闲服出了家门，开着他的迪索托到了拐角处，转而又驶进了院子后面的一条小巷。

我发动车子，从另一条路全速开往那个街区，打算去小巷的另一头蹲点。

距离街区还有三分之一段距离的时候，我听到咆哮的嚎叫声，并且声音持续了一段时间。接着我看到夏普的车从院子里出来，然后朝我的方向开来。我赶紧掉转方向停在了另一个拐角处。

夏普的车先往南开向阿尔圭洛大道，上了大道后又接着朝东边开。车子后面用锁链拴着一条大警犬，警犬头上套着狗套。我从远处看不太清楚，只能依稀看到狗的头一直在挣脱锁链。

我开车紧随夏普的车后。

2

卡罗来纳街远离市中心，位于这座海滨小城的边缘。街的尽头通向一条废弃的城际公共通道，通道外是一大片荒芜的日本商品蔬菜农场。小城的最后一个街区只有两栋房子，我便把车停在第一栋下面，这里位于转角处，且四周杂草丛生，前墙边上长着一株高高的红黄相间的马缨丹，花上落满灰尘，墙上还爬着一株金银花藤。

再往前是两三块烧毁的土地，土地中间是一大片烧黑的杂草，间或有几株野草竖立着。土地过去是一间残破不堪的泥色小屋，屋子外边有铁丝网栅栏。夏普的车就停在那小屋前面。

小屋的门“砰”地打开了。夏普从车后强拽出那只戴着狗套的警犬，逼迫狗下车跟他走。屋前的棕榈树大得跟只水桶似的，我根本没法看到屋前门的情况。于是我便回到车内，驶离了转角处的房子，驱车经过三个街区后，我沿着一条与卡罗来纳街平行的街道转弯行驶。这条街的尽头也通向城际公共通道。通道的铁轨锈迹斑斑，周围杂草茂密，轨道另一头通向一条泥路，然后又转向卡罗来纳街。

泥路一直向前延伸，望不到尽头。在开了差不多三个街区后，我熄火下车，走到路边，偷偷地观望着远处装着铁丝门的小屋。

小屋距离我大概半个街区远，我看到夏普的车依然停在屋前。午后的空气中传来警犬低沉如狼嚎般的咆哮声，我在杂草中趴了下来，一边注视着远处的小屋，一边静静地等待着。

最初的大概十五分钟内，什么事也没发生，只有警犬一直嚎叫个不停。突然警犬的嚎叫声越来越凄厉，越来越刺耳。然后屋内有人大喊一声，紧接着传来男人的惊声尖叫。

我立马从杂草中站起，快速地跑过公共通道，沿着马路对面跑向街尾处。快靠近小屋时，我听到警犬的嚎叫声低沉愠怒，像是在撕咬着什么东西，此外还有一个女人断断续续的念叨声，声音听上去除了恐惧还很生气。

我穿过铁丝门，走上咯吱作响的破木头台阶，然后重重地敲打着房门。屋内狗的嚎叫声依旧，训斥的声音倒是停下来了，但是没人来应门。

我拧了下门把手，开门走了进去，一股浓烈的氯仿麻醉剂的味道扑面而来。屋内地板正中间褶皱的地毯上，夏普医生四肢展开地仰躺在那里，血从脖子的一侧不断喷涌而出。他的头部周围已是一个血泊。那只警犬躲在一边，蜷伏于前腿上，耳朵低垂至头，脖子上还挂着撕裂的狗套残片，喉咙突起，背上毛发也根根竖起，喉咙深处还发出低沉而有节奏的嚎叫声。

狗后面是一间储藏室，储藏室的门被掀翻靠在墙上，地板上有一大团棉状物，散发出一股令人作呕的麻醉剂气味。

一个皮肤黝黑、面容俊美、身穿印刷服的女人拿着把大大的自动手枪瞄准着狗，但并没有开枪。她从肩膀一侧快速地扫了我一眼，然后转身用枪指向我。旁边的警犬用它那布满黑晕的小眼睛看着她，我掏出自己的鲁格尔手枪，紧紧地按在一边。

突然“嘎吱”一声响，一个身形高大、眼睛乌黑的男子从后面的旋转门走了进来，穿着褪色蓝的工装裤和蓝色工作衫，手里拿着一杆双管短猎枪，他把枪口瞄向我。

“嘿！说你呢！把枪放下！”他恼怒地说。

我努努嘴正准备说点什么，男人便扣紧了扳机，我还没能做出什么举动便开了一枪。子弹打中猎枪的枪柄，枪从男人手里滑落，猛地掉在地上。狗惊得向一旁跳出两米多远，又在那儿蜷缩起来。

男人一脸惊愕怀疑，只好举起双手。

我不能错失这个良机，便说：“到你了女士，你的枪也放下吧！”

女人来回舔了舔嘴唇，放下自动手枪，走到远离尸体的一侧。

男人开口了："该死的，别动那只狗！它交给我处理！"

我眨了眨眼，想到一个主意。这个男的从头到尾都没在意过自己的安全，但却这么担心我崩了那条狗。

我把手枪稍稍放低了点。"刚才屋里发生了什么？"

"那人……想用氯仿麻醉剂……毒死它，毒死这条斗犬。"

我说："嗯，有手机的话最好赶紧叫辆救护车来，夏普脖子上那么大一个口子，估计撑不了多久。"

女人沉闷地说了句："我还以为你是个办差的。"

我没有回应。她沿着墙走到靠窗的一个座位边，座位上堆满皱巴巴的报纸，然后弯腰去拿座位另一头的电话。

我低头看向地上可怜的夏普，他的脖颈处已不再流血，整张脸苍白如纸，我从未见过如此惨白的一张脸。

"不用叫救护车了。"我对着女人说，"直接打给警察总局吧。"

这时穿工装裤的男子放下手来，单膝跪在地上，轻轻地拍着地面，安抚着蜷缩在地上的狗。"没事啦，老伙计。放心吧，现在没人会伤害你了，屋里现在都是好朋友。放心吧，沃斯。"

狗低吼着，微微地抖了抖屁股。男子不停地对着狗说些安抚性的话，然后狗停止了嚎叫，背上竖起的毛发也垂了下来。那人继续对着狗柔情地低声哼唱着。

坐在靠窗座位上的女人将电话放在一边，说："已经在路上了。杰里，你能摆平这事，对吧？"

"当然。"男人应道，眼睛始终没有离开过狗。

狗现在趴在了地上，大张着嘴，把舌头垂在外面，舌头上还滴着混着血的粉红色唾液，嘴巴周围的毛发也都血迹斑斑。

3

叫杰里的男人继续对着狗说话："沃斯，过来！我的老伙计，现在没事了，你安全了。"

狗依旧趴在地上，一动不动，喘着粗气。杰里站起身走近狗，伸手去拉它的一只耳朵，狗便把脑袋侧在一边任凭他拉扯着。杰里轻轻拍了拍狗的头，解掉了它头上的狗套。他拿着断链的一头站起身来，狗也顺从地跟着站起来，然后穿过旋转门往屋子后面去了。

我朝旋转门的侧方向微微挪了挪，以防杰里拿出更多枪支，他的脸捉摸不透，让我觉得有些心有余悸。我总觉得很久之前在某个地方或者在报纸上见过他。

我看向那个女人，三十岁出头，肤色浅黑，体态健美。她有着纤细的弓眉，双手修长柔软，这样的女人照说不该穿着那身做粉刷的家居服。

"这是怎么一回事呢？"我装作漫不经心地随口问道。

"大概一星期前我们租下了这房子，租下后我俩便在搞装修。刚才我正在厨房，杰里在后院。一辆车突然停在屋前，下来这个矮个男人，他大摇大摆走进屋里就跟进自己家门似的，我猜当时前门正好没上锁吧。我将旋转门推开一点，看到他正把狗推进储藏室，接着我便闻到麻醉剂的味道。之后的事情就这么一下子发生了，我赶紧去拿枪，喊窗外的杰里，等我回到这儿的时候，你正好从外面冲进来。不过你到底是谁？"女人厉声回答了我，好像随意点说话就会哪里痛似的。

"整个事情就这样？"我说，"那条狗把夏普咬得倒在地上？"

"没错，是狗把你说的那个什么夏普咬到了地上。"

"你和杰里不认识夏普吗？"

“我们从没见过他，也没见过这条狗，不过杰里本身是个爱狗的人。”

“得了吧，没见过的话杰里怎么会知道狗的名字叫沃斯？”

女人听完紧眯双眼，语气变得强硬起来。“我想你一定是弄错了吧。”她声音愠怒，“先生，你还没说你是谁呢。”

“杰里到底是什么人？”我问，“我曾在哪里见过他，有可能是在某本读物上。他打算把这矮个男人移去什么地方？你们不会打算等警察来了看到这些吧？”

她咬了咬唇，突然站起身来，走到掉落的枪支旁边。我由着她捡起枪支，看到她手远离扳机位置。接着她走回靠窗的座位边，把枪藏在了那堆报纸下面。

她转身朝向我，面无表情地问道：“好了，你想要什么好处？”

我不紧不慢地说：“这条狗是偷来的，狗主人是个女孩，她恰巧也失踪了。有人聘用我去找这个女孩，根据夏普的说法，这狗是一对叫沃斯的夫妇寄放在他那儿的，说是搬到东部去了，听着倒挺像是你和杰里。你听说过一位名叫伊泽贝尔・斯奈尔的女孩吗？”

“没听过。”女人沉闷地答道，眼睛盯着我的下巴。

这时杰里从旋转门后回到了屋内，一边用蓝色工装的袖子擦着脸。他没有拿新的枪支进来，漫不经心地打量着我。

“要是你们知道任何关于那个失踪女孩的消息，我倒是可以帮你们向警察美言几句。”我说。

女人翘着嘴巴盯着我，杰里倒是极其淡定地微笑着，一副胸有成竹的样子。这时，屋外突然传来一阵尖锐的车胎摩擦地面的声音，就在屋前的拐角方向。

“嗯，随便编吧。”我立马说，“就说夏普当时吓坏了，于是便把狗送回原处，他一定是以为这屋里没人。虽然用麻醉剂这招对狗不太管用，但他还是吓得魂都飞了。”

杰里和女人两个都一言不发，就只是盯着我看。

“好吧。”我说，然后走到房间一角，“我觉得你们应该是对逃犯，不管等下进来什么人，只要不是警察，我就开枪，千万别以为我在说笑。”

女人极为冷静地说道：“随便你，多管闲事。”接着一辆车沿着街道猛开过来，一个急刹车停在了屋前。我朝外快速偷瞄了一眼，看到车子挡风玻璃上面的红色闪灯，以及旁边的“警察局”字样。两个身穿便装的彪形大汉从车上下来，气势汹汹地穿过大门，上了台阶。

有人开始猛敲门。“门是开的。”我大声喊道。

门被一把推开，那两个男人冲进屋里，手里都拿着枪。

他们突然停在夏普尸体旁边，盯着地上的尸体，然后便用枪指着我和杰里。拿枪瞄准我的是个高大男人，面红耳赤，穿着宽松的灰色套装。

“放下东西，举起双手！”他粗声大喊道。

我举起了手，但依然紧扣着我的枪。“别激动。”我说，“害死他的是条狗，不是枪杀。我是来自圣安吉洛的私人侦探，正在这儿调查案子呢。”

“是嘛？”他走近用力地把枪指向我，抵住我的腹部。“或许是吧，伙计，这些稍后我们都会知道的。”

他伸手猛地夺过我的枪，闻了闻，另一只手依然拿枪指着我。

“开火了吧，嗯哼？不错嘛！转过身去！”

“听我说……”

“转过去！”

我慢慢地转身。就在我转身时，他把枪放进了侧边口袋，手伸向自己的臀部后方。

这本该让我有所警惕的，但我当时却没在意。那时好像听到棍棒挥舞的“嗖嗖”声，我当时一定被棒击了，脚底像是突然有个黑洞，我掉了进去……往下掉……一直掉。

4

我清醒过来时，屋内满是烟雾，如珠帘般成细细的条状上下飘动着。后墙的两扇窗户看上去敞开着，但烟雾并没有散去。我没见过这个房间，完全不知道自己身在何处。

我躺着思索了一会儿，然后扯开嗓门儿大声喊道：“着火了！”

喊完我又躺回床上，笑了起来，我不喜欢自己发出的笑声，我自己听都觉得傻乎乎的。

突然门外传来脚步声，有人转动了下钥匙。门开了，走进一个穿着白色短外套的男人，严肃冷漠地看着我。我稍稍转了一下头，说：“别在意啊伙计，我就随便喊喊而已。”

他立马绷起了脸，满脸不悦。他本身脸不大，目光尖锐，我并不认识他。

“我看你是想多穿几件束身衣了吧。”他嘲讽道。

“没有，伙计，我没事。”我说，“真没事，我现在准备小睡一下了。”

“最好这样老实待着。”他怒斥道。

然后“砰”地关上了门，上了锁，大踏步扬长而去。

我一动不动躺在床上，看着屋内的烟雾，这才明白过来屋里其实并没有什么烟雾。现在应该是夜晚，天花板上三条链子吊着的瓷灯罩散发着光，灯罩边缘交错点缀着橙色和蓝色的小灯。我望着天花板，灯罩仿佛就是一个开着的小舷窗，四周的小灯从里面探出来，像布娃娃的脑袋似的，只是这脑袋十分逼真。其中有个头发蓬乱、戴着游艇帽、系着弯弯的弓形领带的瘦男人，不停地说：“先生，你的牛排是要三分熟还是七分熟呢？”

我抓住粗糙床单的一角，擦掉满脸的汗，从床上坐起来，身上穿着绒布睡衣。我把光着的脚放到地板上，触地的时候双脚没有任何知觉，没一会儿脚开始感到刺痛，接着便跟踩在针尖上似的疼痛无比。

接着我的脚能感受到地板了，我扶着床沿站起身来，走了几步。耳边有个声音，很可能就是我自己在自说自话：“你得了震颤性妄想症……你得了震颤性妄想症……你得了震颤性妄想症……”

两窗中间有张小白桌，桌上摆着一瓶威士忌。我走向桌子，上面是一瓶加威士忌酒，只剩下半瓶。我拿起酒瓶，猛喝了几大口，然后又放回桌上。

酒的味道很怪异，就在我意识到酒有问题的时候，我看见房间角落有个洗脸池。然而还没到池子边，我就开始呕吐了。

我重新回到床上躺着，吐完之后整个人都很虚弱，不过看东西倒更加真实了，不像之前那样云里雾里。我能看到两扇窗中间的栏杆，厚重的木门，除了那张小白桌，屋内再没有其他家具。此外还有个壁橱，橱门是紧闭的，大概是锁住了。

屋内的这张床是病床，在床上人放手腕的位置，有两根牛皮绑带，我知道我是被关在某个监狱病房了。突然，我的左胳膊一阵疼痛。我卷起宽松的衣袖，看到手臂上面扎了五六个针眼，针眼周围都黑一块青一块的。

那帮人为了让我安静下来，给我注射了这么大剂量的药，搞得我都得震颤性妄想症了。这也能解释清为什么之前我会觉得屋里有烟雾，以及天花板的灯光有小脑袋了。那瓶威士忌很可能就是其他某个人的解药。

我又重新起床下地，在屋里走着。过了一会儿，我去水龙头那儿喝了点水，咽下去后没有吐出来，我便又多喝了点。半个多小时后，我恢复了不少，已经有力气跟人说话了。

壁橱的门关着，椅子对现在的我来说又太重了。于是，我便解开了床，将床垫推到一边，下面有螺旋弹簧，每根弹簧大概有二十二厘米长。我花了半个小时，费了好大劲才拆出来一个。

我稍微休息了一下，喝了点冷水，然后走到门的铰链那侧，放开喉咙大声喊道："着火啦！着火啦！"

我站在原处等着，没过多久，门外走廊便传来了脚步声。我听到钥匙插入锁孔，门开了，进来的是之前那个穿白色外套的矮个男子，满脸愤怒，眼睛看着病床。

我用螺旋弹簧朝他下巴砸去，趁他跌倒的时候又对着后脑勺猛击了一下。我掐住他脖子，他拼命反抗，我便用膝盖压住他的脸。他脸疼不疼我不知道，我膝盖倒是压疼了。

我从他屁股右边的袋子里掏出警棍，然后反拧钥匙，将门反锁。钥匙串上还有别的钥匙，我用其中一个开了壁橱，找到了自己的衣服。由于手指僵硬麻木，我穿衣服穿得很慢，穿完后打了个大大的哈欠。地上的那个男人静静地躺着，一动不动。

我把他锁在屋内，然后便离开了。

5

宽阔的走廊一片寂静，走廊中间铺着镶木地板和窄小的地毯，平整的白橡木手扶梯曲曲折折通向门厅，厚重的老式大门紧闭着，门后鸦雀无声。我小心翼翼踮着脚，沿着地毯往前走。

经过几扇彩色玻璃门，我来到前厅。前厅的大门开着，我一到那儿电话铃就响了。我听到一个男人接了电话，灯光从半开的房门照进这昏暗的大厅。

我往回退了几步，透过虚掩着的门往屋里瞥了一眼，看到一个男人正在桌前讲电话。我站在原地，看到他挂了电话，推门走了进去。

他面色苍白，头骨瘦削，稀疏的棕色卷发紧贴着头皮，一副闷闷不乐的样子。他发现我进来后，便赶紧伸手去按桌上的按钮。

我大声笑了，朝他挥挥手里的警棍，怒吼道："住手！狱长大人啊，狗急了还跳墙呢！"

他很僵硬地笑了笑，白皙的长手臂如同病恹恹的蝴蝶般从桌上滑下来，一只手却慢慢伸向桌子侧面的小抽屉。

他故作轻松地说："先生，你看上去病得很重，真的很严重，我建议你不要……"

我用警棍轻拍了一下他那只手，他的手便像鼻涕虫遇到滚烫石头般缩了回去。我开口说道："我不是病了，狱长，我是注射过量麻醉剂才会这样。我现在只想离开这里，去给我拿点没兑药的威士忌！"

他用手指瞎比画着。"我是名医生，叫松德斯特兰德。"他说，"这里是一家私人诊所，不是你说的监狱。"

"我要威士忌！"我不耐烦地说道，"我已经休息够了。私人诊所？真有意思！给我拿酒来！"

"酒放在药柜里。"他有气无力地答道。

"两只手放到脑后去！"

"你不听劝告会后悔的。"他把手放到脑后。

我走到桌子那头，打开他原本伸手去开的小抽屉，拿出一把自动手枪。我收起警棍，绕回桌子，走到墙上的药柜边，里面有一瓶一品脱的波本威士忌酒、三个玻璃杯。我拿了两个杯子，倒上酒。"狱长，你先尝尝。"

"我……我不喝酒，我一直都滴酒不沾。"他低声含糊地答道，两只手没动，依然放在脑后。

我把警棍拿出来，他见状立马放下一只手，拿起酒杯喝个精光。我盯着他，看上去没什么不良反应，又闻了闻我那酒的味道，便也端起喝下了。酒的味道确实很好，我又多喝了一杯，然后把酒瓶塞到自己的大衣口袋里。

“好吧。我说，到底是谁把我关在这里？快说，我没时间跟你磨嘴皮子！”

“警官……当然是警官。”

“什么警官？”

他蜷缩成一团，靠在椅子边，看上去很难受的样子。“有一个叫加尔布雷斯的警官，当时就是他作为申诉证人签的字，我向你保证我们这儿都是遵循法律程序的。”

“什么时候开始警官可以作为申诉证人，给精神病人签字了？”

他沉默着，没有应答。

“谁最先给我打麻醉剂的？”

“这个我无从得知，据我推测，你打麻醉应该有好长一段时间了。”

我这才意识到自己的困境。“我整整昏迷了两天！”我说，“他们应该早点杀了我才对，拖得越久对他们越不利。狱长，拖得太久了。”

“你要是离开这儿的话，会立马被逮捕的。”他有气无力地说。

“这不单是为了离开这儿那么简单。”我小声说。

我走了出去，他依旧把手放在脑后。

前门上的锁旁边挂着链条和螺栓，然而我开门的时候，并没有人出来拦我。我穿过一条宽敞的旧式走廊，来到一条小径上。路边长满鲜花，知更鸟在黑色的树上叽叽喳喳叫。街道上有一排白色的尖桩栅栏，这所房子正好在德斯坎索街和二十九号街的交叉拐角处。

我朝东走了四个街区，来到公交站等车。一路上没有警报声，也没有巡逻车搜查我。我搭公交坐到了市中心的一家桑拿馆，在那里蒸了桑拿，接着洗了个热水澡，做全身按摩，又剃了胡子，最后把之前的那瓶威士忌喝完了。

这之后我能吃得下东西了，饭后我去了家陌生的旅馆，用假名登记住了下来。当时是十一点半，我喝着威士忌和水，翻看着当地报纸，得知夏普医生的尸体最后被发现于卡罗来纳街一间空置的装修房内。警察对这件案子焦头烂额，毫无头绪，没有发现任何可疑线索。

从报纸上的报道日期来看，从我昏迷到现在，四十八个多小时的时间就这么悄无声息流逝了。

我上床睡觉，却多次从噩梦中惊醒，吓得全身冒冷汗。这是注射麻醉剂过度留下的后遗症表现，第二天一早，我就恢复好了。

6

警察局局长富尔威德个头不高，身材肥胖，眼睛一直到处张望着，一头红发差不多成了粉红色。他留着很短的板寸头，透过粉色的头发可以看到肉色头皮，身穿一件有内袋的浅褐色套装，裁剪十分独特。

他同我握了握手，将椅子转到一边，跷起二郎腿。我看到他脚上露出来的袜子，是三四美元一双的那种法国莱尔袜，穿的茶色手工粗革皮鞋也不贵，十五到十八美元就可以买到。

我猜测他家里应该是妻子在管钱。

“噢，卡尔马迪。”他看着玻璃桌面上我的名片说道，“是‘尔’对吧？来这儿办公吗？”

“我遇上点小麻烦。”我说，“要是你愿意帮忙，可以帮我解决。”

他听完挺起胸膛，摆摆手，压低声音说道：“我们这个小镇没发生很多麻烦事，虽然是小镇，但整齐干净，井井有条。从我西边的窗户可以看到太平洋，那是最纯净的地方；北窗外面是阿尔圭罗大道和山脉；东窗则是大家喜闻乐见的小型商业区，商业区外面坐落着住宅和园林；至于南窗……南边没有窗，但假设它有的话……应该可以看到这世上最别致的小型游艇港口。”

“是嘛？”他漫不经心地回答我道，前额的双眉紧紧皱着。我都弄不清楚到底是他在跟我说笑还是我在跟他说笑了。

“转下钥匙把门锁上好吗？”他说，“你年纪比我小，还是比较嫩嘛。”

我起身锁上门，又重新坐下，掏出一支烟。此时警长已经在桌上摆了一瓶酒和两个小酒杯，还有一堆小豆蔻籽。

我们喝了一杯，他剥了几颗豆蔻籽，我俩边喝边吃，看着对方。

“跟我说说具体情况吧。”他开口说道，“我现在可以听了。”

“警长可听说过一个外号叫农夫圣人的男人？”

“你问我听说过没？”他重重地敲击了一下桌面，豆蔻籽随之弹跳了几下，“怎么什么事都跟那家伙脱不了干系。就是那个抢银行的王八蛋，没错吧？”

我点了点头，试着真正去注视他的眼睛。“他跟她妹妹戴安娜一起抢的银行，他们故意穿成乡下农民的模样，打劫小镇的银行和大的国有银行，因此被称为农夫圣人，他妹妹也有一个称号。”

“我一定要给那两人戴上手铐。”警长决绝地说道。

尽管他没有大发雷霆，但说话时嘴巴张得很大，我都担心他的下颌会掉到大腿上。双眼像剥掉壳的鸡蛋般大而突出，嘴角上面还沾着自己的唾沫，说完话闭嘴时感觉都要费好大的力。

如果真的能逮捕那两人，那一定是个壮举。

“你接着说。”他低声说。

“你看报纸上的这起夏普凶杀案，你们这儿的报社并没有好好报道这起案子。报上说某些不知情的小男孩们按响了门铃，紧接着便从里面跑了出来，说屋里有个男人的尸体。这篇报道漏洞百出，我当时就在现场，农夫圣人和他妹妹也都在，并且后来你们的警察也来了现场。”

“叛徒！”他突然大吼起来，“警署里竟然有叛徒！”此刻他的脸变得煞白，双手颤抖着又倒了两杯酒。

这回轮到我剥豆蔻籽了。

他把酒放在一边，猛地拿起办公桌上的电话。我听到他说了加尔布雷斯的名字，便离开座位，走去打开了房门。

虽然没有等很久，不过也够警长喝两杯酒了，他现在脸色比刚才好看一些了。

门开了，那个拿警棍从背后袭击我的警员走了进来，嘴里叼着烟斗，双手插在裤兜里。进门后他用肩带上了门，随意地斜倚在门边。

我对他打了个招呼："警官你好啊。"

他看着我，一副要揍我脸又不急于马上动手的样子

"警徽呢！"肥肥的警长吼道，"把警徽放桌上！你被解雇了！"

加尔布雷斯慢走到办公桌边，一手抵在桌上，把脸凑到离警长鼻子一英尺左右的位置。"凭什么解雇我？"他声音低沉地问。

"农夫圣人当时就在你边上，你却让他跑了！"警长大吼道，"你和邓肯那个蠢货，居然让他拿枪指着你们逃跑了。你没救了，被解雇了，除了当罐子里的牡蛎你还能在这儿做什么。把警徽给我！"

"他妈的到底谁是农夫圣人啊？"加尔布雷斯不以为然地问道，还对着警长的脸吐着烟圈。

"他说不知道。"警长向我抱怨道，"他居然说不知道，你看看，跟我一起共事的都是些什么人！"

"你说那话什么意思呢，共事吗？"加尔布雷斯散漫地问。

胖警长腾的一下站起身来，跟被蜜蜂蛰了鼻子似的，捏紧拳头就朝加尔布雷斯的下巴猛打一拳，力道看上去很大，加尔布雷斯的头都往后甩了大概十五厘米远。

"别打人。"他说，"你要是打得出了人命，这间警署怎么办？"他扫了我一眼，又回头对着警长，"我要告诉他吗？"

富尔威德望向我，想看看怎么收场。我张开嘴巴，露出茫然无措的表情，像个刚学拉丁舞的乡下小男孩。

“行，告诉他！”他吼道，手指来回颤抖着。

加尔布雷斯把他的大肥腿放在办公桌的角落边，抖了抖烟灰，又伸手拿了威士忌，用警长的杯子给自己倒了一杯酒。喝完酒抹了抹嘴，咧嘴笑了，笑的时候嘴巴张得老大，要是看牙医的话，估计牙医能把两只胳膊都塞进去。

他不紧不慢地说：“我跟邓肯警官赶到案发现场的时候，你已经昏迷在地上，一个瘦高的家伙拿着警棍站在你边上。靠窗的座位上坐着个女人，身边堆了很多报纸。就在那个瘦高男人准备跟我们说清情况的时候，屋里的狗突然嚎叫起来，我们便望向了狗叫的方向，那婆娘趁我们不注意从报纸下面抽出一把 0.12 口径的枪，然后瞄准了我们，好吧，这种情况除了乖乖就范我们还能干啥？她这时候动手不会失手，但我们就可能会失手了。那男的也从长裤里掏出了枪，接着两人便把我们扭成一团，塞进屋里的储物柜里，柜子大小刚好把我们卡在里面，动弹不得，连绳子都给他们省了。不久后，我们听到他们各自开车走了，等我们从柜子里出来的时候，那具尸体还在原地躺着，我们现在也没什么新的线索，所以便跟报社那边胡乱编了几句。当时要是扭的是你们试试？”

“好吧。”我对他说，“我记得当时是那女的自己打电话叫了警察，不过可能是我搞错了吧。其余的情节我不清楚，我当时被打晕在地，已经昏迷过去了。”

加尔布雷斯不悦地看了我一眼，警长看着自己的大拇指。

“在我来这儿之前。”我说，“我被困在二十九街上的一家私人诊所里，是一个叫松德斯特兰德的男人开的。我当时被麻醉得不省人事，跟洛克菲勒养的宠物似的在那里转来转去。”

“松德斯特兰德那家伙就是我们裤子里的跳蚤，我们已经不爽他很久了。警长，我们要去医院好好教训他一番吗？”

“肯定是农夫圣人把卡尔马迪丢在那儿。”富尔威德严肃地说，“所以医院一定会有点线索。我同意你的提议，让卡尔马迪跟你一块儿过去。你想去吗？”他问我说。

“当然！”我爽快地答应了。

加尔布雷斯看着酒瓶，谨慎地问道：“农夫圣人和他妹妹都是要犯，要是我们抓到他们，奖赏怎么分？”

“全部归你。”我说，“我直接拿我自己的酬劳就行。”

加尔布雷斯又咧开嘴笑了，摇摇晃晃走了几步，笑的时候倒是十分友善可亲。

“行，我们把你的车停在楼下车库，有人看到你的车停在外边就打电话过来了。我们就开你的车去，就我们俩去就行。”

“加尔，要不你再多叫几个帮手过去。”警长迟疑地说。

“不用，我跟他两个去就够了，这家伙命硬，不然也没机会在这儿晃荡了。”

“行，那好吧。”警长高兴地说，“我们再喝点！”

不过他心里应该还是很慌乱，因为他连豆蔻籽都忘剥了。

7

今天阳光明媚，从前车窗可以看到外面开得正艳的月季和海棠花，金色合欢花下的紫罗兰长满一片，就跟地毯似的。房屋边上爬满深红色的玫瑰花，车库的外墙上是一片豌豆藤，青铜色的蜂鸟正悉心地在藤蔓中采着蜜。

从外面看，房屋的主人应该是一对富裕的老年夫妇，想在年老的时候住在海边，能多晒晒太阳。

加尔布雷斯猛地一脚踩在车的踏板上，下车后拿出烟斗，推开房子大门，走上小径，然后用大拇指晃动着门前的铜铃。

我们等待着，门上的小窗口开了，里面是一个戴着护士帽的长脸女人。

“开门！警察办案！”加尔布雷斯大吼道。

锁链“嘎吱”一声，门开了，刚刚打开窗的那个护士手臂粗壮，手掌肥大，身高一米八多，真是刽子手的理想型助手。她的脸色变了一下，我看到她微笑着。

“哟，是加尔警官啊！”她说道，声音尖锐而又低沉，“最近怎么样啊加尔警官？过来找医生吗？”

“没错，找他有急事！”加尔布雷斯怒吼道，将护士推到一边。

我们沿着门廊走向医生办公室，办公室的门紧闭着。加尔布雷斯一脚踹开了门，我紧随其后，那个身形高大的护士一直跟在我后面絮叨着不让进去。

声称自己戒酒的那个松德斯特兰德医生此时正坐在办公桌边喝着威士忌，稀疏的头发被汗湿成了一缕一缕状，瘦削的脸上似乎多了很多皱纹，那晚见他的时候都没有。

见有人闯进来他立马放下酒瓶，朝我们摆了个死鱼般的僵硬的笑脸。他惊慌地大声说：“怎么回事？这是怎么回事？我不是说过……”

“坐这儿来。”加尔布雷斯拉过桌旁的一把椅子说，“护士出去。”

护士又碎碎念了些什么，然后离开了房间。房门关上后，医生上下打量着我，一脸不悦。

加尔布雷斯两只胳膊顶在桌上，双手捧着脸，一脸恶狠狠的神情，直勾勾地盯着惶恐不安的医生看。过了好一会儿，他才稍微温和点地问道：“农夫圣人现在在哪儿？”

医生听完睁大眼睛，喉结朝上动得快要跳出嘴来，碧绿的眼睛开始有点怒火了。

“别磨叽！”加尔布雷斯大吼道，“我们都知道你这私人诊所干了些什么勾当，窝藏逃犯，滥用麻醉剂，拐卖女人。你已经多次触犯这个城镇的法律，现在你说出实情，或许法律还能对你宽待点。说吧，农夫圣人在哪儿？那个女孩在哪儿？”

要是我没记错的话，我从未在加尔布雷斯面前提过任何关于伊泽贝尔·斯奈尔的事情……如果加尔布雷斯口中的女孩指的就是失踪女孩的话。

此时的松德斯特兰德医生用力地拍了几下桌子，原本不安的神情现在更多是惊讶万分。

“他们在哪儿？”加尔布雷斯又大吼道。

这时房门开了，大块头护士又走进来尖声说道：“加尔警官，请安静！病人们需要静养！”

“哪儿凉快哪儿待着去！”加尔布雷斯回头说。

护士没有离开，在门边徘徊着。这时松德斯特兰德医生终于开口说话了，疲累的声音小得可怜：“演得跟你不知道似的。”

说完他迅速从衣服里掏出手枪。加尔布雷斯惊得从椅子上跳起，滚躲到一边。医生朝他开了两枪，但都没击中。我摸了摸自己的枪，没有掏出来。这时躺在地上的加尔布雷斯突然笑了一下，从胳肢窝后面掏出一把鲁格尔手枪，那把枪看上去跟我的枪一样，他朝医生开了一枪，就一枪。

医生的长脸没有任何变化，还是那副神情。我不知道子弹击中了他哪个部位，他的头倒下撞到桌上，枪随之掉落在地，面无表情地趴在桌上。

加尔布雷斯站起身，把枪瞄向我，我又看了看那把枪，现在我十分肯定那就是我的枪。

“果真是个找线索的好法子。”我漫不经心地说道。

“把手放下，私人侦探，别想耍花样！”

我放下双手。“很好。”我说，“我想刚才的一切都只是为了置医生于死地吧。”

“他先开枪的，不是吗？”

“没错。”我细声说，“是他先开的枪。”

护士一直贴着墙壁慢慢靠近我，之前由于松德斯特兰德医生的举动，忽略了她那边的声音。就在她几乎接近我的时候，猛然间，我看到了她右手的指关节和手背上的汗毛，但是已经晚了。

我躲到一边，但还是被打中了。那“砰”的一拳打得我脑袋都要炸开了似的，我扶着墙壁站起身，双膝肿胀，脑子尽量控制自己的右手不去掏枪。

我站直身体，加尔布雷斯斜眼瞪着我。

“百密一疏啊。”我说，“现在我的手枪依然在你手上，这打乱你们的计划了吧，不是吗？”

“大侦探，看来你都知道了。”

我们沉默了一下，声音尖细的护士开口了：“妈的，这家伙的下巴跟大象脚一样硬，打他两拳痛死老子了！”

加尔布雷斯的小眼睛满是杀气。“楼上情况怎么样？”他问护士。

“昨晚全都出去了，我要再去巡视一遍吗？”

“没那个必要，这小子到现在还没拔枪，而且哥们儿，你不是他的对手。他想要的是线索。”

我说：“既然打算让他扮护士，要每天给他刮两次毛才行。”

护士听完咧嘴笑了，将硬挺的护士帽和棕色假发摘下扔到一边。她……准确来说应该是他，从白色的护士服下掏出手枪。

加尔布雷斯说：“正当防卫懂吗？你跟医生纠缠，不过是他先开的枪，你只是正当防卫。你要是愿意乖乖配合的话，我跟邓肯可以这样为你证明。”

我用左手揉了揉下巴。“听着，警官，我和你的同伴一样，都开得起玩笑。当时在卡罗来纳街的那间屋子里，你打晕了我，但你对此闭口不提，我也没主动追究。我猜你不说是有自己的原因，等时机成熟你自然会说明一切。或许我能猜出原因是什么，我觉得你知道农夫圣人在哪儿，或者说你知道怎样找到他。农夫圣人知道失踪的女孩在哪儿，因为女孩的狗在他手里。要不我们合作合作，对双方都有好处。”

“大侦探，我们已经得到我们想要的结果了。我答应医生带你回来陪他再玩玩，还让邓肯在这儿扮护士帮他解决你。但其实，他才是我们真正想要解决的人。”

“好吧。”我说，“那我能从中得到什么？”

“也许你能多活一会儿。”

我说：“是啊。别以为我在跟你说笑哦，你回头看看你身后墙上的小窗户。”

加尔布雷斯依然纹丝不动，眼睛一直盯着我。他朝我冷笑着，嘴角上扬成一道弧线。

扮护士的邓肯看了一眼，然后尖叫起来。

后墙上方的墙角处，一个小小的方形染色窗户悄无声息地打开了。我从加尔布雷斯的耳侧直直地看向窗户，看到那杆黑色冲锋枪的枪口，还有一双犀利的黑色眼睛。

这时一个熟悉的声音响起：“妹妹啊，放下棍棒怎么样？你待在桌子边配合我就行。”我记得某人安抚狗的时候就是这声音。

8

加尔布雷斯惊得张大嘴巴，大口吸着气，接着他整张脸都警惕起来，然后猛地转身扣动鲁格尔手枪，那一枪犀利又刺耳。

我匍匐在地上，窗口的冲锋枪拼命地往屋内扫荡。加尔布雷斯仰面倒在办公桌旁，双腿弯曲着，血从鼻子和嘴巴里汩汩冒出来。

扮护士的邓肯此时脸色惨白，就跟那顶洗得发白的护士帽一样。他的枪弹了出去，双手试着去抓天花板。

接着一片死寂，安静得令人发慌。屋内弥漫着浓烈的火药味，农夫圣人站在窗台上，对着屋外的某个人说话。

外面的门开了，紧接着又立马关上，大厅那边传来脚步声。我们这间屋子的门被推开，戴安娜圣人走了进来，戴着手套的双手各拿一把自动手枪。她身形高大，面容俊美，皮肤黝黑光滑，头戴一顶黑色帽子。

我从地上站起来，举着双手。她从容地回答着窗户那头的问话，眼睛却看向别处。“放心吧杰里，我可以搞定他们。”

这时，农夫圣人的头、肩膀还有他的冲锋枪一起消失在了那扇窗口前，只剩下蓝天和一棵高树上稀疏的枝丫。

只听“砰”的一声，像是谁把通向窗台的木楼梯踢翻了。现在屋内只有五个人，两个已经倒下了。

该有所行动了，现在的情形看来戴安娜圣人要干掉剩下两个，她不会留下活口，必须全部干掉。

刚才加尔布雷斯该转身的时候没转，于是我故技重施，我侧着朝女人的肩膀旁看去，脸上挤出一个笑容，声音嘶哑地说：“麦克，你来得正好。”

她当然没有上当，只是有些恼羞成怒。她挺直身体，右手朝我开了一枪。她手中的枪对一个女人来说尺寸太大了，因此右手开一枪之后，左手也跟着开了一枪。我不知道子弹打去了哪里，因为我朝她扑了过去。

我的肩膀撞到了她的大腿，她向后倒去，头撞在了门框上。我不留情地敲掉了她手里的枪，用脚关上了门，费劲地去抓地上的钥匙，这时一只高跟鞋拼命地朝我鼻子上蹬。

邓肯说：“别想逃！”然后伸手去抓掉在地上的枪。

“想活命的话就给我盯紧那扇窗户！”我对他吼道。

我爬到办公桌后边，从松德斯特兰德医生的尸体上拽过电话，将电话线拉到最长，尽量远离门口。我躺在地板上，开始拨号。

戴安娜看到电话吓得尖声惊叫起来：“杰里！快救我！他们抓住我了！”

一个无聊的值班警员接了电话。就在我大声朝他讲话时，门被机枪扫射开了，木屑和石膏就像婚礼上的彩纸般到处飘舞。子弹击中医生的尸体，他猝然抖动了一下，像是一股寒流穿过他的身体。我扔掉手中的电话，抓起地上戴安娜的枪，朝着门那边扫射。我从门缝中看到门外的衣服，于是瞄准衣服扫射。

我看不见此时的邓肯在干什么，紧接着我便知道了，因为击中戴安娜下巴的子弹不可能从门外穿进来。戴安娜再次倒了下去，再也没站起来。

屋内又响起一枪，打中了我的帽子。我滚向一边，怒骂了几句邓肯。他的枪随着我滚动跟着扫射，嘴巴张大像猛兽般，我又朝他大骂了几句。

邓肯的护士服上出现四块血迹，呈一条斜线，邓肯人还没倒下，血迹就迅速蔓延开来。

屋外传来警笛声，是我刚才报警来人了，警笛声越来越大。

农夫圣人的冲锋枪停止了扫射，他用脚踢着门。门晃荡了几下，但由于锁住了还是没开。我在离门锁较远的位置，又上了四颗子弹。

警笛声越来越大，农夫圣人不得不离开这里。我听到他走下大厅，“砰”地关上门，随后便是汽车发动的声音。由于警笛声越来越大，汽车的声音也随之被掩盖了。

我爬向戴安娜，她脸上和头发上满是血迹，外套上也被血染红了。我摇了摇她的头，她慢慢地睁开眼睛，像是费尽了所有力气。

“杰里……”她有气无力地说。

“他死了。”我无情地撒了谎，“戴安娜，伊泽贝尔·斯奈尔究竟在哪儿？”

她闭上眼睛，溢出一个垂死之人的眼泪。

“戴安娜，伊泽贝尔·斯奈尔究竟在哪儿？”我祈求地问道，“行行好，告诉我，我不是警察，我只是斯奈尔的好朋友。戴安娜，告诉我吧。”

我用上所有的感情恳求她，急切中又带着温柔。

她睁开一半眼睛，又低声说：“杰里……”声音渐渐消失，眼睛也完全闭上，然后她动了动嘴巴，说出两个字，听上去像是“蒙缇”。

说完她就死了。

我慢慢站起身，听着外面的警笛声。

9

天色渐晚，街对面警局高楼的灯光零星地亮起来。我一下午都待在富尔威德办公室里，我已经将事情的来龙去脉说了二十次，而且说的全都是实情。

警员们进进出出，弹道专家、打印的人、记录员、记者，一半以上的官员，甚至还有一个美联社记者都过来了。美联社记者自己表示不喜欢他写的这篇报道。

胖胖的富尔威德警官全身是汗，满脸狐疑。他脱下外套，露出黑黑的胳肢窝，红色的短发像是烧焦了般卷曲着。他不清楚我到底知道多少实情，所以不敢贸然问我，只是对我大吼大叫，时而又对我温言相劝，此间还试图把我灌醉。

我有些醉醺醺的，并且我喜欢这样。

“就没有一个人说了点什么吗！”他已经不下一百次这样吼我了。

我又喝了一杯，甩了甩手，看起来像个傻瓜一样。“长官，什么也没说。”我正经地说道，“他们死得太突然了，我要是知道什么一定会告诉你的。”

他捏着自己的下巴。“真他妈有意思啊。”他冷笑道，“房里其他四人全都死了，但你却毫发无损。”

“我确实是唯一一个。”我说，“躺在地上但依旧活着的人。”

他又抓着自己的右耳，一脸忧虑。“你在这儿待了三天了。”他咆哮道，“你来之后，我们三天内接到的案子比三年的案子还多，这一定不是真的，我一定是正在做噩梦。”

“长官，你不能怪我啊。”我嘟囔道，“我来这儿是为了找那个失踪女孩的，我现在还在找她，又不是我让农夫圣人和他妹妹藏在你这镇上的。我发现他藏在这儿的时候就告知过你，尽管你自己的手下对此闭口不提。我没从松德斯特兰德医生那儿问出点什么线索之前，是不可能开枪杀他的。我到现在还没明白你们为什么安插个假护士在那儿。”

“我也不清楚！”富尔威德大吼道，“但我的职责必须要查清楚这一切，要是能立马了结这些案子，我想我现在肯定已经去钓鱼了。”

我又喝了一杯，开心地打了个嗝。“长官，别这么说嘛。”我恳求道，“你曾经整顿过这个小镇一次，那也可以再整顿一次，就当这次只是反弹回来的烫手山芋好了。”

他在办公室内绕了一圈，手捶打着墙壁，然后又一屁股坐回他的椅子上。他怒视着我，一手抓过酒瓶，但滴酒未沾，似乎要是我喝了这些酒对他来说更有好处似的。

“我要跟你做笔交易。”他说，声音低沉而粗暴，“你跑回你的圣安吉洛去，我会忘掉你开枪杀了松德斯特兰德医生的事情。”

“长官，对一个试图自己讨生活的人说这些话可不太好啊，你知道我的枪都干了些什么的。”

他的脸又苍白了一会儿，一副要掐死我的神情。心情平静下来后，他拍了拍桌子，诚心地说：“卡尔马迪你说得没错，我不能那样做，怎么能就叫你回去呢？你仍需要继续寻找那个失踪女孩的下落，不是吗？这样吧，你回宾馆好好休息下，我今晚会处理好这些，明天早上再见。”

我把酒瓶剩下的酒喝得一滴不剩，感觉还不错。我跟富尔威德握了两次手后，跌跌撞撞出了办公室，走廊内灯光通明。

我走出警察局大厅，去了车库，我的爱车又停在那儿了。我不再假装醉酒，沿着街道往海边直走，去往大酒店和两个游乐港口。

此时天色灰蒙蒙的，港口的灯都亮起来了。一些抛锚的小游艇停在岸边，桅顶亮着灯。一个男子站在白色的烧烤摊前，手里摆弄着长叉烤着肉肠，嘴里吆喝着：“好吃的热狗！饿了就来根热狗吧！”

我点了根烟，站在边上看着大海。突然间，远处一艘大船亮起灯光，我盯着船只，但灯光并没有挪动。我便走去了卖热狗的男子那儿。

“那船抛锚了？”我指着船问他。

他环视了烧烤摊一眼，不屑地努了努鼻子。

“见鬼了，那是艘赌博船。他们还说那是什么‘停留之舰’，其实压根儿就是哪儿都不去的意思。要是说‘探戈舞厅’还不够乱，去看看那艘船就知道什么叫乱了。没错先生，那就是所谓的好船‘蒙特西托’。来根热狗肠怎么样？”

我给了他二十五美分放在摊位上。“不用了。”我轻声说，“去哪里能打到车？”

我现在手上没枪，得回去酒店拿我的备用手枪。

戴安娜垂死之前曾提过“蒙缇”。

或许只是她还没来得及说完“蒙特西托”就咽气了。

回到酒店后，我沉沉地睡过去了，跟被打了麻醉剂一样。到了八点，我醒了过来，肚子也饿了。

出了酒店后我感觉到有人跟踪我，但没能跟我太远。当然了，在这样秩序井然的小镇少有犯罪，所以那些警察不怎么会跟踪人吧。

10

水上出租船是一种老式的简便快艇。快艇穿过抛锚的船只，绕过防波堤，还遇上了大浪。我坐了好长一段距离才花了四十美分。快艇上除了一脸严肃的水手们之外，就是两对缠绵的夫妇了，天一黑下来他们就开始亲吻彼此的脸。

我回头注视着小镇那头的灯光，尽量压抑着不去想晚餐的事情。一开始灯光如钻石般分散地闪耀着，接着又聚拢在一起，好比黑夜橱窗里的宝石手镯，接着浪花上空的灯光又变成了柔和的橘色。快艇像冲锋艇一般在无形的波浪中穿梭前进着，艇身被浪拍得弹跳起来，空气中弥漫着凉飕飕的薄雾。

蒙特西托号船的舷窗很大，快艇斜了四十五度角绕了个大弯，轻车熟路地开向灯光通明的台阶处，引擎慢慢熄灭停了下来。

一个身穿紧身蓝色背心的男孩站在船上，黑色的大眼睛，凶神恶煞地张着嘴巴。他扶着女孩们下船，眼神犀利地扫着女孩旁边的同伴，然后目送她们下船。从他看我的眼神我就已经知道不好对付，他发现我枪套的方式更是让我确信了这点。

“站住。”他轻声说，“站住！”

他朝快艇司机努了努下巴，司机把缆桩上的套索放低了点，掉转了下船头，跟在我身后一起爬上蒙特西托的甲板。

“站住，先生，不好意思，这里禁止携带枪支进入船内。”那个男孩说。

“这是我随身带着的。”我对他说，“我是名私人侦探，到时候我把它寄存到柜子里。”

"抱歉，我们这儿没有枪支寄存柜，请便。"

快艇司机拽了拽我右臂，我耸耸肩。

"我们回船上去。"快艇司机在我身后低吼道，"走吧先生，你的四十美分我都退给你。"

我重新回到快艇上。"行，要是不想赚我的钱，大不了不赚啊，怎么能这样对待一个游客！真是太……"我对船上那个穿背心男孩破口大骂着。

快艇司机解开缆绳往回开，一路还是大风浪，我最后看到的是，蒙特西托船上男孩脸上露出的静默而又狡猾的笑容，这让我懊恼得很。

回去的路似乎更长了点，我没有跟快艇司机说话，他也保持着沉默。在我下船走上码头时，我背后传来司机冷笑的声音："私人侦探，哪天晚上我们有空了再去那儿啊。"

说完六个排队下船的游客都盯着我看。我从他们身边走过，穿过浮舟上的候车室，朝着陆港口那头的台阶走去，一不小心便撞在了一个红发粗汉身上。粗汉斜倚在栏杆上，穿着黑色的裤子，破烂的蓝色球服和一双脏兮兮的运动鞋。

他挡在我前面，我不得不停下脚步。他低声说："怎么了啊侦探？是不是上不了那船啊？"

"我凭什么要告诉你？"

"我是个乐意倾听的人。"

"你是谁？"

"叫我雷德就行。"

"雷德，让开，我忙着呢。"

他摆出个郁闷的笑脸，碰了碰我左边的口袋。"手枪就这样放在衣服口袋里当然会被发现。"他说，"想上那艘船吗？也不是没有办法啊。"

"要多少？"我问。

"五十美元，要是你在我船上流血的话额外再加十美元。"

我听完转身便要走开。“二十五美元。”他立马改口道，“说不定一会儿回来的时候你还有朋友要一起坐船呢，对吧？”

我走了四步后回头对他说：“成交！”然后接着往前走。

灯光通明的娱乐码头下面有个“探戈舞厅”，尽管还没到时候，已经聚满了人。我走进舞厅背着墙靠着，看着赌博桌上显示器的数字，又看了下牌桌上的人。有个人拿着“顺子”的手牌，一边在自己的膝盖上做着暗号。

这时一个身穿蓝色上衣的高大汉子走到我身边，身上一股烟味。一个低沉的声音轻轻响起：“需要帮忙吗？”

“我在找一个女孩，不过我会自己去找。你想打什么主意？”我说，没有看他。

“到处混口饭吃咯，我喜欢吃。我曾在警局干过，后来被他们整出来了。”

我喜欢他这样直言不讳。“你一定是权衡过才这样。”我说，一边仍看着打牌的人。有个人用大拇指按着那张不太好的牌，发了出去，于是那张不好的牌就被他对面的人拿走了。

我感觉到雷德在我背后龇着牙笑。“我见你在这镇上转悠好几天了，是这样，我有艘船带有水下旁道，并且还可以进入货仓门那边。我偶尔会给蒙特西托那边的人送点货，那边没什么门卫，你觉得怎么样？”

我掏出钱包，拿出二十五美元，揉成一团递给了他。他接过钱，塞到自己的黑色裤袋里。

“谢啦！”雷德低声说，然后便离开了。我让他先走，过会儿我再跟上，他那身形很容易在人群中认出来，完全不用担心跟丢他。

我们走过港口和第二个娱乐码头，前面灯光越来越少，光线也越来越暗，路上也没什么人。我们走到一个小码头边，岸边停放着一艘船，雷德走上前去查看情况。

他走到差不多路的尽头，停在一个木梯前面。“我会把船开到这里。”他说，“你得弄点大动静我才好动手。”

“听着。”我急切地说，“我现在得打个电话，刚才忘了。”

“没问题，跟我走。”

他继续沿着码头走在前面带路，走了一段路后他跪了下来，慌乱地在钥匙串上找钥匙，然后开了挂锁。他拿起一个小盒子，从里面掏出一部电话，凑在耳朵边听着。

“还能用。”他说，语气中带着欢欣。“这肯定是哪个骗子骗来的，记得用完锁回去啊。”

他悄悄地溜走了，消失在黑夜中，我独自站在那里，听着海水拍打码头的哗啦声和偶尔的海鸥鸣叫声。过了十分钟，远处传来轰隆的马达声，一会儿后声音便停止了。没几分钟，木梯突然“砰”地一声响，雷德轻声说道:“搞定了。”

我立马用电话给警局那边拨了电话，说找富尔威德，但他人不在，回家去了。我又打了另外一个号码，是个女人接的，我自称是警局的人要找警长。

等了一会儿后，我听到胖警长的声音，听上去满嘴都是炸薯条。

“谁呀？还让不让人吃东西了？到底谁呀？”

“警长，我是卡尔马迪。农夫圣人就在蒙特西托船上，只可惜这里不归你管。”

他听完开始像疯子一样大骂，我挂断电话，将电话放回那个小盒内。重新锁好之后，我走下木梯去了雷德船上。

他的船是艘黑色的大快艇，快艇划过油污水面，排气的时候没什么声音，只是船侧一直冒着泡。

穿梭于黑色的海面上，远处小镇的灯光慢慢变得模糊，而停着蒙特西托号船的那个港口，依旧灯光闪耀，一片亮堂。

11

雷德这艘船的船头没有探照灯。这时他将船速降低了一半，船就跟完全熄了火似的，然后在船尾的悬垂处下面掉了个头，慢慢接近那所豪华的蒙特西托游艇，就跟缓缓走进酒店大堂的花花公子一样。

现在隐约可以看到头上的两扇大门，再往前一点就是挂抛锚链子的链环处了。我们的快艇划过蒙特西托船底部的钢板，海浪拍打着艇身，我眼前突然浮现出雷德当警察的样子。他朝黑乎乎的某个地方甩出一根绳子，绳子碰到什么东西弹了回来。雷德用力拽了拽绳子，然后把它绕在发动机外罩上。

他低声对我说道："那船太高了，跟障碍跨栏比赛的马似的，我们得爬梯子上去。"

我调好快艇的方向盘，把船头抵住蒙特西托的船体。雷德拿出一架铁梯，横着靠在蒙特西托甲板上，然后开始沿着梯子往上爬。雷德佝偻着高大的身体，嘴里发出哼哼声，一步步往上爬。

一会儿后，梯子上方一声响，一盏暗黄的灯亮了起来，大门的轮廓在灯光中显现出来。雷德在上面小心翼翼地举着灯。

我开始顺着梯子往上爬，没爬一会就开始喘粗气，腰酸背痛，简直累得要命。这时有只老鼠从一旁的角落处快速穿过，雷德凑过来对着我的耳朵低声说："从这儿有一条窄小通道，通向锅炉房，比较好走。锅炉房那有一个烧热水和供发电用的辅助蒸汽，只有一个人看守，那人交给我搞定就行。锅炉房再往上面走的话，守卫可就翻番了，等到了锅炉房我会告诉你换气扇的位置，从那儿可以爬向甲板，到时候就看你自己的了。"

"你一定是有亲戚在船上吧。"我说。

“这个无关紧要，要想知道船上的情况也可以自己想办法，或许是因为我离这儿近所以能知道。你会很快就回来吗？”

“我到了甲板上应该会有场恶战。”我说，“给！”

我从钱包掏出更多的钱拿给雷德。

雷德看了摇头不肯收。“这太多了，够你回去都有多了。”

“就当我预订了吧。”我说，“虽说我可能也用不上，趁我反悔之前赶紧把钱拿走哦。”

“行，谢谢你了哥们儿，你是个好人。”

我们穿过箱子和圆筒，外面的黄色灯光照进来。我们沿着过道走到那扇通往窄小通道的小铁门前，然后走下一段滑溜溜的楼梯，听到通道那头机器轰隆的运转声。走过好长一堆烙铁，才来到轰隆声所在的地方。

屋内无遮罩的灯光下，一个中等身材的意大利男子坐在墙角处，身上穿着脏兮兮的紫色衬衫，戴着副银色边框眼镜，坐在一张固定在地面的椅子上，用黑乎乎的手指拿着张报纸在看。

雷德低声说：“嘿，小矮瓜，你家孩子咋样啦？”意大利男子听完惊得张大嘴巴，立马从椅子上弹跳起来。雷德把他扑倒在地，我们一起把他按在地上，然后将他的衬衫撕成碎布条，绑住他的手和脚，塞住他的嘴巴。

“按理说你不该对一个戴眼镜的家伙下手。”雷德说，“可谁让他挡了你去换气扇的路呢。换气扇下面的就是我们要对付的人，但楼上的人保不准也会听到动静。”

我说我本来就想那样做，接着我们便离开了被绑的意大利男子，找到那扇没有格栅的排气窗。我同雷德握握手，表示希望能与他再见面，然后便爬上梯子去往排气窗了。

排气窗口下又黑又冷，朦胧的雾气从外面飘进来，要爬到窗口处似乎还有一段很长的距离。三分钟后我爬到了窗口处，但感觉像爬了一小时一样，我警惕地伸出头朝窗外看了一下。在甲板的吊艇柱旁边，帆船隐约可见，船那边还传来人低声交谈的声音。甲板下面重金属音乐响起，桅杆上亮着一盏灯，一切都笼罩在层层薄雾中。

我侧着耳朵听外边的动静，没有任何警报声，于是便爬出排气窗，弯着身子来到甲板上。

一对正亲得火热的夫妇在下面的小船上轻声耳语，丝毫没有注意到我。我沿着甲板一直走，途中经过三四个舱门紧闭的客舱，其中两个客舱的门虽然关着，但能看到里面的灯光。我又听了听，整个船上只有下面赌博的人在狂欢的声音，没有其他任何异动。

我站到黑暗处，深吸一口气，然后扯着嗓子大吼了一声……就像荒郊野外饥肠辘辘又无依无靠的大灰狼发出的绝望嚎叫声般，这样的声音意味着我即将陷入各种麻烦。

我听到一条警犬低沉的嚎叫声回应了我，一个女孩在黑暗中的甲板上啜泣着，一个男人说："我还以为那些杀千刀的酒鬼都死了呢！"

我挺直身子，拔出枪，朝刚才狗叫的地方跑去。狗叫声是从甲板那一侧的船舱传来的。

到了船舱后，我把耳朵贴在门上听舱内的动静：一个男人正在安抚着狗，狗慢慢停止了吠叫，不再发出声音。这时里面突然有人用钥匙开了我正偷听的这扇门。

我立马闪到一边，单膝跪在地上。里面的人探出头来，一头乌黑的头发在灯光下亮堂可见。我迅速起身，用枪柄将那人敲晕，他软软地倒在我身上。我把他拖回船舱，随意地将他放在舱内的一个铺位上。

我重新关上门，上了锁。一个大眼睛的小女孩蜷缩在另一张铺位上，我说："斯奈尔小姐，你好啊，为了找你我可是历经波折啊，想回家吗？"

这时农夫圣人按着头坐起身来，但一言不发，只是用他那犀利的眼睛紧紧盯着我。他露出一丝微笑，心情貌似还不错。

我环视了一眼舱内，没有发现那条警犬，不过看到有条内门，狗应该在那儿。我又看向斯奈尔。

她看上去没什么特别的，就跟所有惹了麻烦的人一样。她抱着双腿缩在一张铺位上，散落的头发遮住了一只眼睛，穿着针织连衣裙，高尔夫袜子和运动鞋，鞋子的脚背处有舌头伸出来的印花图案。连衣裙下的膝盖光滑又瘦削，看上去像个女学生。

我走到农夫圣人身边去找他的枪，但没找到。他龇着牙对我笑。

女孩抬起手，将头发撩到后面。她看着我，眼神像是在看一堵挡了路的墙一样。然后她抽了几口气，哇哇大哭起来。

"我们结婚了。"农夫圣人轻声说，"她以为你要拿枪毙掉我。你模仿狼嚎这招很机智。"

我沉默不语，听着外面的声音，没有什么动静。

"你怎么找到这儿的？"农夫圣人问。

"戴安娜临死之前告诉我的。"我无情地说道。

他听到后很伤心。"侦探，我不信。"

"当时你跑了，把她一个人扔在那儿，你还指望什么？"

"我以为警察不会为难一个女人，到时候我们再跟他们做点交易就行了。谁杀了她？"

"富尔威德的一个手下，你已经把他杀了。"

这时他猛然转过头，露出一副奇怪的表情，然后走开了。他侧向一旁，微笑地看着哭泣的斯奈尔。

"亲爱的，我会护你周全的。"说完他回头看向我，"要是我当时毫发无伤地回去，我妹妹她能有办法脱身吗？"

"什么意思，毫发无损？"我嘲讽道。

"侦探，我在这船上有很多朋友，你甚至都还没机会开始交朋友吧。"

"你把你妹妹卷进来。"我说，"却没法让她脱身，也算是报应了。"

12

他慢慢地点着头，眼睛盯着双脚间的地板。女孩停止哭泣好一会儿了，脸上的泪也干掉了，这时她又哇哇哭了起来。

“富尔威德知道我在这儿？”农夫圣人慢悠悠地问我。

“没错。”

“你告诉他的？”

“是的。”

他听完耸了耸肩。“从你的角度来看，你这么做无可厚非。不过要是我落在了富尔威德手里，我就永远没机会说出实情了。如果我能见到地方检察官，说不定他还会愿意相信那些打家劫舍的事情都是我一个人干的，与我妹妹无关。”

“你早就应该这么想！”我语气沉重地说，“你那时没必要再回到医院，拿着冲锋枪到处扫射。”

他朝后仰仰头，然后笑了。“没必要？要是你花一万美元担保费，结果那人却出尔反尔，抢走你妻子，把她关在非法营业的毒品医院，还威胁你走得越远越好，否则就杀掉你妻子。换作是你你会怎样？微笑着甩手走人吗？还是回去拿枪解决这事？”

“那时候斯奈尔已经不在医院了。”我说，“你就是起了杀心。当时在那间屋里也是，要是你不跟那狗纠缠那么久，它也不会咬死兽医夏普，松德斯特兰德医生也不会吓得出卖你。”

“我喜欢狗。”农夫圣人平静地说，“没去抢劫的时候，我平时是个好人，但我确实再也受不了这样任人摆布！”

我凝神听了一下，外面依旧没有什么异动。

“听着。”我快速地说，“后门那儿有一艘我的船，要是你想跟我合作的话，我会尽力在警察抓到这女孩之前把她送回家。你的事情我不管，就算你喜欢狗，我也不会帮你。”

这时斯奈尔突然用她那小女孩儿的声音尖声喊道：“我不要回家！我不回去！”

“一年后的你会感谢我的。”我厉声打断她的哭声。

“亲爱的，他说的没错。”农夫圣人说，“你最好现在跟他走。”

“我不跟他走。”女孩生气地嘶吼道，“我就是不走，就不走！”

这时门外砰砰的敲门声打破了屋内的沉默，一个冷酷的声音在外面大喊：“开门！警察！”

我迅速走回门边，眼睛一直看着农夫圣人。我回头对外面说：“富尔威德来了吗？”

“我在呢。”富尔威德厚重的声音在外面答道，“是卡尔马迪吗？”

“听着警长，农夫圣人就在这里，他已经愿意束手就擒。同他一起的还有一个女孩，就是我跟你提过的那个，你们进来的时候缓点，行吗？”

“可以。”警长说，“开门吧！”

我转动钥匙，跳到舱内的另一头，靠着墙壁站着。旁边就是警犬所在房间的门，我看到狗正走来走去，偶尔叫唤几声。

舱内的门猛地被推开，两个我从未见过的男子带着枪闯了进来，后面跟着富尔威德。在他还没关上门的时候，我看到外面有穿着船员制服的人。

那两个警察进门就将农夫圣人扑倒在地，一顿暴打，铐上手铐。然后又退回富尔威德身后，农夫圣人龇着牙对他们笑着，嘴角的血一滴一滴地往下掉。

富尔威德用责备的眼神看着我，嘴上叼着雪茄烟，他们似乎都对屋内的斯奈尔没什么兴趣。

“卡尔马迪，你真不够意思，都不告诉我怎么来这么个地方！”

他咆哮道。

“我不知道。”我说，“我还以为你管不了这儿呢。”

“胡说！我们已经上报了联邦政府那边的人，他们会来支援的。”

这时一个警察笑了。“不过不会马上就到。”他粗鲁地说，“侦探，先把枪放下。”

“那你过来试试。”我对他说。

他听完便准备往前走，不过被富尔威德拦住了。另外一个警察什么也不看，死死地盯着农夫圣人。

“你是怎么找到他们的？”富尔威德好气地问道。

“反正不是靠收他钱再出卖他知道的。”我说。

富尔威德听完后面色不改，声音变得近乎懒洋洋的。“噢噢，看来你已经调查一番了。”他柔声说道。

我十分厌恶地说道：“你和你那些手下把我当傻子耍吗？你所谓的整洁有序的小镇其实脏乱无比，一群披着羊皮的狼。这里就是坏人的避风港……只要给出的价钱够高，不在这里惹出大乱子……经得同意就可以乘快艇逃往墨西哥。”

富尔威德十分小心地说：“还有别的吗？”

“当然！”我大喊道，“我他妈忍了你太久了！你给我打麻醉剂，麻晕后就把我关在那所医院里。我从那儿逃出来后，你又跟手下加尔布雷斯和邓肯合谋，设法诬陷我杀了你的帮手——松德斯特兰德医生，那样你就有正当理由逮捕我，在我反抗的时候趁机杀了我。然而你们没想到农夫圣人这时候插了一脚，我侥幸逃过一命，虽说他本意不是救我，但他确实是救了我。你一直都知道这个小女孩是农夫圣人的妻子，也知道她在哪里，于是便抓了她来要挟农夫圣人，想让他对你唯命是从。不过他妈的，你有想过我为什么要提示你农夫圣人在这儿吗？不知道了吧！”

早先试图缴我枪的那个警察说：“长官，现在就是时候了，我们赶紧动手吧！联邦警察那帮人……”

富尔威德下巴发抖，脸色苍白，耳朵往脑后耷拉，宽大的嘴巴猛吸了一口雪茄。

“等会儿。”他沉重地对身边的警察说。然后又转过来对着我说：“那，你为什么要提示我？”

“为了引你来这儿，在这儿你没有任何权力，跟一般人没什么不同。”我说，“然后看看你够不够胆在公海上杀人。”

农夫圣人笑了，吹了声口哨，低沉的声音咆哮着，一声尖锐的嗥叫声回应了他。我旁边的门“砰”的一声打开，就像被谁踹开了一样，那条大警犬从里面奔了出来，在屋里来回窜动。这时有人朝狗开了一枪，狗跳动着身子，没有击中。

“沃斯，吃了他们！”农夫圣人大喊道，“活活咬死他们！”

舱内一下子全是枪声，狗的吠叫声夹杂着尖叫声。富尔威德和他一个手下被狗扑倒在地，狗咬住了富尔威德的脖子。

女孩儿吓得尖声大叫，把头埋在枕头里。农夫圣人缓缓地从铺位上滑落，倒在地上，脖子上汩汩地流着血。

没被扑倒的那个警察跳向另一边，跳的时候失去重心，头差点撞在女孩的铺位上。他站稳后，粗鲁地朝狗胡乱打了几枪。

倒在地上的警察被狗咬住在地面上拖，他的手都快被咬掉了，疼得大喊大叫。甲板上响起厚重的脚步声，外面吵吵闹闹的，有什么东西掉在我的脸上，让我觉得很不舒服，但又不知道究竟是什么东西。

我感到手里的枪变得烫手，便朝狗打了一枪，我也不想那样做。狗倒在富尔威德身上，这时我才看到他额头中间有个流弹孔，没想到自己的枪法如此精准。

站着的警察朝我开了一枪，但没有子弹。他骂了一句，急忙给枪上子弹。

我摸了摸脸上的血，黑乎乎的，感觉舱内的灯光变得越来越暗。

我依稀看到明晃晃的斧头劈开了舱门，门被倒在地上的富尔威德和他手下挡住了。我盯着明亮的刀刃，看着它远去，然后又出现在另一个地方。

然后，所有灯光慢慢变暗，就像剧院谢幕缓缓拉上帘子一样。眼前完全变暗的时候，我感觉到自己头疼，但那时并不知道一颗子弹已经穿过了我的头盖骨。

两天后我在医院醒来，已经昏迷三周了。农夫圣人虽然没能活到去逃命，但已经够他说出真相了。他一定叙述得很好，因为他们让杰里先生（农夫圣人）回斯奈尔的阿姨家去了。

午街取货

1

男人和女人靠得很近，他们拖着缓慢的步子，经过一个模糊的招牌，上面标着：惊喜旅馆。男人穿着一身紫色西装，头戴一顶巴拿马帽，帽子下方是他那有光泽、整齐向下梳着的头发。他走路有些外八字，但却走得出奇的安静。

女人戴着一顶绿色的帽子，穿着一袭短裙，腿上裹着透明长丝袜，脚踩着 12 厘米的法式高跟鞋。空气中弥漫着她身上的“午夜水仙”香味。

他们走到街角的时候，男人凑到女人耳边说了一些话，女人一下把他推到一边，自己却在一旁咯咯地笑。

“要是想带我回家，你得先买点儿酒去，思麦勒。”

“下次再说吧，宝贝儿，我手头不宽裕。”

女人用刁难的语气答道：“帅哥，那下个街区我们就再见了。”

“你哪能这样呢，宝贝儿。”男人嗔怪道。

十字路口的光打到二人身上。两人穿过街道的时候相距甚远，到了马路另一边，男人抓住女人的胳膊，却被她扭动着甩开。

“听着，你这个无耻的骗子！”她尖叫着，“把你的脏手拿开，听见没！我压根儿看不起你这种没钱还想找乐子的人，给我滚开！”

“你想喝多少酒呢，宝贝儿？”

“很多。”

“我是个穷光蛋，怎么买得起那么多酒呢？”

“你有手有脚的，不是吗？”女人讥讽道。她的声音听起来不再那么尖锐，身子又靠了过来，“你这家伙应该有枪吧，有吗？”

“有是有，但没有装子弹。”

“中央大街那边的小混混又不知道这事儿。”

“别这样。”身穿紫色套装的男人大叫道。接着他打了个响指，愣了一下，说道：“等一下，我有个主意。”

他停下脚步，回头望了望那个昏暗的旅馆标识。女人手上戴着手套，她伸出一只手轻轻划过他的下巴，手套也散发着同样的香水味——“午夜水仙”。

男人再次打了个响指，在昏暗的光线中咧着嘴笑得很开心。“要是那个醉鬼还藏在旅馆里，我就能拿到酒了。等我一下，好吗？”

“我在家里等你吧，如果你很快就过来的话。”

“宝贝儿，你家在哪儿呢？”

女人盯着他看，她性感的丰唇上扬，冲他微微一笑。排水沟里的一张废报纸随着微风翩翩起舞，正巧拍到男人的腿上，他发疯似的跺脚，想要把报纸甩掉。

“246 号街东 46 路，卡丽奥佩公寓，B 座 4 号。多长时间过来？”

男人上前走了两步靠近她，手伸到后面轻轻拍着自己的屁股。继而有些冷漠地低声说道：“等着我，宝贝儿。”

她吸了一口气，点头说道：“没问题，帅哥，我会等你。”

男人沿着破损不堪的人行道原路返回，他穿过十字路口，顺着街道走回那个挂着旅馆牌子的地方。他经过一道玻璃门后来到一个狭窄的前厅，挨着灰泥墙摆放着一排棕色的木椅子，前厅小得只有一条窄道通往柜台。一个皮肤黝黑的秃顶男人懒洋洋地靠着柜台，正用手指拨弄着自己领带上的绿色别针。

穿着一袭紫衣的黑人把身子靠在柜台上，他立马露出牙齿，挤出一个生硬的笑容。他是个年轻小伙，有着瘦削的下巴和皮包骨似的窄额头，目光呆滞，和街边小混混如出一辙。他轻声问道：“那个嗓子很哑的哈巴狗还在这儿住吗？昨晚参与赌钱的那个。”

那个秃头店员盯着天花板顶灯上的苍蝇，漫不经心地说：“没见他出门，思麦勒。”

“多伊，你知道我不是问这个。”

“是的，他还住这里。”

“他酒醒了没？”

“应该醒了吧，不过还没出过门。”

“349 房间，对吧？”

“你去过，不是吗？你找他做什么？”

“我最后那点好运都被他榨个精光，我去找他借点钱。”

秃头男人神情紧张。思麦勒注视着男人领带别针上的绿宝石，一言不发。

“快滚吧，思麦勒。我们这儿没有醉鬼，中央大街上没有喝酒喝得站不稳的人。”

思麦勒轻声说：“多伊，他是我朋友。如果他借我二十，我分你一半。”

他摊开手掌心，那店员盯着他的手足足看了很长时间。然后他乖张地点点头，走到一扇玻璃屏后面，慢悠悠地走回来，直勾勾地看着临街大门。

他的手在那只摊开的手掌上盘旋，男人接到一把万能钥匙后便合上手掌，扔进那套廉价的紫色西装口袋里。

思麦勒又露出他的牙齿，只是一瞬间，让人看了也不寒而栗。

“多伊，我上去的时候，你看着点儿。”

那店员说道：“赶快吧，有些客人会很早回来。”他瞥了一眼墙上的绿色电钟，已经七点十五了。“墙不怎么隔音。”他又补充了一句。

这个瘦削的年轻男子再次咧嘴笑了一下，点点头，迈着谨慎的步伐沿着前厅走向昏暗的楼梯。惊喜旅馆没有配备电梯。

七点零一分时，一名缉毒小队派来的卧底人员皮特·昂格里奇，在硬邦邦的床上翻了个身，然后看着自己左手上戴的那块廉价皮带表。他黑眼圈很重，宽下巴上布满了浓密的黑胡楂儿。他脚上没穿鞋，从床上伸到地上站起来，身上穿着低档次的棉睡衣，先是活动舒展着自己的肌肉，然后膝盖打直，弯下身去用手触到脚趾前的地面，嘴里还嘟囔了两声。

他走向一张有缺口的桌子，拿起一夸脱瓶装廉价黑麦威士忌酒就喝，他表情痛苦，用瓶塞塞住酒瓶子，然后用手使劲地按回去。

“天哪，昨晚我喝得有点上头了。”他声音有些嘶哑，喃喃抱怨道。

他在桌上的镜子里仔细端详自己的脸，看着下巴上的胡楂儿以及喉咙上那道靠近气管的白色伤疤。他声音沙哑是因为曾经受过枪伤，不仅留下了那道伤疤，还让他声带受损。他这烟嗓却很平滑，像是唱布鲁斯蓝调的歌手似的。

他脱掉睡衣，赤身裸体地站在房间里，脚趾头摸索着地毯裂口处粗糙的边缘。他庞大的身躯看起来压低了他的身高。他溜肩，鼻子厚大，颧骨上的皮肤就像是皮革似的。他有一头黑色的短卷发，目光冷静而坚定，一张小嘴，看起来就思维灵敏。

他走进肮脏的浴室，里面光线很暗，他踏进浴缸，然后打开淋浴器。温暖的水流淌出来，水温刚好，不会觉得烫。他站着往自己身上打香皂，泡沫覆盖了每一寸肌肤，其间还不忘按摩自己的肌肉，然后冲洗掉身上的泡沫。

他从架子上猛抽了一条脏毛巾，把全身擦得发光。

透过松散地关着的浴室门，他听到一阵微弱的异响。他屏住呼吸，仔细聆听，杂音再次响起……木板咯吱作响、“咔嗒”一声，还有布料沙沙摩擦的声音。皮特·昂格里奇来到浴室门口，慢慢地拉开门。

身穿紫西装、头戴巴拿马帽的黑人站在桌子旁，他手里拿着皮特·昂格里奇的外套。他面前的桌子上放置着两把枪，其中一把是皮特·昂格里奇用旧并且磨损了的柯尔特式自动手枪。房门紧锁，一把带有标签的钥匙落在门口地毯上，就像是从门上掉下来的，或是拔出来以后掉的。

叫思麦勒的那个家伙任由手中的外套落地，左手举着一个皮夹子。右手则举起了柯尔特式手枪，他龇牙咧嘴地笑着。

“好了，白人小子，洗完澡快把身子擦干。”他说道。

皮特·昂格里奇用毛巾把身上的水分擦干，等到干透了，赤裸裸地站着，左手拿着湿毛巾。

思麦勒把皮夹子掏空，放在办公桌上，左手一边在数钱。右手紧握那把柯尔特手枪。

“87 美元，足够了。其中有一些是赌博时我输给你的，现在我要全部拿走了，兄弟。放轻松，我和这旅馆的管理人员很熟识呢。”

“让我休息一下，思麦勒。”皮特·昂格里奇有些声嘶力竭。“那是我全身家当，你给我留点儿钱，行吗？”他粗声粗气的说，声音就像含了一口酒一样醇厚。

思麦勒露出牙齿，微微闪光，然后摇了摇他那窄头。“留不了了，兄弟。给我点时间还你，现在我指望这笔钱过活呢。”

皮特·昂格里奇向前散漫地走了一步，停下来，怯生生地咧开嘴笑。正好撞上思麦勒手中举起的属于皮特那把枪的枪口上。

思麦勒悄悄挪向办公桌，拿起了桌上的那瓶黑麦威士忌酒。

“这个我也拿走了，我的宝贝正想喝酒呢。你裤子口袋里的钱我就不拿了，兄弟，够你花了吧？”

皮特·昂格里奇向旁边跳了一步，大约四英尺的距离。思麦勒脸上一阵抽搐，举着枪四处挥舞，那瓶黑麦威士忌酒也从手中滑落，一下砸在自己脚上。他痛得嗷嗷直叫，猛地把瓶子踢走，脚趾头正好卡在地毯破洞的地方。

皮特·昂格里奇快速翻动着毛巾，将湿透了的那端直直地甩在思麦勒的眼睛上。

思麦勒一下没站稳，接着痛得大喊大叫。皮特·昂格里奇用强有力的左手一把抓住思麦勒手里的枪，他的手向下滑向思麦勒的脸和枪，将枪口朝向思麦勒，枪口还触到他的脸。

思麦勒恶狠狠地用膝盖去顶皮特·昂格里奇的腹部。他几乎作呕，但是手指牢牢按住思麦勒扣扳机的手指，他用力过猛，手指差点痉挛。

隐隐的一声枪响，掩埋在紫色西装里。思麦勒眼珠滚动了一下便露出大片眼白，接着他那窄下巴也松散下来。

皮特·昂格里奇任由他躺在地板上，自己气喘吁吁地站着，弯下腰来，他的脸色铁青。他摸索着掉落的那瓶黑麦威士忌，拔出木塞，往喉咙里灌了几口烈酒。

他的脸色恢复正常，呼吸也逐渐平稳。他用手背擦掉额头上渗出的汗珠。

他摸了下思麦勒的脉搏，已经感受不到任何跳动，他死了。皮特·昂格里奇放下手中的枪，走到门口扫了一眼，走廊上空荡荡的，一个人也没有。门外的锁上有一把万能钥匙，他拿下来，将门从里面锁上。

他穿上内衣裤和鞋袜，和他那身破旧的藏青色西装，在皱巴巴的衬衣领子上打了条黑色领带，又回到死者身边，从他口袋里翻出一叠钞票。他打包了一些零星物品、衣服还有盥洗用品放进廉价纤维行李箱里，站在门口。

他用铅笔将左轮手枪枪管中碎掉的薄片捅出来，取下使用过的弹筒，在浴室地面上用脚跟把空弹壳踩得粉碎，然后扔进马桶用水冲走。

他从门外锁上门，沿着楼梯下楼，来到前厅。

秃头店员的目光一下子聚焦在他身上，转而又看向别处，他的脸色吓得煞白。皮特·昂格里奇倚在柜台上，打开手掌心，两把钥匙旋即落在伤痕累累的木质台子上，叮当作响。店员直勾勾地盯着那两把钥匙，心中不无恐惧。

皮特·昂格里奇语速缓慢，沙哑地问道："听到什么奇特的声响没？"

店员摇头否认，咽了口口水。

"你们是一伙的，对吧？"皮特·昂格里奇说道。

店员痛苦地摇头，脖子在衣领里也跟着扭动。在天花板顶灯的照耀下，他光秃秃的脑袋黯然发光。

"真是糟糕。"皮特·昂格里奇说道，"我昨晚是用什么名字登记的？"

"你没有登记。"店员小声嘟囔道。

"或许我从来没来过这儿。"皮特·昂格里奇温柔地说道。

"我从来没见过你，先生。"

"你现在看到的也不是我，你永远都不会见到我……或是认识我……你觉得呢？"

店员生硬地扭动脖子，试图挤出一丝微笑。

皮特·昂格里奇打开皮夹子，从里面抽出三美元。

"我习惯于为我的行为埋单。"他慢悠悠地说，"这是349号房的房费……从昨晚到明早的，虽然付得迟了点。从你这儿拿了万能钥匙的那个家伙，大概是睡死过去了。"他顿了顿，始终对店员投以冷峻的目光，若有所思地补充了一句："除非，我想应该有他的朋友会把他拖走吧。"

店员的嘴唇上泛起白沫，他结结巴巴地吐出几个字："他难道……难道……"

"没错。"皮特·昂格里奇接着说，"不然你以为呢？"

他走到临街的门口，提着自己的行李箱，从旅馆标识下经过，在原地停留了片刻，朝着中央大街的白色眩光望去。

接着他朝相反方向走去。那条街灯光昏暗，十分静谧。在他达到午街之前，还要经过四个街区，这一带是黑人区，街区上有许多木屋。

他一路上只遇到一个路人，一个棕色皮肤的女孩，戴着绿色帽子，穿着单薄透明的丝袜，踩着 12 厘米的高跟鞋，正站在一棵棕榈树下抽烟，眼神不断张望着惊喜旅馆那边。

2

午餐车是一辆老式无轮餐车，车尾正对着街对面一家机械修理店和一幢公寓中间的空地。车子两侧印着“贝拉唐娜”的金字，已经渐渐褪色。皮特·昂格里奇走上两级铁台阶，循着油炸气味走进餐车。

穿着白衣服的黑人厨子那宽厚的背部朝着他。矮矮的柜台最远处坐着一个白人女孩，她戴着一顶看上去廉价的棕色呢帽，身上的高翻领厚呢绒大衣十分破旧，她正在品味咖啡，左手撑着脸颊。餐厅里只有他们两位顾客。

皮特·昂格里奇放下行李箱，坐在门边的一张凳子上，说道：“嗨，莫普西！”

那个胖厨子转过头来，露出一张黑黝黝的脸。他咧着嘴笑，有些发青的舌头在饱满的厚嘴唇之间若隐若现。

“小伙子你怎么样？今天想吃什么？”

“炒两个鸡蛋，不要太熟，一杯咖啡，一个面包，不要土豆了。”

“点这么多，你是饿了多久。”莫普西朝他发发牢骚。

“我喝醉了。”皮特·昂格里奇答道。

坐在柜台另一头的女孩用犀利的眼神看着他，又看了看架子上的闹钟以及自己手腕上的表，她手上戴着手套。然后低下头，再次注视着自己的咖啡杯。

胖厨子敲了个鸡蛋，把蛋液倒入平底锅，加了些牛奶进去翻炒了几下。“要不要来一小杯酒，小伙子？”

皮特·昂格里奇摇头拒绝。

“莫普西，我还要开车。”

厨子笑得露出牙齿。他从柜台下面拿出一个棕瓶，往玻璃杯里倒了一大杯酒，然后把杯子递到皮特·昂格里奇旁边。

皮特·昂格里奇立刻拿起杯子，一大口下去，把酒喝得一滴不剩。

“看来我还是下次再开车吧。”他放下空杯子。

那女孩站起来，沿着板凳走过来，在柜台上放了一枚十美分硬币。胖厨子按下他的现金出纳机，找给女孩五美分零钱。皮特·昂格里奇随意地打量着这女孩，她衣衫褴褛，眼神却很纯真，脖子上披散着一头棕色卷发，自己的眉毛像是拔得一根不剩，眉骨上画着夸张弧度的眉型。

“小姐，你不会是走丢了吧？”他开口问道，语气轻柔、嗓音沙哑。

女孩急忙打开她的包，把零钱收好放进包里，看上去笨手笨脚的。她猛地向后退，吓得包都掉了。包里的东西散落一地，她睁大眼看着地面。

皮特·昂格里奇蹲下一条腿，把掉在地上的东西捡起来塞到包里面。一个便宜的硬币收纳盒、一些香烟、一个紫色火柴盒——上面印着金色的字：“主宰者俱乐部”、两条色彩斑斓的手绢、一张皱巴巴的钞票，还有一些银币和硬币。

他站起来，把合上的包递给女孩。

“抱歉。”他温柔地说，“你可能被我吓到了。”

她气喘吁吁，一把从他手中抢走包，然后从餐厅落荒而逃。

胖厨子目送她离开后，缓缓地说：“那个洋娃娃不属于这个破败的小镇。”

他把炒蛋和面包盛在盘子里，往马克杯里倒了一杯咖啡，然后把食物摆在皮特·昂格里奇面前。

皮特·昂格里奇开始享用他的食物，一边漫不经心地说道：“她一个人，包里有主宰者俱乐部的火柴。那可是特瑞莫·沃兹的地盘，像她那样的女孩要是落在他手中，你应该知道会怎么样。”

厨子舔了下嘴唇，从柜台下面摸出一个威士忌酒瓶。他给自己倒了一杯，又往酒瓶里兑了一杯水，把它放回柜台下面。

“我从来都不会强人所难，也不想变成那样的家伙。”他慢慢说着，“但真的恨透了像那个男人那样的白人家伙，他总有一天会玩火自焚。”

皮特·昂格里奇用脚碰了下他的箱子。

“没错，先帮我保管下箱子吧，莫普西。”

然后他走出餐车。

这是一个凉爽的秋日夜晚，身旁时不时经过两三辆车，空荡荡的人行道上却是一片漆黑。一位值夜班的黑人在街上踱步，挨家挨户地检查街上那排昏暗的小商店的门有没有锁好。这条街上的住户都是住在木屋里，有几户人家听起来热闹非凡。

皮特·昂格里奇继续向前走，穿过十字路口。在离午餐车三个街区的地方他再次看到那个女孩。

她一动不动，紧紧地贴在墙上。离她不远处，一个无电梯公寓的楼梯间亮着昏黄的灯光。再旁边就是一个小型停车场，前方挂着许多广告牌。有微弱的光线照在女孩的帽子、破旧的高翻领厚呢绒大衣和她的侧脸，皮特一眼就认出了她。

他走到门口，看着她。她高举的手臂上有一束光线……是手表的亮光，十分闪耀。不远处钟声响起，缓慢而悠长地敲打了八下。

后方角落里突然探出一道车灯，一辆大车进入视线，摇摇摆摆地行驶着，车前灯的亮度渐弱。它沿着街区匍匐前进，黑色的车窗和车身在黑夜中显得锃光瓦亮。

皮特·昂格里奇在门口站着，他咧开嘴，露出尖锐的笑容。那是一辆在离这里六个街区的地方私人定制的迪森贝格轿车！突然间一阵高跟鞋嗒嗒的跑步声让他不知所措。

那女孩正从人行道上朝他跑来。那辆车开得还不够近，昏暗的车灯还照不到女孩。皮特·昂格里奇在门口向前迈了一步，一把抓住女孩的手臂，把她拽到了门里面。接着沿着外套下方摸出一把枪。

女孩上气不接下气地站在他身边。

那辆迪森贝格缓缓驶过门口，所幸没有枪声，穿着制服的司机也丝毫没有减速。

“我不行，我实在太害怕了。”女孩一边气喘吁吁，一边在皮特·昂格里奇耳边说了这句话。然后她突然从他身边跑开，沿着人行道又跑远了一点，离那辆车也远远的。

皮特·昂格里奇一直注视着那辆迪森贝格的动向，它现在已经开到停车场那排广告牌的对面去了，以爬行的速度行驶。不知是什么东西从左前窗掉落下来，落地时“砰”的一声响。然后车子悄无声息地加速行驶，接着消失在黑夜之中。开过一个街区以后，车前灯又开到最亮。

一切都没变。那个被丢弃的东西静静地躺在人行道内侧边缘，它的正上方就是其中一块广告牌。

然后那女孩又回来了，一步一步地走向他，带着些许迟疑。皮特·昂格里奇待在原地一动不动，看着她的步伐。当她走到他身边时，他轻声问道：“有什么困难吗？需要我帮忙吗？”

她转过身去，声音有些哽咽，仿佛她全然不记得这个男人一样。她在他身旁转头，眼睛飞快地瞥了男人一眼，苍白的下巴匆匆掠过一道光影。她语带焦急和害怕，用微弱的声音说道：

“你是午餐车的那个男人，我见过你。”

“有话直说吧。债务问题？”

黑暗中，她又在他身旁晃动头部，上下点了一下。

“那个包裹是什么？”皮特·昂格里奇喊着说，“钱吗？”

她赶忙吐出一连串的话：“你可以帮我去拿吗？噢，求求你了，我会很感激你的，我……”

他笑了，他的笑声像在低吼似的。“帮你拿？宝贝儿，我也要报酬的。到底什么情况，说来听听。”

她试图远离他，但他抓住她的手臂不让她走。他另一只手把枪藏进外套里，这时他用双手握住她的双臂。她向他耳语，声音带着哭腔：“如果我没拿到，他会杀了我的。”

皮特·昂格里奇突然冷冰冰地一针见血：“谁会杀你？特瑞莫·沃兹吗？”

她开始剧烈反抗，试图从他的掌控中挣脱，但还是没能成功。这时人行道上传来有人拖着脚步走来的声音。两个黑影出现在广告牌前，但他们没有停下脚步去捡东西。脚步声越来越近，随之而来的是忽明忽暗的烟头。

一个声音轻柔地说道：“看那边，小甜心，你想不想换个男朋友呢？宝贝儿？”

女孩躲到皮特·昂格里奇身后。其中的一个黑人温柔地笑着，向这边挥舞着自己抽剩的烟头。

“该死，那是个白人女孩。”另一个黑人赶忙说道，“我们走吧。”

他们继续前进，一边暗自发笑。在转角处一转弯，两人就从视线里消失了。

“谁在那儿？”皮特·昂格里奇咆哮道，“出来让我看看你是谁。”他语气强硬，有些恼羞成怒，“真该死，你乖乖待在这儿别动，我去给你拿那个该死的包裹。”

他离开女孩身边，沿着公寓前方的路悄悄地走过去。走到广告牌边缘时，他在黑暗中用眼睛巡视了一下四周，看到了那个包裹。包裹外面是黑色的，虽然不大，但足够让人看见了。他弯下腰，朝着广告牌下方看去，什么也没有。

他向前走了四步，俯身下去捡起包裹，摸到了布和两根厚厚的橡皮筋。他站着没动，仔细聆听周围的动静。

主街上远远传来汽车的轰鸣声。一盏灯突然在街对面的一间公寓里亮起来，前面是一扇玻璃镶板门，开了一扇窗，窗前一片漆黑。

他身后传来一个女人骇人的尖叫声。

他僵住了，然后迅速转身，一束光照在他两眼之间。是从街对面的一间黑窗子里照过来的，白光太过刺眼，他一下子没站稳便靠在广告牌上。

他斜着眼看，不断眨眼，然后就静止不动了。

水泥地上有人的鞋子落地的声音，接着从公告牌尾端一把枪口顶着他的身体侧面。持枪的人用悠闲的语气说道："别动，连眼睛都别想眨一下，伙计。警方已经将你包围。"

持左轮手枪的人员从广告牌两侧涌来，慢慢靠近他。高跟鞋咔嗒咔嗒走路的声音在远处响起，然后是片刻的静默。一辆闪着红色聚光灯的警车从角落里转弯过来，笔直地朝着以皮特·昂格里奇为中心的人群方向行驶。

那个声音懒散的人说道："我是安格斯，刑警中尉。如果你不介意的话，我现在要去拿那个包裹。双手合拢待一会儿。"

说着把手铐铐在皮特·昂格里奇的手腕上，态度十分冷淡。

他听到高跟鞋的声音逐渐远去，但自己身边太过喧闹，已经分辨不出那种声音了。

家家户户把门敞开，黑人们一一从房子里涌出来，霎时间人声鼎沸。

3

约翰·维多利身高六英尺两英寸，他拥有完美的轮廓，堪称好莱坞数一数二的型男。他黑色的皮肤散发着迷人与浪漫的气息，两鬓有少许灰发，十分吸睛。他肩膀宽阔，臀部紧实，他有如英国警卫军官一般坚挺的腰，一身帅气的宴会服使其极具魅力。

他看着皮特·昂格里奇，眼神带着些许歉意，好像为自己不曾认识他而遗憾似的。皮特·昂格里奇看了看自己的手铐，又看看自己踩在厚地毯上的破旧不堪的鞋子，最后才把目光转向墙上高悬的整点报时的挂钟。他脸涨得通红，眼神明亮。

维多利调整了一下嗓音，流利而清晰地说道："不对，我从没见过这个人。"接着冲皮特·昂格里奇笑了笑。

安格斯，那个便衣刑警中尉，倚在图书馆雕花桌子的一端，用手敲着自己的帽檐。侧面的墙边还站着另外两位刑警。还有一位刑警——第四位刑警坐在一张小桌子前，面前放着一本速记本。

安格斯开口道："噢，我们只是认为你可能和他认识。他不肯向我们透露任何信息。"

维多利挑了一下眉，微微一笑道："对此我真的很惊讶。"他走来走去四处找玻璃杯，然后把杯子放在托盘里，接着去调更多的酒。

"这也没辙。"安格斯答道。

"我还以为你总有办法的。"维多利惬意地说道，同时将苏格兰威士忌酒逐一倒进杯子里。

安格斯看了一眼自己的手指甲："我刚刚说他不肯透露任何信息，是指对案情有帮助的信息，维多利先生。他向我们坦白说自己的名字叫作皮特·昂格里奇，曾经是一名战士，但已经很多年没有参与战斗了。大概一年前，他做了一名私家侦探，但现在是无业游民了。他在赌场赢了些钱，喝得酩酊大醉，刚刚只是在大街上乱逛。所以才恰好来到午街，他看到你车上扔下来的包裹，因此把它捡了起来。我们可以以流浪罪的罪名逮捕他，但也没什么用。"

"他说的也不是没有可能。"维多利轻声说道。他一次拿出两个杯子，分两次把酒分给四个刑警，然后举起自己的杯子，喝之前轻轻点了点头。他喝酒的姿态非常优雅，举手投足之间蕴含着高贵的气质。“不，我确实不认识他。”他重复了一遍自己之前说过的话，“说实话，他看起来也不像是会对我泼硫酸的人。”他挥挥手，“恐怕带他来这里……”

皮特·昂格里奇突然抬起头，盯着维多利看，语带嘲讽。

“维多利，你的面子可真大。竟然会有这样的事儿，四名警察抓捕犯人之后在这里陪着你审问。”

维多利露出亲切的笑容。“好莱坞的规矩就是这样。”他笑着说，“况且，我曾经名气也不小。”

“你已经过气了。”皮特·昂格里奇说道，“你那最后一张照片是你永远的痛，那些爱慕你的女人们都不知道吧。”

安格斯愣住了。维多利脸色开始泛白，他慢慢放下自己的杯子，随即手垂到一边。他有力地穿过地毯，站在皮特·昂格里奇面前。

“那只是你认为的罢了。”他厉声呵斥道，“但我警告你……”

皮特·昂格里奇怒目以对：“听着，你这位风云人物，你把那一千美元放在地上，是因为某些无赖曾威胁你如果你不照做，就会对你泼硫酸。我捡起那一千美元，但我一点好处也没分到，钱分文不动回到你手中。你却因为这件事重获盛名，那价值远远超过了这一千美元的十倍，但你最终一分钱也不用破费，真是一出好戏。”

安格斯厉声道：“说够了没，混小子。”

“你说什么？”皮特·昂格里奇冷笑着，“你不是希望我说实话吗？我现在就告诉你，我讨厌担惊受怕的胆小鬼，听见没？”

维多利呼吸急促。突然间他挥起拳头朝皮特·昂格里奇的下巴狠狠砸去。这一拳打得皮特·昂格里奇的头左摇右晃，他眼睛先是眨了眨闭上了，然后睁得老大。他甩甩头，冷静地说：“维多利，肘部朝上，拇指朝下，你再这样打下去手会断的。”

维多利向后退，摇摇头，看着自己的大拇指。他的脸色不再煞白，脸上也渐渐浮现出笑容。

“对不起。”他懊悔地说道，“真的非常对不起，我实在听不了别人这样侮辱我。但我真的不认识这个男人，我想你还是把他带走吧，中尉。还要戴着手铐，这样有些不光彩，是不是？”

“这些话说给你那些走狗听吧。”皮特·昂格里奇说道，“这点小伤对我来说不算什么。”

安格斯走向他，拍了拍他的肩膀：“兄弟，起来吧，我们走吧。你是没见过好人吧，还在这里发疯。”

“比起他，我更喜欢那些无赖。”皮特·昂格里奇说道。

他慢悠悠地站起来，拖着脚在地毯上行走，走过的地毯皱巴巴的。

靠墙站着的两位警察加入他身边的行列一起走，他们离开了这间大屋子，经过一道拱门。安格斯和另一个男人紧随其后，他们一同在私人大厅里等电梯来。

“你到底想怎样？”安格斯突然插了一句话进来，“为什么要对他大吵大闹的？”

皮特·昂格里奇笑着说：“我发脾气，气没处撒而已。”

电梯到了，他们乘电梯下行，之后来到切斯特塔的一间宽敞、寂静的大厅。有两名警卫正慵懒地靠在大理石桌子的一边，两名店员则保持警惕地站在后面。

皮特·昂格里奇抬起他被手铐束缚着的手，用手指做了个致敬的动作。“怎么回事，怎么一个记者都没来？”他揶揄道，“维多利才不希望这个消息这么密不透风。”

“别停下脚步，你这自作聪明的小子。”一位警察没好气地说道，猛拉他的手臂。

他们走过长廊，从一个侧门出去，门口是一条窄街，树梢都快垂到地面上了。透过影影绰绰的树梢向远处看去，城市的光就像一片金黄色的地毯倾泻而下，红光、绿光、蓝光和紫光流光溢彩，交相辉映。

没两下子，皮特·昂格里奇就被放倒在第一辆车的后座里，两辆车嗡嗡地发动引擎。安格斯和另一个男人从他的两边分别上车。车子驶过一段下坡路，在喷泉区向东转，在黑夜里无声地行驶了无数个英里。在喷泉区与落日区交汇的地方，车子往市中心开去，朝着市政厅高耸的白塔方向。到达广场时，第一辆车盘旋直上洛杉矶街，一路向南，另一辆车则沿着原来的路径向前开。

片刻过后，皮特·昂格里奇嘴角向下，往旁边看了看安格斯。

“你要带我去哪儿？这可不是去你们总部的路。”

安格斯慢慢转向他，他的皮肤黝黑，表情严峻。过了一会儿这位大警察向后靠，在夜色中打了个哈欠。他一言不发。

汽车的行驶路线从洛杉矶街转向第五大道，又向东驶向圣佩德罗，再次向南驶过了好几个街区，驶过安静的和喧闹的街区，有的街区能看到安静的男人们坐在摇摇欲坠的门前，有的街区能看到不同人种的恶棍们聚在一起，在廉价餐厅、药店前，或是装着老虎机的啤酒店前嬉皮笑脸、交头接耳。

车子到达圣巴巴拉时再次向东行驶，沿着路边缓缓回到午街，在午餐车附近一个角落停下。皮特·昂格里奇不由有些愁眉苦脸，但他没吭声。

“好了。”安格斯慢吞吞地说，“把他放开吧。”

皮特·昂格里奇另一边的警察从背心里掏出一把钥匙，打开手铐的锁，他很享受手铐碰撞在一起叮当作响的声音，然后才把手铐收起来放到臀部后面的口袋。安格斯打开车门，从车里走出来。

“下来。”他把头低到肩膀的位置冲车里说。

皮特·昂格里奇从车上下来。安格斯在街灯下走了一小段路，然后停住脚步，点头示意，之后从外套里摸出一把枪。他轻声说道：“除此之外，我们没有选择了，不然就得惊动整个镇上的人。皮尔森是唯一认识你的人，你有什么想法吗？”

皮特·昂格里奇拿着枪，轻轻摇头，把枪悄悄地塞回自己的外套，站在停在路边的警车前面。

“我想，那个望风的女孩被人发现了。”他不紧不慢地说，“有个女孩在那附近鬼鬼祟祟地待着，但也有可能是凑巧罢了。”

安格斯默默地注视了他好一会儿，然后点点头，又回到车里。车门猛地一下关上了，车子沿着路边匀速行驶，突然间加速离去。

皮特·昂格里奇沿着圣巴巴拉向南走向中央大道。走了不久，一块发光招牌进入他的视线，十分晃眼，上面是紫色的字——主宰者俱乐部。他踏上宽敞的、铺着地毯的阶梯，一步一步走向嘈杂的舞曲声。

4

女孩想要从空间狭小的舞池走过来，就得沿着舞池边星罗棋布的桌子走。她的屁股无意间碰到了一个男人的肩膀，那男人伸出手来紧握住她的手，脸上还笑嘻嘻的。她生硬地笑着，挣脱那男人的手，继续走着。

她今天穿了一件青铜色的无袖连衣裙，上面镶着金属亮片，棕色卷发落在脖子上，这样打扮比她那天穿着破旧的呢大衣、戴着廉价的毡帽有气质多了，甚至比那些踩着很高的高跟鞋、露着大长腿、腰部一览无余、头上斜戴着笨重的、遮住一只耳朵的金色礼帽的女人还要漂亮。

她的脸看上去有些许憔悴，但脸盘相当小，五官精致可人，尤其是一双大眼睛炯炯有神。跳舞乐队击打的各种乐器响声十分喧闹，盖过了人们用餐声、谈笑声和舞步声。女孩迈着谨小慎微的步伐，来到皮特·昂格里奇的这张桌旁，拉出一张凳子坐下来。

她的手肘放在桌布上，用手背撑着自己的下巴，注视着他。

“别来无恙啊。”她的声音有一丝颤抖。

皮特·昂格里奇从桌子上推过去一盒烟，看着她甩了甩烟盒，抽出一支烟，然后把烟夹在双唇之间。他划了一根火柴，她不得不从他手里接过那根火柴来点燃自己的烟。

“喝点什么？”

“我还在想。”

他示意那个满头卷发、一双杏眼的服务员过来，点了两杯鸡尾酒，点完单后服务员便离开了。皮特·昂格里奇向后靠在他的椅子上，看着自己那不锋利的指尖。

女孩温柔地说道：“我收到你的钱了，先生。”

“还满意吗？”他尽量让自己的语气听起来随意，但有一丝不自然，他也没有看着女孩的眼睛。

她笑得有些奇怪：“我们得让客人开心。”

皮特·昂格里奇从她肩膀上方朝角落的舞池看去。一个男人正站在那边抽烟，旁边是一个小型麦克风。他体形很大，但做主持人年纪未免有些老了，他有一头亮泽的银发，大鼻子，皮肤由于经常饮酒而变得很粗厚。他始终是一张带着笑意的脸，对每个人、每件事都毫不吝啬自己的笑容。皮特·昂格里奇盯着他看了一会儿，循着他的目光看去。他语气生硬，说话时仍心不在焉：“但你还是来这儿了。”

女孩一怔，然后有些萎靡不振：“你不必这样数落我，先生。”

他缓缓地把视线转回她身上，眼神空洞：“你都已经一无所有了，落到这步田地，我的经历和你差不了多少，所以能深刻明白你的处境。而且，你今晚让我那么倒霉，我总该说你几句出出气吧。”

那个满头卷发的服务员回来了，在桌布上放了一个托盘，用一块脏抹布擦拭玻璃杯的底部，然后放在托盘上。他再次离去。

女孩用手握住杯子，迅速拿起来喝了一大口，放下杯子时还不禁颤抖了一下。她的脸色惨白。

“说点有趣的事儿或者其他什么的。”她迅速说道，“不要只是坐在这里，有人盯着我呢。”

皮特·昂格里奇碰了下他那杯酒，刻意朝角落里的露天舞台那边微笑。

“是的，我能猜到。那不如跟我讲讲午街那个包裹的事情吧。”

她突然伸出手抱住他的手臂，她的尖指甲刺进了他的肉里。“不要在这儿谈。”她急促地呼吸，“我不知道你怎么找到我的，我也不在乎。你看起来是那种会帮一个女孩逃脱的可信男人。我吓坏了，千万不要在这里谈那个。你让我做什么我都会做，想去哪儿我都会跟着你。只要不待在这儿。”

皮特·昂格里奇挣脱了她的手，把自己的手臂缩回来，又向后靠到椅子上。他眼神冰冷，但却说了一些温暖人心的话。

“我明白了。想必是特瑞莫管着你吧，这件事跟他有关吗？”

她连忙点头：“我还没逃出三个街区，他就找到了我。他以为这是我的恶作剧，要是他看到你也在这儿，一定不觉得这是闹着玩的了。你这么聪明，应该懂我的意思吧？”

皮特·昂格里奇抿了一口他的酒。“他正朝这边过来了。”他不慌不忙地说道。

那个灰头发的主持人正穿梭于各桌之间，弯着腰和客人们有说有笑的，然后直冲着皮特·昂格里奇和女孩坐的这张桌子走来。女孩正凝视着皮特·昂格里奇背后的一面很大的镀金镜子，突然间她大惊失色，恐惧扭曲了她的脸，她的嘴唇也随之战栗，完全不受控制。

只见特瑞莫·沃兹悠闲地踱步过来，一只手撑在桌子上。他在皮特·昂格里奇面前戳了一下自己那青筋突出的大鼻子，然后脸上露出一个温柔、平淡无奇的笑容。

“嗨，皮特。麦金莱入土之后就没见你来过了，过得怎么样？”

“不好不坏呗。”皮特·昂格里奇声音沙哑地说道，“我喝醉了。”

特瑞莫·沃兹笑得更加开心，然后转向女孩。她匆匆看了他一眼，然后迅速转移目光，用指甲拨弄着桌布。

沃兹轻柔地低语道："你之前就认识这个小女人吗？还是在这儿看上她的？"

皮特·昂格里奇耸耸肩，略显乏味的样子："只是想找个人一起喝酒，特瑞莫，给她点辛苦费吧，行吗？"

"当然没问题。"沃兹拿起一个杯子，轻蔑地嗅了一下。然后故作悲伤地摇摇头说道，"真希望我们可以提供好点的酒，50 美分只能买到这样的货色。不如去我房间喝点好酒？"

"带上她一起去吗？"皮特·昂格里奇轻声问道。

"你们俩一起来吧。给我五分钟时间，我先准备一下。"

他捏了下女孩的脸，然后走开了，他大步流星，量身定制的衣服肩膀部分松松垮垮的。

女孩的语气有些绝望，她声音压低，慢慢说道："原来你叫皮特，我看你是活得不耐烦了，皮特。我的名字是图肯·威尔，是不是听起来很傻？"

"我喜欢这名字。"皮特·昂格里奇温柔地回答。

女孩盯着皮特·昂格里奇喉咙上白色伤疤下面的一处看，她眼里逐渐充盈着泪水。

特瑞莫·沃兹在各桌之间游来荡去，和四处的客人说话。然后走向远处的那面墙，来到露天舞台前，从那里向四处张望，直到看见皮特·昂格里奇，并直勾勾地盯着他。然后他耷拉着脑袋，退到厚厚的窗帘后面去了。

皮特·昂格里奇把椅子推回原位，起身对女孩说："我们走吧。"

图肯·威尔用手指在玻璃杯托盘里捻灭了她的香烟，整个过程急促而不流畅，喝完杯子里剩下的酒，随后起身。他们沿着桌子走向舞池，然后走到露天舞台的一边。

窗帘后面是一个光线昏暗的走廊，走廊两边有很多门户。地上铺着破旧的红地毯。墙壁已经破损不堪，门看起来摇摇欲坠。

“左边最后一间。”图肯·威尔低语道。

他们来到这一间门前，皮特·昂格里奇敲了敲门。特瑞莫·沃兹的声音从门里面传来，呼唤他们进去。皮特·昂格里奇站着不动，盯着门看了片刻，然后转向女孩，目光深切。他推开门，示意女孩先进，然后他才走进去。

房间光线不大好，只有一盏椭圆形的台灯在桌子上向擦得发亮的木地板投射出一道光，但相比之下，那破旧的红毯和外面墙上挂的厚重的红窗帘就暗淡得多了。空气不大流通，弥漫着一股香甜的酒味。

特瑞莫·沃兹坐在桌子后面，他手里拿着一个刻花玻璃酒醮器、几个带有金色花纹的玻璃杯、一个冰桶以及插在水里的虹吸管。

他微笑着，揉了揉自己大鼻子的一侧。

“随便坐吧，伙计们。这是苏格兰利口酒，我是以批发价进的货，五分之一的量就要690美元，真是奢侈啊。”

皮特·昂格里奇关上门，慢慢地打量了房间一周，看了看那垂到地板上的窗帘和没有打开的天花板吊灯。他轻轻解开自己外套最上面的扣子。

“这儿真热。”他轻声说道，“这些窗帘后面有没有窗户能打开的？”

女孩坐在一把圆椅上，桌子对面就是沃兹，他冲她温柔地笑着。

“好主意。”沃兹说道，“你去打开一扇吧，可以吗？”

皮特·昂格里奇经过桌尾，朝着窗帘走去。当他从沃兹身边经过时，他手伸到外套里摸到了枪柄。他缓慢地向红窗帘的方向移动。一双颇为宽大的方头黑色皮鞋在窗帘下若隐若现，隐藏在窗帘与墙之间的空隙里。

皮特·昂格里奇来到窗帘前，用左手一把掀开窗帘。

那双贴着墙放着的皮鞋处却空无一人。沃兹在皮特·昂格里奇背后干巴巴地笑了几声，然后冷冰冰地低声命令道："让他们瞧瞧你的厉害，伙计。"

女孩发出一声不像是尖叫的呜咽声。皮特·昂格里奇垂下手臂，慢慢转身，观察着周围。一个体形庞大的黑人出现在他的视线里，就像一只大猩猩一样，他穿着一身松垮的格子西装，这让他看起来更加魁梧。他打开衣柜门，光着脚悄无声息地走过来，他右手持一把巨大的黑色枪支。

特瑞莫·沃兹手里也拿着枪，那是一把杀伤力极大的枪。这两个男人都盯着皮特·昂格里奇，一语不发。皮特·昂格里奇高举双手，眼神空洞，一张小嘴紧紧闭着。

穿着格子西装的黑人拖着长而松散的步子靠近他，把枪口顶在他的胸口，摸进他的口袋，搜罗出皮特·昂格里奇的那把枪。他把枪扔在皮特身后的地上，然后随心所欲地挥起自己的枪，用枪柄冲皮特·昂格里奇的下巴抡了过去。

皮特·昂格里奇一下子踉踉跄跄，舌头下面流出咸咸的血。他眨眨眼，低吼道："我记住你了，兄弟。"

黑人咧开嘴笑着："别让我等太久，伙计，别太久。"

他又用枪柄抡了皮特·昂格里奇一下，然后他突然把枪塞回侧面的口袋，空出两只巨大的手，狠狠扼住皮特·昂格里奇的喉咙。

"你越是嘴硬，我就越想让你闭嘴。"他几近温柔地说。

他用大拇指按着皮特·昂格里奇脖子上的动脉，又大又硬的手就像门把手一样让皮特快要窒息。渐渐地，他面前这张脸占据的空间越来越大，一张模糊的脸上还咧着嘴在笑。那张脸又变得越来越轻，越来越虚幻。

皮特·昂格里奇想要给那张脸一拳，但根本用不上力气，就像一个泄了气的皮球似的。他的拳头砸在面前那张脸上时没有丝毫感觉，那个男人把他翻了个身，膝盖一下顶到他的后背，他一下子弯腰跪了下来。

霎时间一片静默，皮特·昂格里奇除了自己脑袋里血在流动的声音之外，什么也听不到。接着，从远处隐隐飘来一个女人细微的尖叫声。更远处响起了特瑞莫·沃兹的喃喃低语："差不多了，鲁夫，可以了。"

接着是一声枪响，皮特·昂格里奇只觉得自己的世界天翻地覆，鲜血四处飞溅。面前一片黑暗，万籁俱寂，这片黑暗隔绝了外界的一切事物，一滴鲜血也渗不进来。

那个黑人放倒了皮特·昂格里奇疲软的身躯，向后退，然后搓搓手。

"没错，我就喜欢欺负他这种人。"他说了一句。

5

穿着格子西装的黑人坐在坐卧两用长椅的一角，略带疲倦地弹起五弦琴。他宽阔的脸庞给人一种肃穆、平和的感觉，还透着一丝伤感的神情。他用手指慢慢地拨动琴弦，头歪向一边，嘴角还叼着一根皱巴巴的烟蒂。

他的喉咙发出一种低鸣的声响，他在唱歌。

壁炉架上放着一只廉价的电钟，上面显示着：11 点 35 分。客厅空间不大，却摆满了各种明晃晃的家具，一盏红色的落地灯，灯座还有一串法国娃娃的装饰品，绚丽的地毯上绣着一颗巨大的钻石图案，两扇带窗帘的窗户之间是一面镜子。

后面有一扇门半敞开着，旁边一扇通向走廊的门却紧闭着。

皮特·昂格里奇躺在地板上，张着嘴巴，伸展着双臂。他大口喘着粗气，打着鼾。他闭着眼，在红色地灯的映衬下，他满脸通红，就像是发了高烧的样子。

黑人把五弦琴从他巨大的手中移开，站起身来打了个哈欠，并伸了个懒腰。他在房间里行走，看着壁炉架上的台历。

“这上面不是八月。”他有些烦躁不安。

他从台历上撕下一页纸，攒成一团扔在皮特·昂格里奇脸上。皮特·昂格里奇一动不动，他已经失去了意识。黑人将抽剩下的烟蒂吐到手掌心里，然后朝着和纸团同样的方向，用指甲弹过去。

他在房间里闲逛了几步，然后俯身下来，用手触了触皮特·昂格里奇太阳穴的瘀青，他一边按着瘀青，一边露齿笑着，皮特·昂格里奇还是没有动弹。

黑人站起身来，若有所思地踢了一脚昏迷着的皮特的肋骨处，又重复踢了几下，但没有很用力。皮特·昂格里奇这才有些许的反应，他发出咯咯的声音，然后把头扭到一侧。黑人看上去很满意，任由他动弹，兀自走回了长椅。他搬起五弦琴靠在门口的墙上。小桌子上有一张报纸，报纸上放着一把枪。他走到半敞着的门里去，回来时手上拿着一品脱瓶装的杜松子酒，还剩一半的量。他用一个手帕用力地擦拭瓶子，然后将它放在壁炉架上。

“是时候了，朋友。”他沉思过后大声说道，“你醒来的时候，应该会感觉不舒服，或许还要打一针药——不过，我倒是有个好想法。”

他再次去拿酒瓶，单膝跪地，往皮特·昂格里奇嘴里和下巴上灌杜松子酒，酒水四溅，前胸的衬衫已然被酒浸湿。他先是把酒瓶子放在地上，擦干瓶子之后，将瓶塞弹到长椅下面。

“来拿啊，你这个白种人。”他轻声说道，“证据不会说谎。”

他拿起被枪压住的那张报纸，一把把枪推开，枪滑落到地毯上，又一脚踢到皮特·昂格里奇伸长手臂也够不到的地方。

他站在门口，仔细观察房间的布局，点点头，然后拿起他的五弦琴。他打开门，向外探出身子，又往回望了望房间里。

“再会了，朋友。”他的声音很轻，“我要去呼吸一下外面的新鲜空气，你死到临头了，可能就是一眨眼的工夫，也不必煎熬着。”

他关上门，沿着走廊走到楼梯口，然后下楼。从那扇关着的门里传来微弱的收音机声音。这座公寓的入口大厅空无一人，穿着格子西装的黑人溜进大厅一个黑暗角落处的付费电话亭，然后投了五美分硬币拨号。

电话那头传来一个低沉的声音：“这里是警察局。”

黑人故意将嘴贴近话筒，然后声音略带哭腔。

“是警察吗？我要报案，卡丽奥佩公寓发生了枪击案，246 号街东 46 路，B 座 4 号，记下来了吗？……快点儿派警察过来啊！”

他迅速挂掉电话，之后便咯咯大笑，他大跨步地跑下公寓楼前的台阶，钻进一辆肮脏的小轿车。他发动引擎，朝中央大道的方向疾驰而去。当他驶出一个街区时，看到闪着红灯的警车正从中央大道开往东 46 路。

轿车里的黑人窃喜，继续沿原有的路线前进。当警车从他身边呼啸而过时，他高兴地哼起了歌。

门锁发出声响的一瞬间，皮特·昂格里奇立刻微微睁开了眼。他慢慢地转头，他的脸挤出一丝痛苦的笑容，久未消散，他继续转头，直到看到整个房间的一端和中间已经荡然无存。他倾斜着抬头，使其离开地面，这时他可以看见房间的全景。

他一点点爬向地上的枪，并且拿到了它，那是他自己的枪。他坐起来，不知所措地朝着门口开了一枪，门一下开了。他脸上的笑容却僵住了，因为刚刚那一枪用完了最后一发子弹，枪管处弥漫着浓烈的火药味。

他站起来，轻手轻脚地来到那扇微微敞开的里屋的门，头放得很低。到门口时，他整个身子弯得更低，慢慢推开门，什么动静也没有。卧室里有两张单人床，床上铺着镶着金边的玫瑰花缎。

一个人躺在床上，是个女人，她丝毫不动弹。冷酷、严峻的笑容又浮现在皮特·昂格里奇的脸上。他挺直身子，轻轻地走向床边。后面的浴室门大开，但里面也没有任何声响。皮特·昂格里奇垂下眼看着床上的这个黑人女孩。

他屏息片刻，又长舒一口气。这个女孩已经死了，她眼睛微睁，从她的眼神里感受不到一丝生机，她的手臂无力地耷拉在身子两边，穿着透明丝袜的腿有一丝弯曲，透过丝袜可见其裸露的肌肤，她还穿着超短裙。一顶绿色的帽子掉落在地上。她穿着12厘米的法式高跟鞋，房间里弥漫着“午夜水仙”的香氛。他记得之前在惊喜旅馆门口看到过这女孩。

她已经香消玉殒，左胸前的弹孔呈烧焦了的模样，血液都凝固了，她死了很久了。

皮特·昂格里奇重返客厅，抓起杜松子酒瓶，一口饮尽。他站着不动，呼吸有些困难，沉思着些什么，左手松散地拿着枪。他那张小嘴闭得死死的。

他用手指用力地抓着杜松子酒瓶，把它扔到长椅上，把自己的枪装进腋下的枪套里，悄无声息地从门里出来，来到走廊上。

长长的走廊光线昏暗，寒气扑面而来。只有楼梯口的最高处悬挂着一盏壁灯，泛着昏黄的灯光。走廊的尽头有一扇纱门通向阳台，苍白而寒冷的月光从纱门里透出来。

皮特·昂格里奇小心翼翼地下楼，来到大厅，向玻璃门的门把手伸出手。

一个红点出现在门上，一束红光透过玻璃和稀薄的窗帘在门上留下一个红点。

皮特·昂格里奇迅速下蹲，缩成一团，然后贴着墙向一边闪躲。他的眼神快速扫过周围的事物，然后锁定那个黑漆漆的电话亭。

“有人陷害我。”他喃喃自语，然后躲进那个电话亭里，他蜷缩在里面，电话亭的门正在慢慢关上。

这时走廊上传来了一阵喧闹的脚步声，前门吱吱地开了。脚步声进入大厅，然后停住了。

传来一个低沉的说话声："怎么没动静？打电话的人是不是逗我们玩呢？"

另一个人说道："B 座 4 号，不管怎么样，我们去看看。"

脚步声有些远去，但又回来了，现在听起来好像上楼去了，他们敲了敲楼上的门。

皮特·昂格里奇推开电话亭的门，溜到前门去，蜷缩着身子，眯着眼睛看警车闪烁的红光。

路边停的那辆警车车身是黑色的，车前灯照亮了磨损得不像样的人行道。他看不到车窗里面，叹了口气后，拉开门快步走出去，但不像是逃跑的步伐，他走下走廊上的木台阶。

警车里空无一人，两边的车前门都开着。街对面影影绰绰，几个人小心翼翼地聚集在一起。皮特·昂格里奇直接朝着警车走去，钻进车里。他轻轻关上门，踩上发动机，挂好挡。

他驾车离去，把围起来观望的左邻右舍甩在后面。车子开到第一个路口时他便转弯，关掉闪烁的红色警灯。然后他疾驰而去，穿梭于各个街区之中，驶离中央大道，没过多久又回来了。

当他靠近喧闹、灯火璀璨的街道时，他停在一个满是灰尘的街道，街道两边绿树成荫，他把车子遗弃在这里。

他朝着中央大道走去。

6

特瑞莫·沃兹左手小心地抱着电话，右手食指戳在上嘴唇的边缘，嘴巴因此露出一条缝隙，他用手指慢慢摩擦牙齿和牙龈。他双眼没有血色，目光呆滞地看着桌子对面穿格子西装的黑人壮汉。

“不错。”他冷冰冰地说，“真不错。让他给逃掉了，警察根本没抓到他。你这任务完成得很‘出色’，鲁夫。”

黑人从嘴里取出一个烟蒂，直接在他那粗壮的拇指和食指之间捻灭。

“妈的，他当时身子像死人一样冰凉。”他咆哮着说，“我还没到中央大街的时候警察就赶来了。该死的，他怎么可能逃掉呢。”

“他可就另当别论了。”沃兹死气沉沉地说道。他打开桌子最上面一层抽屉，把他那重重的狙击枪放在眼前。

黑人看了看那把狙击枪。他的目光黯淡、乏味，就像黑曜石一样。他噘起嘴，双唇皱在一起。

“那个贱人找了三四个人来给我惹事。”他嘟囔道，“我真该一枪毙了她，就这么定了，现在我去找点帮手来。”

他准备起身。沃兹这时已经用两个指头碰到枪尾的，他摇了摇头，于是黑人再次坐下来。沃兹此时说话了。

“鲁夫，他逃掉了，当时是你报的案说发现一具女尸。除非警察凭他的枪抓到他……这种事概率实在太小了……他才不会把凶器随身携带。那你就是嫌疑人，你好端端地在这儿呢。”

黑人目光呆滞地望着那把狙击枪，随即露出笑容。

他说：“这样说可把我吓坏了，尤其是我这么大块头，真是吓出一身冷汗。那我该带上枪去，对不对？”

沃兹叹了口气，经过深思熟虑之后说：“没错，我觉得你应该暂时离开镇上避一避风头。从格兰岱尔出发的话，现在还来得及去乘到弗里斯科的末班车。”

黑人一脸阴沉：“弗里斯科，我才不去，老板。她已经死了，我用手试过，她一点呼吸都没有了。我不要去弗里斯科。”

“鲁夫，你现在还有意见了？”沃兹平静地说道。他用手揉了揉自己那青筋突出的鼻子，然后用手掌抚平自己的一头银发。“从你那棕色的大眼睛里我看得出来你在想什么。放心吧，我会好好照顾你的。现在去小路上取车，我们在去格兰岱尔的路上再商讨。”

黑人眨眨眼，用他那巨大的手掌把下巴上的雪茄烟灰抹干净。

“最好把你那把擦得光亮的巨型枪也留在这儿。”沃兹补充道，“它该歇歇了。”

鲁夫把手伸到背后，从后袋里摸出一把枪。他用一根手指把枪从抛光木桌的一侧推过来。之后微微一笑，眼里尽是倦怠之意。

“知道了，老板。”他像是梦呓一般。

他走到门口，开门走了出去。沃兹起身，大跨步走到衣柜旁，拿出一顶黑色毡帽戴上，穿上一件轻薄的外套，还戴了一副黑色手套。他把狙击枪扔进他外套的左边口袋里，鲁夫的枪则放进右口袋里。他从房间出去，去了下面的大厅，然后循着声音走到了舞蹈乐队表演的地方。

走到窗帘前时，他拨开一点缝隙向外看，管弦乐团正在演奏华尔兹舞曲。中央大道上川流不息、人潮涌动，但却不喧闹。沃兹叹了口气，默默地注视了一会儿舞者，然后才合上面前的窗帘。

他沿着大厅返回原路，路过自己的办公室后，来到楼梯口的门前。楼梯尽头还有一扇门通往这幢建筑后方的一条黑色小巷。

沃兹轻轻地把门带上，靠着墙站在一片黑暗之中。发动机马达的声音离他越来越近，伴着些许嘈杂的松散挺杆的咔嗒声。巷子有一端是死胡同，另一端交叉路口转过去就是大厦的正面。中央大街上稀落的光线照在巷尾的砖墙上，远处停着一辆车，旁边还有一辆小轿车，在黑夜中显得更加破旧不堪。

沃兹的右手伸到外套口袋里，拿出鲁夫的枪支，然后藏在衣服下面。他蹑手蹑脚地走向轿车，绕到右手边的车门，开门后钻进了车里。

两只大手从车里伸出扼住了他的喉咙，那双手似乎有无穷的力气。沃兹还没来得及向前低头，就被掐得直翻白眼，几乎什么也看不见，只能望向上空。

然后他动了一下自己的右手，虽然身子僵硬得无法动弹，脖子扭曲，眼球凸起，手却灵活得很受自己的控制。他的手缓缓地向前移动，直到用力使枪口压在了什么柔软的东西上。他也不急躁，仔细地探索这个柔软的东西，就好像一定要确认那是什么。

特瑞莫·沃兹不仅什么也看不见，还感觉不到，他快要不能呼吸。但他的手依然听从大脑的指示，并且不受鲁夫那双可怕的手的控制。沃兹扣下扳机。

紧紧掐着他的那双手突然间松开了，就像陷落下去似的。沃兹踉踉跄跄地向后倒，差点从车里跌到小巷上，他的肩膀撞到了墙上。他慢慢坐直，刚刚肺部由于压抑着呼吸，现在大口喘着粗气，他开始抖动。

他几乎无暇顾及那像大猩猩一样的身体从车上摔下去了，“砰”的一声倒在他脚旁边的水泥地上。黑人就倒在他脚旁边，但这个大块头对他而言再也没有任何危险性了，也不再重要。

沃兹一把把枪丢在这具四仰八叉的尸体上。他轻轻揉着自己的喉咙，好一会儿才缓过劲儿来。他深深地呼吸，由于痛苦而发出厚重的嗓音。他用舌头舔了舔口腔内侧，尝到了血的味道。他疲惫地抬头，望了望小巷上空狭长的蔚蓝色天空。

片刻过后，他用略带沙哑的嗓音说道：“我早就想到了，鲁夫。你看，我就知道你会这样。”

他大笑着，身子在颤抖，然后调整了一下外套领子，从四仰八叉的尸体旁绕到车前，关掉发动机引擎。他沿着小巷走到主宰者俱乐部的后门。

一个男人从车子后面的黑影中走出来，沃兹急忙把左手插回外套口袋里。只见眼前闪过金属的光泽，枪口正对着他。他只好把手垂在身体一侧。

这时皮特·昂格里奇开口道："我就知道那个电话会把你引出来，特瑞莫。我也猜到你会这么做，干得好。"

片刻之后，沃兹搭腔了，他的声音粗野："他快要掐死我了，我只是正当防卫。"

"是啊，我们俩都尝到了脖子痛的滋味，但我的是受了枪伤。"

"你想怎么样，皮特。"

"你想陷害我，那女孩根本不是我干掉的。"

沃兹突然放肆地笑了，近乎疯狂的样子。他轻声说道："兔子急了还咬人呢，更何况我呢？你给我离图肯·威尔远一点。"

皮特·昂格里奇开始移动他的枪，光照在枪管上闪烁。他朝沃兹走来，枪口顶在沃兹的腹部。

"鲁夫死了。"他轻轻地说，"这下可省了不少麻烦。那女孩在哪儿？"

"跟你有什么关系？"

"别想糊弄我，你不说我也猜得出来。你不就是想从约翰·维多利那里大捞一笔吗，我插手那女孩拿包裹的事了。剩下的我要听你亲口告诉我。"

沃兹站着不敢动弹，枪口就对着他的腹部。他的手指在手套里扭曲着。

"好。"他有些闷闷不乐，"那要给你多少钱，你才能为我保守这个秘密呢？"

"过几个世纪吧，鲁夫已经带着我的秘密入土了。"

"那你能给我什么呢？"沃兹不紧不慢地问道。

"什么也没有。还有，我想要那个女孩。"

沃兹温柔地说："我给你五块大洋，但想要那女孩没门儿。对于中央大道生活的小喽啰来说，五块大洋是一笔巨款了。你是个聪明人的话，就收了钱走人。别再蹬鼻子上脸了。"

皮特·昂格里奇把枪从他的腹部移开，熟练地绕着他转了一圈，摸摸口袋，拿出那把狙击枪，左手握着枪冲他做了个手势。

“就这么定了。”他勉强答道，“别因为一个女孩伤了兄弟之间的和气，我会照办的。”

“我要回趟办公室。”沃兹说道。

皮特·昂格里奇短促地笑了一下：“别耍花招，特瑞莫。在前面带路。”

他们一同来到楼上的大厅。远处窗帘后面的乐团正在奏响艾灵顿公爵的挽歌并为之恸哭，那个曲调令人心碎，由压抑的铜管乐器、苦涩的小提琴和轻柔地敲打葫芦的声音混奏而成。沃兹打开办公室的门，“啪嗒”一声开了灯，走到办公桌旁坐下来。他将帽子向后压了压，然后微笑着用钥匙开抽屉。

皮特·昂格里奇牢牢盯着他看，后退两步到门口锁上门，然后沿着墙走到衣柜，向里面张望了一下，又走到沃兹身后遮掩着窗户的窗帘那里，他始终拿着枪。

他回到桌子一边，沃兹拿了一沓松散的钞票推到他面前。

皮特·昂格里奇对这些钱视而不见，靠在桌子边缘。

“钱我不要，我只要那个女孩，特瑞莫。”

沃兹摇摇头，微笑仍挂在脸上。

“你们向维多利敲竹杠，打算要一千美元，特瑞莫，或者一千美元只是个开始罢了。谁不知道午街是你的地盘，你有必要威胁一个女人去替你做这肮脏的交易吗？你对那女孩一定另有图谋，她对你言听计从，这其中一定有什么猫腻。”

沃兹微微闭了一点眼睛，指了指这沓钞票。

皮特·昂格里奇娓娓道来：“一个衣衫褴褛、无家可归的可怜孩子，可能挤在某个廉价的出租屋里。在这个镇上无依无靠，连个朋友都没有，要不然也不至于落得如此下场，在你的场所工作。除了我之外，没人会在意她的处境。特瑞莫，你总不会让她做什么下贱的行当了吧？”

“拿好你的钱，别那么多废话。”沃兹刻薄地说道，“在这种地方什么事儿没可能呢。”

“也对，都是开夜总会的人。”皮特·昂格里奇轻声附和。

他放下手中的枪，一副伸出手去拿钱的样子。突然间攥紧拳头，漫不经心地向上挥起，他的手肘随着拳头一起上扬，拳头划过一个优美的弧度，不偏不斜地打在沃兹的下巴上。

沃兹一下子失去了重心。他张口结舌，帽子从后脑勺脱落下来。皮特·昂格里奇凝视着他，对他发泄不满的情绪：“她对我十分重要。”

房间里一片死寂。舞蹈乐队演奏的音乐缓缓飘来，就像放着音量很小的收音机。皮特·昂格里奇来到沃兹身后，从他背后摸进他的胸前口袋。他摸到一个皮夹子，甩了下，里面有一些钱、驾照、警察局发的带枪许可证，还有一些医保卡。

他把那些东西塞回钱包，盯着桌子看，目光有些忧郁，用指甲蹭蹭下巴。他面前有一张亮晶晶的浅黄色便笺，最上方的空白处有写过字留下的压印。他拿起便笺侧对着光线，然后拾起一支铅笔轻轻在纸上画了几笔，纸上的字慢慢隐现，当画满整张纸时，皮特·昂格里奇看清了纸上的字：午街 4623 号，寻找雷诺。

他撕下这一页，折起来放在自己口袋里，拿起枪走向门口。他把钥匙向反方向转动，从外面把房间锁死，然后沿着楼梯下楼，回到小巷。

黑人的尸体还在原地，躺在小轿车与那面黑暗的墙之间，小巷里连个人影都没有。皮特·昂格里奇停下脚步，翻了翻这个死人的口袋，翻出一卷钞票。他点燃一根火柴，借着微弱光亮数了数钱，他拿出 87 美元占为己有，把剩下的一点钞票放回原处。一张撕坏的纸在空中翩翩起舞，随后掉落在人行道上，有一边被撕掉了，边缘处呈锯齿状。

皮特·昂格里奇蹲在轿车旁，又划了一根火柴，看着从浅黄色便笺上撕下来的这半张纸，上面写着：……t，寻找雷诺。

他的牙齿发出碰撞的声音，火柴随意地掉落在地上。“很好。”他轻声说道。

他钻进车子里，发动引擎，驶离小巷。

7

前门的横梁上标着房间号码，房间里面只有一盏灯亮着，光线十分昏暗。这间木屋颇为宽敞，坐落在曾受监视的那个街区。前窗的窗帘拉得紧紧的，不留一丝缝隙。房间里传来嘈杂的声音，说话声和嬉笑声，还有一个黑人女孩声音高昂的歌声。街道两边停满了车。

一个又瘦又高的黑人开了门，他穿着黑衣服，戴着金色眼镜。他身后还有一扇关着的门，他就站在两扇门之间那片阴影里。

皮特·昂格里奇问道：“你是雷诺吗？”

高个子黑人点点头，一言未发。

“我来找鲁夫留在这儿的那女孩，是个白种人。”

高个子站着没动，只是盯着皮特·昂格里奇的脑袋看。他终于开口说话，声音略带沙哑，语调有些懒散，就像从远方飘来的声音。

“进来吧，把门带上。”

皮特·昂格里奇一步跨进房子里，关上了他身后这扇门。高个子黑人推开里面这扇厚实、沉重的门，推开的一瞬间，里面的声音便传了出来，光线也迫不及待地照耀出来，门里氤氲着一片紫色的灯光。他经过那个里门来到走廊。

紫色的光是从一扇大拱门里映出来的，拱门里是一间颇为宽敞的客厅。客厅里悬挂着沉甸甸的天鹅绒窗帘，摆放着坐卧两用的长沙发和深陷的椅子，角落里还有一个玻璃吧台，一个穿着白色大衣的黑人站在吧台后面。有四对情侣在客厅内闲逛，一边惬意地喝着酒；房间里还有梳着光亮的头发、身材苗条、令女子倾心的迷人男子，以及裸露着手臂、穿着透明丝袜、描过眉毛的女人。在这样的紫色柔和光线映衬下，眼前的一切犹如幻境，仿佛不是真实的景象。

雷诺从皮特·昂格里奇的肩膀上方看过去，他眼神茫然，然后垂下他那双带有重重眼睑的眼睛，略带倦意地问他："你是找哪一个女孩？"

几个黑人站在拱门后面，都不声不响地朝这边看着。酒保也停下手里的活，把手垂在吧台下面。

皮特·昂格里奇不紧不慢地将手伸到口袋里，掏出一张褶皱的纸张。

"这个你看看？"

雷诺接过那张纸，仔细地看着上面的字。他动作迟缓，从马甲里拿出另一张纸条，颜色却和这个如出一辙。他把两张纸拼在一起，然后头向后一仰，望着天花板。

"谁让你来的？"

"特瑞莫。"

"我不喜欢这样。"那个高大的黑人开口道，"他怎么把我的名字都写上去了，这我可不喜欢，这做法也不聪明，但是我帮你查一下吧。"

他转身离开，爬上一个长而笔直的楼梯，皮特·昂格里奇紧随其后。客厅里一个年轻黑人突然笑得很大声。

雷诺骤然停下步伐，转过身下楼梯，穿过拱门，朝着那个窃笑的人走去。

"这是生意。"他筋疲力尽地说，"那些白人才不会来这儿消遣，你听懂了没？”

那个窃笑的男子回答道：“知道了，雷诺。”接着举起一个高脚玻璃杯，杯子上蒙了一层雾气。

雷诺再次走上楼梯，还一边喃喃自语。楼上大厅有许多关着的门，墙上那泛红的灯映出淡淡的粉光。走到尽头时，雷诺拿出一把钥匙打开门。

他站在一边。“带她走。”他言简意赅，“我们这儿不收这种白人女孩。”

皮特·昂格里奇从他身边经过，走进卧室，最里面的角落里有一张荷叶边的花哨的床，旁边是一盏橘色地灯，在黑暗中发光发亮。窗户紧闭，空气不流通，让人觉得憋闷。

图肯·威尔正躺在床上，面朝墙壁，她在小声地哭泣。

皮特·昂格里奇走到床边，轻抚着她。她迅速转身，身子缩成一团。她的眼睛睁得很大，半张着嘴，差点就要喊出声来。

“你好啊。”他轻声细语地说道，“我满世界找你呢。”

那个女孩盯着他看，脸上浮现出的恐惧神情这才慢慢消散。

8

《新闻报》摄影师左手高举闪光灯架，俯身拿着摄像机。

“现在开始，笑一笑，维多利先生。”他说道，“再做一个悲伤的表情——悲伤到不能呼吸的那种。”

维多利离开椅子旁边，给摄影师一个侧脸。他冲戴红帽子的女人笑了笑，然后将脸转向摄像机，脸上仍挂着笑容。

闪光灯闪烁，摄影师按下快门。

“还不错，维多利先生，不过我觉得你可以表现得更好。”

“这阵子我精神压力太大。”维多利轻声说道。

“是啊，硫酸泼在脸上可不是闹着玩的。”摄影师说道。

戴红帽子的女人“扑哧”一声笑了出来，然后赶忙咳嗽了两声，用缝着红线的手套捂住嘴。

摄影师把他的工具收起来。他年纪稍大，穿着亮闪闪的蓝色毛织物，有一双忧伤的眼眸。他甩了甩满头灰发的头，把帽子直挺挺地戴在头上。

“是的，往脸上泼酸可不是闹着玩的。”他又重复道，“好了，希望明天早上你能见到我们的人，维多利先生。”

“备感荣幸。”维多利有些萎靡不振，“让他们到大厅的时候打个电话给我再上楼，在你走之前喝一杯吧。”

“那我会发酒疯的。”摄影师说道，“我从不饮酒。”

他一把举起摄影包架到肩膀上，跌跌撞撞地走出房间。突然冒出来一个白衣日本小伙子帮助摄影师一起出门，然后便消失了。

“往脸上泼硫酸。”戴红帽子的女人说道，“哈，哈，哈！如果一个好女孩说出这话可真是歹毒啊，我能喝一杯吗？”

“没人拦着你。”维多利低吼道。

“亲爱的，没人敢这么做。”

她沿着曲折的路线走到桌子旁，桌子旁放着一个正方形的中式托盘。她调了一杯度数很高的烈酒。维多利漫不经心地说：“《新闻简报》《论坛报》《新闻报》，就这三个通讯社吧，到明天早上为止就这些任务了，还不错。”

“是相当不错了。”那红帽子女人说道。

维多利怒视着她。“但一无所获，连个鬼都没抓到。”他轻声说道，“只有一个毫不相干的路人。你对这种勒索一无所知吧，是不是，伊尔玛？”

她的笑容慵懒，但却冷冰冰的。“又不是我敲诈你那么点破钱，约翰，你已经步入四十岁了。我的追求者多着呢，从来不缺席。”

维多利站起来，穿过房间，走到一个雕花木橱柜前，打开一个上锁的小抽屉，从里面拿出一个巨大的水晶球。他回到座椅，坐下来向后靠，掌心托着水晶球，神情几近痴迷地凝视着它。

红帽子女人透过自己的玻璃杯看到了他，她睁大的眼睛里目光呆滞。

“见鬼！他真是中邪了。”她急促地呼吸，赶忙把手中的玻璃杯放在托盘上，一个大跨步走到他身边，弯下腰来。她的语气冷冰冰的，像一把利剑。“约翰，你听说过老年痴呆吗？尤其是那些满肚子花花肠子的男人，一到四十岁就会得这种病。谁让他们整天就想着鲜花和玩具，还有那些纸片娃娃和玻璃球……约翰，我的老天爷啊，你就停下吧！你和那些混日子的人可不一样啊。”

维多利的视线始终没有从水晶球上移开，他的呼吸沉稳、深邃。

红帽子女人身子靠他更近了，她柔声细语地说道：“我们去外面兜兜风吧，夜晚的空气多么纯净，只有在夜晚我才能尽情呼吸。”

“我不想出去兜风。”维多利含糊其词，“我……我有种预感，有什么事情会发生。”

女人突然间弯下腰去，一下子把他手中的水晶球拨开，球重重地落地，在地上滚了几下，慢悠悠地栽进小地毯厚厚的绒毛里。

维多利立刻站起来，他的脸不受控制地抽搐着。

“我就是想去兜风嘛，帅哥。”女孩冷静说道，“不想浪费这么好的夜色和你的豪华跑车，所以我们应该去兜风。”

维多利盯着她，眼中流露出一丝憎恶的神情，但慢慢地他露出笑容，对她的恨意烟消云散。他伸出手，用两根手指轻抚她的嘴唇。

“我们当然要去兜风，宝贝儿。”他轻轻说道。

他捡起水晶球，把它锁在柜子里，走进里屋。戴红帽子的女人打开她的包，往嘴上擦了些口红，还噘起嘴冲着粉盒里的镜子做鬼脸，她穿着一件米黄色的粗呢外套，上面镶缀着红色饰带，然后她耸耸肩，一缩头，将有如围巾般的衣领抛到肩上。

维多利戴好帽子，穿好外套，然后便走了过来，一条流苏围巾从外套上垂下来。

他们准备离开房间。

“我们从后门溜出去吧。”他在门口说，“万一还有什么记者在附近猫着，那就麻烦了。”

“约翰！我们为什么要偷偷摸摸的！”红帽子女人挑了挑眉，颇含嘲讽的意味，“我在这儿别人都看到了，所以你是不想让别人知道女朋友在这儿过夜吗？”

“真该死！”维多利情绪激烈，用力把门扭开。一阵嘈杂的电话铃声突然回荡在房间里。维多利骂骂咧咧地把手从门上移开，站着一动不动，然后那个白衣日本小伙子走了进来，接起电话。

男孩先把话筒放在一边，然后略带歉意地笑了笑，用手比画着。

“你来接吧，好吗？我听不懂。”

维多利走过去，拿起话筒。他开口道：“你好，我是约翰·维多利。”

不知不觉，他愈发地抓紧了话筒。他整张脸神情紧张，脸色苍白，他语速缓慢，声音沉重地说：“先别挂，等一下。”

他把话筒放在旁边，把手架在桌子上，身子也靠了过来。红帽子女人赶忙从身后走向他。

“帅哥，有什么坏消息吗？你怎么这么萎靡不振？”维多利慢慢转头看向她。“你赶紧滚吧。”他说这句话的时候语气平淡。

只见女孩笑笑。他直起身子，迈了一大步，然后重重地掌掴女人。

“我说了，你赶紧从这儿滚开。”他重复着自己的话，语气冰冷，令人不寒而栗。

她脸上的笑容瞬间消失不见，她用戴着手套的手摸着自己的嘴唇，她睁大眼睛，但却没有震惊的感觉。

“约翰，为什么，你那么喜欢我啊。”她很疑惑，随即又说道，“你以为自己多了不起，我这就走。”

她迅速转身，头轻微地晃了一下，沿着房间走到门口，然后挥了挥手便走了出去。

在她挥手的时候，维多利甚至没看一眼。她一关上门，维多利又举起话筒，冲着里面冷酷地说道：“沃兹，你过来，立刻！”

他把话筒搁在架子上，站着一动不动，眼神空洞。他穿过里面那扇门，再出来的时候，帽子和外套都脱掉了，手里拿着一把厚重却短小的自动手枪。他以枪口向下的方向把枪塞在晚礼服的胸前口袋里，再次慢慢拿起电话，语气冰冷而又坚定地说道：“如果一位皮特·昂格里奇要见我，让他直接上来就可以。昂——格——里——奇。”他将名字一个个拼出来，然后小心翼翼地挂掉电话，轻松地坐进旁边的椅子里。

他交叉双臂环抱于胸前，坐着静静等待。

9

穿白外套的日本小伙子打开门，微笑着点点头，然后有礼貌地说道：“噢，你来了，请进来，请。”

皮特·昂格里奇轻轻拍着图肯·威尔的肩膀，把她从门口推进一间长长的、色彩明艳的房间。在房间里精致的家具衬托下，她看起来愈发衣衫褴褛。她像是哭过一般，眼睛红肿，嘴巴脏兮兮的。

他们身后的门一下子关上了，那个日本小伙子借机悄悄溜走。

他们踩在厚厚的地毯上，走起路来悄无声息，经过身旁平和的罩灯，墙里装着书架以及放着雪花石膏、象牙、精美瓷器和翡翠摆设的架子，蓝色玻璃上镶着一面大镜子，周围挂着一些饰带，上面有亲笔签名的照片，还有配备着躺椅的矮桌，高桌子上摆放着鲜艳的花，以及很多书、椅子、小地毯。远处维多利坐在椅子里，他手里拿着一杯酒，神情冷漠地看着他们。

他不经意间移动着他的手，他的眼神上下打量着面前的女孩。

“噢，没错，就是那个警察带过来的那个男人。当然是了，我有什么帮的上忙的吗？听说他们犯了个错误。”

皮特·昂格里奇拉过一张椅子，把图肯·威尔放到椅子里坐好。她慢慢坐下来，身子僵硬得不自然，她舔舔嘴唇，然后盯着维多利，瞬间为他的魅力所折服。

维多利却感到一丝厌恶，礼貌性地撇了撇嘴。他的眼神仍然保持着高度警惕性。

皮特·昂格里奇坐下来。他从口袋里掏出一片口香糖，打开包装纸，放在两齿之间。看他的样子真是疲惫到了极点，身体就要垮了似的。一边的脸上以及脖子上都有深色的瘀青。他很久没刮胡子了，满脸胡楂儿。

他慢慢道来：“这是威尔小姐，就是本来要去取你那个里面装着钱包裹的女孩。”

维多利愣了一下，一只手拿着烟，有些慌张地在椅子扶手处轻弹烟灰。他的目光始终落在女孩身上，但却沉默不语。女孩冲着他微微一笑，小脸立马红扑扑的。

皮特·昂格里奇说：“我在午街待的日子不短，我知道那里谁是神枪手，知道哪些人在那儿混，哪些人是外地人。今天晚上我在午街的餐车见到这个小女孩，她看起来心神不宁的，一直在看时间，她肯定不是这儿的人，所以她走了之后我一直在跟踪她。”

维多利轻轻点头。烟灰从他的香烟上落下来，他低头看着烟灰，一脸茫然，再次点点头。

“她去了午街。”皮特·昂格里奇继续说道，“一个白人女孩去那条街实在太危险了。我发现她躲在一个门口，紧接着开过来一辆大型迪森贝格轿车，然后在转角处转弯，关上车灯后往人行道上扔了那袋钱。她吓坏了，让我去帮她拿，所以我去拿了。”

维多利没有看那个女孩，流利地说道：“她看起来也不像是骗子，你跟警察说了这个人吗？应该没有吧，不然你就不会来这儿了。”

皮特·昂格里奇摇摇头，嘴里嚼着口香糖。“告诉警察干什么？那些没有用，这是我们的私事，给我们应得的钱就好了。”

维多利先是有些焦躁，然后心情平复下来。他的手不再敲打椅子扶手，他的面部发寒，苍白没有血色。接着从晚礼服的口袋里悄悄掏出那把自动手枪，架在膝盖上。他身子微微前倾，露出笑容。

“又是来敲诈的，”他不苟言笑，“真是有趣啊，你想要多少钱，而且拿钱能给我什么好处？”

皮特·昂格里奇若有所思地看着那把枪。他轻轻嚼着口香糖，看起来镇定自若。

“别出声。”他低声说道，“先别出声。”

维多利突然用枪做了一个剧烈的手势。“说话。”他说道，“有话快说，我不喜欢沉默。”

皮特·昂格里奇摇头道：“威胁说要向你泼硫酸根本就是个幌子，才不会有人这么做。根本没敲诈这回事，一切只不过是你自导自演的宣传手段罢了，我就说这些。”他说完又靠在椅子上。

维多利穿过皮特·昂格里奇的肩膀往下望了望房间，他先是笑了笑，然后面部表情僵住了。

特瑞莫·沃兹从旁边那扇开着的侧门溜进来，手里拿着他那把狙击枪。他沿着地毯走过来，没发出一点声响。皮特·昂格里奇和女孩都没发现他。

皮特·昂格里奇说道：“这些都是你的骗局，你就是为了出名，我说得对吗？看看我猜得对吗？一开始这一切都进展得非常顺利——

后来呢，要以怎样的方式收场，我识破了你的诡计。这女孩在主宰者俱乐部工作，为特瑞莫·沃兹打杂。她失魂落魄、无家可归，又胆小如鼠，沃兹这才派她去做这样违法的事情。为什么呢？因为她一定会被警察抓住，那些监视工作已经做好了。就算她把沃兹供出来，沃兹也只会一笑置之，说出这件事就是在他的地盘发生的，充其量也只是个小赌局，没人会在意这件事。他还会说傻子才会去拿那个包裹，他这样聪明怎么会做这等糊涂事呢，当然不会。”

“也许警察会对他半信半疑，这时候你再出现发发善心，请求警察不要处置这个女孩。要是她什么也没说，你自然更不会处置她，同时你还能落下个好名声。你急需这样炒作自己，因为你已经没什么人气了，这么一来，你只需要付沃兹一些钱……或者说你觉得这样就能达到目的。你是疯了吗？一个大名鼎鼎的好莱坞演员事业遭遇滑铁卢就非得用这样的手段吗？再跟我解释下联邦调查局的人为什么没有出马？因为那些家伙一定刨根究底，会查到你就是背后的主谋，那时候你可要因妨碍司法被判刑了。所以当地那些警察根本不在乎这些事，他们早就司空见惯了，明星都得这么炒作自己，他们也就睁一只眼闭一只眼完事。”

沃兹已经走到房间中央，离他们还有一半距离。维多利刻意不去看他，他看着女孩，朝她微微一笑。

“现在看看，我介入之后事情变得多么复杂。”皮特·昂格里奇说道，“我去了主宰者俱乐部，和这个女孩谈过。沃兹把我们引到他的办公室，他那个像大猩猩似的手下真该死，差点掐死我。当我醒来的时候，我在一间公寓里，旁边有个女孩已经死了，她是被枪打死的，那打死她的子弹是属于我那把枪的。那枪就在地上，在我身边，我身上散发着满满的杜松子酒味，楼下转角处传来警车的鸣笛声。威尔小姐被困在午街的一家妓院里。”

“现在事情怎么变得这么复杂？因为沃兹已经为你设下他苦心

经营的圈套，他要敲诈你一大笔钱，这会让你赔了夫人又折兵。但凡你有一美元，一半都得给他。维多利，你付了钱并且心满意足，你因此名声大噪，你以为你得到了庇护，到头来你只是自食其果！”

沃兹已经来到他身后，近得就要贴到他身上了。维多利突然站起来，同时他那把短枪就指向皮特·昂格里奇的胸口。维多利声音微弱，就像一个无力的老男人，他如梦呓一般喃喃道：“干掉他吧，沃兹，我现在精神太紧张了，下不去手。”

皮特·昂格里奇压根儿没转身，他的脸此刻就像木刻印第安人立像一样僵硬。

沃兹把枪顶在皮特·昂格里奇的后背上。他站着，脸上带着勉强的微笑，一边把枪口顶在皮特·昂格里奇后背，一边越过他的肩膀看着维多利。

“皮特，哑巴了吗？”他冷冰冰地说道，“你今晚已经说得够多了。你本不应该插手这事儿，躲得远远的才对——但我想你活不过今晚了。”

维多利向一边挪了挪，他脚贴着地面，然后迈开腿。他帅气的脸庞上神情古怪，面色发青，他的眼窝很深，眼睛里流露出恐慌的神情。

图肯·威尔直勾勾地盯着沃兹，从她的眼神中看出她此时惊慌失措，眼球都快要从眼睑里瞪出来了，瞳孔周围的眼白格外明显。

沃兹说道：“维多利，我不能在这儿杀人。但我也不想一个人把他弄出去，你去拿帽子和外套。”

维多利轻轻点头，他的头却几乎像是没有动。他的眼中仍透露出厌恶之情。

“那这个女孩呢？”他轻轻问道，就像是在耳语一般。

沃兹咧嘴一笑，摇摇头，手中的枪却在皮特·昂格里奇的背上贴得更用力了。

维多利再次迈开腿，向旁边移了一小步。他紧紧抓着手中的枪，但没把枪口冲着谁。

他合上眼睛，一瞬间之后便再次睁开，这次眼睛睁得老大。他的语速很慢，态度相当谨慎：“这一切都是按照原计划在进行。好莱坞经常会出这档子事，多么古怪离奇、不道德的事情都有。但我真的没想到会伤到不相干的人，甚至有人为此丧命。我——我还是坏得不够彻底，沃兹，停手吧。你带着你的枪走人吧。”

沃兹摇头，极其勉强地挤出一个笑容。他在皮特·昂格里奇背后后退了一步，那把狙击枪也向旁边挪了一点。

“牌已经发好了。”他无情地说道，“你不想玩也得玩，没有退路了。”

维多利叹了口气，看上去有些萎靡不振。忽然之间他就像是个孤独的、绝望的、不再有活力的老男人。

“不，”他轻声说道，“我受够了，反正我已经不再有名气了，不如就为此最后一搏吧，给我的一生留下一个闪光点。毕竟这也是我的演艺事业，虽然我的演技蹩脚，但仍旧是我的舞台。沃兹，放下枪走吧，到外面去吧。”

沃兹面无表情，目光严峻，他就像一个杀手一般蔑视一切。他又挪了挪手中的狙击枪。

“去——拿——帽——子，维多利。”他一字一顿地说道。

“抱歉。”维多利说着便开了枪。

沃兹也在同时迅速开枪，双方交火时枪声混杂。维多利蹒跚着向左边闪躲，侧过身子，然后又站直了。

他注视着沃兹。“初学者的运气。”他说道，然后等待着。

皮特·昂格里奇这时也掏出他那把柯尔特式手枪，但也没有用武之地。沃兹慢慢倒下，他的脸颊还有那青筋暴起的鼻子一侧已经枕在地毯的绒毛上。他轻轻动了下自己的左臂，想要伸到自己的后背。结果咳了几声之后，便不再动弹。

皮特·昂格里奇把那把狙击枪从沃兹那四仰八叉的尸体旁踢开。

维多利迟缓地问道："他死了吗？"

皮特·昂格里奇哼了一声，没有回话。他看看女孩，女孩背靠着放电话的桌子站着，她用手背捂着嘴，显然是吓坏了，她那个样子看起来也是很傻。

皮特·昂格里奇又把视线转向维多利，他有些失望地说："这一枪算你走运，但要是没打中他呢？他不过是吓唬你罢了，想让你陷得更深一点，这样你就不会告发他了。事实上，他杀了个人，却想嫁祸于我。"

维多利说道："抱歉，我真的很对不起。"他一屁股坐下了，背靠着椅子，闭上双眼。

"天哪，他真是太帅了！"图肯·威尔带着崇敬的目光说道，"还很勇敢。"

维多利把手搭在左肩上，用力捏着自己的肩膀，指尖开始渗血。图肯·威尔忍不住放声尖叫。

皮特·昂格里奇扫视了一遍房间。只见那个穿白衣服的日本小伙子已经蜷缩到房间的角落里，他靠着墙静静地站着。皮特·昂格里奇再次看向维多利，他不情愿地慢慢说着："威尔小姐的家人都在弗里斯科，你可以送她回家，顺便送点小礼物给她的家人。那样比较自然，并且合理。她来求助我摆脱沃兹的控制，所以我才会介入这件事。我告诉他你非常聪明，所以他才会来这儿，为了让你闭嘴。这算是男人之间的事儿，警察只会对此一笑置之。毕竟，这样也能增长他们的名气。这场骗局已经结束了，你明白了吗？"

维多利睁开眼睛，声音微弱地说道。"你真是——真是太有分寸了，我忘不了的大恩大德。"说完头便靠在椅子上。

"他昏过去了。"那女孩大喊大叫道。

“的确。”皮特·昂格里奇说道，“你现在可以给他一个难忘的香吻，没准他就醒过来了——而且你这辈子一定不会忘记这一刻。”

他咬紧牙关，走到电话旁，拿起话筒。

黄裤王

1

乔治·米勒，卡尔顿酒店的审计员，一个瘦削结实的小个子男人，声音如悲情歌手那样温柔深沉，此时正坐在前台值夜班。他犀利的眼神中带着怒火，不过仍旧压低声音，对着电话交换机的话筒说："非常抱歉，不会再有下次了。我现在立马派人上去。"

他摘下耳机，往电话总机的键盘上一丢，迅速从大理石屏风后面出来，朝入口大堂走去。此时已是凌晨一点，酒店三分之二的客房已住满。三级矮台阶下面的酒店大厅，灯光昏暗朦胧，空无一人——夜勤人员早已打扫完毕，只剩下暗淡无光的摆设和华丽的地毯。隐约听到远处传来收音机的声音。米勒走下台阶，朝着声音的方向快步走去。他穿过拱门，看到一个人慵懒地躺在浅绿色的长沙发上，恨不得把整个酒店的软垫子都垫到自己身下。他侧身躺着，睡眼迷离地听着沙发两米之外的收音机。

米勒冲他大喊："嘿，醒醒！你到底是私家侦探，还是酒店的家猫啊？"

斯蒂夫·格雷斯慢悠悠地转过头，看着米勒。这个躺在沙发上的黑发男人，身材高大，看起来二十八岁的模样，眼睛深邃，嘴唇温润，看上去很是安静。他指指收音机，笑着说："金·莱奥帕尔迪的演奏，乔治。听听那小号的音色，简直如天使的翅膀一般优雅流畅。"

"是挺精彩！赶快把它从走廊上弄走，到楼上去看看！"

斯蒂夫·格雷斯很是惊讶："什么……又来？我还以为我早就把那帮鸟人弄到床上去了。"他慢悠悠地把脚从沙发上放下来，站起身，看上去比米勒足足高出一英尺。

"哼，815 房客可没那么听话。有人投诉说他带着两个小弟去了大厅，穿着黄色缎面短裤，拿着长号，开起了即兴音乐会。奎尔兰把两个妓女安排到了 811 房，她们也在跟着凑热闹。赶紧去看看吧，斯蒂夫——这次一定得让他们消停了。”

斯蒂夫·格雷斯挖苦地笑笑：“反正莱奥帕尔迪也不属于这里。可以用麻醉药吗？要不直接用我的警棍行吗？”

那双大长腿踏过浅绿色的地毯，穿过拱门和大厅，来到唯一运行的那台电梯门口。他走进去，关上门，上到八楼，电梯刚一停稳，他就迈着大步来到了走廊上。

这里的喧闹声在整个走廊上四处回荡，突然如狂风一般向斯蒂夫袭来。五六间客房的门都打开了，穿着睡衣的房客站在门口愤怒地盯着他们。

“没事儿，各位。”斯蒂夫·格雷斯赶紧说道，“这绝对是最后一次。没事儿啦，都回去休息吧。”

他踉踉跄跄地绕过拐角，聒噪的音乐震得他站都站不稳。灯光从一扇敞开的房门倾泻而出，照亮整个走廊，三个男人在房门口靠墙而站，排成一排。中间吹长号的那个家伙，足有六英尺高，看上去强壮有力，又带着一种优雅气质。他留着细细的小胡子，满脸通红，眼睛里闪着醉醺醺的亮光。他下身穿着黄色缎面短裤，左裤腿上用粗体绣着姓名首字母，上身一丝不挂，露出棕褐色的皮肤。

和他一起的那两个小弟，都穿着睡衣，模样还算过得去，跟平时见到的乐队小青年没什么两样，看上去都是醉醺醺的，不过还没到烂醉如泥的程度。一个吹着单簧管，另一个吹着次中音萨克斯风，都发了疯似的在走廊咆哮。

一个金发女郎在他们面前左摇右摆，她浓妆艳抹，打扮得跟花喜鹊似的，随着音乐搔首弄姿，时而昂首挺胸，时而慢步缓行，时而把手臂弯成拱形，眉毛挑得老高，时而又将手指扭曲弯回，暗红色指甲都要扎进手臂上的肉里去了。她的声音嘶哑刺耳，没有任何节奏，跟她的眉毛一样不着边际，像她的指甲一样尖利刺耳。她穿着高跟拖鞋，黑色睡衣，腰间系了根紫色的长腰带。

斯蒂夫·格雷斯直直地戳在那儿，突然用手做出大幅下压的动作。“安静！”他厉声说道，“都给我停下来。表演时间结束，把东西收起来。滚，立马滚回房间去！”

金·莱奥帕尔迪把长号从嘴上拿开，吼道：“来给我们的私家侦探好好奏上一曲！”

三个醉醺醺的家伙又断断续续地聒噪一番，走廊上的墙壁都要被震碎了。那个金发女郎咯咯傻笑几声，向前踢出一脚，正好把拖鞋砸到斯蒂夫·格雷斯的胸前。斯蒂夫顺手将鞋接住，冲到那女孩跟前，一把抓住她的手腕。

“很嚣张啊，嗯？”他咧嘴一笑，“第一个就来收拾你。”

“抓住他！”莱奥帕尔迪喊道，“给我往死里打！使劲踹他的脖子！”

斯蒂夫一把将金发女孩抓起，夹到胳膊底下，就像夹着个包裹似的撒腿就跑。她挣扎着要踢他的腿。他淡淡一笑，朝一间亮着灯的客房门口瞥了一眼，衣柜下面放着一双男人的棕色粗革皮鞋。他继续跑到第二个亮灯的客房门口，使劲撞了进去，“砰”的一声把门踹上，然后立马转身用锁孔的钥匙将门反锁。几乎同时听到一记拳头重重地砸到门上。不过他并没怎么理会。

他推搡着那女孩往前走，穿过短短的过道，一直走到浴室才放手。那女孩踉跄地从他身边挪开，背靠着衣柜站定，喘着粗气，满眼怒火。一绺汗湿的金发垂到眼睛前面，她猛地晃了晃脑袋，咬牙切齿地瞪着他。

“想露宿街头吗，姑娘？”

“去死吧！”她啐了一口，“金是我的朋友，看见了吗？最好别招惹我，侦探先生。”

“你跟那群家伙一起巡演吗？”

她又朝他啐了一口。

“你怎么知道他们会住这儿？”

床上四仰八叉地躺着另一个女孩，头顶着墙，蓬乱的黑头发盖在苍白的脸上，睡裤上面有一道划破的小口子。她整个人瘫软在床上，发出无力的呻吟。

斯蒂夫厉声说道：“嘿，嘿，撕破睡衣的表演。别演了，姑娘，已经彻底演砸了。现在给我听好了，你们这群小家伙。要么立马滚到床上去，乖乖待到天亮，要么就卷包袱走人。自己选吧。”

黑发女孩又哼哼唧唧地发出一阵呻吟。金发女郎说：“立马滚出我房间，你这个该死的浑蛋！”

她从身后摸到一把小镜子，用力甩了过来。斯蒂夫低头一躲，那镜子“砰”的一声砸到墙上，完好无损地掉下来。黑发女孩在床上翻了个身，有气无力地说了句：“哎，别吵了，我不舒服。”

她闭着眼睛躺在那儿，眼皮一直颤个不停。

金发女郎扭着屁股走到房间另一头，来到窗边的桌子旁，用玻璃水杯倒了半杯苏格兰威士忌，还没等斯蒂夫反应过来，她就一口吞了下去。这一口可呛得她不轻，一个劲儿地咳个不停，手里的杯子“哐当”一声砸到地上，她膝盖一弯，整个人跪了下去。

斯蒂夫面无表情地说：“原来这玩意儿能把你撂倒呀，姑娘。”

金发女郎跪在地上，晃晃脑袋，呕了几下，抬起暗红色的指甲抹抹嘴。她试图站起来，不过脚下一滑，侧身倒在地板上，就那样一下子睡了过去。

斯蒂夫叹了口气，走过去把窗户关上锁好。帮黑发女孩翻个身，垫上枕头，让她平躺在床上，把她身子底下的被子扯出来。然后，把地板上的金发女郎也抱到床上，给她们把被子盖好，一直掖到脖子下面。他打开气窗，关掉顶灯，从里面打开门锁走了出来，然后从外面用万能钥匙把门锁上。

“酒店服务。”他咕哝道，“呸。”

现在走廊里空无一人。只有一间客房的房门依然敞着，房间里亮着灯——815 房，那俩姑娘房间隔壁的隔壁。舒缓低沉的长号声从房间传出来——不过在凌晨 1 点 25 五，那声音还不够低。

斯蒂夫·格雷斯走进那间房，顺势用肩膀推了下门框，把门关上，径直走过浴室。房间里只有金·莱奥帕尔迪独自一人。

现在这位乐队领队正懒散地躺在安乐椅上，胳膊肘旁边放着一个脏兮兮的高脚杯。他一边演奏一边挥舞着长号，号角上的灯光也随着翩翩舞动。

斯蒂夫点上一根烟，吐了口烟圈，一动不动地盯着莱奥帕尔迪，那奇怪的表情，一半欣赏，一半蔑视。

他轻声说：“熄灯了，黄裤子。你小号吹得悠扬舒畅，大号的演奏也无伤大雅。不过，在我们这里可不怎么受欢迎。之前就警告过你一次，在这里要保持安静，快把那玩意儿收起来。”

莱奥帕尔迪露出狰狞的笑脸，又断断续续地乱吹一通，听起来像是魔鬼的嘲笑。

斯蒂夫耸耸肩，走到那个棕褐色皮肤的大个子跟前。他耐心地说：“把那个‘火箭筒’放下，大块头。客人们要睡觉了。真有意思。在乐坛，你也算个有头有脸的人物，不过，出了乐坛，你什么都不是，顶多就是个有钱人，而且是臭名昭著的有钱人，从这里一直臭到了迈阿密。希望你配合我的工作。要是再听到你吹那玩意儿，我就把它缠到你脖子上。”

莱奥帕尔迪放下长号，拿起旁边的高脚杯灌了一大口，露出狰狞恶毒的目光。他又重新拿起长号放到嘴边，深深吸了一口气，用力吹了一声，简直要把墙壁震碎的架势。然后，他突然敏捷地站起身，抡起手里的家伙朝着斯蒂夫的头砸下去。

“最不喜欢的就是你们这些私家侦探。”他冷冷一笑，“闻起来跟公共厕所似的。”

斯蒂夫向后退了一小步，使劲晃了晃脑袋。他愤怒地斜眼一瞥，一只脚向前滑出一步，猛地给了莱奥帕尔迪一记拳头。这一拳看起来不重，不过却让莱奥帕尔迪一个趔趄滚到了房间那头，四脚朝天地倒在床腿边，右胳膊磕到一个打开的行李箱里面。

过了好大一会儿，这俩人都没什么动静。然后，斯蒂夫一脚把他身边的长号踢开，将香烟摁到玻璃烟灰缸里面捻灭。他那双黑色的眼睛空洞无神，不过却咧着大大的嘴角笑着。

“想找麻烦是吧。”斯蒂夫说，“你还嫩了点。”

莱奥帕尔迪绷着脸淡淡一笑，右胳膊从行李箱里面伸了出来，不过手上多了把枪。他拇指扣在保险栓上，稳稳端着枪指着斯蒂夫。

“要是用这玩意儿找麻烦呢。”他说着，扣动了扳机。

在封闭的客房里面，这一枪巨响可是大得吓人。衣柜上的镜子震得粉碎，玻璃碎片四处飞溅。一块银色的碎片像剃须刀片一样划在斯蒂夫脸上，渗出一道细细的血痕。

斯蒂夫俯身猛扑过去，右肩压在莱奥帕尔迪裸露的胸膛上，左手用力一甩，将莱奥帕尔迪手里的枪打落在地，滑到了床下。然后他敏捷地向右一翻，双膝着地，纵身站了起来。

他用低沉的嗓音厉声说道：“选错对象了，伙计。”

他冲到莱奥帕尔迪跟前，一把揪住他的头发，用力拖了过来。莱奥帕尔迪一通乱叫，朝着斯蒂夫的下巴打了两拳，不过斯蒂夫咧嘴一笑，左手仍旧死死地揪着乐队领队乌黑油亮的长发。他左手用力一拧，那个长发脑袋也跟着转了一下，莱奥帕尔迪朝着斯蒂夫的肩膀又是一拳。斯蒂夫顺势将那拳头一把抓住，握着手腕用力一扭，乐队领队惨叫一声，跪到地上。斯蒂夫又揪住头发，把他拽起来，腾出右手，狠狠地朝着他肚子上连击三拳。最后，他松开头发，那乐队领队在倒下之前又挣扎着打出一拳，不过那一拳连斯蒂夫的手腕都没碰到。

莱奥帕尔迪瘫软地跪到地上，吐了起来。

斯蒂夫从他身旁迈过去，走到浴室，从储物架上拿了条毛巾丢过去。然后，他将地上打开的行李箱猛地拽到床上，开始往里塞东西。

莱奥帕尔迪擦了把脸，干呕了几声，抓住衣柜的一头，踉踉跄跄地站起身，脸色煞白。

斯蒂夫·格雷斯说："穿上衣服，莱奥帕尔迪。不然这副样子出去也行，反正我无所谓。"

莱奥帕尔迪扶着墙，像个瞎子一样跌跌撞撞地走进浴室。

2

电梯门打开的时候，米勒正安静地坐在前台桌子后面。他脸色苍白，惊慌失措，那撮细细的黑胡子像是沾在上嘴唇上方的一块污渍。首先出来的是莱奥帕尔迪，他围着围巾，帽子斜扣在头上，胳膊上搭了件轻便外套。他脸色铁青，眼神茫然空洞，身体微微前倾，僵硬地迈着步子。

接着是斯蒂夫·格雷斯，手里提着个行李箱从电梯里走出来，最后面是夜班门卫卡尔，他也拎了两个行李箱和两个黑色皮革乐器箱。斯蒂夫走到桌前，厉声说："给莱奥帕尔迪先生结账……如果有账单的话。他要退房了。"

米勒瞪大双眼，隔着大理石桌子望着他："我……我觉得不……斯蒂夫……"

"好吧，我也觉得没有。"

莱奥帕尔迪怏怏不悦地淡淡一笑，从门卫打开的那扇镶铜旋转门走了出去。两辆夜间出租车依次排开停在门口。其中一辆发动起来，开到酒店的天棚下，门卫将莱奥帕尔迪的行李放了进去。莱奥帕尔迪钻进出租车，从开着的一扇车窗探出头来，用低沉的声音慢条斯理地说道："我替你感到悲哀，侦探先生，真心感到悲哀。"

斯蒂夫·格雷斯向后退了几步，面无表情地看着他。出租车沿着街道开走了，绕过一个弯，消失在夜色中。斯蒂夫转过身，从口袋里掏出一个二十五美分的硬币，往空中高高抛起，然后"啪"的一声接住，递给夜班门卫。

"金给你的。"他说，"留着以后拿给孙子们炫耀吧。"

他走回酒店，看也没看米勒就径直走进电梯，再次上到八楼，沿着走廊来到莱奥帕尔迪房间门口，用万能钥匙开门进去。他在里面将门反锁，把床从墙边拉出来，然后走到床后头，从地毯下面摸出一把0.32 口径的自动手枪，装进口袋里，两只眼睛在地上四处搜寻着出膛弹壳。最后在垃圾桶旁边找到了，他弯腰去捡，不过眼睛却盯着垃圾桶里面。他绷紧嘴巴，捡起弹壳，心不在焉地丢进口袋里，然后又伸出好奇的小手指，在垃圾桶里翻了翻，发现一块粘着新闻纸的碎纸片。他把床推回墙边，捡起垃圾桶，把里面的东西一股脑儿倒在床上。

从那一堆废纸和火柴里面，他把粘着新闻纸的碎纸片挑出来，拿到桌子前坐下。不消片刻，就像玩拼图一般把那堆纸片拼了起来，上面的文字都是从报纸上剪下来之后贴在纸片上的，现在依稀能够看清上面的内容：

莱奥帕尔迪，周四晚上之前，也即你在沙乐特俱乐部演出的第二天，准备好一万美金。否则，准备找人收尸吧。——她的哥哥。

斯蒂夫·格雷斯"哈"了一声。把这些碎纸片往酒店信封里一塞，装到上衣的内侧胸袋里，点上一根香烟。"这家伙有些胆量。"他说，"这我倒承认……还有，小号吹得也不赖。"

他把门锁好，站在安静的走廊里听了一会儿，径直走到那俩女孩的房间。他轻轻敲了敲门，把耳朵贴到门板上，仔细听着里面的动静。一张椅子吱吱响了几下，然后就听到走向门口的脚步声。

“请问哪位？”房间里传来一个女孩的声音，这声音冷静而清醒，显然不是那金发女郎。

“酒店侦探。能跟你说句话吗？”

“你现在就是在跟我说话。”

“这样隔着门不好吧，小姐。”

“万能钥匙不就在你身上嘛，自己进来。”女孩从门旁走开了。斯蒂夫用万能钥匙打开房门，轻轻走进去，把门带上。房间里灯光昏暗，只亮着一盏带褶皱灯罩的小台灯。金发女郎躺在床上鼾声如雷，还用一只手攥着她那顺滑的金发。黑发女孩在窗边的一张椅子上坐着，像男人那样豪放地跷着二郎腿，面无表情地看着斯蒂夫。

斯蒂夫走到女孩跟前，指着她睡裤上那条细长的小口子，轻声地说：“你没有不舒服，而且也没喝醉，对不对？这道口子是很久之前划破的。到底在玩什么花招？是想以此对金敲诈勒索吗？”

女孩不动声色地看着他，吐了一口烟圈，没有说话。

“金已经退房了。”斯蒂夫说，“别再挖空心思打他的主意了，小妹妹。”他那双黑色的眼睛一动不动地盯着她，像老鹰一般地盯着她。

“噢，你们这些酒店侦探真是倒胃口！”女孩突然气急败坏地说。然后站起身，从斯蒂夫身旁傲慢地走进浴室，“咔嗒”一声将门锁上。

斯蒂夫耸耸肩，摸摸床上金发女郎的脉搏……脉搏跳动细而无力，显然是酒后的脉象。

“可怜的妓女。”他小声咕哝道。

不经意间，斯蒂夫发现衣柜上面有一个大大的紫色手提包，他漫不经心地提了一下，又放回原处，忽然脸色变得凝重起来。他放回去的时候，那包在玻璃衣柜顶上发出了很大的声响，就跟里面装了块铅似的。他赶紧打开包，伸手在里面摸了摸，貌似碰到了一把冷冰冰的手枪。他将包完全拉开，看到一把 0.25 口径的自动手枪就躺在那儿。里面一张白色的小纸条引起了斯蒂夫的注意，他用手指把纸条夹出来，拿到灯光底下，是一张写了姓名和地址的收据。他将纸条塞进自己的口袋里，把包拉上放好。黑发女孩从浴室出来的时候，看到他就站在窗边。

“见鬼，你怎么还在这儿？”她怒气冲冲地说道，“那些在大晚上拿着万能钥匙随便闯入女孩房间的酒店侦探，最后都是些什么下场，你不会不知道吧？”

斯蒂夫一副毫不在意的表情：“这我倒清楚。无非就是惹祸上身，甚至被人枪杀。”

女孩愣愣地站在那儿，眼睛却悄悄瞥向旁边的紫色手提包。斯蒂夫看着她，问：“是在旧金山跟莱奥帕尔迪认识的吗？他两年前在那里演出，当时还只是个吹小号的，在韦恩·伍迪戈尔的乐队，一个不入流的乐队。”

女孩咬着嘴唇，从他身旁走开，重新回到窗边坐下。她脸色苍白，没有任何表情，有气无力地咕哝道：“布洛瑟姆认识他，就是床上那位。”

“你们知道他今晚会住这儿？”

“关你什么事？”

“我压根儿没想到他会住在这儿。”斯蒂夫说，“这里环境那么安静。我想象不到有谁会来这儿敲他竹杠。”

“到别处去想吧。我要睡觉了。”

斯蒂夫说：“晚安，亲爱的……记得把门锁好。”

一个脸型瘦削、头顶稀疏金发的瘦个子男人正站在前台桌子旁，细长的手指轻轻敲着大理石桌面。米勒木然地坐在桌子后面，脸色苍白，看上去一副惊魂未定的样子。瘦个子男人穿着一套深灰色西装，衣领下面系着条围巾，脸色看上去跟没睡醒似的。斯蒂夫从电梯出来，那人缓缓转过海绿色的眼睛看着他，等着他走到前台，在桌子上留下一串钥匙。

斯蒂夫说："这是莱奥帕尔迪的房门钥匙，米勒，房间里的镜子碎了一地，地毯也被他的晚餐弄脏了……差不多都是苏格兰威士忌。"

然后他转向瘦个子男人："您要见我，彼得斯先生？"

"到底怎么回事，格雷斯？"瘦个子男人用严厉的声音说道，似乎在等着别人跟他撒谎。

"莱奥帕尔迪和他的两个小弟住在八楼，乐队其他人住在五楼。五楼的那帮人倒听话，都乖乖睡觉去了。有两个妓女模样的女孩，不知道用了什么办法，住到了莱奥帕尔迪隔壁的隔壁。后来又想办法勾搭上他，一帮人在走廊里用漂亮的聒噪开起了狂欢派对。我也是没办法，只好用些强硬的手段收拾他们。"

"你脸上有血。"彼得斯冷冷地说，"擦干净再说。"

斯蒂夫用手帕在脸颊上蹭了蹭，不过那道细细的血痕早已经干在脸上了。"我把那些姑娘送回房间待着。"他说，"那俩小弟也识相地躲了起来，只有莱奥帕尔迪那个自以为是的家伙，非要给其他睡觉的房客演奏大号。我吓唬他要把那玩意儿缠到他脖子上，结果他就拿着那家伙朝我头上砸。我赤手空拳把他放倒在地，谁知他竟摸出一把枪来，朝我开了一枪。就是这把枪。"

斯蒂夫从口袋掏出一把 0.32 口径的自动手枪，往桌子上一放，然后将用过的弹壳放到旁边。"所以，我就把他收拾一顿，让他卷铺盖走人了。"斯蒂夫补充道。

彼得斯轻轻拍着大理石桌子："显然，以你的老练圆滑，怎么说都是你有理。"

斯蒂夫盯着他。"那家伙朝我开枪。"他一字一顿地重复道，"朝我开枪，就是这把枪。子弹那玩意儿可不是闹着玩的。幸好没打中，要是万一我中弹了呢？我对自己的脑袋很满意，我可不想丢了这唯一的一颗脑袋。”

彼得斯皱起茶色的眉毛，十分客气地说道：“我们之所以按夜班职员的薪水付你报酬，是因为我们不喜欢酒店侦探这个称呼。但是，不管是夜班职员还是酒店侦探，未经我的同意就把客人赶走，这种情况还从未发生过。现在你是第一人，格雷斯先生。”

斯蒂夫说：“那个家伙可是朝我开枪，老兄。是开枪，听清了吗？难不成我要一声不吭地吃枪子儿？”他的脸色有些苍白。

彼得斯说：“还有一点供你参考。海尔赛·沃尔特斯先生是这家酒店的大股东。同时，沙乐特俱乐部……莱奥帕尔迪周三晚上要演出的地方……也归他所有。若不是因为这，莱奥帕尔迪哪可能赏脸照顾我们的生意，格雷斯先生，接下来我要说什么，想必你也猜到了吧。”

“当然。我被解雇了。”斯蒂夫怏怏不悦地说。

“完全正确，格雷斯先生。晚安了，格雷斯先生。”

那个金色头发的瘦个子男人朝电梯走去，夜班门卫打开电梯送他上去了。

斯蒂夫看着米勒。“那个厉害的大人物叫什么来着，沃尔特斯，是吗？”他说，“想必又是个粗暴、狡猾的家伙。自作聪明地以为这里的客人跟沙特俱乐部的客人一个样。是彼得斯写信邀请莱奥帕尔迪住这里的吗？”

“我想是的，斯蒂夫。”米勒的声音低沉而阴郁。

“为什么不让他住塔楼套房？那里有独立的阳台，专门供他尽情狂舞，一天也就二十八美元。为什么会住到普通楼层呢？奎尔兰怎么能让那些女孩住到他隔壁？”

米勒在黑色的小胡子摸了几下：“我猜，或许是个吝啬鬼……他对威士忌也一样抠。至于那俩女孩，我就不清楚了。”

斯蒂夫的手掌在桌上拍了一下：“好吧，我被解雇了，理由是一个醉鬼要将酒店八楼变成妓院和射击场，而我没让他得逞。呸！算了，我会因此想念这个破地儿的。”

“我也会想念你，斯蒂夫。”米勒轻声说，“不过接下来一周不会。因为从明天开始，我要休假一周，我哥哥在克雷斯特莱恩有一所小木屋。”

“不知道你还有个哥哥呢。”斯蒂夫心不在焉地说，他在大理石桌面上将手掌张开又握起，一遍遍地重复着。

“他不经常来市区，曾经做过拳击手，块头很大。”

斯蒂夫点点头，在桌前直起腰板儿。“好了，我还是去躺会儿吧。”他说，“在这里度过最后一晚。米勒，把枪收起来吧。”

斯蒂夫苦笑了几声，转身离开，他走下台阶，穿过昏暗的大厅，来到放着收音机的那间房。他用力拍拍浅绿色长沙发上的软垫子，让它们恢复之前圆鼓鼓的形状，然后忽然将手伸进口袋，掏出那张白色的纸条——从黑发姑娘的紫色手提包里翻出的纸条。这是一张租金的收据，租住时间是一周，租住人是玛丽莲·德罗梅小姐，地点是柯特街 118 号里奇兰公寓 211 房。

斯蒂夫将纸条塞进钱夹里，站在那儿盯着无声的收音机。“斯蒂夫，你又有事做了。”他轻声地自言自语道，“或许是一些不为人知的事情。”

他溜进房间角落里那个像壁橱一样的电话亭，往里面投了五分钱，打给一个通宵直播的电台。他连续播了四次才打进电话，终于听到夜档主持人的声音。

“可以再放一遍金·莱奥帕尔迪的《孤独》吗？”斯蒂夫问主持人。

“已经放过两次了，而且还有好多人点的歌都没放呢。请问您怎么称呼？”

“斯蒂夫·格雷斯，卡尔顿酒店的夜班职员。”

“噢，原来是坚守岗位的值班人员。没问题，老兄，特意为你再放一遍。”

斯蒂夫回到长沙发那里，打开收音机，在沙发上躺下，两手交叉放到脑后枕着。

十分钟后，收音机里传来金·莱奥帕尔迪优美动人的小号演奏，低音如耳语呢喃一般温柔，而高音C之后的E调持续时间之长真是令人难以置信。

“唉，真是的。”曲子结束之后，斯蒂夫咕哝道，“一个演奏如此精彩的家伙，我刚才竟然对他那么粗鲁。”

3

柯特街位于邦克山（译者注：邦克山是美国马萨诸塞州波士顿港北方的小山，北美独立战争时期的古战场。）对面，属于老城区，也即有名的意大利佬聚集区，这里骗子横行，到处充斥着伪艺术的气息。这里鱼龙混杂，各色人等都能看到，有畏罪潜逃的前格林威治村民，有给钱就陪睡的应召女郎，还有接受县政府救济的贫困对象，整天跟枯瘦的女房东吵个不停。那些女房东们，都住着没落的豪华大房子……带着涡卷花样的门廊，铺着镶花地板，还有一排排由白色橡木、桃花心木和切尔克西亚胡桃木制成的楼梯扶手。

这里依山而建，曾经也是个不错的地方，当时修建的缆车索道——人们所谓的“天使之翼”——现在还依稀残存，在一个黄土斜坡和希尔大街之间来回蠕动。斯蒂夫·格雷斯是缆车上唯一的乘客，等他晃悠悠到达山顶的时候，已经是下午了。他穿着一身剪裁精致的蓝色西装，在阳光中大步向前走着，阳光下倒映出高大魁梧的身影。

他向西拐进柯特街，依次看着上面的门牌号。拐弯之后往前走了两家，就看到了他要找的门牌号。对面是一家殡仪馆，红色的砖房，挂着金色的牌子，上面写着“保罗·佩鲁基尼殡仪馆”。房门上挂着门帘，门口站着一个意大利男人，穿着圆角外套，皮肤黝黑，脸色铁青，正抽着雪茄等待顾客上门。

柯特街118号，是一栋三层的木屋公寓。一块脏兮兮的网格纱窗，把玻璃门挡得严严实实，门廊上的地毯宽不足半米，破旧的门板暗淡无光，上面的门牌号也是油漆斑驳。门廊中间是一个楼梯，黄铜制的楼梯扶手在昏暗的走廊上闪着金光。

斯蒂夫·格雷斯沿着楼梯往上走，然后又折回到前面。发现右手边就是211房，玛丽莲·德罗梅小姐的房间，是个前室来着。他轻声敲敲木门，等了一会儿，然后又敲了敲。里面没有任何动静，走廊里也没有任何声响。只不过门廊对面的那扇门里，一个男人一直咳个不停。

站在昏暗的走廊里，斯蒂夫甚至不知道自己为什么要来这儿。德罗梅小姐手里有把枪，莱奥帕尔迪收到了勒索信，还把那信撕碎扔掉了。斯蒂夫把赶走莱奥帕尔迪的事情告诉了德罗梅小姐，而一个小时之后，德罗梅小姐也退房了。斯蒂夫拿出一个皮革钥匙扣，仔细研究着面前的门锁，看起来似乎可以撬开。他把一根铁丝插进锁里，摸索着撬开门闩，悄悄溜进房间。铁丝还在锁扣里，他只好把门虚掩上。

两扇前窗的窗帘都放了下来，房间里一片昏暗，空气中充斥着脂粉的味道。房间里摆着浅色的家具，一张折叠双人床已经撑开，铺得整整齐齐。床边的凳子上，放着一本杂志、一个装满烟头的玻璃烟灰缸、喝剩一半的品脱装威士忌，还有一个玻璃杯。两个枕头应该是被人拿去当靠垫了，现在中间还是被压扁的形状。

梳妆台上放着一套化妆工具，算不上高档，不过也不像是地摊货，里面有一把梳子，上面缠着几绺黑色头发，还有一套修剪指甲的工具，脂粉在桌子上撒得到处都是。不过，浴室里面却空无一物。床后面有个衣柜，里面扔着一堆衣服和两个行李箱，所有的鞋子都是同一尺码。

斯蒂夫站在床边，用手摸着下巴。“布洛瑟姆，那个鼾声如雷的金发女郎，不住这儿。”他咕哝道，“住在这儿的，只有那个穿着破睡裤的黑发姑娘玛丽莲。”

斯蒂夫回到梳妆台前，将抽屉一一拉开。最下面的抽屉铺着墙纸，墙纸下面有一盒 0.25 口径自动式手枪的铜镍合金子弹。他在满是烟头的烟灰缸里拨弄几下，上面的烟头都带着红色唇印。他又摸了摸下巴，然后伸出手掌在空中一挥，像是个拿着船桨的划艇队员。

“毫无收获。”他轻声说道，“纯粹是浪费时间，斯蒂夫。”

他朝门口走去，刚要伸手开门，忽然又折回床边，抓着一个床角，把床掀了起来。

原来玛丽莲·德罗梅小姐一直都在。

她侧身躺在床下的地板上，两条大长腿交叉成剪刀形状，一副要逃跑的姿势。脚上挂着一只无跟拖鞋，另外那只掉到了地上。长筒袜上面的吊袜带和大腿露在外面，还有一块粉色的不知什么东西，上面还镶着一枝蓝色玫瑰。她身上套了条脏兮兮的方领短袖连衣裙，脖子上有几块瘀青。

她脸色乌黑，眼睛空洞无神，泛着淡淡的死灰般的颜色，嘴巴张得老大，那张脸看起来更短了。她身体冰凉，不过尚未完全僵硬。至少断气两三个小时，反正最多不超过六小时。

她身旁就是那个紫色的手提包，跟她的嘴巴一样开得老大。里面的东西都被翻了出来，散落在地板上，没有枪，也没有纸条，斯蒂夫没动这些东西。

他把床放下来，按原样把她盖在下面，然后在房间仔细检查一遍，将所有的东西，不管之前有没有碰过，全都擦了一遍。

他听听门外的动静，然后走了出去。走廊里依然空空如也。对面门里面那人依然还在咳着。斯蒂夫走下楼，随便看了几个信箱，然后沿着下面的走廊来到门口。

门里面一张椅子嘎吱嘎吱地响个不停。斯蒂夫敲敲门，一个女人刺耳的声音从里面传出来。斯蒂夫用手帕推开门，走了进去。

房子中间，一个女人正窝在一张破旧的波士顿摇椅里晃来晃去，一副萎靡不振的样子，整个身体完全瘫在摇椅里面。她面如土色，头发毛躁，套着双灰色棉长袜……俨然一个十足的邦克山女房东样子。她用那双死鱼眼，饶有兴趣地打量着斯蒂夫。

"你是公寓经理吗？"

那女人停下晃动的摇椅，扯着嗓子尖声喊了句："嘿，杰克！来客人了！"然后继续摇起来。

只听到冰箱门"砰"的一声关上，一个大块头男人从半开的内门里走了出来，手里还拿着一罐啤酒。他的脸活像个畸形的大面团，光秃秃的头顶上面只有一小撮头发。脖子和下巴简直肥得不成样子，那双棕色的死猪眼睛跟那女人的眼睛一样空洞无神。他的胡子也该刮了……昨天就该刮……上身的无领衬衫敞着怀，露出毛茸茸的胸膛。下面穿了条背带裤，猩红色的背带上挂着几个镀金的大扣子。

他把啤酒递给摇椅上的女人。那女人一把抓过来，干巴巴地说了句："我累得都快失去知觉了。"

那个男人说："可不是嘛。连走廊有没有打扫干净，都不知道了。"

女人不耐烦地吼道："谁说的，我每次都打扫得很干净。"然后猛灌了几大口啤酒。

斯蒂夫看着大块头，说："你是公寓经理吗？"

"没错，正是本人。杰克·斯托亚诺夫。净重二百八十六磅，强壮有力。"

斯蒂夫说："211 的房客是谁？"

大块头微微探着身子，把肩上的背带扯了扯。眼睛依然空洞无神。

肥硕的下巴稍稍绷紧，说："一个女人。"

"她一个人住吗？"

"继续……继续问。"大块头说。然后伸手从一张脏兮兮的木桌边上拿起一根雪茄。那雪茄烧得很不均匀，而且发出一股擦鞋垫烧焦的味道。他猛地把雪茄塞进嘴里，好像已经预料到那张嘴并不情愿接受。

"我就是在问你呢。"斯蒂夫说。

"咱们还是到厨房慢慢问吧。"大块头拖着懒洋洋的腔调说。

他转过身，把门推开，站在门口等着。斯蒂夫从他身旁走了进去。

大块头把门踹上，将嘎吱嘎吱的摇椅声挡在门外，然后打开冰箱，拿出两罐啤酒。他把啤酒打开，递给斯蒂夫一罐。

"你是侦探？"

斯蒂夫喝了几口，把啤酒往水槽边一搁，从钱夹里掏出一张崭新的名片……今天早上特意为新业务印制的名片……递给大块头。

大块头看了看，随手放到水槽边上，然后又拿起来看看。"跟那帮警察没什么两样。"他喝了一口啤酒，粗声粗气地说，"这次她又惹了什么麻烦？"

斯蒂夫耸耸肩，说："也就平时那些破事儿。划破睡衣的把戏。不过这次有回扣拿。"

"怎么可能？现在你负责调查这事儿，是吗？一定是个不错的好差事咯。"

斯蒂夫点点头。大块头从嘴里吐出一口烟雾，说："继续你的调查吧。"

"你不担心给这里带来什么麻烦吗？"

大块头哈哈大笑起来。"瞎说什么呢，老兄。"他带着轻松愉快的笑容说道，"你可是私家侦探，凡事都得保密，对不对。好吧，出去密秘地调查去吧。即使有什么麻烦事——对我来说，没什么大不了的。放心去查吧，随便查，哪间房都可以。警察不会跟杰克·斯托亚诺夫过不去。”

斯蒂夫没有作声，只是一动不动地盯着眼前这个男人。大块头又喝了几口酒，似乎来了兴趣。“还有啊。”他继续说道，一边拿着雪茄在半空中比画着，“我这人，就是太容易心软。我从来不出卖女人，也从来不为难她们。”他将啤酒一饮而尽，把空罐子丢到水槽下面的垃圾桶里，然后伸出手，大拇指在食指和中指上搓了搓。“除非有这个。”他补充道。

斯蒂夫轻声说：“你那双手倒是不小啊。说不定就是你干的。”

“嗯？”他那双棕色的小眼睛紧紧盯着斯蒂夫。

斯蒂夫说：“好吧，或许你是清白的。不过，你那双大手，迟早会引起警察的怀疑。”

大块头男人身体稍稍向左挪了一下，从水槽旁边移开。他漫不经心地将右手垂到身体一侧，紧紧绷着嘴巴，那雪茄都快烧到他鼻子上了。

“你究竟在说什么，嗯？”他冲斯蒂夫吼道，“要我背黑锅，是吗，伙计？”

“住嘴吧。”斯蒂夫慢条斯理地说，“她已经死了，被人掐死的。现在就在楼上，躺在她自己的床底下。应该就发生在上午十点左右。是一双大手的掐痕……跟你的手一样大。”

大块头敏捷地从屁股后面掏出一把枪，那手法堪称完美。似乎一眨眼工夫，那把枪就从他手上长了出来，而且死死地长在他的手上。

斯蒂夫皱皱眉头，没有任何反应。大块头将斯蒂夫从上到下仔细打量了一番。“你够厉害。”他说，“我在这一行混了那么久，一眼就能看出对方是个什么货色。你确实挺厉害，小子。不过，再怎么厉害，也厉害不过子弹吧。劝你还是乖乖把事情说出来。”

“我去敲她的房门，里面没人应声。后来发现门锁很容易撬开，于是我就进去了。刚开始我并没有发现她，因为那床是铺好的，她之前躺在上面看杂志，而且也没发现挣扎的痕迹。我是临出门的时候才想起看看床底下……结果她就在那儿躺着。早就死翘翘了。斯托亚诺夫先生，把枪收起来吧。警察不会跟你过不去，你刚才不是说了嘛。”

大块头小声咕哝道：“这可说不准。他们也没让我过上几天舒坦日子。曾经也找过我的麻烦，基本上都是荷兰人。侦探先生，你刚刚说到我的手，这是怎么回事。”

斯蒂夫摇摇头。“只是个玩笑。”他说，“她脖子上有指甲印。再看看你的指甲，被你铰得那么短。不可能是你干的。”

大块头男人并没有看自己的手指。他脸色惨白，下巴上黑乎乎的胡楂儿周围渗出了汗滴。他依然身体微微前倾，一动不动地站在那儿，忽然听到咚咚咚的敲门声。然后摇椅的嘎吱声停下了，接着便传来女人刺耳的叫声：“嘿，杰克！来客人了！”

大块头男人把脑袋歪向一边。“就算房子着火了，那个懒婆娘也不会抬抬屁股。”他气呼呼地咕哝着。

他走到门口，在外面把门锁上。

斯蒂夫快速地将整间厨房扫视了一遍。水槽上面有一扇很小的高窗，下面是一个放垃圾桶和袋子的活板门，除此之外没看到其他的门。他伸手将斯托亚诺夫丢在滴水板上的名片拿起来，装进口袋里。然后从左侧胸袋里掏出一把侦探专用的短管手枪……就像装进枪套一样，枪口朝下地装在口袋里。

他刚把枪摸出来，就听到墙外面传来一阵枪声……虽然有些模糊，但声音仍旧很大……接连开了四枪。

斯蒂夫后退几步，伸出一条腿，铆足了劲儿朝门板踹去。没踹开房门不说，倒是把自己从头顶到屁股震得生疼。他愤怒地骂了几句，然后退到厨房尽头，用左肩朝门口猛撞过去。这次成功了。他一下子冲到外面的客厅，那个灰土脸色的女人依然窝在摇椅上，脑袋歪向一边，几绺灰褐色的头发垂到净是骨头的额头上。

“谁家的枪走火了，是不是？”她呆头呆脑地说，“听起来没多远，应该就在巷子里。”

斯蒂夫冲到门口，用力拉开房门，来到走廊。

此时的大块头还能在走廊上站住，他朝着通往巷子的一扇玻璃门走了十来步。然后，一只手扶到墙上，手枪也掉到脚边，忽然左膝盖一弯，“扑通”一声跪到地上。

这时，一扇房门突然打开了，一个凶巴巴的女人探出头看了看，赶紧“砰”的一声把门关上。接着从里面传来聒噪的收音机的声音。

大块头男人缓缓站起身，不过裤管里的腿却一直抖个不停。然后，他双膝跪到地上，抓起脚边的手枪，慢慢地朝玻璃门爬去。忽然，他胳膊一软，那张大脸硬生生地栽到地上，即便那样，他还依然往前爬着，用脸蹭着不到半米宽的地毯往前爬。

后来，他突然停下了，整个人也不再动弹。庞大的身体一下子瘫在地上，拿枪的那只手一松，手枪滚到地上。

斯蒂夫撞开玻璃门，冲到巷子里。看到一辆灰色的轿车正朝巷子尽头飞奔而去。他停下来，稳住身体，端起手枪，不过那轿车转了个弯便消失不见了。

一个男人从对面另一家公寓探出头来。斯蒂夫继续往前跑，对后面的人打了个手势，然后又指指前面。他一边跑，一边把枪塞回口袋。等他跑到巷子尽头，又看到了那辆灰色轿车。斯蒂夫在人行道的墙边一路小跑，然后逐渐放慢脚步，最后停了下来。

一个男人在半个街区外的地方把车停好，穿过人行道，来到对面的一家餐厅。斯蒂夫看着他走进去，然后将帽子戴正，沿着墙边朝那家餐厅走去。

他走进餐厅，在柜台旁坐下，点了一杯咖啡。过了一会儿，警笛声从外面呼啸而过。

斯蒂夫将咖啡喝完，又点了一杯，然后又喝光了。他点上一根烟，沿着长长的山坡一直往下走，来到邦克山对面的街上，回到“天使之翼”的山脚下，从停车场把他的敞篷车开出来。

他驱车向西，穿过佛蒙特州，来到他今早预订的一家小旅馆。

4

比尔·达柯里，沙乐特俱乐部的楼层经理，此时正坐在昏暗的餐厅入口打哈欠，一副昏昏欲睡的样子。现在这个时间没什么生意，喝鸡尾酒有些晚，吃晚饭又太早，而对于俱乐部真正的生意……高档赌博……更是早得离谱。

达柯里穿着深蓝色晚礼服，上面还别着一朵栗色的康乃馨，看上去很是帅气。乌黑油亮的头发盖住额头大约两英寸，虽然有些微胖，不过五官还算精致，棕色的眼睛炯炯有神，时不时地忽闪几下卷翘的长睫毛。

穿制服的门卫已经将休息厅的大门打开，斯蒂夫·格雷斯走了进去。

达柯里从牙缝间发出几声“嘶，啧啧”。然后躬身向前，缓缓地穿过大厅去迎接客人。斯蒂夫就站在门里面，将休息厅四周的乳白色玻璃高墙打量一番，墙后面温柔的灯光充斥着整间大厅。玻璃墙上刻着航行帆船、丛林野兽、暹罗宝塔和尤卡坦庙宇。大门是镶铬的方形门框，看起来跟相框差不多。在沙乐特俱乐部里面，所有的一切都是那么高雅精致，甚至连左边酒吧里面的交谈声，都不会让人觉得嘈杂。悠扬的西班牙背景音乐，如雕花的折扇一样优雅。

达柯里走上前，躬身向前大约一英寸：“欢迎光临，有什么需要效劳的吗？”

“金·莱奥帕尔迪在吗？”

达柯里挺直上身，看上去并不怎么热情："那个乐队领队吗？他的演出在明天。"

"我觉得，他可能会来这儿。放松放松，或是干点儿别的事。"

"你是他朋友吗？"

"我认识他。不过，我来这儿，一不是找工作，二不是宣传乐队，如果你是这个意思的话。"

达柯里的脚后跟在地上来回蹭了几下。他根本就不懂音乐，对他来说，莱奥帕尔迪的音乐还不如一包花生米来得实际。他一副似笑非笑的样子。"刚才看到他在酒吧里。"他努了努岩石般僵硬的方下巴。然后，斯蒂夫·格雷斯走进了酒吧。

此时的酒吧里，差不多坐满了三分之一，这里温暖舒适，灯光照明也掌握得恰到好处。拱门处有一个小型的西班牙管弦乐团，正用装有弱音器的琴弦演奏出优美动人的旋律，那旋律已经超越了纯粹的音乐，倒是更像人们的回忆。这里没有舞池，只有一条长长的吧台，旁边摆着一排舒适的椅子，还有几张组合起来的小圆桌，松散地排在一起，靠墙座椅环着三面墙边摆成一个弧形。服务员像飞蛾一样在桌子中间来回穿梭，忙得不亦乐乎。

斯蒂夫·格雷斯看到莱奥帕尔迪就坐在远处的一个角落，对面还有个姑娘。他们座位两边都没有坐人。不过那姑娘，可真是个大美人儿。

她身材修长，火红的头发像是云雾中熊熊燃烧的灌木。一顶帽子潇洒地歪扣在头顶，那是一顶黑色天鹅绒双层贝雷帽，上面用银色别针别着两只波点布料做成的假蝴蝶。她穿着酒红色羊毛连衣裙，肩膀上搭着一条蓝狐皮披肩，看上去至少有两英尺宽。那双烟蓝色的大眼睛，看上去有些不耐烦。她左手戴着手套，慢悠悠地转动着桌上的一个小玻璃杯。

莱奥帕尔迪就坐在那姑娘对面，向前探着身体，聊得正欢。他穿了一件米色粗毛呢运动外套，显得他的肩膀又宽又大。他的头发垂到棕褐色的脖子上，很是显眼。斯蒂夫走到跟前的时候，他正朝对面的美人儿笑着，那笑声中带着自信，也带着几分不屑。

斯蒂夫顿了一下，然后走向他们邻座后面的那张桌子。他的这一举动引起了莱奥帕尔迪的注意，他有些不耐烦地转过头，忽然瞪大双眼，闪着愤怒的火焰，像一个机械玩具一样，缓缓地转过身来。

莱奥帕尔迪将他那双秀气的小手放到桌子上，手边各有一个高球杯。他笑了笑，把椅子往后一推，站了起来。他伸出一根手指，用一种浮夸的优雅姿势，摸摸自己细长的小胡子。虽然是慢条斯理，但却极其清楚地说道："你这个婊子养的！"

附近桌上的一个男人扭过头，板着脸皱了皱眉。一个刚要从旁边经过的服务员，忽然停下脚步，然后退回到其他桌子中间去忙活。那姑娘看了一眼斯蒂夫·格雷斯，往靠墙座椅的靠垫上一仰，伸出右手一根手指，在舌头上舔了舔，然后在栗色的眉毛上捋了几下。

斯蒂夫只是静静地站在那儿，脸唰的一下红了。他轻声说："昨晚你有东西落在酒店了。我觉得你应该处理一下。给你。"

斯蒂夫伸手从口袋里掏出一张折叠的纸条。莱奥帕尔迪一把接过来，依旧带着微笑，打开纸条看了一眼。这是一张黄色的纸条，上面粘着白色的碎纸片。莱奥帕尔迪把这张纸揉成一团，扔到脚边。

他向前一步，大声地重复道："你这个婊子养的！"

之前皱眉头的男人突然站起来，转过身，一字一顿地说："我不乐意有人在我妻子面前说这种话。"

莱奥帕尔迪看都没看那人一眼，直接说道："跟你的婊子见鬼去吧。"

那男人的脸突然涨得通红，和他一起的女人猛然起身，抓起包和外套走了出去。那男人迟疑片刻，也跟着离开了。现在酒吧里所有人都静静地看着这一幕。之前退到后面的服务员，飞快地穿过走廊，向门口的大厅跑去。

莱奥帕尔迪又向前迈出一大步，朝着斯蒂夫的下巴挥出一拳。斯蒂夫一个趔趄退了好几步，踉踉跄跄地抓住旁边一张桌子，把桌上的一个玻璃杯打翻了。他转身跟坐在桌子旁的情侣道歉。这时，莱奥帕尔迪又快速走上前，一拳打在他的耳后。

达柯里从大厅赶来，像剥香蕉皮似的把两个服务员拨开，然后张牙舞爪地走过来。

斯蒂夫弯腰干呕了几声，然后转过头，用低沉的声音说道："等等，你这浑球儿，不止这些……还有……"

还没等他说完，莱奥帕尔迪又抡起拳头，重重地砸到他的嘴上，鲜血从斯蒂夫的嘴角缓缓渗出，沿着嘴角流到下巴。桌子后面的红发姑娘，白净的脸上带着怒气，她伸手抓包，准备起身。

莱奥帕尔迪也忽然转身走开。达柯里伸出一只手去拦，不过莱奥帕尔迪理都没理，直接推开那只手，径直走出了酒吧。

高挑的红发姑娘重新把包放到桌子上，将手帕往地上一扔。静静地看着斯蒂夫，轻声说："趁下巴上的血还没弄脏衬衫，赶紧擦擦吧。"她的声音温柔沙哑，带着几分颤抖。

达柯里阴沉着脸走到斯蒂夫跟前，拽起他的一条胳膊就往外拉，"闹够了吧！现在到你了，立马给我走人！"

斯蒂夫的两只脚像是长在了地上，他站在那儿坚如磐石，直直地盯着红发姑娘。然后掏出自己的手帕，在嘴上擦了擦，露出一丝微笑。达柯里根本就拽不动他，于是松开手，朝那两个服务员打个手势，他们就站到了斯蒂夫身后，不过并没有动他。

斯蒂夫轻轻摸了摸嘴唇，又看看手帕上的血渍。然后转身跟坐在桌子后面的人道歉："真是非常抱歉，刚刚我没站稳。"

那女孩的酒杯被斯蒂夫打翻了，现在正拿着一小块印花餐巾纸擦裙子。她抬起头对斯蒂夫笑了笑，说："这事儿不怪你。"

忽然，那两个服务员从身后一把抓住斯蒂夫的胳膊，达柯里朝他们摇摇头，他们松开手。达柯里死死地盯着斯蒂夫，说："你打他了？"

"没有。"

"那就是你说了什么话，逼他打你了？"

"没有。"

红发姑娘弯腰去捡她的手帕。过了好大一会儿，才把手帕捡起来，坐回到桌子后面。她冷冷地说："他说得没错，比尔。只不过是金对待乐迷的另一种特殊方式罢了。"

达柯里"嗯"了一声，然后扭过粗重僵硬的脖子，看着斯蒂夫，咧嘴笑了笑。

斯蒂夫面无表情地说："那家伙狠狠砸了我三拳，其中一拳还是背后偷袭，我都没还手。你看上去倒是挺厉害。不知道你能不能忍得住。"

达柯里仔细打量他一番，不紧不慢地说："你赢了。我不能——你俩走开！"他厉声冲那俩服务员吼道。然后他们就离开了。达柯里在胸前的康乃馨上闻了闻，轻声说："这里不允许聚众滋事。"他朝那姑娘笑了笑，转身走开，时不时跟桌边的客人打着招呼，走出酒吧。

斯蒂夫轻轻在嘴唇上拍了几下，将手帕放进口袋。不过依然站在那里，眼睛在地板上四处寻找。

红发姑娘平静地说："我想，你要找的东西在我这儿——手帕里。不过来坐坐吗？"

那姑娘的声音似曾相识，总觉得在哪儿听过。

斯蒂夫在红发姑娘对面坐下，就坐在莱奥帕尔迪之前坐过的那把椅子上。

红发姑娘说："酒水算我请。"

斯蒂夫对服务员说："可乐，加少量苦艾酒。"

服务员转身说："小姐，您呢？"

“白兰地加苏打水，白兰地不要那么浓，谢谢。”服务员躬了躬身，转身走开。

红发姑娘咯咯笑了几声：“可乐加苦艾酒。这就是我最喜欢好莱坞的一点，在这里，什么稀奇古怪的事儿都能遇到。”

斯蒂夫盯着她的眼睛，轻声说：“我酒量不行，就算喝杯啤酒，都能大醉三天不醒。”

“鬼才信你的话。你跟金认识很久了吗？”

“昨晚才第一次见，而且相处得也不愉快。”

“看出来了。”她笑了起来，低沉的笑声也很是动听。

“把那张纸给我吧，女士。”

“噢，又是个没耐心的男人。干吗那么着急，我们又不赶时间。”她左手紧紧地攥着裹着黄色纸片的手帕。她用中指在眉毛上拨弄几下，“你不是在拍电影吧？”

“什么，当然不是。”

“我也不是，身高太高了。那些帅气的男演员都得踩着高跷，才能把我扣到他们怀里。”

服务员把酒水放到他们面前，然后用餐巾纸在空中做了个优雅的姿势，转身离开了。

斯蒂夫用坚定的语气轻声说道：“把那张纸给我，女士。”

“我最讨厌‘女士’那一套了，听起来跟警察问话似的。”

“我不知道你的名字。”

“我也不知道你的。你是在哪儿见到莱奥帕尔迪的？”

斯蒂夫叹了口气。现在西班牙管弦乐队开始演奏起悲伤的小调，淹没在一阵低沉的鼓点中。

斯蒂夫把头歪向一边，仔细听着，他说：“E弦降了半个调，听起来还真不赖。”

红发姑娘忽然来了兴趣，直直地盯着斯蒂夫。“我还真没注意。”

她说，“而我，自认为是个还不错的歌手。你还没回答我的问题。”

斯蒂夫慢悠悠地说：“是昨天晚上。那时我还是卡尔顿酒店的私家侦探，他们称夜班职员，不过我就是私家侦探。莱奥帕尔迪昨晚住在那儿，恶作剧有点儿过头了。我就把他赶了出去，之后自己就被炒了。”

红发姑娘说：“啊，原来这样，我开始有点儿明白了。他当时在酒店飞扬跋扈，而你——如果让我猜的话——作为酒店侦探，必须得处理这个棘手的麻烦。”

“差不多就是那样。现在，到你了，能否……”

“你还是没有说你的名字。”

斯蒂夫掏出钱夹，从里面拿出一张崭新的名片，隔着桌子递过去。姑娘看名片的时候，他喝了几口饮料。

“名字不错。”姑娘慢悠悠地说道，“不过，地址不是很好。‘私家侦探’这几个字就更糟糕了，左下角印上小小的‘侦探’两个字就可以了。”

“已经够小了。”斯蒂夫咧嘴一笑，“现在，你能否……”

红发姑娘突然把手伸到桌子对面，把那个纸团丢到斯蒂夫手里。

“我还没有看，当然，我很乐意看一下。要是你确实信任我的话，我希望……”她又看看那张名片，继续说道，“是的，斯蒂夫。你的办公室应该在日落大道八十区，在乔治亚风格或者是非常现代化的一栋大楼里面，应该是类似套房那样的办公室。而且，你的穿着需要再时髦些。必须要非常时髦，斯蒂夫。在这个城市，若不能吸引别人的眼球，那就是最大的悲哀。”

斯蒂夫看着那姑娘笑了笑。那双深陷的黑眼睛闪着亮光。姑娘将名片放到自己包里，扯了扯身上的皮草披肩，吞下半杯饮料。“我得走了。”她朝服务员打个手势，付了账单。服务员离开之后，她也站起身来。

斯蒂夫厉声说道："坐下。"

姑娘一脸茫然地看着斯蒂夫。然后重新坐下来，靠到椅背上，仍然直直地盯着斯蒂夫。斯蒂夫向前探过身去，问："你对莱奥帕尔迪了解多少？"

"断断续续也认识好几年了。如果这没碍到你什么事，看在上帝的分儿上，不要在我面前摆出一副盛气凌人的架势。我最讨厌趾高气扬的男人。我曾经为他唱歌，不过也没唱多长时间。不是只为莱奥帕尔迪一个人唱，希望不要误会我的意思。"

"你们刚才还一起喝酒呢。"

姑娘轻轻点了点头，然后耸耸肩。"他明晚要在这儿演出，想劝我重新回来唱歌。我没答应，不过，或许我会身不由己，反正也就一两个星期而已。沙乐特俱乐部的老板也掌控着我的合同，他是我工作的那个电台的大股东。"

"大人物沃尔特斯。"斯蒂夫说，"听说这人心狠手辣，但做事挺讲规矩。我没见过他，不过倒挺希望认识一下。毕竟我还想保住自己的饭碗呢，是吧。"

斯蒂夫收回身子坐正，把纸团丢到一旁："嗯，贵姓？"

"德洛丽丝·奇奥萨。"

斯蒂夫若有所思地把名字重复了一遍："我喜欢这个名字，还有你的歌。好多我都听过。你的歌很真实，不像大多数高价歌手那样哗众取宠。"斯蒂夫的眼睛里闪着光。

姑娘将桌上的纸团打开，仔细看了看，没有任何表情，然后平静地说："是谁撕碎的？"

"应该是莱奥帕尔迪。这些碎纸片是在他房间的垃圾桶里找到的。他离开之后，我把纸片拼了起来。那家伙还算有些胆量，要不就是经常遇到这种事儿，早就见怪不怪了。"

"要不就是，他觉得这是个恶作剧。"姑娘隔着桌子冷静地看着斯蒂夫，然后把纸折起来，还给斯蒂夫。

“或许吧。不过，如果他就是传闻中的那种人，有人要揭露什么事情，那这个人背后的目的就不仅仅是把他弄垮。”

德洛丽丝·奇奥萨说：“他就是你传闻中听说的那种人。”

“那么，女人要想接近他的话，应该不难。对不对，即便是一个带枪的女人？”

她依然盯着斯蒂夫：“当然不难。而且每个人都会为她掌声鼓励，如果你想知道我的看法的话。如果我是你，我就会将全部的事情忘掉。如果他想得到保护，沃尔特斯远比警察有用。要是他不需要，谁在乎呢？反正我绝对不在乎。”

“有时候你还挺冷酷，奇奥萨小姐——在某些事情上。”

她没有说话，那张冷冰冰的脸上微微泛白。

斯蒂夫喝完杯中的饮料，将椅子往后一推，伸手去拿帽子。他站起身，“谢谢你的酒水款待，奇奥萨小姐。既然现在我已经见到您了，接下来我会更期待您的演唱。”

“忽然之间装什么正经。”她说。

斯蒂夫咧嘴笑了笑：“再见，德洛丽丝。”

“再见，斯蒂夫。祝你好运，在侦探的行当。如果我听到什么……”

斯蒂夫转过身，沿着桌子旁边的过道走出酒吧。

5

在这秋高气爽的夜晚，好莱坞和洛杉矶闪烁的灯光朝他眨着眼睛。探照灯的光束射向无云的夜空，像是在搜寻轰炸机的身影。

斯蒂夫将他的敞篷车从停车场开出来，沿着日落大道一路向东。走到日落大道和费尔法克斯大道交会处，斯蒂夫在路边停下车，买了份晚报翻了翻，没发现任何关于柯特街 118 号的报道。

斯蒂夫继续开车向前，在之前预订的旅馆附近有家咖啡店，他在那里吃过晚饭，又去看了场电影。从电影院出来之后，买了一份早报《新闻论坛家庭版》。他们上报了——确切地说，他们两个人都上报了。

警方认为，杰克·斯托亚诺夫有杀害那女孩的嫌疑，不过那女孩并未受到攻击。报道中描述，那女孩是一个速记员，目前处于失业状态。上面没有她的照片，倒是有一张斯托亚诺夫的照片，看上去似乎被警方动过手脚。警方正在寻找另一位嫌疑人——在斯托亚诺夫被害前跟他谈过话的男人。几个目击者说那人身材高大，穿了一套深色西装。这是警方目前所获得的所有描述——或者说是相关人士愿意提供的所有信息。

斯蒂夫苦笑了一下，经过咖啡店的时候，又停下来喝了杯睡前咖啡，然后上楼回自己房间，此时已经将近十一点了，他刚打开房门，电话铃就响了起来。

他关上门，站在漆黑的房间中，努力回忆电话机在哪个位置。他摸索着向前走去，在一张安乐椅上坐下，旁边有一张小桌子，电话机就放在上面的一个矮架子上，他拿起听筒，贴到耳朵上，说了声“喂”。

“请问是斯蒂夫吗？”电话那头传来动听的声音，那声音低沉沙哑，带着些颤抖，也带着几分紧张。

“是的，我是斯蒂夫。我听得出来，我知道你是谁。”

电话那头干巴巴笑了几声：“侦探不愧是侦探。看来我要成就你的第一单生意了。能立马赶来我家吗？地址是伦弗鲁北街 20-412 号——这里没有南街——跟喷泉街只隔一个街区。也算是个别墅区，我家就在最后面那排。”

斯蒂夫说：“好的。过去肯定没问题。不过是什么事呢？”

电话那头一阵沉默。外面街道上的车辆鸣着喇叭，拐过街角向前飞驰，白色的灯光在天花板一扫而过。那个低沉的声音缓缓说道：“是莱奥帕尔迪，我拿他没办法。他已经……已经烂醉如泥，现在就躺在我卧室里。”然后她发出刺耳的笑声，跟她原本的声音完全不同。

斯蒂夫的一只手紧紧抓着听筒，现在已经有些酸痛，黑暗中，他的牙齿打了几个寒战。他用低沉冰冷的声音平静地说：“好的。不过你得付二十美元的报酬。”

“没问题。请尽快赶来。”

斯蒂夫挂上电话，坐在黑漆漆的房间里，喘了几口粗气。他把头上的帽子往后一掀，然后又粗鲁地扣回前面，哈哈大笑起来：“见鬼，到底在玩什么把戏。”

严格来说，伦弗鲁20-412号并不算别墅区。这里一共有六栋平房别墅，朝着同一方向，依次错开排列，这种布局，任何两家无法看到对方前门的情况。最后面是一堵砖墙，砖墙外面有一座教堂。

斯蒂夫找到那栋房子。此时，修剪整齐的草坪上，洒满了银色的月光。斯蒂夫走上两级台阶，在房门前站定，门镜上方是一个网格铁护栏，两只灯笼静静地挂在房门两旁。斯蒂夫敲敲门，一个女孩探出头来，这女孩鹅蛋小脸，弓形嘴巴，弯弯的眉毛粗细不均，顶着一头卷曲的棕色头发，她的那双眼睛，活像两颗闪着光泽的新鲜栗子。

斯蒂夫把烟丢到地上，在脚下踉了踉，说：“找奇奥萨小姐，她在等我。我叫斯蒂夫·格雷斯。”

“奇奥萨小姐已经休息了，先生。”那女孩傲慢地撇着嘴说道。

“瞎说，小姑娘。我刚才说了，她在等我。”

房门“砰”的一声关上了。斯蒂夫在外面等着，皱着双眉，回头看着月光下通往街边的狭窄草坪。好吧，就这样吧……额，不管怎样，月光下折腾一趟，二十美元也值。

只听“咔嗒”一声，房门开了。斯蒂夫从女仆身旁进去，来到一间温暖明亮的房间，扎光印花棉布的摆设，看上去古色古香。屋里的灯具既不老旧也不时尚，数量适中，摆放位置也恰到好处。镶铜屏风后面有一个壁炉，旁边摆了一张长沙发，一台收音机安静地待在角落的吧台上。

女仆干巴巴地说："很抱歉，先生。奇奥萨小姐忘记跟我说了。您请坐。"现在她的声音很温柔，或许还带着几分小心。女仆走开了——穿着短裙，下面搭了条透明的长丝袜，脚上是一双四英寸高的细高跟鞋。

斯蒂夫坐下来，将帽子摘下放到腿上，一脸不悦地看着对面那堵墙。弹簧门"嘎吱"一声关上了。他掏出一根烟，在手指间来回玩弄着，故意将白色的烟卷捏扁，让里面的烟草冒出来。然后，朝壁炉上的挡火板扔过去。

德洛丽丝·奇奥萨走过来。她穿了件绿色天鹅绒睡袍，外面系着一条金色流苏长腰带。她把腰带的一头卷了起来，像是要用它抛出一个大圈似的。那张脸看上去倒是干净清爽，她带着做作的微笑，乌青的眼皮一直抽搐个不停。

斯蒂夫站起身，看着她睡袍下面时隐时现的绿色摩洛哥皮革拖鞋。等她走到跟前，斯蒂夫抬起眼，看着她的脸，面无表情地说了声"你好"。

她直直地看着斯蒂夫，用动人的嗓音高声说道："我知道现在已经很晚了，不过据我所知，你早已习惯了通宵工作。所以，我们有必要好好谈一谈——为什么不坐下来呢？"

她的脑袋微微歪向一边，像是在听着什么动静。

斯蒂夫说："我都是两点之后才上床睡觉。无所谓了。"

她走到壁炉旁，按了一下旁边的门铃。过了一会儿，女仆穿过拱门走了进来。

"拿些冰块来，阿加莎。然后就赶快回家吧，时候不早了。"

"好的。"女仆转身走开了。

接下来是一阵死寂般的沉默，后来德洛丽丝心不在焉地从烟盒里抽出一根香烟，放到嘴上，斯蒂夫笨拙地在鞋子上划着一根火柴，这才算有点儿声响。她叼着烟凑到火柴旁，那双烟蓝色的眼睛直直地盯着斯蒂夫的黑眼睛。她轻轻地摇了摇头。

女仆端着一个铜质冰桶回来了。她将一张印度铜质的矮茶几放到他们中间，把冰桶放上去，然后放上吸管、杯子、勺子，最后又放上一个塞着木塞的三角形瓶子，看上去像是上等苏格兰威士忌，只不过外面的银丝包装有点太过浮夸。

德洛丽丝·奇奥萨一本正经地说："劳驾调杯酒好吗？"

斯蒂夫调了两杯酒，搅拌均匀，递一杯给她。她抿了一口，摇摇头，说："太淡了。"斯蒂夫往里面加了些威士忌，递给她。"现在还可以。"她说，然后靠到沙发的一角。

女仆又走了进来，棕色的卷发上扣了顶俏皮的红色小帽，身上穿了件镶着高档毛边的灰色外套。她挎了一个大大的黑色织锦布包，那布包把冰箱所有的东西塞进去都绰绰有余。她说："晚安，德洛丽丝小姐。"

"晚安，阿加莎。"

女仆从前门走了出去，轻轻带上门。那双高跟鞋在地面上嗒嗒作响。过了一会儿，不远处传来车门打开又关上的声音，接着汽车引擎发动，车声渐行渐远。整个小区重新回归一片死寂。

斯蒂夫将自己那杯酒放到茶几上，直直地盯着眼前这个身材高挑的女人，冷冷地说："看来那女仆不碍事了？"

"是的。她开自己的车回家。我去电台上班的时候——比如今晚——她就开我的车把我从电台接回家。我自己不喜欢开车。"

"好吧，那现在你还在等什么？"

红发姑娘一动不动地盯着挡火板，看着后面没有点燃的木头。脸颊上的肌肉抽搐了一下。

过了一会儿，她说："我竟然是打电话给你，而没打给沃尔特斯，这可真有意思。他提供的保护，要比你周全得多。只不过他不会信我，我想或许你会信。我没邀请莱奥帕尔迪来这儿。据我所知——这世上知道他在这儿的人，也只有我们俩了。”

她声音中的某种东西让斯蒂夫猛地直起身。

她将手伸到绿色天鹅绒睡袍胸前的口袋里，掏出一块干净的小手帕，往地板上一丢，然后又迅速捡起来，放在鼻子上。然后，她整个人颤抖起来，没有任何声响，只是无声地抽泣。

斯蒂夫有些不知所措：“到底搞什么鬼……那家伙根本就不是我的对手。我昨晚就把他收拾了一顿……昨晚他拿着枪，还朝我开枪呢。”

她扭过头，瞪大双眼盯着他，用精疲力竭的声音说：“但那不可能是我的枪。”

“什么？当然不是……什么？……”

“今晚是我的枪。”她看着他说道，“你说过，只要是女人，想接近他并不难，哪怕是带着枪。”

他只是一动不动地看着她，脸色苍白，喉咙里发出模糊不清的咕哝声。

“他不是喝醉了，斯蒂夫。”她轻声说道，“他死了。穿着黄色睡衣——就躺在我的床上。手上拿着我的枪。其实，你早就知道，他并不是喝醉了那么简单——是不是，斯蒂夫？”

他猛然站起身，一动不动地愣在那儿，低头看着她。然后慢悠悠地舔舔嘴唇，过了好长时间，才低声说了句“我们过去看看吧”。

6

她的房间就在屋子左侧的最里面。红发姑娘从口袋里掏出钥匙把门打开。房间里的百叶窗都放了下来，桌子上亮着一盏弱光灯。斯蒂夫没有说话，轻手轻脚地从她身旁走进去。

莱奥帕尔迪直挺挺地躺在床中央，身躯高大平整，脸色蜡黄，没有呼吸，一副做作的死相。就连他的胡子看上去都像假的。他的眼睛半睁着，像粗糙的大理石一样毫无光泽，看上去跟个瞎子似的。他仰面躺在床单上，那床单一直垂到地上，盖住了床脚。

金穿着一件带翻领的黄色丝绸睡衣，是那种直接就可以套进去的款式。那件睡衣又肥又长，胸前的丝绸像是吸进了墨水，被血染成了黑色。裸露在外的棕褐色脖子上也有几块血迹。

斯蒂夫看着他，面无表情地说："黄衣之王（译者注：《黄衣之王》是美国小说家霍华德·菲利普·洛夫克拉夫特所创造的克苏鲁神话中一本虚构的受诅咒剧本。）。我之前看到过有本书叫这个名字。我猜，他喜欢黄色。昨晚我替他收拾过一些行李。不过他倒不是什么胆小鼠辈，像他这样的家伙一般都很胆小……对不对？"

红发姑娘走到角落，坐到一张矮脚软垫椅上，低头盯着地板。这是一间舒适的小卧室，跟客厅一样简单随意，但又不失格调。地上铺了张咖啡牛奶色的雪尼尔绒地毯，房间里的雕花木质家具棱角分明，精致的梳妆台上面是镜子，下面是书桌一样的设计，既有抽屉，也有可以放下双腿的地方。另外还摆了一面方形镜子，上面安着一盏圆柱形壁灯。房间角落有一张玻璃桌，上面放着一只水晶的灵缇犬和一盏鼓状台灯，那台灯斯蒂夫之前也在其他地方看到过。

斯蒂夫不再打量这间卧室，重新将视线落到莱奥帕尔迪身上。他轻轻撩起金的睡衣，把伤口仔细检查了一遍。子弹直接穿过心脏，周围的皮肤也都烧焦变色。流血不多，应该是中弹之后立马就断气了。

他右手搭在床上另外一个枕头上面，一把小型毛瑟自动手枪就躺在他手里。

"简直就是艺术。"斯蒂夫指着莱奥帕尔迪说道，"这一枪可真漂亮。我猜，是标准的近距离射击。他甚至都把自己的睡衣撩起来了。

我听说过这种手法。一把毛瑟 763 手枪的杰作。确定是你的枪吗？”

“确定。”她依然低头看着地板，“就在客厅的桌子里——里面没有子弹，但是有弹壳。我不知道这是为什么。那枪是别人给我的，我甚至都不知道怎么装子弹。”

斯蒂夫笑了笑。红发姑娘忽然抬起眼，看到他脸上的微笑，不禁打了个寒战。“我不指望有人相信我。”她说，“我想，我们还是报警吧。”

斯蒂夫心不在焉地点点头，拿出一根香烟叼到嘴上，在唇间上下来回晃动着。因为之前莱奥帕尔迪的那一拳，到现在他的嘴唇还是红肿的。他用拇指指甲划着一根火柴，把烟点燃，慢慢吐出一缕烟雾，轻声说：“用不着喊警察，还没到时候。你就跟我说吧。”

红发姑娘说：“你知道的，我在 KFQC 电台唱歌。每周去三个晚上，在一档 15 分钟的汽车节目里。今晚也跟平时一样去上节目。阿加莎和我回到家，噢，那时差不多十点半。到门口的时候，我想起家里没苏打水了，就让阿加莎去买，酒水商店在三个街区之外的地方。后来，我就自己进屋了，屋里有一种奇怪的味道。我也不知道那是什么味儿，反正就感觉好几个男人在这儿待过似的。我走到卧室，就看到他现在这副样子。我看到那把枪，就赶紧跑出去查看，然后我知道我完蛋了。我不知道要怎么办。即使警察能证明我的清白，但从此以后，不管我走到哪儿……”

斯蒂夫直截了当地问：“他在你卧室……是怎么进来的？”

“我不知道。”

“继续。”他说。

“我锁上门，脱下衣服，那家伙就那样躺在床上。然后我进去浴室洗澡，打算想些办法，如果能想到的话。后来，我从卧室出来，锁上门，把钥匙拔下来。那时阿加莎也回来了，不过，我想她应该没怎么注意。嗯，洗完澡，我也稍稍振作了些。我在外面喝了一杯，就进来给你打电话了。”

她停下来，舔舔指尖，在左边眉毛上捋了几下。“这就是全部，斯蒂夫——绝对没有撒谎。”

“家庭帮佣最爱打听闲事。恐怕这个阿加莎好奇心更重——要么就是我猜错了。”斯蒂夫走到卧室门旁边，看了看门锁，“我敢打赌，你家有三四把钥匙都能把这锁打开。”他走到窗边，摸摸窗户闩，隔着玻璃看看下面的草地，漫不经心地说：“金爱你吗？”

她尖着嗓子，几乎是恼火地说道：“他从没爱过任何女人。几年前，在旧金山的时候，我在他的乐队待过一段时间，当时有一些愚蠢的传闻是关于我和他的。其实都是媒体的捕风捉影。现在那些传闻又出现了，反正都是媒体在炒作，为他在这儿的演出造势。我今天下午就是告诉他，我不会再容忍这种事情，也绝不会让人们认为我跟他还有任何关系。他的私生活荒淫无度，早已经在娱乐圈传开了。而这个圈子，本来就不是什么出淤泥而不染的行当。”

斯蒂夫说：“唯一拒绝他的，是不是只有你的卧室？”

红发姑娘的脸唰的一下红到了头发根。

“可能听起来有些下流。”他说，“不过，我必须得弄个清楚。这也是情理之中，对不对？”

“嗯，我想是的。我不认为我是唯一一个。”

“你出去透透气吧，去外面喝一杯。”

她站在那儿，隔着床直直地看着他。“我没有杀他，斯蒂夫。我今晚压根儿都没让他进这栋房子。我不知道他会过来，也不知道他过来要干什么。信不信由你。反正这事情没那么简单。在这世上，恐怕没有谁比莱奥帕尔迪更珍惜自己可爱的小命了。”

斯蒂夫说：“那是当然，亲爱的。出去喝一杯吧。他是被谋杀的。所有的事情都是一个圈套。你出去吧。”

斯蒂夫默默地站在那儿，一动没动，直到听到外面的声响，确定她已经到了客厅。他才掏出自己的手帕，将莱奥帕尔迪右手的那把枪拿起来，把表面仔细地擦了一遍，然后取出弹匣擦了擦，又倒出里面所有的弹壳，枪膛里的那个也取了出来，一个一个地擦拭干净。他重新装好子弹，把枪放回莱奥帕尔迪手里，让他把枪握紧，食指扣在扳机上。然后让那只手自然垂到床上。

他在床铺上翻了翻，找到一个出膛弹壳，把弹壳擦拭干净，放回原来的位置。他把手帕拿到鼻子前，苦着脸闻了闻，然后从床边绕到衣柜前，打开房门。

“把你的衣服给忘了，臭小子。”他小声咕哝道。

他那件米色的粗毛呢外套就挂在挂钩上，底下是一条深灰色长裤，上面扎了根蜥蜴皮腰带。旁边挂着一件黄色的丝绸衬衫，上面还吊着一根酒红色领带。跟领带配套的手帕，从他外套胸前的口袋里耷拉出来，露出大约有四英寸长。地上放着一双肉豌豆棕色的羚羊皮革运动鞋，里面是一双短筒运动袜。旁边是一条黄色的缎面短裤，上面用粗体绣着名字的首字母。

斯蒂夫仔细地在那条灰色长裤上摸了摸，翻到一个皮革钥匙扣。他从卧室出来，沿着十字走廊来到厨房门口。这是一扇实木门，漂亮的弹簧锁上面插着一把钥匙。他拔下钥匙，用钥匙扣上的那串钥匙挨个试了试，发现都不能打开，于是把原来那把钥匙重新插上，到客厅去了。他打开前门，径直走了出去，对蜷缩在沙发角落里的红发姑娘看都没看一眼，就一把将门关上。他在门外继续挨个试着那串钥匙，终于有一把能把门锁打开。他开门进屋，回到卧室里面，将钥匙扣重新放到灰色长裤的口袋里。然后朝客厅走去。

红发姑娘依旧蜷缩在沙发的角落里，直直地盯着他。

斯蒂夫倚在壁炉架上，吸了一口烟：“在电台的时候，阿加莎一直跟你在一起吗？”

她点点头。“应该是的。所以，他有这里的钥匙咯。你刚才就是在检查钥匙，对吗？”

“没错。阿加莎来你家做事多久了？”

“差不多一年了。”

“她偷过你的东西吗？我的意思是，一些小东西。”

德洛丽丝·奇奥萨有气无力地耸耸肩：“又有什么关系呢？大多数女佣手脚都不干净。时不时偷点儿脂粉，拿块手帕、袜子什么的。是的，我想她干过这样的事。她们认为这都是理所当然的。”

“好的女仆可干不出这种事，亲爱的。”

“好吧……时间上不好控制，我晚上工作，经常回家很晚。她既是女仆，也是造型师。”

“还知道她的其他情况吗？比如，有没有抽可卡因或大麻？有没有酗酒？或者有时候会不会狂笑不止？”

“我想应该不会。她和这件事能扯上什么关系，斯蒂夫？”

“女士，她把你家的钥匙卖给别人了。这不是明摆着的事实嘛。莱奥帕尔迪手里有一把钥匙，不是你给的，当然房东也不会给，那就只有阿加莎了，她那里有你家的钥匙。你好好想想，是不是这样？”

她的眼睛看上去有些忧伤，嘴唇微微颤抖。她手边放着一杯还没碰过的酒，斯蒂夫弯腰拿起酒杯，喝了几口。

她缓缓地说：“我们是在浪费时间，斯蒂夫。还是报警吧，现在任何人都没有办法处理。在人们眼中，别说淑女了，现在我连个好人都不算。人们会认为，这是情人之间的吵架，是我开枪打死了他，就是这样。即使我能证明自己的清白，人们也知道他是在我床上开枪自杀的，我同样还是会身败名裂，这件事彻底把我毁了。所以，我还是做好心理准备去面对现实吧。”

斯蒂夫轻声说：“看好了。我母亲过去经常这样做。”

他将一根手指放在嘴唇上，然后弯下腰，拿开手指，再放到她嘴唇上的同一位置。他笑了笑，说：“我们去找沃特尔斯，或者你自己去，他一定会从警察局挑些自己人过来，而这些人绝不会大晚上四处张扬，把这件事泄露给那些无处不在的媒体朋友。他们一准是悄悄溜进来，像法院送达传票那样悄无声息。沃尔特斯能搞定。就指望着他来解决吧。而我呢，就去找阿加莎，因为我想知道，她那把钥匙的买主长什么样儿——而且，这也是我想尽快弄清楚的一点。还有，顺便提一下，我过来这一趟，你得付我二十块。你可别忘了。”

身材高挑的红发姑娘站起身，笑着说：“你太自以为是了，真的。你怎么就能确定他不是自杀？”

“他都没穿自己的睡衣。他的衣服上面都有自己名字的首字母。我昨晚帮他收拾过一些东西——把他从卡尔顿酒店赶走的时候。快去穿衣服。亲爱的还有，把阿加莎的地址告诉我。”

斯蒂夫走到卧室，扯来一条床单，看着那张僵硬、蜡黄的脸，然后慢慢将床单盖到莱奥帕尔迪身上。

“永别了，伙计。”他轻声说，“你是个浑球儿，但不得不承认，你在音乐上才华横溢。”

这是一间坐落在布莱顿大道上的小木屋，就在杰弗逊街区附近，这个街区清一色带门廊的老式小木屋。而这一间，前面有一条狭窄的水泥小路，在月光下看起来显得更白一些。

斯蒂夫走上台阶，宽大的前窗微微透着灯光。他敲敲门。屋里传来拖沓的脚步声，然后，一个女人打开门，透过门帘看着斯蒂夫。这是一个身材矮胖、头发斑白的老妇人。她圆滚滚的身体裹在衣服里面，脚上套了双肥大的拖鞋。一个头发秃顶、眼睛混浊的男人，坐在屋里桌子后面的一张藤椅上。他双手放在膝盖上，心不在焉地扭动着手指关节。他并没有看向门口。

斯蒂夫说：“我是从奇奥萨小姐那里过来的。您是阿加莎的母亲吧？”

老妇人干巴巴地说：“我想应该是吧。她不在家，先生。”藤椅上的男人不知从哪儿拿出一块手帕，擤着鼻子，暗暗窃笑。

斯蒂夫说："今晚奇奥萨小姐有点儿不舒服，她希望阿加莎可以回去，在那儿陪她一夜。"

眼睛混浊的男人又笑了起来，这次是尖声的窃笑。老妇人说："我们不知道她在哪儿。她爸和我一直在等她回家。恐怕等我们病死的时候，才能把她等来。"

秃顶男人尖着嗓子怒气冲冲地说："就让她在外面待着吧，警察总有一天会逮到她。"

"她爸是个半瞎子。"老妇人说，"脾气难免有些古怪。你要进来吗？"

斯蒂夫摇摇头，跟西部影片当中的害羞牛仔似的，不知所措地在手中转着自己的帽子。"我得找到她。"他说，"你知道她会去哪儿吗？"

"跟一帮穷鬼少爷在外面喝酒，"秃顶男人哈哈笑了几声说道，"跟一帮用丝绸围巾代替领带的娘娘腔厮混在一起。如果我看得见，我恨不得拿皮带抽死她。"他双手抓着椅子扶手，手背上的肌肉绷成了一个疙瘩。忽然哭了起来。泪水从那双混浊的眼睛里流出来，在满是花白胡楂儿的脸上淌过。老妇人走过去，从他手里夺过手帕，在他脸上抹了几把。然后又自己拿过来擤擤鼻涕，回到门口。

"谁知道在哪儿呢。"她对斯蒂夫说，"这么大一个城市，先生，我也不好说她在哪里。"

斯蒂夫平静地说："我会打电话过来。如果她回来了，请把她留下好吗？对了，你家的电话是多少？"

"电话号码是多少，她爸？"老妇人扭过头问道。

"我不说。"秃顶男人从鼻子里哼了一声。

老妇人说："我想起来了。南区 2452。随时都可以打来，反正我跟她爸也没什么事。"

斯蒂夫跟老妇人道过谢，从那条白色水泥小路走到街上，然后沿街一直往前走，他的车就停在半个街区外的路上。斯蒂夫拉开车门的时候，漫不经心地朝街对面瞥了一眼，忽然停了下来，一只手还在车门上抓着。他松开手，往旁边走了三步站定，屏气凝神地看着街对面。

对面所有的房子几乎一模一样，除了那一栋——前窗挂着“招租”广告牌，房前的草坪上还立着一块房地产商的标志牌。房子本身空空荡荡，看上去已经闲置很久，不过房子旁边小小的车道上，却停着一辆整洁的黑色轿车。

斯蒂夫小声嘟囔着：“跟着自己的感觉走。加油，斯蒂夫。”

他穿过那条满是尘土的宽街道，同时用手摸着口袋里的金属枪，几乎是悄无声息地来到那辆轿车后面。他站在那儿仔细听了听，悄悄绕到车子左侧，回头瞥了一眼对面的街道，然后从打开的前窗看看车里面。

那女孩坐在车上，要不是头部往角落里歪得有些过分，看上去跟真的在开车没什么两样。那顶小红帽还在头上扣着，身上还是那件镶着高档毛边的灰色外套。在月光下，可以看到她的嘴张得老大，舌头伸了出来，两只栗子般的眼睛直直地盯着车顶。

斯蒂夫没有动她。其实也没必要，不用凑近去看，他也知道她脖子有严重的瘀伤。

“这帮家伙，对女人也这么粗鲁。”他小声嘟囔着。

女孩的黑色大织锦布包放在旁边的座位上，跟她的嘴巴一样敞得老大。她的嘴，跟当时玛丽莲·德罗梅的嘴巴差不多，而她的包，也跟玛丽莲·德罗梅紫色手提包当时的情形差不多。

“没错，对女人同样是心狠手辣。”

斯蒂夫慢慢地往后退，一直退到车道口的一棵小棕榈树下面。此时的街上空无一人，跟关门的电影院一样冷清。他默默回到街道对面，钻进自己的车里。

其实也没什么大不了。一个女孩大半夜独自回家，在离家不远的地方，被某个凶狠的家伙给掐死了。就是这么简单。等警察巡逻车巡查到这一街区——如果那帮巡警还没完全睡着的话——他们看到那块“招租”广告牌，一定会过去看一下。斯蒂夫用力踩下油门，驱车离开那里。

在华盛顿街和菲格罗亚街的交会处，他停下车，走进一家24小时营业的杂货店。他去到杂货店最里面的一间电话亭，投了五分钱，拨通警察局的电话。

他对接线员说：“警官，请拿笔记一下。布莱顿大道，320街区西侧，一栋空房子的车道上。记下了吗？”

“是的。什么事？”

“车上有一个女人的尸体。”斯蒂夫说完挂断了电话。

7

奎尔兰，卡尔顿酒店的白班领班兼经理助理，此时正在值夜班，因为夜班审计员米勒休了一周假。现在是凌晨一点半，周围一片死寂，奎尔兰也感觉无聊透顶。这位有着二十年酒店工作经验的老职员，早早地就把所有事情处理妥当，对他来说，一切都是那么驾轻就熟。

夜班门卫已经打扫完毕，回到了电梯间旁边的房间里。像往常一样，夜间只有一台电梯亮灯开放。灯光昏暗的酒店大厅，打扫得一尘不染。所有的一切，跟平常没什么两样。

奎尔兰个头不高，身材肥胖，头顶黄沙色的头发稀稀疏疏，一双蛤蟆大眼明亮清澈，看上去总是一副友好的表情，其实压根儿就没有表情。他那双苍白的双手交叉着，放在身前的大理石桌面上。他的身高正好可以把重心全部靠在桌子上，根本看不出来是趴在那里的。他正盯着对面大厅入口的那堵墙，不过好像又没在看。尽管那双蛤蟆眼睛还是圆圆的，但他现在已经是昏昏欲睡。不过，要是夜班门卫在自己屋里划着一根火柴，奎尔兰准会立马察觉，然后按响他的门铃。

门口的镶铜旋转门突然被推开，斯蒂夫·格雷斯走了进来。他穿着一件夏季风衣，领子高高立起把脖子围住，帽子压得很低，嘴角吐着烟圈，看上去既随意又警觉，不过更多的还是随意吧。他信步走到接待台，在大理石桌子上拍了拍。

“起床了！”他从嗓子眼儿吼出一声。

奎尔兰抬起眼皮，说：“所有带浴室的房子都住满了。不过可以肯定的是，八楼不会再开演奏会了。嘿呀，斯蒂夫，终于被炒了，因为你做错了事。这就是生活。”

斯蒂夫说：“行了。你们找到新的夜班侦探没？”

“不需要，斯蒂夫。在我看来，压根儿就不需要。”

“要是某些像你这样的老职员，把妓女跟莱奥帕尔迪那样的家伙安排到同一楼层，那时就会需要了。”

奎尔兰眯了眯眼睛，然后又睁得跟刚才一样大，他满不在乎地说：“不是我，老兄。但谁都有可能犯错。米勒其实就是个算账的，根本不是前台人员。”

斯蒂夫身子往后一仰，脸色阴沉下来。嘴上那根烟几乎要烧到烟屁股了。现在他的眼睛看起来跟黑玻璃似的。他略带狡猾地笑了笑。

“那么，莱奥帕尔迪怎么会住进八美元一天的八楼，为什么不把他安排到二十八美元一天的顶楼套房呢？”

奎尔兰笑着回答道：“莱奥帕尔迪的入住不是我登记的，老兄。是之前预订好的。我想，可能他就想住在那儿吧。有些人不怎么乱花钱的。还有问题吗，格雷斯先生？”

“当然。昨晚 814 房有人住吗？”

“没有，昨天那间房维修。好像是水管出了点儿问题。继续问。”

“备注维修的是谁？”

奎尔兰那对明亮而又深不可测的大眼珠转了几圈，然后又呆板茫然地看着前方，没有回答。

斯蒂夫说：“现在我来告诉你原因。莱奥帕尔迪住在 815，那俩女孩住在 811。中间就隔着 813。随便一个有万能钥匙的家伙都能进去 813，把联络门上的插销锁打开。然后，另外两间房的人也将联络门的另一面打开，这样一来，一个联通的套房就组建好了。”

“所以呢？”奎尔兰问，“八美元就把我们收买了，是这个意思吗？好吧，即使再高级一些的酒店，也免不了会发生这种事情。”现在他的眼神已经有些迷离。

斯蒂夫说：“也有可能是米勒。不过，该死，压根儿就说不通。米勒不是那种人。冒着丢掉工作的危险，就为了区区那点儿钱。米勒才不是那种贪财鬼。”

奎尔兰说：“好了，警官先生。说说你是怎么想的吧。”

“811 房的一个姑娘手里有枪。莱奥帕尔迪昨天收到一封勒索信……我不知道那信是从哪儿来的，也不知道他怎么收到的。不过，看上去他并没当回事儿。他把那信给撕了。我是从他垃圾桶里翻到那些碎纸片，才知道有那么一封信。我猜，莱奥帕尔迪的那帮小弟们早就退房了吧。”

“那是当然。他们去了诺曼底酒店。”

“打电话到诺曼底，要莱奥帕尔迪接电话。如果他在那儿，想必也是在买醉，或许是跟一帮人。”

“为什么？”奎尔兰轻声问。

“因为你是个好人。如果莱奥帕尔迪接了电话，你直接挂断就行了。”斯蒂夫停下来，用力在下巴上抹了一下，“要是他出去了，就想办法打听到他去了什么地方。”

奎尔兰挺直腰板，静静地看了他许久，然后走到大理石屏风后面去了。斯蒂夫一动不动地站在那儿，静静地听着，一只手紧握着拳头垂在身体一侧，另一只手在大理石桌面上轻轻拍着。

差不多三分钟之后，奎尔兰回来了，他重新靠在桌子上，说："不在那儿。房间里的派对还在继续——他们给他安排了一个大套房——听起来闹哄哄的。接电话的家伙倒挺清醒。他说莱奥帕尔迪十点左右的时候接了个电话——是个姑娘打来的。那家伙说他出去的时候还精心打扮了一番。应该是会情人去了。想必接电话那家伙心情不错，才把这一切都告诉了我。"

斯蒂夫说："真够朋友。我恨不得把另外一些事也跟你说了。怎么说呢，我喜欢在这里工作。这里的事情没有那么多。"

斯蒂夫朝门口走去，还没迈出门去，奎尔兰就一把抓住旋转门的镶铜把手，把他拦住。斯蒂夫只好转身，慢悠悠地走回去。

奎尔兰说："我听说莱奥帕尔迪朝你开枪了。我猜，应该没人注意这事儿。我们在楼下都没听到有人报告。而且，依我看，彼得斯先生也是看到815房的碎镜子之后，才完全意识到这件事情。如果你想回来，斯蒂夫……"

斯蒂夫摇摇头："非常感谢，您多虑了。"

"说到开枪。"奎尔兰补充道，"倒让我想起一件事来。两年前，也是在815房，一个姑娘在那里开枪自杀了。"

斯蒂夫猛地直起腰，整个人都要跳了起来："什么姑娘？"

奎尔兰看上去一副惊讶的表情："我不知道。名字我不记得了。只知道那姑娘被人抛弃了，承受不了打击，只求死在一张干净的床上，独自一人。"

斯蒂夫伸手抓住奎尔兰的胳膊。"查酒店档案。"他厉声说道，"还有剪报，报纸上有的，那上面都会有。我要看那些剪报。"

奎尔兰盯着他看了一会儿，然后说："不管你在玩什么，老兄，劝你还是要多加小心。这样说是为你好。我可不想耗上一整夜陪你玩。”

他伸手按响电铃，然后夜班门卫打开了房门，穿过大厅走了过来。他朝斯蒂夫微笑着点点头。

奎尔兰说：“在这儿看一会儿，卡尔。我去趟彼得斯先生的办公室。”

他走到保险柜旁，把上面的钥匙拔了下来。

8

一栋木屋高高地建在山的一侧，屋后是一片长着松树、橡树和翠柏的茂密树林。木瓦屋顶，石头烟囱，看上去结实牢固，稳稳地矗立在山坡上。若是白天的话，木屋房顶是绿色的，侧面是酱紫色，窗棂和放下的窗帘都是红色的。而在深夜皎洁的月光下，十月中旬的月亮挂在山间，除了颜色之外，小屋的每一个轮廓都能看得一清二楚。

那木屋位于路的尽头，跟每一座木屋都相隔四分之一英里远。清晨五点，斯蒂夫关掉车灯，绕了个弯，朝木屋开去。确定就是那栋木屋，他立马停住，从车上下来，踏在夜蝴蝶花铺就的地毯上，轻手轻脚地沿着一条碎石路往前走。

路边有一间简陋的松木板车库，这里有条小路直接通向木屋的门廊。车库没上锁。斯蒂夫轻轻推开门，从一辆黑乎乎的汽车旁摸索着往里走，他将手放到散热器顶部摸了摸，还是温的。然后他从口袋掏出一个小手电，往车身照了照。这是辆满是灰尘的灰色轿车，油表上面显示油量已经不多。斯蒂夫关上手电，小心翼翼地关上车库门，将一块当作门锁搭扣的木头插上去。然后沿着那条小路走向木屋。

红色的窗帘放了下来，隐约可以看到屋里面亮着灯光。高高的门廊上，堆着带树皮的刺柏圆木。前门安了一把拇指闩锁，上面的门把手看上去别有一番乡村韵味。

斯蒂夫走上前，虽不是蹑手蹑脚，但也没发出什么声响。他抬起手，深吸一口气，在门上敲了敲。他的手摸着外套内兜里的那把枪，只摸了一下，然后把手抽了出来。

屋里的椅子嘎吱响了一声，接着听到地板上走来的脚步声，一个声音轻轻地问了句："谁呀？"这是米勒的声音。

斯蒂夫把嘴凑到木板门前，说："米勒，是我，斯蒂夫。你已经起床了？"

只听钥匙转动了几声，房门打开了。乔治·米勒，衣冠楚楚的卡尔顿酒店夜班审计员，现在看上去可是一点儿也不讲究。他穿了件蓝色的高领厚毛衣，下身是一条旧裤子，脚上套着花纹羊毛袜和一双羊绒毛边拖鞋。马虎修剪过的小黑胡子，像是苍白脸上的一块污渍。房间里，高高的屋顶斜面，架着一根低矮的横梁，两只灯泡在灯座上发着亮光。桌子上亮着一盏小台灯，灯罩正好将光线打在一张带皮革椅座和靠垫的莫里斯安乐椅上。炉火在大大的平炉上懒洋洋地烧着，下面是一堆燃过的灰烬。

米勒用低沉沙哑的声音说："天哪，斯蒂夫。见到你真高兴。你是怎么找到这儿的？快进来，伙计。"

斯蒂夫走进屋，米勒随手把门锁上了。"城市里的毛病。"他咧嘴一笑，"在乡下，哪有人动不动就上锁呀。坐下吧，烤烤火，暖暖身子。这个时节，晚上都开始转凉了。"

斯蒂夫说："是呀，还挺冷。"

斯蒂夫在那张莫里斯安乐椅上坐下，将帽子和外套放到后面结实的木桌上。他往前探探身子，在炉火上烤着手。

米勒说："你是怎么找到我们的，斯蒂夫？"

斯蒂夫没看他。只是轻声说道："真是不容易啊。你昨晚跟我说，你哥哥在这儿有间木屋……还记得吗？我闲着没事，就寻思着开车过来，顺便蹭顿早餐。我问克雷斯特莱恩那家旅馆的老板，不过他不知道哪里有木屋。他主要都是跟过往的房客打交道。然后，我又打电话到一家汽车修理厂去问，那里的人也不知道米勒家木屋在哪儿。后来，我看到街边一个卖汽油和木材的大院子还亮着灯，那里有个小个子家伙，是护林兼巡警兼汽油和木材生意人，同时还身兼五六种其他身份，他正开车去圣贝纳迪诺买汽油。那家伙倒是个明白人。我一说你哥哥之前是拳击手，他立马就知道是谁了。所以我现在就到了这里。”

米勒摸了摸他的小胡子。木屋里面不知什么地方传来弹簧床的吱呀声。“当然了，他还用着之前拳击手的名字——加夫·塔利。我这就喊他起床，我们一起喝杯咖啡。我猜，咱们俩是同病相怜，习惯了夜里工作，晚上根本就睡不着。到现在我还没合过眼呢。”

斯蒂夫慢慢看了他一眼，然后又看向别处。他们身后传来粗壮的声音：“加夫起来了。来的哪个朋友啊，乔治？”

斯蒂夫漫不经心地站起身，扭过头去。不自觉地首先望向那人的双手。那是一双大手，干净倒是挺干净，不过看上去既粗糙又丑陋。其中一个指关节伤得不轻。这是个红头发的大块头男人，法兰绒睡衣外面裹了件肥大的丑浴袍。粗糙的脸上没有任何表情，颧骨上面伤痕累累。眉毛和嘴角有几条细长的白色伤疤。他的鼻子又宽又厚，整张脸看上去吃过不少拳头。唯一跟米勒有些相似的地方，就是那双眼睛。

米勒说：“斯蒂夫·格雷斯，酒店的夜班职员。不过，从昨晚开始就不是了。”他淡淡一笑。

加夫·塔利走过来跟斯蒂夫握手。“幸会幸会。”他说，“我先去穿衣服，然后再从架子上拿些早餐来。反正我是睡饱了。乔治可没怎么睡，可怜的小笨蛋。”

他转身走回里屋，在之前出来的那扇门前停下，靠在一台老式留声机旁边，将一只大手放在装着唱片的一摞纸信封后面。他就在那儿一动不动地站着。

米勒说："找工作还顺利吗，斯蒂夫？或者还没开始找？"

"怎么说呢，算是吧。我就是一根筋，还是想在私家侦探这一行试试。不过，除非我能搞出点儿名堂，不然哪有顺利可言。"他耸耸肩，然后又轻声说，"金·莱奥帕尔迪被人杀了。"

米勒的嘴巴张得老大，他这种姿势，张着大嘴，一动不动，足足持续了一分钟。加夫·塔利倚在墙上，面无表情地看着他的脸。米勒终于说话了："被杀？在哪儿？不会是……"

"不是酒店，乔治。那样的话就太糟糕了，不是吗？是在一个姑娘的公寓。那姑娘倒没什么坏心眼，不是她把莱奥帕尔迪勾引过去的。还是那种老套的自杀假象，只不过这次不管用了。因为那姑娘是我的客户。"

米勒没有动，大块头兄弟也没动。斯蒂夫将肩膀往石质壁炉架上一靠，轻声说："今天下午我去了一趟沙乐特俱乐部，去跟莱奥帕尔迪赔不是。真是愚蠢的想法，我犯得着跟他道歉吗？当时和他在一起的还有一个姑娘。他狠狠给了我三拳就走了。那姑娘不怎么喜欢他，这一点我俩倒有共同语言，于是就一起喝了一杯。到了晚上，她打电话给我，说莱奥帕尔迪在她那儿喝得烂醉如泥，她拿他没办法。我去到她家才发现，他不是喝醉了，而是死了，就躺在她床上，穿着黄色的睡衣。"

大块头抬起左手，粗鲁地往后捋捋头发。米勒小心地靠到桌旁，好像担心桌子边会割伤他似的。黑色小胡子下面的那张嘴抽动了几下。

他哑着嗓子说："这可真糟糕。"

大块头说："是呀，糟糕透顶。"

斯蒂夫说："不过，那睡衣不是他自己的。他睡衣上绣着字母，粗体的姓名首字母。而且，他睡衣的材质是缎面的，不是丝绸。尽管他手里有把枪，确切地说是那姑娘的枪，不过他不会正好就射进心脏。警察会查出来的。或许你们没听过隆德测试，就是用固体石蜡，查出最近谁有没有开过枪。其实这本该发生在昨晚的，在酒店的 815 房。是我把这事搞砸了，就因为我把他赶出了酒店，811 房的黑发女孩才没有得手。乔治，都是因为我，对不对？”

米勒说：“或许是吧，如果我知道你说的是什么的话？”

斯蒂夫慢悠悠地说：“我想，你知道我在说什么，乔治。要是莱奥帕尔迪在 815 房被杀，那可真的变成诗意的复仇了。因为，两年前，一个女孩在那房间开枪自杀了。那女孩登记入住的名字是玛丽·史密斯。不过，她平常会用伊芙·塔利这个名字，而她真正的名字叫伊芙·米勒。”

大块头重重地靠在那台老式留声机上，用粗哑的声音说：“难道是我还没睡醒？这事儿听起来怎么跟个下流笑话似的。没错，我们有个叫伊芙的妹妹，两年前就是在卡尔顿开枪自杀的。又怎么样呢？”

斯蒂夫撇嘴笑了笑，他说：“听着，乔治。你告诉我，是奎尔兰把那俩女孩安排到 811 房的。其实，那是你安排的。你还跟我说，莱奥帕尔迪是个吝啬鬼，舍不得花钱住套房，所以才登记住八楼。其实那家伙并不吝啬，只要能找到姑娘，住哪儿他都无所谓。而你，很清楚这一点。是你策划了所有的一切，乔治。你甚至让彼得斯给旧金山的莱奥帕尔迪写信，邀请他入住卡尔顿酒店，因为卡尔顿酒店的大股东同时也是沙乐特俱乐部的大老板。弄得好像沃尔特斯这样的大人物也会关心乐队领队的住处似的。”

米勒脸色煞白，没有任何表情，他的声音沙哑中带着愤怒：“斯蒂夫，我的老天，斯蒂夫，你说的这是什么话？我怎么可能……”

“抱歉，兄弟。我喜欢跟你一起工作，我也很喜欢你这个人。我想，直到现在我还是喜欢你的。不过，我不喜欢掐死女人的家伙，或是将自己的复仇谋杀嫁祸于女人的胆小鬼。”

斯蒂夫猛地抬起手，然后又停住了。

大块头说：“放轻松，伙计，看看这个。”

加夫从那堆唱片后面抬起一只手。那只手里握着一把 0.45 口径的柯尔特左轮手枪。他咬牙切齿地说："我一直以为私家侦探不过是一帮卑贱的贪财鬼。看来你不是，你还算有些头脑。真是见鬼。要是没猜错的话，之前去到柯特街 118 号的家伙就是你，对不对？"

斯蒂夫把手放下来，手里什么也没有，他死死地盯着那把柯尔特左轮手枪。"没错。我看到那女孩了，一具死尸，脖子上还有你留下的掐痕。警察会查出来的，伙计。用同样的手法解决德洛丽丝的女仆，你这样可不明智。警察会将两个案子的掐痕进行比对，然后查出那黑发女孩昨晚就住在卡尔顿，最后再一点点地把这些事拼凑起来。根据这些线索，警察很快就能查个水落石出。我给你们两周时间，如果你们想赶紧逃跑的话。我的意思是说速度要快。"

米勒舔舔干燥的嘴唇，轻声说："不必着急，斯蒂夫，一点儿都不急。我们已经完事了。也许不是最好的方式，不是最漂亮的手法，反正这本来就不是什么好活儿。莱奥帕尔迪就是个畜生。我们是那么爱我们的妹妹，那个人渣却把她变成了遭人唾弃的妓女。她还是个天真的孩子，被那个衣冠禽兽给迷惑了，后来那禽兽满世界去快活，背着她跟一个红发女郎混在一起，那女人是跟他一样的货色。他把我妹妹抛弃了，伤了她的心，逼她走上了绝路。"

斯蒂夫厉声说道："既然这样，当时你们干吗去了？难不成修指甲去了？"

"当时我们不在。为了把这事弄清楚，我们也费了不少功夫。"

斯蒂夫说："非要搭进去四条人命吗？至于德洛丽丝·奇奥萨，莱奥帕尔迪给她当擦鞋垫，她都瞧不上，很早之前她就对他厌恶透顶。不过，你们还是把她牵扯进来，就为了那卑鄙的复仇谋杀。你真让我倒胃口，乔治。告诉你粗鲁的大块头兄弟，继续他的谋杀恶作剧吧。"

大块头咧嘴笑了起来："别跟他废话，乔治。过去搜一下，看他有没有带枪，不要站到他身后或正前方。可别小看了这个不起眼的家伙。”

斯蒂夫死死地盯着大块头手中那把左轮手枪。他的脸像白骨一样僵硬苍白，嘴角挂着一丝蔑笑，那双黑色的眼睛冰冷而深邃。

米勒穿着他的羊绒毛边拖鞋轻轻地挪步过来。他从桌子那头绕过来，慢慢走到斯蒂夫身旁，伸手在他口袋里摸了摸。然后走回去，指着斯蒂夫的口袋说：“枪在里面。”

斯蒂夫轻声说：“我一定是疯了。我本来应该先把你收拾了，乔治。”

加夫·塔利咆哮着说：“离他远点儿！”

他从屋子那头走过来，将那把柯尔特手枪死死地顶在斯蒂夫的肚子上。然后伸出左手，把斯蒂夫的侦探专用枪从胸前的口袋里掏出来，两只眼睛死死地瞪着斯蒂夫的眼睛。他拿着斯蒂夫的枪往身后一递，“拿着，乔治。”

米勒接过枪，绕到桌子前面，远远地站在一角。加夫·塔利也从斯蒂夫身旁走了回去。

“你完蛋了，聪明的家伙。”他说，“想必你也知道，从这山里出去，只有两条路，我们需要时间。或许，没人知道你来这儿，是不是？”

斯蒂夫像石头一样立在那儿，他脸色苍白，嘴角挂着一丝不屑的冷笑，一动不动地盯着大块头手里的枪，同时又露出一种疑惑的眼神。

米勒说：“非要这样吗，加夫？”现在他的声音冰冷嘶哑，没有任何感情，平时那种令人愉悦的沙哑也不见了。

斯蒂夫微微转头看着米勒：“当然会这样，乔治。怎么说呢，你们就是一对龌龊的流氓，一对为失足少女复仇的虐待狂，而且净用些不入流的手段。而此时，你们跟死尸没什么两样……冰冷、腐烂的死尸。”

加夫·塔利哈哈大笑起来，用拇指扣上枪栓。“祈祷吧，死家伙。”他嘲笑道。

斯蒂夫冷笑道："你凭什么认为那玩意儿能毙了我？里面根本没子弹，杀人狂。想解决我的话，还是试试那套对付女人的方法，用你那双大手。"

大块头脸色阴沉，他垂下眼睛，哈哈大笑了几声。"天哪，这上面的灰尘都快一尺厚了。"他咯咯笑着说，"看好了。"

他拿枪对着地板，扣下扳机。撞针干巴巴地"咔嚓"一声，撞到空空的枪膛上。大块头的脸剧烈地抽动了几下。

有那么几分钟，整间屋子没有任何声响。过了一会儿，加夫缓缓转过身，看着自己的亲兄弟，几乎用温柔的声音说："是你吗，乔治？"

米勒舔舔嘴唇，干巴巴地吞口唾沫。在开口说话之前，嘴巴抽动了几下。

"是我，加夫。斯蒂夫下车走上小路的时候，我就站在窗前，我看到他进了车库。我知道那车子一定还是温的。杀的人够多了，加夫。真的太多了。所以，我把你枪里的子弹卸了下来。"

米勒将大拇指移到侦探专用枪的扳机上，加夫突然睁大了双眼。他直勾勾地盯着那把短管手枪，然后猛地冲过去，手里还挥着那把空膛的柯尔特手枪。米勒深吸一口气，直直地站在那儿，像个老人一样轻轻说了句"再见，加夫"。

那把枪在米勒干净秀气的小手里跳了三下，枪口缓缓飘出几缕烟雾。屋里的火炉架上，一根燃尽的木头忽然折断掉了下来。

加夫·塔利带着奇怪的微笑停下来，一动不动地站在那儿，手里的枪落到脚边，两只粗重的大手捂着肚子。他有气无力地缓缓说道："很好，兄弟。很好，我猜，我猜，我……"

他逐渐没了声音，双腿也弯了下去。斯蒂夫悄无声息地往前迈了三大步，朝着米勒的下巴猛地挥出一拳。此时，大块头还在慢慢地往下倒，就像一棵大树倒下那样缓慢。

米勒一个踉跄摔到房间那头，撞到对面的墙上，一个蓝白色盘子从橱柜上掉下来，摔得粉碎。他手里的枪滑到地上，斯蒂夫猛扑过去，捡起枪，站起身来。米勒蜷缩在地上，看着自己的亲兄弟。

加夫·塔利的头栽到地板上，他双手撑地，静静地倒了下去，像是一个精疲力竭的人，慢慢瘫到地板上，没有发出任何声响。

阳光从红色窗帘的缝隙中射进来。那块燃尽的木头还在冒着烟，火炉上已然一堆灰烬，只有中间还冒着点点火星。

斯蒂夫面无表情地说："你救了我一命，乔治，或者说，至少你省了不少子弹。我冒险过来这里，是想拿到证据。去桌子那儿，把整件事情都写出来，然后签上名字。"

米勒说："他死了吗？"

"死了，乔治。是你打死的。这个也要写进去。"

米勒静静地说："真有意思。我本想亲自把莱奥帕尔迪给解决掉，用我自己的双手，趁他站在最高的楼顶时，亲手把他推下去，就这样把他干掉，然后坦然面对所有的后果。不过，加夫那家伙想干得漂亮些。加夫，这个一生从未受过教育、从不知道躲拳头的粗俗家伙，想把事情做得精明巧妙一些。好吧，或许这就是为什么他会拥有那么多财产，像柯特街的寄宿公寓，杰克·斯托亚诺夫是在替他打理。我不知道他用什么方法买通了德洛丽丝·奇奥萨的女仆。反正也不重要了，是不是？"

斯蒂夫说："全都写下来。是你装成女人的声音，打电话给莱奥帕尔迪的，对吧？"

米勒说："是的。我会把全部经过都写下来，斯蒂夫。而且也会签上名字，不过，之后你得放我走，就一个小时，可以吗，斯蒂夫？我只要一个小时。作为老朋友，这个要求不算过分吧，斯蒂夫？"

米勒淡淡一笑，那是一种朦胧的、缥缈的微笑。斯蒂夫走到瘫软的大块头身边，弯腰摸摸他的颈动脉，抬起头，说："彻底断气了。好的，可以给你一小时，乔治，前提是，要把事情经过完完整整地写下来。”

米勒慢慢走向一张橡木高脚抽屉桌，上面满满的铜钉早已锈迹斑斑。他在桌旁坐下，伸手拿了一支笔，拧开墨水瓶盖，用整洁清晰的审计员字迹写了起来。

斯蒂夫·格雷斯在炉火前坐下，点了根烟，看着火炉上的灰烬。他左手握着枪，放在膝盖上。木屋外面，传来小鸟的歌声。而屋子里面，一片死寂，除了笔尖在纸上的沙沙声。

9

此时，太阳已经升得老高，斯蒂夫从木屋出来，把门锁上，他穿过小路，沿着狭窄的碎石路朝他的车走去。现在车库里空空荡荡，灰色的轿车已经开走。半英里外的另一栋木屋，升起袅袅炊烟，在长满松树和橡树的林间飘荡。斯蒂夫发动车子，转了个弯，经过两个货车集装箱改成的小屋，来到中间划着分道线的主干道，沿着山坡驶向克雷斯特莱恩。

斯蒂夫把车停在“世界边缘”旅馆门前，进去在柜台旁喝了杯咖啡，空空荡荡的大厅后面有一间电话亭，他钻进去，让长途接线员接通大人物沃尔特斯洛杉矶的电话，接着便跟沙乐特俱乐部的大老板通了电话。

一个温柔的声音说：“这里是沃尔特斯先生家。”

“我叫斯蒂夫·格雷斯，劳驾转接沃尔特斯先生。”

“请稍等。”只听“咔嗒”一声，然后传来另一个声音，那声音并不温柔，倒是有些严厉：“哪位？”

“斯蒂夫·格雷斯。我想找沃尔特斯先生。”

“不好意思，我好像不认识你。现在有点早，朋友。你有什么事？”

“他去奇奥萨小姐家了吗？”

“噢。”电话那头顿了一下，“你就是那个私家侦探。我知道了。先别挂线，伙计。”

现在电话那头又换了一个人，声音慵懒，略带爱尔兰口音。“可以说了，年轻人，我就是沃尔特斯。”

“我是斯蒂夫·格雷斯，就是那个……”

“我都知道了，年轻人。顺便跟你一声，那位女士现在很好，我想已经在楼上睡着了。你继续。”

“我现在在克雷斯特莱恩，箭头山丘的山坡上面。莱奥帕尔迪是被两个人谋杀的。一个叫乔治·米勒，是卡尔顿酒店的夜班审计员。另外那个是他哥哥，叫加夫·塔利，之前是个拳击手。塔利已经死了，被他弟弟开枪打死的。米勒逃走了，不过他给我留了份完整的自白，详细地坦白了一切，还签上了自己的名字。”

沃尔特斯慢悠悠地说：“动作可真快，年轻人。你最好还是赶来这里一趟。他们为什么要这么做？”

“他们有个妹妹。”

沃尔特斯轻轻地重复了一遍：“他们有个妹妹，不是有个家伙逃跑了吗？我们可不想让那些乡下的警察或者一心要出名的检察官知道……”

斯蒂夫轻声打断他：“这一点不必担心，沃尔特斯先生。我想，我知道他去了哪儿？”

斯蒂夫在旅馆吃了早餐，并不是因为饿，只不过他感觉有些虚弱。他回到车上，沿着长长的山坡，从克雷斯特莱恩驶向圣贝纳迪诺，宽阔平整的大道两旁，是悬崖峭壁的幽深山谷。有些地方一直延伸到悬崖边缘，旁边围着白色的围栏。

那个地方，就在克雷斯特莱恩坡下两英里处。山脊处的公路有个急转弯，碎石路面上停着些车辆……几辆私家车，一辆警车，还有一辆救护车。白色围栏已经撞开，人们就站在缺口周围往下看着。

八百英尺的山谷下，一辆灰色的轿车已经撞得不成样子，孤零零地躺在清晨的阳光下。

山中太平

1

午前，我收到一封快递过来的信件，用廉价信封装着，上面回信地址写着：加利福尼亚彪马区 F.S. 莱西收。信封里是一张一百美元的可兑现支票，签有福瑞德·S. 莱西的名字，此外还有张浅白色复印纸，上面打印的文字有好几处重叠了。信上说：

约翰·埃文斯先生亲启

尊敬的先生：

我从莱恩·伊斯特沃德那儿得知了您的大名。我现有一桩十万火急的机密任务需要您处理。我在信里已附上定金，请您本周四下午或晚上来彪马区一趟，如若方便，请在印第安角宾馆登记入住，并拨打电话 2306 找我。

您的朋友，

福瑞德·莱西

这一周本来什么业务也没有，这下可好了。支票签发银行距离我这儿有六个街区，我出门兑换了支票，吃了个午餐，取车准备出发。

峡谷天气炎热，圣布纳迪诺山上也是热得不行。车开到五千英尺高依旧炎热，那时我已经沿着高速公路向彪马湖开了十五英里了。五十英里蜿蜒的盘山公路，开了四十英里才开始变得凉爽。但直到我开到大坝，穿过浅滩上堆积的花岗岩石块和杂乱无序的营地，开始沿着南湖岸前行，才真的凉爽起来。到达彪马区已是傍晚时分，此时我已经饿得前胸贴后背了。

印第安角宾馆是街角处一幢棕色的建筑，对面是舞厅。我登记入住之后拿着行李箱上了楼，房间很难找，屋内透着一股阴冷的气息，地板上铺着椭圆形的地毯，角落里摆着一张双人床，光秃秃的松木墙上除了一幅五金店买来的挂历什么也没有，由于夏天山上干燥，挂历全都卷起来了。我洗了个脸和手，便下楼准备去填饱肚子。

餐厅挨着大厅，里面人满为患，男的穿着运动装，浑身散发着酒气，女的有些穿着宽松长裤，有些穿着短裤，指甲涂得鲜红，指关节却脏兮兮的。一个眉毛形似约翰·L. 路易斯的男人嘴里叼着一根雪茄四处晃动。一个身材消瘦的收银员只穿着衬衣，眼神黯淡，正努力贴着一部小收音机，想要听清好莱坞马场的赛马结果，那部收音机受到静电干扰，很多杂音，感觉就像土豆泥和上了水。阴暗的角落里，一个奉行失败主义的山地民谣交响乐团正在卖力演出，他们一共五个人，穿着紫色衬衫和白色大衣，希望在嘈杂环境下能有人听见自己的演奏。

我狼吞虎咽地吃完了他们所谓的正式晚餐，拿了杯白兰地坐着喝了会儿，然后就出门走到了大街上。外面依旧是大白天，不过霓虹灯已经亮了起来，傍晚时分，各种嘈杂声传来，汽车的喇叭声、尖锐的歌声、酒碗碰撞的咔嗒声、射击场的咔嚓声、点唱机的音乐声，这些吵闹声背后是湖上高速游艇低沉的轰隆声。邮局对面的角落里一个蓝白色的箭头指示着“电话”。我沿着一条尘土飞扬的小路走着，这里突然变得安静、凉爽，路边长着松树。前方一头温顺的雌鹿漫不经心地穿过道路，它的脖子上挂着皮圈。电话处是一间木屋，角落里有一个电话亭，里面放着一台投币电话。我关上电话亭，投了五分钱拨通了 2306。对面传来一个女人的声音。

我问道：“请问是福瑞德·莱西先生吗？”

“请问您是谁？”

“我叫埃文斯。”

“莱西先生现在不在家，埃文斯先生。请问有预约吗？”

我问一个问题，她倒反问我两个问题，我可不喜欢这样。我便问道："您是莱西夫人吗？"

"是的，我是莱西夫人。"我觉得她的声音显得过于紧张，不过有些人的声音一直就是那样。

"是生意上的事。"我说，"他何时回来？"

"我不确定。可能是晚上什么时候吧。您……"

"您家在哪儿，莱西夫人？"

"在……在保尔圣区，距离村子西边两英里。你是从村子打过来的吗？你有何……"

"我一个小时后再打过来，莱西夫人。"说完挂了电话。我走出电话亭。房间的另一个角落，一个穿着宽松长裤的黑皮肤女孩在一张小桌子上写着账簿什么的。她抬起头微笑着说："你觉得这山怎么样？"

我说："还行。"

"这里非常安静。"她说，"非常安宁。"

"没错。你认识叫福瑞德·莱西的人吗？"

"莱西？噢，我认识，他们刚装了一部电话。他们买下了鲍德温舍。那幢木屋空置了两年，他们刚买了下来，就在保尔圣区的边缘，那是矗立在高地的一幢大木屋，可以眺望湖景，从那里看过去景色一览无遗。你认识莱西先生吗？"

"不认识。"我说完走了出去。

人行道的尽头，那头驯服的雌鹿挡在篱笆的缺口处。我尝试把它推开，但是它一动不动，我只好跨过篱笆，走回印第安角宾馆开我的车。在村子尽头的东部有一个加油站，我把车停在那儿加油，顺便问了问给我加油的男人保尔圣区在哪儿，他的皮肤颜色像皮革一样。

"嗯。"他说，"找到保尔圣区很简单，一点也不难。不过你想找到这个地方还是会遇到点麻烦的。沿着这条路走大约一英里半，经过天主教堂和金凯德营地，走到面包店右转，然后沿着路走到威洛顿男生营地，走过营地之后走左手边第一条路，那是条土路，有点崎岖不平。冬天的时候那些人不会把路面的雪扫掉，不过现在也不是冬天。您认识那儿的人吗？”

“不认识。”我给了他钱，他找了零后回来了。

“那儿非常安静。”他说。“非常安宁。您贵姓？”

“墨菲。”我答道。

“很高兴认识您，墨菲先生。”他说着，伸出手和我握手。“随时欢迎您过来，很荣幸为您服务。嗨，您想去保尔圣区只需要沿着这条路直走……”

“好的。”我说完离开了，他的嘴巴还在一张一合。

我想我现在知道怎么去保尔圣区了，所以我掉头驶上了另外一条路。很有可能福瑞德·莱西先生并不希望我拜访他的木屋。

从印度安角宾馆过去半个街区的那条小路掉头会拐到另一个码头，再往东就是彪马湖岸了。湖里水位很低。牛群正吃着腐烂的草，那些草春天的时候长在水下，夏天水位降低暴露了出来。几个耐心的游客正坐在马达外装的船上钓着鲈鱼和翻车鱼。草地一英里以外左右有条土路，通向一个长满刺柏的地方。湖岸边有一个灯火通明的舞厅，尽管位于这个海拔高度，这里看起来仍然像是下午，音乐早已响起。乐队的声音大到仿佛就在我的口袋里演奏，我能听见一个女孩用沙哑的声音唱着《啄木鸟之歌》。开着车路过舞厅后，音乐声逐渐消失，道路变得崎岖不平。我疾驰而过，把湖岸上一幢木屋甩在了身后，那幢木屋旁只有松树、刺柏和波光粼粼的水面。我把车停这地方的后面，走到一棵倒在地上的大树旁，那棵树连根拔起，十二英尺的根悬在空中。我靠着这棵树，在干燥的地面坐了下来，点燃了烟斗。这个地方平静安宁，远离一切喧嚣，在山的薄暮下缓缓地暗淡下来。湖的另一边几艘快艇玩着捉迷藏的游戏，但是这儿除了平静的湖面别无他物。我琢磨着福瑞德·莱西究竟是何方神圣，他到底想干什么，既然他的事情如此紧急，为何不待在家或者留条消息？我没花多长时间思考。傍晚实在太宁静。我抽着烟，看看湖面，又看看天空，见到一只知更鸟停在一棵高松树光秃秃的枝头上，等着天色变暗，好放开歌喉吟唱它的晚安曲。

坐了快半个小时，我站起身，用脚后跟在柔软的地面上刨了个洞。我把烟斗里的烟丝倒了进去，再用土盖上踩平了，然后漫不经心地朝着湖边走了几步，来到了树的另外一端。这时我看见了一只脚。

那只脚上穿着一只白色帆布鞋，大约是九码。我围着树根走了一圈。

我看见了另一只穿着白色帆布鞋的脚。接着看见了穿着白色条纹裤子的双腿，一副躯干，穿着商店门口常见的淡绿色运动衬衣，有着卫衣一样的口袋，上面是没有纽扣的 V 领，露出了他的胸毛。那是一个中等年纪的男人，头顶半秃，穿着一件上好的棕褐色外套，嘴边留着一撇儿修好的胡须。他的嘴唇很厚，嘴巴像平常一样微张着，露出了大而坚固的牙齿。他的脸庞看上去是那种物质充足，无须过多忧虑的样子。他的眼睛望向天空，我似乎无法捕捉到他的目光。

绿色运动衬衣的左边有一个补丁，上面是块碗大的血迹。补丁中间可能是一个烧焦的洞，我无法确定，因为天色越来越暗了。

我弯下腰，在他的衬衣口袋里摸到了火柴和香烟，在他两侧的裤子口袋里摸到几个粗糙的硬块，感觉像是钥匙和银币。我把他的身体挪动了一点方便摸到他臀部后面的口袋。他的身体还有余温，没有完全僵硬。一个粗皮革的钱包紧紧地塞在右边臀部的口袋里，我把钱包拽了出来，用我的膝盖支撑住他的背部。

他的钱包里有十二美元现金和几张卡，但我感兴趣的是他驾驶证上的名字。为了在昏暗的光线下看清上面的名字，我划燃了一根火柴。

驾驶证上的名字写着福瑞德・莱西。

2

我把他的钱包放回原处，起身转了一圈，环顾四周，一个人也看不见，不管是地面还是湖面一个人影也没有。如此昏暗的光线下，没有人能看见我在做什么，除非他靠近我。

我走了几步，低头看有没有留下足迹。没有，地面上只覆盖着长年累月掉下来的松针和腐烂的木屑。

我突然看见了一把枪，距离我四英尺远，差不多在那棵倒下来的树下。我没有碰枪，只是弯下腰观察了一下。那是一把 22 毫米口径的柯尔特自动手枪，骨质手柄。枪身半埋在一小堆腐烂的棕色木屑下。木屑堆上有许多黑色的大蚂蚁爬来爬去，一只蚂蚁沿着枪管在爬动。

我直起身再次快速地扫视了一眼周围。一艘船慵懒地向湖岸驶去，消失在视野中。我能听见减速的摩托车上传来不均匀的突突声，但是我什么都看不见。我朝着车往回走，就快走到了。一个小个子悄悄地从茂密的石兰灌木林里冒了出来。一束光在他的眼镜上方闪烁，又在其他东西上闪，又向下在手上闪着。

一个嘶嘶的声音说道：“举起手来。”

这个位置非常适合快速反击，但是我不认为自己能够快速反击。于是我把手举了起来。

小个子从灌木丛钻了出来，眼镜下面闪闪发光的原来是一把枪，一把足够大的枪，那把枪朝我指来。

那个小个子黑色的胡须下长着一张小嘴，嘴里的金牙闪闪发光。

“麻烦转过身去。”小小的声音温和地说，“你看见躺在地上的男人了？”

“听我说。”我说，“我是第一次来这儿，我……”

“快点转过身去。”那个男人冷冰冰地说。我只好转过身。

接着他用枪口抵着我的背部。一只柔软灵活的手在我身上摸来摸去，最后停在我胳膊下的枪上。他发出嘘声，把手移到了我的臀部。接着拿走了我的钱包，动作干净利落，是个厉害的贼，我几乎感觉不到他的动作。

“我现在来看看你的钱包，你站好别动。”那个男人说，他把枪移开了。

一个好身手的人此刻会有机会反抗，他可以快速地倒地，然后跪地后空翻，接着掏出手枪射击对方的手。这一切会发生得非常快。好身手可以迅速地打倒这个小个子，动作就像老夫人取出假牙一样干脆利落。然而不管怎样，我不认为自己有这样的好身手。

小个子把钱包重新塞回了我的口袋，又用枪管抵住我的背。

“那么。”声音温和地在我耳边响起，“你来这儿就是一个错误。”

“兄弟，你说得对。”我告诉他。

“无所谓。”那个声音说，“快走吧，回去。给你五百美元。今天发生的事你不对别人说，一周后你会收到五百美元。”

“好。”我说，“你有我的地址？”

“很有意思。”那个男人喃喃地说，“哈哈，哈。”

不知什么砸在我的右膝膝弯处，当时我的腿就这么跪了下去。我的头开始痛了起来，原本以为他要用枪砸我的脑袋，但是他只是愚弄了我一下。他反手在我后脑勺上一击，算是轻的一下。他的小手非常有力量。我的头仿佛飞到了湖中央又飞了回来，“砰”的一下按在我脊柱上面，我感觉到恶心想吐。不知怎么，我的嘴里还含了一口松针。

此刻已是午夜，我躺在一间窗户紧闭、没有新鲜空气的小房子里，胸口重重地压在地上。他们在我背上压了许多煤炭，其中坚硬的一块压在我背中间的位置。我发出声音，但我的声音微不足道，丝毫没有人在意。我听见船的发动机的声音越来越大，一个人踩在松针上发出窸窸窣窣的声音。接着一个大声咕噜的人走了出去，又走了回来，他的声音很急促，带着某种口音。

“你在那儿发现了什么，查理？”

“噢，什么也没发现。”查理咕咕地说，“他在那儿抽烟，什么也没做。夏天过来避暑的游客而已，哈哈。”

“他看见尸体了吗？”

“没看见。”查理说。我琢磨着他为什么撒谎。

“那好，我们走吧。”

“啊，太糟糕了。”查理说，“太糟糕了。”压在我身上的重物没了，那些坚硬的煤块从我背上没了。“太糟糕了。”查理又说了一遍，“但必须这样做。”

这次他不是愚弄我，他用枪重重地敲在我头上。过来看看，我会让你摸摸我头上的肿块，我有好几块呢。

时间一点一滴过去了，我跪在地上哀鸣。我一只脚挪在地上，缓缓站了起来。我用手背擦了擦脸，又挪了挪另一只脚放在地上，仿佛从一个洞里爬了出来。

太阳下山了，我前方的湖面不再波光粼粼，却在月光的映照下，洒上了一层银辉。我的右边是那棵倒下的大树。他们把尸体移走了。我小小翼翼地朝树移过去，用手轻轻地摩擦我的头，脑袋肿了起来，但是没有在流血。我停了下来，回头看我的帽子，突然记起来我把帽子留在了车上。

我围着树走了一圈。月光明亮，只有在山上或者沙漠里才能看见这么明亮的月光。此刻，你基本上可以看清地上没有尸体，树下也没有枪，更没有蚂蚁在枪上爬来爬去。地面平滑，有点倾斜。

我站在那里静心倾听，唯一听到的是我脑袋里面血液冲击的声音，唯一感受到的是我的脑袋在剧烈地疼痛。接着我突然想起伸手去摸我的枪，枪还在那儿。然后我伸手去摸我的钱包，钱包也还在那儿。

我抽出我的钱包看了看钱包里的钱，一个子也没少。

我转身艰难地走回车旁。现在我只想回到宾馆，喝上几杯，然后躺下来休息。我想着过后再见查理，绝不是现在。我最先想做的就是躺一会儿，我可还在长个子，需要休息。

我上了车，开动车子，在柔软的地面上兜着风，接着开回了那条土路，沿着那条路上了高速公路，路上没有遇到一辆车。路旁舞厅仍在热火朝天地放着音乐，那个声音沙哑的歌手唱着《我再也不会笑了》。

上了高速公路，我打开车灯，开回村子里。从码头回街区的途中有一间松木造的简陋房子，只有一间屋子，玻璃门后面亮着一盏没有任何装饰的灯，门外挂着当地的法律法规。

我把车子停在街道另一边，坐了几分钟，眼睛到处查探那间简陋的小屋。屋里有一个光头男人坐在一张旋转椅上，椅子旁放着一张可以合盖的办公桌。我打开车门准备下车，思考了会儿又把门关上了，发动车子开走了。

不管怎样，我有一百美金可以赚。

3

从村子里出来后，我开了两英里，经过面包店，上了往彪马湖去的一条新柏油路。途经几个营地，我看见男生夏令营的棕色帐篷之间悬挂着一盏盏灯，那些男生在一个大帐篷里洗着餐具，时不时传来餐具碰撞的叮当声。沿着这条路再往前开一会儿，便看见了水湾和一条分岔的土路。土路车辙斑驳，到处坑坑洼洼，布满了凹凸不平的石头，路旁树枝横生，车子勉强才能开过去。又经过了几间亮着灯的木屋，这些老旧的木屋是用松木建成的，还悬挂着没有剥落的树皮。再往前开变得愈加空旷，过了一会儿，一幢矗立在峭壁边的大木屋出现在我眼前。木屋顶上有两个烟囱，外面围着粗木做的栅栏，栅栏外面是双车库。靠近湖的那边有一条长长的门廊，阶梯直接延伸到水面。窗户透着灯光，我倾斜车头灯，看见钉在一棵树上的模板上写着“鲍德温”，对了，这就是莱西家。

车库敞开着，里面停着一辆小轿车。我站了一会儿，接着走进了车库，摸了摸车的排气管，排气管是冷的。穿过一座木门，走上了一条石头路，石头路通向那条长长的门廊。我走到门口，门正好开着。一个高个子的女人站在门口，灯光映照在她的身上。一只毛发柔顺的小狗从她身后跑了出来，从阶梯上滚了下来，它的两个前爪撞在了我的胸口，接着跳到了地上，转着圈发出欢呼的声响。

“下来，雪莉！”门口的女人喊着，“趴下！雪莉是不是很有趣？有趣的小狗。它有一半狼的血统。”

雪莉跑回了屋子。我问道：“您是莱西夫人吗？我是埃文斯，我一个小时前打过电话给您。”

“对，我是莱西夫人。”她回答，“我丈夫还没回来。我……嗯，要不请先进来？”她的声音听上去很是疏离，仿佛从云雾中飘来一样。

我进来后，她把我身后的门关上，站在那儿打量着我，微耸了一下肩，然后坐在了一张藤条椅上，我坐在了另一张相似的椅子上。雪莉不知道从哪里又冒了出来，跳到我的大腿上，用它干净的舌头舔着我的鼻头，又跳了下去。雪莉是一只灰色的小狗，有一条长长的柔软的尾巴，鼻子很灵敏。

莱西家的房间很长，有许多窗户，窗帘并不怎么新。墙上有一个很大的壁炉，地面铺着印度地毯，房内有两张书桌，上面装饰的印花棉布已经褪色了，还有其他一些藤条家具，看起来不怎么舒适。墙面装饰着一些鹿角，有一对鹿角有六个结。

“福瑞德还没回家。”莱西夫人又重复了一遍，“我不知道什么事缠住了他。”

我点了点头。莱西夫人的脸色苍白，面部肌肉紧绷着，她黑色的头发有些凌乱。她上身穿着一件双排扣的绯红色外套，纽扣是铜的，下身穿着一条灰色的法兰绒休闲裤，光着脚穿着一双猪皮革木底凉鞋，脖子上戴着一串混浊不清的琥珀项链，头上戴着旧玫瑰材质的发带。莱西夫人三十来岁，现在让她学习如何装扮自己为时已晚。

“你找我丈夫是为了生意上的事？”

“是的，他写信让我过来，住在印第安角宾馆，电话联系他。”

“噢……住在印第安角宾馆。”她接话道，仿佛那意味着什么。她跷起了二郎腿，好像又不喜欢那样，又把脚放了下来。她身体前倾，用手托着下巴。“您是做哪一行，埃文斯先生？”

“我是个私家侦探。”

“这件事……这件事是跟钱有关吗？”莱西夫人迅速地问。

我点了点头。这样回答似乎比较安全。通常我处理的事是跟钱有关，不管怎样，都跟我口袋里的一百美金有关。

“当然。”莱西夫人说，“很正常。你要不要来点喝的？”

“好，非常感谢。”

她走到一个木质的小吧台前，拿了两杯酒回来。我们喝着酒，越过杯沿看向彼此。

“印第安角宾馆。”她说，“刚来这儿时，我和福瑞德在那儿住了两晚，我们的木屋打扫干净后才搬进来，我们买下这幢木屋之前，这儿空置了两年，很脏。”

“我想也是。”我附和说。

“你说我丈夫给你写了信？”她此刻看着她的酒杯，“我想他告诉你这件事了。”

我递给她一支烟，她准备伸手去拿，然后又摇了摇头，把手放在膝上，捻着手。她仔仔细细地从上到下打量了我一番。

“他有些说得含混不清。”我说，“有几点是这样。”

她坚定地看着我，我也坚定地看着她。我轻轻地对着酒杯哈气，直到杯沿变得模糊。

“嗯，我认为，对于这件事我们没必要神秘兮兮的。”她说，“事实上，我比福瑞德以为的知道得多，比如说，他不知道我看了那封信。”

“他寄给我的那封？”

“不是，是从洛杉矶寄过来的那封，里面有一份对十美元钞票的鉴定报告。”

“你是怎么看到的？”我问道。

她扑哧笑了，但其实并无笑点可言。“福瑞德太神神秘秘了，对女人太神秘可不是什么正确的选择。福瑞德去卫生间的时候，我偷看了一眼他的信。那封信是我从他口袋里拿出来的。”

我点了点头，又喝了点酒。我附和道：“嗯哼。”既然我还不知道她在说什么，这样应对不失为一个好主意。“但是你怎么知道那封信就在他的口袋里呢？”

“他从邮局取了那封信，那个时候我跟他在一起。”她又笑了，这次好像有点意思了。“我看见里面有一张钞票，信是从洛杉矶寄过来的。我还知道我之前给一位这方面的专家朋友寄过一张钞票。所以，我当然知道这封信里是鉴定报告，事实也是。”

“这么看来，福瑞德的保密工作做得不怎么好啊。”我说，“信上说些什么？”

她的脸颊有些泛红。“我不知道我该不该告诉你，我甚至不知道你是不是一个侦探，你的名字是不是真的叫埃文斯。”

“嗯，这个很好解决。”我边说边证明给她看。再次坐下来时，那条小狗跑过来嗅我的裤脚。我弯下腰拍着它的头，沾上了一手的口水。

“信上说，那张钞票做得天衣无缝，特别是纸张近乎完美。但在显微镜的比较下注册号还是有一点细微的区别。那是什么意思？”

“那个意思是他寄过去的钞票不是政府方面制造的，还有其他什么不对吗？”

“有，那张钞票放在黑色灯光下，不管什么样的黑色灯光，墨水成分都会出现细微的差别。但是信上还说光在裸眼下，这个假钞几乎天衣无缝，可以瞒过任何银行柜员的眼睛。”

我点了点头。这件事可是出乎我的意料。“那封信是谁写的呢，莱西夫人？”

“信上署着‘比尔’的签名，就写在一张普通的信纸上。我不知道写信人是谁。哦，还有，比尔说福瑞德应该马上将这个假钞上交给联邦的人，因为一旦这些假钞开始流通会造成很多麻烦。不过，如果福瑞德可以阻止这样的事情发生的话，他当然不会让假钞在市面上流通。我想这也是为什么他写信给你吧。”

“嗯，不是，当然不是因为这个。”我说。当然我不过是瞎猜的，有可能什么都没猜对，就目前这点状况我还猜不到什么。

她点了点头，好像我说得很有道理。

“平常福瑞德这时候在干什么？”我问道。

“打桥牌或者打扑克，他这几年都这样。他差不多每个下午都在体育俱乐部打桥牌，晚上又打很长时间的扑克。你看，像他这样的人根本没时间和假钞扯上关系，即使是通过最无意的方式。但总有人不相信这会是无意的。他有时也赌赛马，但只是为了好玩，他赌马赢了五百美元，放在我的鞋子里送给我做礼物。那是我们住在印第安角宾馆的时候。”

我想冲到院子里大叫，捶捶自己的胸口释放废气。但是我所能做的就是坐在这里，摆出一副明智的样子，大口喝酒。酒很快被我喝完了，酒杯里的冰块发出孤独的碰撞声。莱西夫人又拿了一杯酒给我。我饮了一小口，深呼吸了一下问道：“如果这个假钞那么天衣无缝的话，福瑞德怎么知道这个钱会带来麻烦呢，你懂我的意思吗？”

她的眼睛睁大了一点。“噢……我懂。他当然不知道。但不止那一张，总共有五十张，全是十美元的钞票，崭新的。而且这些钱跟他之前放在鞋子里的那些不一样。”

我琢磨着把头发扯下来会不会让我好受点。我想大概没有用——我的头太痛了。查理，好一个老查理！很好，查理，过一会儿我就去会会你。

“听着。”我说，“是这样，莱西夫人。福瑞德没有告诉我关于鞋子的事。他经常把钱放在鞋子里吗？还是说这个钱比较特别，是他赌马赢的，马钉着马蹄铁？”

“我跟你说过了那是他准备给我的惊喜。我穿鞋的时候自然会发现。”

“哦。”我把我上嘴唇的皮咬了半英寸下来，“但是你没有发现那些钱？”

“我让女服务员把鞋送到村里的修鞋匠那儿去加厚鞋底，我都没往里看，我怎么发现。我也不知道福瑞德往里面放了东西。”

事情终于有点头绪了，我仿佛看见了一线希望之光，但是那光线很遥远，而且来得很缓慢，那希望之光非常柔弱，只有萤火虫的一半光芒。

我说：“福瑞德不知道你让女服务员把鞋拿去修鞋匠那儿了。那后来呢？”

“嗯，格特鲁德，那个女服务员的名字，她说她也没有发现鞋子里的钱。福瑞德知道之后问了她，他去了鞋匠铺，鞋匠还没有开始修我的鞋，那卷钱仍然塞在鞋头里。于是福瑞德大笑着把钱取了出来放在了自己的口袋里，他给了鞋匠五美元，因为他觉得自己很幸运。”

我喝完了第二杯酒，身体向后靠着。“我现在明白了。后来福瑞德把那卷钱拿出来检查的时候，他发现不是之前他的钱了，全变成一张张崭新的十美元了。但之前他的钱可能是面值不同，新旧不一。”

她似乎很惊讶我能把这些内容推理出来，我在想她以为福瑞德写了一封多长的信给我。我说道：“后来福瑞德不得不认为别人把他的钱换掉肯定是有原因的，于是他琢磨出了一个原因，寄了一张十美元给朋友做鉴定。寄回来的鉴定报告上说这钱是伪造的，但伪造得天衣无缝。他在宾馆问了谁？”

“我想，除了格特鲁德就没别人了。他不想挑起什么事。我想他就写信告诉了你。”

我捻灭了手中的烟，透过敞开的前窗看着洒满月光的湖面，一艘快艇闪着明亮的白色前灯，轰隆隆地驶过水面，消失在森林后面。

我收回视线看向莱西夫人，她坐在那儿，用她瘦弱的手托着下巴。她的眼睛似乎也看向了远方。

“我希望福瑞德能够回来。”她说。

“他在哪儿？”

“我不知道，他和一个叫弗兰克·路德斯的男人出去了，路德斯住在森林俱乐部，就在湖那边的尽头。福瑞德说他在俱乐部拥有股份。不久前，我给路德斯先生打了电话，他说福瑞德和他搭便车去了镇上，在邮局下了车。我一直等着福瑞德打电话回来叫我开车去接他。他已经出门好几个小时了。”

“可能有人在森林俱乐部玩牌，福瑞德去了那里。”

她点了点头。“但是他通常会电话联系我。”

我盯着地板看了会儿，尽量让自己感觉靠得住一点。然后，我站起身来。“我想我该回宾馆了。我会一直在那儿，随时恭候您的电话。我想我在哪个地方碰见莱西先生了。他是不是身材粗壮，约莫四十五岁，有些秃顶，嘴上留着一撮胡子？”

她和我一起走到门边。“是的。”她说，“那就是福瑞德，正是。”

她把雪莉关在屋内，她独自一人望着我走到车旁、开车离开。天哪，她看起来好孤独。

4

敲门声响起时，我正躺在床上，手里晃着一根烟，琢磨着我为什么要卷入这场风波。我说了声请进，一个穿着工作服的女服务员手里拿着几条毛巾走了进来。她发色暗红，脸庞小巧，妆容精致，四肢修长。她道了声打扰便把毛巾挂在毛巾架上，出门前她侧身看了我一眼，浓密的睫毛扑闪扑闪的。

我随口说了声："你好啊，格特鲁德。"天知道我为什么这么说。

她停住了脚步，脑袋转了过来，嘴角正要上扬。

"你怎么知道我的名字？"

"我不知道你的名字。我只知道有一个女服务员叫格特鲁德。我想找她说些话。"

她倚靠在门框上，手臂上搭着毛巾。她的眼神有些慵懒。"嗯？"

"你是常住在这儿，还是只是夏天在这边待一段时间？"我问道。

她的嘴唇微张。"我得说我不是住在这儿。和那些山村怪人住在这儿？我可不会。"

"一切都还好吗？"

她点了点头。"我不需要任何陪伴，先生。"她像是在胡说八道。

我盯着她看了一分钟，然后说道："说一下有个人把钱放在鞋子里的事。"

"你是谁？"她冷冷地问道。

"我叫埃文斯，洛杉矶的一名私人侦探。"我明智地朝她露齿微笑。

她的表情突然变得有些僵硬，拿毛巾的那只手紧紧拽住拳头，指甲在衣服上刮来刮去。她从门口走了过来，坐在了墙边一张背靠直椅上。她的眼神里透出不耐烦。

“一个条子。”格特鲁德吸了一口气，“所以呢？”

“你不知道吗？”

“我只听说莱西夫人把钱放在了一双要拿去加鞋底的鞋里面，是我把她的鞋送去鞋匠那儿的。鞋匠没偷她的钱，我也没有。她已经把钱拿回去了，不是吗？”

“你不怎么喜欢警察，对吗？我似乎在哪里见过你。”我说道。

她的脸僵住了。“听着，条子。我找了份工作，而且干得很努力，我不需要任何警察的帮助，我也不欠任何人一分钱。”

“当然。”我说道，“你从房间取了鞋后，直接拿着去了鞋匠那儿吗？”

她不耐烦地点了点头。

“路上也没有停留？”

“我为什么要停？”

“我当时不在。不然我也不会问了。”

“好吧，我中间没有停下来。只是告诉了韦伯一声，我要出去给客人办事。”

“韦伯先生是谁？”

“他是酒店助理，经常在楼下餐厅待着。”

“是那个个子高高的、脸色苍白、把所有赛马结果都写下来的男人吗？”

她点了点头。“那应该就是他。”

“我明白了。”我边说边划燃了一根火柴，点了一支烟，透过烟雾我看着她。“非常感谢你。”我说。

她站起身，走到门边开了门。“我觉得我没见过你。”她说着转头看着我。

“我们很多人你肯定没见过。”我说。

她脸颊泛红，站在那里盯着我看。

“你们宾馆总是这么晚换毛巾吗？”我问道，只是为了找些话说。

“你很聪明，不是吗？”

“嗯，我尽量给人留下聪明的印象。”我满脸谦虚地傻笑道。

“不过效果可不怎么样。”她说道，突然有了一丝非常重的口音。

“在你拿了那双鞋后，除了你还有谁碰过那双鞋吗？”

“没有。我跟你说过了，我只停下来告诉韦伯先生……”话说了一半，她停了下来思考了一会儿。“我去给韦伯先生倒了一杯咖啡。”她继续说道。“我把鞋子放在他桌上的现金出纳机旁边。我怎么知道有没有人碰过那双鞋？他们不是已经把钱拿回去了吗，这有什么影响吗？”

“嗯，我见你急着不要让我问下去了。跟我说说韦伯那个人吧。他在这家宾馆待了很久了吗？”

“很久了。”她满脸嫌弃地说，“女生不会想和他走太近，如果你明白我的意思的话。你知道我在说什么吗？”

“说韦伯先生。”

“嗯，见鬼去吧韦伯先生——如果你明白我说什么的话。”

“你说话别人经常不理解吗？”

她的脸又红了。“顺便说一句。”格特鲁德说，“去死吧你。”

“我不明白你在说什么。”我说。

她打开门，对着我半嗔半笑，然后迅速走了出去。

她的脚步声在走廊里回响，我没有听见她在其他人的门口停下。我看了看表，已经过了九点半了。

有人踏着重重的脚步声出现在走廊上。他进了我隔壁的房间，“砰”的一声把房门关上了。那个人开始咳嗽，把鞋子踢得到处都是。一个体积巨大的人砰地倒在弹簧床上，开始在床上弹来弹去。五分钟过后，他又爬了起来。一双大脚光着嗵嗵地走在地上，接着传来瓶子和玻璃杯碰撞的声音。那个男人给自己倒了一杯酒，随后又躺在了床上，几乎马上传来了呼噜声。

除了隔壁的嘈杂声，楼下餐厅和酒吧也传来混乱的喧嚣声，在这个山中度假区，你可享受不到什么宁静。高速快艇在湖上行驶轰鸣，舞厅音乐此起彼伏，汽车喇叭不时按响，射击场上 22 毫米口径枪支的射击声不断响起，主干道上小孩子对着彼此大声嘶喊。

实在太“安静”了，以至于我都没听见自己房间的门开了。等我注意到的时候，房门已经半开了。一个男人静悄悄地走了进来，他把门半掩着，朝屋里走了几步，站在那里看着我。这个人个子高高的，身材干瘦，皮肤苍白，一言不发，他的眼睛里透出恐吓的气息。

“好了，哥们儿。”他说，“拿出来给我看看。”

我翻了个身坐了起来。我打了个哈欠。“看什么？”

“对讲机。”

“什么对讲机？”

“赶快，聪明人。拿出对讲机，不要以为对讲机在你那儿，你就可以问些没有用的问题。”

“哦，那个。”我冷笑着说道，“我没有什么对讲机，韦伯先生。”

“是吗，那很好。”韦伯先生说。他穿过房间朝我走来，长长的手臂来回摆动。走到距离我只有三英尺以外时，他身体微微前倾，突然移动了一下。一个巴掌重重地甩在我脸上。我整个脑袋都震动了，疼痛从四面八方传来。

“就为了个对讲机。”我说，“今晚你就没去看电影。”

他的脸变得扭曲，露出嘲讽的表情。他举起右拳，半天也没出拳，我差不多都有时间跑出去买个接球面具先戴上了。我从他拳头底下钻过去，用枪指着他的肚子。我说：“把手举起来，快。”

他又咕哝了一会儿，眼神迷离，手却没动。我围着他走了一圈，然后朝门边走去。他慢慢转过身，看着我。我说：“等我把门关上，然后我们说说鞋子里的钱的那桩事，或者说‘偷天换日’那件事。”

“见鬼去吧。”他骂道。

“非常漂亮的反击。”我说，“充满创意哦。”我往门边走抓住了门把手，眼睛一直盯着他，身后传来木门关上嘎吱嘎吱的声音。就在我转身的那一刻，一块巨大的又重又硬又结实的混凝土砖猛地砸在我的下巴侧面。我被拍得天旋地转、眼冒金星，远远摔出了老远，仿佛过了几千年后我的背部撞上了某个行星才停下来。我头晕目眩地睁开眼，映入眼帘的是一双脚。

这双脚胡乱地摆着，腿的方向朝向我，两条腿呈外八字在地板上张开着。一只手无力地搭在上面，不远处躺着一把手枪。我动了动其中一只脚，惊讶地发现那竟然是我自己的脚。那只手无力地抽搐着，机械地伸过去够那把手枪，可惜并没有碰到，又试了一次，这次终于抓到了光滑的枪柄。我把枪举了起来，仿佛有人绑了千斤巨石在上面，但不管怎样，我还是举起来了。我四处张望，房间寂静无人，随后，我双眼直直地盯着紧闭的房门，稍稍挪动了下身体，疼痛从四面八方传来，头疼脑涨，下巴也剧痛着。我把枪又向上举了举，然后放了下来。去他的，我把枪举起来究竟为了什么，房间空无一人，所有来客都已离去。天花板的吊灯发出刺眼的光芒，照射着空荡荡的房间。我动了动，疼痛更加剧烈，我弯下一条腿，单膝跪地。我再次拿起那把枪，起身的时候，嘴里不断呻吟，嘴里几乎全是灰尘的味道。

“啊，太糟糕了。”我大声说，“太糟糕了，必须这样。好吧，查理，我要见到你了。”

我的身子晃了晃，就像一个醉了三天三夜的酒鬼一样，头晕目眩。我缓慢地转动身体，将房间扫视了一遍。一个男人以祷告的姿势跪在床边，身体向前靠在床上，手臂向下垂着，脑袋斜靠在左肩上。他穿着一件灰色的正装，头发也是灰金色。

他看上去很是舒适，插在他左侧肩胛骨上粗糙的猎刀鹿角刀柄似乎丝毫没有影响他。

我走过去，弯下腰察看那人的脸，那竟是韦伯先生，可怜的韦伯先生！从猎刀插入的那个地方一直到他的夹克底下是一道长长的暗红血印。

那可不是红药水。

我找到了我的帽子，小心翼翼地戴在头上，把枪放进了口袋里，艰难地走到门口。我转动钥匙打开门，关上了灯，走了出去，反手关上了背后的门，把钥匙也扔进了口袋里。

我穿过安静的走廊，下楼进了办公室。一个年老的夜班收银员坐在桌子后面看着报纸，满脸倦容，他甚至都不抬头看我一眼。我朝门廊那边的餐厅看了一眼，还是那群人在吧台前，喧嚣吵闹，那个乡村交响乐团依然在角落里为了营生卖力演出。吸烟的那个家伙和长着约翰·路易斯一样眉毛的家伙正在收银机那儿忙活，生意似乎不错的样子。几对男女在舞池中央翩翩起舞，越过对方的肩膀，举着一杯红酒。

5

我从酒店大门走了出去，左转沿着街道往停车的地方走去，但是没走多久就停下，又转身回了酒店大堂。我倚靠在柜台，向服务生打听道："我能和那个叫格特鲁德的女侍者说几句话吗？"

他透过眼镜看着我，若有所思地眨了眨眼。

"她九点半走了，回家了。"

"她住哪儿？"

这次他盯着我看没有眨眼。

"我觉得您可能有了不该有的想法。"

"就算我有，也不是你想的那样。"

他摸着下巴，认认真真地打量了我一番。"有什么问题吗？"

"我是来自洛杉矶的一名侦探，如果别人配合的话，我工作一般不会搞出什么动静来。”

“你最好去找福尔摩斯先生。”他说，“酒店的经理。”

“听着，朋友，这地方很小，我只消去喝酒吃饭的地方打听一下，马上就能弄到格特鲁德的消息，我随便就能编个理由，相信我，我能打听出来的。你告诉我可以帮我节约一点点时间，有可能顺便防止有人受伤，可不会是轻伤哦。”

他耸了耸肩。“让我看看你的证件，您是？”

“埃文斯。”我把证件拿给他看了。

他看完我的证件之后还盯着看了老久，然后才把钱包递给我，继续盯着自己的指尖看。

“我想她在白水寨。”

“格特鲁德姓什么？”

“史密斯。”服务员回答道，他那老于世故、满面倦容的脸上露出淡淡的微笑，那种笑容往往出现在见识过太多世面的人的脸上。

我跟他道了谢，再次出了酒店上了人行道，走了半条街的路后进了一家吵闹的小酒吧，点了一杯酒。一个三人组合的管弦乐队正在酒店后方的微型舞台上演奏，舞台前方是一个小小的舞池。眼神迷离的几对舞伴在舞池中央慢悠悠地晃着，脚跟几乎不离地面，嘴巴张着，表情茫然。

我喝了一杯黑麦威士忌，顺便询问了一下男侍应白水寨的位置。他告诉我白水寨在镇子的最东边，往回走半条街，从加油站的那条路可以过去。

我出了酒吧取了车，开着车穿过村子找到了那条路。淡蓝色的霓虹标志有一个箭头指示着方向。白水寨是山坡上的一片棚屋群，正前方是栋办公楼。我在办公楼前面停下了。这里的居民坐在自家小小的门廊前听着便携收音机。这里的夜晚宁静惬意。办公室门前有一个门铃。

我按了门铃，一个穿着宽松长裤的女孩给我开了门。她告诉我史密斯小姐和霍夫曼小姐的住所独自位于一角，因为年轻女孩睡得晚，而且不想被打扰。当然，现在是旅游旺季，到处都有点吵闹。但是他们住的木屋——温馨小舍——很是宁静，位于山后面，往左边去就是了，很容易找到。她还问我是不是她们的朋友。

我告诉她我是史密斯小姐的祖父，谢过她之后，我出了办公楼，径直穿过了木屋群中间的山坡，走到了山后面的松树林的边缘地带。这里有一堆长长的木柴，每一块空地上都有一幢小木屋。左边的一栋木屋前停着一辆跑车，车灯模糊昏暗。一个个子高高的金发少女正把行李箱放进后备厢里。她的头发用一条蓝色的手绢系着，身上穿的毛衣和裤子也是蓝色的，可能因为光线太暗，看起来都像是蓝色。她身后的木屋亮着灯，屋顶上挂着一个小牌子，上面写着：温馨小舍。

金发少女没关后备厢，走回了木屋。暗淡的灯光透过开着的门投射出来。我轻手轻脚地上了台阶，跟着进了屋内。格特鲁德猛地将床上的行李箱合上。那个金发少女消失在我的视线范围内，但听声音她应该是去了厨房，她们住的是一栋小小的白色木屋。

我没发出什么噪音。格特鲁德关上了行李箱，拎起来准备拿上出门。那个时候她才看见我。她的脸色突然变得惨白，拎着行李箱呆呆地站在那里。她张着嘴，回头迅速地用德语说了一句：“安娜，小心！”

厨房里的杂音瞬间停了下来，我和格特鲁德互相对视。

“要走？”我开口问道。

她舔了舔嘴唇：“要拦着我吗，条子？”

“我可没这么想。你为什么要离开？”

“我不喜欢这个地方，这里海拔太高了，我神经紧张。”

“这个决定很突然，不是吗？”

“这难道也违法了？”

“我没这么说。你害怕韦伯，不是吗？”

她没有回答我。她的目光看向我身后，这是老掉牙的套路了，我幸好没放在心上。我身后的木门紧闭着。我转过身发现那个金发少女在我身后，她手里握着一把枪。她若有所思地打量着我，脸上没有什么表情。她身材高大，看起来非常强壮。

“这人是谁？”她问道，声音缓慢低沉，像极了男人的声音。

“洛杉矶的一个条子。”格特鲁德回答说。

“那么。”安娜说，“他来干吗？”

“我不知道。”格特鲁德说，“我觉得他不像是个侦探，他看起来太弱了。”

“那么。”安娜边说边往旁边移动，移到了离门远的地方，手里的枪一直对着我。她拿枪的样子没有丝毫紧张。“你想干吗？”她声音嘶哑地问我。

“我什么都想知道。”我回答说，“你们为什么要离开？”

“这已经解释过了。”金发少女淡定地回答，“我们离开是因为海拔太高，格特鲁德觉得不舒服。”

“你们俩都在印第安角宾馆上班？”

金发女孩说：“这不重要。”

“去你的。”格特鲁德突然说，“是的，今晚之前我们都在印第安角宾馆工作，现在我们要走了，有什么意见吗？”

“我们这是在浪费时间。”金发少女说，“去看看他身上有没有枪。”格特鲁德放下手中的行李箱，在我身上搜了个遍。我找到了我身上的枪，大方地让她拿走了。格特鲁德站在那儿对着我的枪看，脸色苍白，表情慌张。金发少女吩咐她说：“把枪放在外面，行李箱放进车里。发动车子等着我。”

格特鲁德又把行李箱拎了起来，绕过我身旁走向了门。

“你们跑不了多远的。”我说道，“他们会提前打电话，然后在半路拦住你们。这里只有两条路可以出去，而且非常容易封锁。”

金发少女挑了挑她精致的茶色眉毛。“为什么有人要拦截我们？”

“噢，你为什么举着一把枪？”

“我不知道你是谁。”金发少女说，“到现在我也不知道。去吧，格特鲁德。”

格特鲁德打开了门，回头看了我一眼，动了动嘴唇。“听我声劝，侦探，趁现在你还能脱身赶紧离开这个地方。”她平静地说道。

“你们谁见过那把猎刀？”

她们快速地瞥了对方一眼，然后看着我。格特鲁德目不转睛地盯着我，眼神没有愧疚之意。“我走了。”格特鲁德说，“听不懂你在说什么。”

“好吧。”我说，“我知道你想不起来了。还有一个问题：你拿鞋子出去那天，你给韦伯先生倒咖啡用了多长时间？”

“你这是在浪费时间，格特鲁德。”金发少女不耐烦地催道，不过语气还是慢条斯理的。她看起来倒不像一个急躁的人。

格特鲁德没有理会她，她的眼睛看起来陷入了沉思。“就是给他倒一杯咖啡那么长的时间。”

“可是餐厅就有咖啡。”

“餐厅的咖啡不新鲜了。我去厨房给他倒的，我还给他拿了点烤面包片。”

“五分钟？”

格特鲁德点了点头。“大约五分钟。”

“当时在餐厅韦伯旁边还有其他人吗？”格特鲁德坚定地看着我。“那个时间点了我觉得应该没人了。我不确定，也许有人晚餐吃得晚。”

“非常感谢。”我说道，“小心点把枪放在门廊上，不要扔。如果你愿意的话可以把里面的子弹弄出来，反正我没打算开枪。”

格特鲁德浅浅地笑了笑，她用拿着枪的那只手开了门，出去了。我听见她下了楼梯，接着又听见后备厢“砰”的一下关上了，随后听见汽车发动的声音，马达嗡嗡地响着。

金发少女移到门边抽出钥匙插在外面。“我不在乎对谁开枪。”她说道，“但是不得已时我才会那样做，不要逼我。”

她关上门，转动钥匙锁上了门，从门廊走了下去。随后传来车门猛地关上的声音，马达发动了，轮胎摩擦着地面，沙沙地响着，从木屋的空地之间开了下去。后来，收音机的杂音就把汽车的声音盖住了。

我站在那里环视了一遍温馨小舍，过了一会儿走了进去，东西都好好摆在那里。垃圾桶里还装着垃圾，咖啡杯没有洗，平底锅全是面粉。房间里面一份文件也没有，没人在这儿写下自己的个人故事。

后门也锁上了，这边离营地比较远，被浓密的树林覆盖在黑暗之中。我推了推门，弯下腰察看门锁，是一把直直的螺栓锁。我把窗户推开了，钉在窗户上的铁丝网抵住了外面的墙。我又走回门边，肩膀用力地撞了上去，门纹丝不动，我的脑袋却撞得冒火花了。我伸手去摸口袋，口袋里连片破烂钥匙都没有，真是恶心到自己了。

我从厨房的抽屉找来开瓶器，用力在角落里捣鼓那松动的铁丝网，试图把它弄回来。我爬到水池上站起来，伸手去够外面的门，四处摸索。钥匙就在门上，我转动门锁打开门，终于走了出去。接着我又回到屋子把灯关了，我的手枪躺在小金属柱子后面的门廊前门，我捡起手枪放在腋下，然后下山回到我停车的地方。

6

门边摆着一张木质柜台，角落里有一个炉膛突出的火炉，墙上挂着一幅这片区域的蓝色路线图，地图很大，还有一张边角蜷曲的日历。柜台散放着一堆积满灰尘的文件夹，一支生锈的钢笔、一瓶墨水和一顶曾被某人湿透的牛仔帽。

柜台后面有一张老旧的金橡木材质的翻盖书桌，一个男人坐在桌前，他的脚边放着一个高高的生锈的铜痰盂。他身材魁梧、气质冷静，斜靠在椅子上，一双汗毛稀少的大手放在肚子上。他脚穿白色袜子和一双磨损严重的棕色军靴，下身穿着棕色水洗长裤，外面套着褪了色的背带装，里面穿着卡其色衬衣，扣子一直系到了脖子上。他的头发是灰棕色的，但两鬓已经发白。他的左胸前戴着勋章，朝左边侧身坐着，右边后面口袋里有一把 45 毫米口径的手枪，手枪外面套着棕色的皮套。

他耳朵大大的，目光友善，像只松鼠般警惕地环顾四周，但没有那么紧张。我倚靠在柜台上盯着他看，他对我点了点头，把半杯褐色液体倒在了痰盂里。我点了支烟，到处看看有没有地方把火柴棍扔了。

“扔在地板上吧。”他说道，“我能为你做些什么，孩子？”

我把火柴扔在了地上，抬起下巴对着墙上的地图。“我在找这片区域的地图，有时候商会会派发地图，但是我想您这儿应该不是商会。”

“我们本来也是有的。”老人说，“几年前我们也有一堆地区地图，不过现在没了。我听说邮局旁的照相馆主人西德 · 杨有，他是这里的法官，也是照相馆的主人。他给大家派发地图是为了告诉他们哪里可以抽烟，哪里不可以。我们这曾发生过大火灾，我们墙上的那幅地图就是他提供的。很荣幸能为你服务，我们的目标是让游客宾至如归。”

他缓缓地吸了一口气，又倒了一杯果汁。

“您贵姓？”他问道。

“埃文斯。您是这儿的警察吗？”

“是的，我是彪马区的治安官，也是圣博多的副警长。我们这儿的警察就是我和西德 · 杨，我姓巴伦。我以前在洛杉矶的消防局待了十八年，来这儿有很长一段时间了，这地方宁静惬意，你上这儿来因公出差？”

我没想到他会这么快又倒掉饮料，但他真的又那么做了。他倒进去的时候，痰盂剧烈地震动了一下。

“因公出差？”我问道。

这个大个子把一只手从他的肚子上拿了下来，伸了一根手指到衣领里，想把它弄松一点儿。“对，因公出差。”他慢条斯理地说道，“意思是，你有持枪许可证吧？”

“见鬼，有这么明显？”

“这要看对方在观察什么咯。”他边说边把脚放在了地上，“我们还是打开天窗说亮话吧。”

他站起了身，走到柜台旁。我把自己的钱包打开摆到柜台上，这样他能够隔着透明胶片查看我执照的影印件。我把洛杉矶警长发放的持枪许可证抽了出来，放在执照的旁边。

他仔仔细细地看了一遍。“我最后还是核对一下序号。”他说。

我把枪拿出来放在他的手旁，他把枪拿了起来核对号码。“我看见你有三把枪的许可证，我希望你不要同时带三把枪。枪不错，孩子，不过没我的射击力量大。”他从屁股后面掏出他的加农枪摆在桌上，那是一把前沿式柯尔特自动手枪，举起来差不多得有行李箱那么重。他拿起来掂了掂，往空中一抛，接住它转了个圈，然后放进了后面的口袋。他把我 38 毫米口径的手枪推了回来。

“上这儿来是因公出差，埃文斯先生？”

“我不确定。我之前接到了一个电话，但是我现在还没和他取得联系，是个机密事件。”

他点了点头，眼神若有所思，比之前更加深邃、更加冷酷。

“我现在在印第安角宾馆落脚。”我说。

“我不是想打探你的事情，孩子。”他说道，“我们这儿也不是一直很太平，夏天偶尔也会有人打架斗殴、酗酒闹事，有时会有一些调皮的还会骑着摩托车闯进别人家睡个觉偷些食物，但没发生过什么真正的犯罪事件。这片山区没有什么强大的犯罪诱因，山里的人性情安宁。"

"是吗。"我说道，"不对，并非如此。"

他身体前倾，注视着我的双眼。

"就现在。"我说，"你们这儿就有一起谋杀案。"

他脸上的表情没有多大的变化，他仔仔细细地扫视了一遍我的脸。他拿起帽子戴在后脑勺上。

"那是怎么回事，孩子？"他冷静地问道。

"村子东边，往舞厅过去一点的地方，一个男人被击毙了，子弹从心脏穿过去了，他躺在一棵倒下的大树旁。在我发现他之前，我在那儿抽了半小时烟。"

"是这样吗？"他缓慢地说。"在斯比克？斯比克旅店过去？是那个地方吗？"

"是的。"我答道。

"你费了不少时间才决定告诉我，不是吗？"这时候他的眼神并不友善。

"我震惊了。"我说，"我过了一段时间才厘清思绪。"

他点了点头说："我们一起去那边，开你的车。"

"去那儿没什么用。"我说，"尸体已经被移走了。我发现尸体之后正准备回到我的车里，突然一个持枪的日本歹徒从灌木丛钻了出来把我打晕了，然后有几个人把尸体抬走了，他们上了船，现在已经不留一丝痕迹了。"

警长走过去往痰盂里吐了一口唾沫，然后他又往火炉吐了一小口，好像在等火炉发出刺刺的声音，但现在是夏天，火炉是熄的。他转过身清了清喉咙说："你最好先回家，躺在床上好好休息下。"他握紧了一只拳头。"我们的目标是夏天过来的游客在这里开心地度过他们的假期。"他双手都握紧拳头，用力地塞进裤子前面的浅口袋里。

“好的。”我说。

“我们这儿有日本的持枪歹徒。”警长含混不清地说，“我们得把这些人赶出去。”

“我看你好像并不喜欢那起案件。”我说，“听听这起怎么样？一个名叫韦伯的男人不久前在印第安角宾馆被猎杀了，刀从他后背插进去，而且是在我的房间。有一个人用砖头把我拍晕了，我没看见他。我醒来时，韦伯已经被猎杀了。此前我和他正在谈话，韦伯是印第安角宾馆的收银员。”

“你说这发生在你房间？”

“是的。”

“似乎。”巴伦意味深长地说，“你会给这里的镇子带来不好的影响。”

“你也不喜欢这起案子？”

他摇了摇头说：“是的，我都不喜欢。除非，你搬具尸体过来。”

“尸体我没带着一起。”我说，“但是我可以跑过去给你搬来。”

他伸手过来握住我的手臂，我从未感受过如此大的握力。“我不想你如此理智，孩子。”巴伦说，“不过我还是跟你一起去吧，今晚夜色不错。”

“确实。”我说道，但是并没有移动，“我上这儿来找一个叫福瑞德·莱西的男人，他刚在保尔圣区买了幢木屋，叫鲍德温舍。恰好，我在斯比克区发现的那具尸体名字就叫福瑞德·莱西，我在他口袋里的驾驶证上得知了他的名字。还有很多细节，不过你应该不想知道这些细枝末节，不是吗？”

“你跟我一起。”警长说，“去一趟印第安角宾馆。你有车？”

我回答说有。

“很好。”警长说，“我们不开你的车，但你得把车钥匙给我。”

7

那个男人眉毛浓密卷曲，嘴里叼着一根雪茄，倚靠在门背上一言不发，看起来也没有要说话的意思。巴伦警长叉开腿坐在一张直背椅上，看着名叫曼西斯的医生检查尸体。我一个人站在角落里。那个医生骨瘦如柴，双眼凸出，面色泛黄，两颊长着醒目的红斑。他的手指都被雪茄熏黄了，整个人看起来不是很干净的样子。

曼西斯边对着死人的头发吐烟圈，边把他的身体翻了一个个儿放在了床上。他试图表现出知道自己在干什么的样子。猎刀已经从韦伯的背上拔出来了，就放在他的尸体旁边。那是一把宽刃短刀，往往装在皮质刀鞘内佩带在腰间，刀的护手大而结实，堵住了伤口，血没有流到刀柄上，刀刃上却全是血。

“希尔斯·索巴克猎人特质 2438 号刀具。”警长看着这把刀说，“彪马湖周围不知道有多少把这样的刀，这种刀不好也不差。你怎么看呢，医生？”

医生直起身拿出一块手帕，他对着手帕咳嗽，然后看着手帕，悲伤地摇摇头，点燃了另外一支雪茄。

“看什么？”医生问。

“死因，还有死亡时间。”

“刚死不久。”医生说，“不超过两小时，他的身体还没开始僵硬。”

“致命的是那把猎刀吗？”

“别傻了，吉姆·巴伦。”

“有很多起案子。”警长说，“死者被下毒了或其他原因致命，凶手会在死人身上插上一把刀转移视线。”

“这样就聪明多了。”医生不怀好意地说，“这里发生过很多类似的案子？”

“我在这儿只遇到过一起谋杀案。”警长平静地说，“就是湖对岸的戴德·米查姆老人。他在谢地峡谷有栋简陋的小木屋。那段时间大家都没再见他出现，不过当时天气很冷，别人以为他窝在家里烤火休息。后来他一直没有露面，于是有人去敲了他家的门，发现木屋上了锁，所以他们以为老戴德下山过冬去了。后来下了一场大雪，他家的屋顶塌了。我们过去想帮他把屋顶用树胶修好以免他丢东西，但是我们发现戴德躺在床上，一把斧头插在他的后脑勺上。那年夏天他淘到了一点金子，我想应该是这个原因让他送了命，我们至今也没查出是谁干的。”

“你想用我的救护车把他运过去吗？”医生拿着烟指了指床上。

警长摇了摇头。“不用了，这是个贫困县，医生，我想用马运过去应该便宜点。”

医生戴上帽子往门口走去，那个浓眉的男人给他让了道，医生开了门。“如果需要我为葬礼出钱，告诉我。”医生说完就出去了。

“话不是这么说的。”警长说。

浓眉的男人开口说：“快点把这事弄完，把他的尸体弄出去，这样我好继续工作。星期一会有一套电影道具过来，到时我会很忙，而且我还得重新找个收银员，这可不容易。”

“你上哪儿找来韦伯的？”警长问，“他有仇家吗？”

“至少一个。”浓眉男人说，“我是在森林俱乐部通过弗兰克·路德斯找到韦伯的。对于这个人，我只知道他对自己的工作了如指掌，能够毫不费力地开一张一万的债券。我只需要知道这些就够了。”

“弗兰克·路德斯。”警长说，“应该是那个有巨额投资的男人，我没见过他，他是干吗的？”

“哈哈。”浓眉男人说。

警长平静地看着他：“他们不止在那个地方扑克赌局经营得风生

水起，福尔摩斯先生。”

福尔摩斯先生看起来一脸茫然。“嗯，我得回去工作了。”他说，“你需要我帮忙搬尸体吗？”

“不需要，现在不搬。太阳下山之前搬走，不过不是现在。现在已经没事了，福尔摩斯先生。”

浓眉男人若有所思地注视了警长一会儿，随后伸手去拉门把手。

我说：“有两个德国女孩在这儿工作，福尔摩斯先生，是谁雇的她们？”

浓眉男人从嘴里拿出雪茄，看了一眼又放了回去，转了几圈紧紧地叼着。他说：“这跟你们有关吗？”

“那两个德国女孩一个叫安娜·霍夫曼，一个叫格特鲁德·史密斯，或者格特鲁德·史密特。”我说，“她们一起住在白水寨那边的一栋木屋里，她们今晚收拾行李下山了。就是格特鲁德帮莱西夫人送鞋去鞋匠那儿的。”

浓眉男人神情自若地看着我。

我说：“格特鲁德送鞋过去的途中，在韦伯的桌上放了会儿，其中一只鞋里有五百美金，莱西先生想跟妻子开个玩笑放在里面的，那样他妻子就能发现了。”

“这是我第一次听说这件事。”浓眉男人说。警长一句话也没说。

“钱没被偷。”我继续说，“莱西夫妇去鞋店的时候发现钱还在里面。”

浓眉男人说：“我很高兴事情终于厘清了。”他拉开门走了出去，又顺手关了门。警长没有开口拦住他。

警长走到墙角，对着废纸篓吐了口唾沫，掏出一条卡其色手帕把那把血迹斑斑的刀包住放到自己腰间。他扯了扯自己的帽子，往门边走去。警长打开门后回头看了我一眼。“事情有点棘手。”他说，“但也许没有你希望的那样复杂，我们去趟莱西家。”

我也跟着走了出去，警长把门锁上，把钥匙放进了自己的口袋。

我们下楼穿过大堂横过马路，走到了一辆积满灰尘的黄褐色小轿车旁，这辆车停在消防栓旁边。一个皮肤粗糙的年轻人站在轮胎旁，他看起来有点营养不良，而且有点不干净。我和警长上了汽车后座，警长说："你知道保尔圣区最边上的鲍德温舍吧，安迪？"

"知道。"

"我们上那儿。"警长说，"在路边停一下。"他抬头看着天空。"今晚整晚都是满月。"他说，"月色真是不错啊。"

8

鲍德温舍看起来和我上次见到的一样，同样的窗户透着灯光，同样的车子停在敞开的双车库里，同样狂野尖锐的狗吠声从夜色中传来。

"那究竟是什么声音？"车慢慢停下来的时候，警长问道，"听起来像狼叫。"

"的确有一半狼的血统。"我说。

前面皮肤粗糙的小伙子转过头问："你想把车停在前面吗，吉姆？"

"往旁边开点，停在老松树下。"

车子轻轻地停在路边的黑色阴影下，警长和我下了车。"你在车上待着，安迪。别让任何人看见你。"警长说，"我这么做自有我的原因。"

我们沿着路往回走，穿过木门，狗又开始叫了。前门敞开着，警长走上台阶，摘下了他的帽子。

"莱西夫人吗？我叫吉姆·巴伦，是彪马区的治安官。这位是来自洛杉矶的埃文斯先生，我想您认识他。我们能进来会儿吗？"

莱西夫人看着警长，她的脸完全被阴影笼罩着，毫无表情。她稍稍转过头看着我，她说："好的，请进。"声音死气沉沉。

我们进了莱西家，莱西夫人关上了门。此时，一个头发灰白、体形高大的男人正坐在休闲椅上，他把手里抱着的小狗放在了地板上站起了身。小狗穿过房间，一个飞扑跳到了警长的肚子上，在空中转了身落在地上转圈。

“真是条不错的小狗。”警长边说边把衬衣塞进裤子里。

头发灰白的男人友好地笑着。他说：“晚上好。”他洁白坚固的牙齿在灯光的照射下散发出友好的光芒。

莱西夫人仍然穿着那件双排扣的绯红色外套和那条灰色的休闲裤。她的脸看上去更加苍老，更加苍白了。她看着地板说：“这位是森林俱乐部的弗兰克·路德斯先生。巴农先生和……”她停下来抬起头看着我的左肩。“我没记住另外一位先生的名字。”

“埃文斯。”警长看都没看我一眼说道，“我叫巴伦，不是巴农。”他对路德斯点了点头，我也对路德斯点了点头。路德斯对着我们两人微笑，他体形高大，身材微胖，生龙活虎，穿戴整齐，快活爽朗，一点烦心事也没有。体形高大、轻松自在的弗兰克·路德斯是所有人的好伙伴。

他说：“我认识福瑞德·莱西很长一段时间了，顺道过来打声招呼。不过他没在家，我在等朋友过来接我。”

“很高兴认识你，路德斯先生。”警长说，“我听说你在那个俱乐部投资了一大笔钱。一直没有机会见您。”

莱西夫人缓缓坐下来，坐在椅子边缘上，我也坐了下来。那条小狗雪莉跳到我的大腿上舔我的右耳，又扭着身子跳了下去，钻到了我的椅子底下。它躺在那里大声地喘着气，毛茸茸的尾巴甩打着地面。

房间里静默了一会儿，窗外的湖面上传来微弱的震响。警长也听到了声响，他微微仰了仰头，但是脸上毫无变化。

警长说：“埃文斯先生上我那儿跟我讲了一件奇怪的事情。既然路德斯先生是你们家的朋友，那当着他的面说也无妨。”

警长看着莱西夫人等待答案。莱西夫人缓慢地抬起头，但高度不及与他对视。她哽咽好几次之后才点了点头。一只手在椅臂上缓缓地滑来滑去，来来回回，反反复复。路德斯一直保持微笑。

“要是莱西先生在就好了。”警长说，“您觉得他短时间会回来吗？”

莱西夫人又点了点头。“我想他马上会回来的。”她的声音没精打采，“他下午就出去了，我不知道他现在在哪儿。要是他下山了不可能不告诉我，可能有事缠住他们了。”

“应该是有事。”警长说，“莱西先生给埃文斯先生写了一封信，让他迅速过来这边。埃文斯先生是洛杉矶的侦探。”

莱西夫人心神不宁地动了动。“侦探？”她深吸了一口气。路德斯爽朗地说：“那究竟为什么福瑞德要那样做呢？”

“因为藏在鞋子里的钱。”警长说。

路德斯皱了一下眉头看着莱西夫人。莱西夫人抿了一下嘴巴，马上说：“但是钱我们已经找回来了，巴农先生。福瑞德只是开了个玩笑，他赌马赢了点钱藏在我的鞋子里，想给我个惊喜。结果我还没发现钱，鞋子就被我送去修了。但是我们去鞋匠那儿找的时候，钱还在里面。”

“我叫巴伦，不是巴农。”警长说，“所以说你们把钱完好无损地找回来了，莱西夫人？”

“哎呀……是的。是在一家宾馆里，我们一开始想，一个女服务员帮我把鞋子送过去的。好吧，我也不记得我们当时怎么想的了，把钱藏在那儿真是糊涂，但不管怎样我们把钱拿回来了，一分不少。”

“是同样的钱？”我问道，开始有了思绪，但是我并不喜欢这样。

莱西夫人没怎么看我。“当然了，为什么不是？”

“这和埃文斯告诉我的版本不一样。”警长平静地说，双手在肚子上面交叉着。“似乎你刚刚说的和你告诉埃文斯的有些出入。”

路德斯坐在椅子上突然身体前倾，但脸上依旧保持笑容。我没有变得紧张。莱西夫人做了一个模糊的手势，她的手还在椅臂上滑来滑去。“我……告诉过……告诉过埃文斯先生什么？”

警长缓缓地转过头，目光直直地看向我，眼神严厉。他又转了过去，一只手拍着另一只搭在肚子上的手。

“我知道埃文斯先生今晚早些时候来过这里，你告诉了他这件事，莱西夫人，你告诉他钱被调换了？”

“调换？”她的声音听起来有几分好奇，“埃文斯先生告诉你他今晚早些时候来过这儿？我……我此前从没见过埃文斯先生。”

我懒得看她一眼，路德斯肯定站在我这边，我看着路德斯。那种期待的感觉就像往自动售货机里投了五分钱进去一样。路德斯轻声笑着，重新点燃了他的雪茄。

警长闭上眼睛，脸上露出一丝悲伤的神色。小狗从我的椅子底下钻了出来，站在屋子中央眼巴巴地看着路德斯，过了一会儿，它跑到角落里躺在沙发套的流苏底下，抽了几下鼻子就安静下来了。

“哼，哼，蠢货。”警长对自己骂道，“我不懂处理这种事情，我没经验。这儿也没什么重大犯罪事件。山上太平得很，不可能有这种事。”他脸上露出挖苦的表情。

警长睁开眼睛。“鞋子里放了多少钱，莱西夫人？”

“五百美元。”她的声音低哑。

“钱现在在哪儿，莱西夫人？”

“我想在福瑞德那儿。”

“我以为他是要把那些钱给你的，莱西夫人。”

“他原本是要给我的。”她严厉地说，“他是要给我的。但当时我根本不需要，在这儿不需要，他之后应该回我一张支票。”

“他是带在身上还是放在家里，莱西夫人？”

她摇了摇头。“应该带在身上，我不清楚。你想搜查我们家吗？”

警长耸了耸他胖胖的肩膀。“为什么要搜，不用，我想不用了，莱西夫人。如果发现钱被调换了，对我一点好处也没有。”

路德斯说：“你说钱被调换了是什么意思，巴伦先生？”

“被换成了假币。”警长说。

路德斯安静地微笑着。“这太好笑了，你不觉得吗？彪马区会出现假币？这里不可能发生这样的事情，不是吗？”

警长遗憾地对他点点头。“听起来太不合理了，不是吗？”

路德斯说：“你唯一的消息来源就是埃文斯先生？一个声称自己是侦探的人？他是私家侦探，没有疑问吗？”

“关于这点，我已经想过了。”警长说。

路德斯又往前倾了一点。“除了埃文斯先生，你还有其他渠道知道福瑞德给他写过信吗？”

“埃文斯得知道点什么才会上这儿来，不是吗？”警长焦虑地说，“而且他知道莱西夫人鞋子里钱的事。”

“我只是问个问题。”路德斯轻柔地说。

警长转过身看着我，我脸上的笑容早已僵硬了。自从出了宾馆的事故后，我没有见过莱西的信。我知道我现在也不需要看。

“莱西给你写了一封信？”警长厉声问我。

我把手伸进我上衣的内口袋里。巴伦把右手放下，又举起来。他在举起右手时，手里拿着他的前沿式柯尔特自动手枪。“我得先卸掉你的手枪。”他咬牙切齿地说完就站起身。

我敞开我的外套。警长俯下身猛地从我的手枪皮套里把我的枪抽走了，不高兴地对着它看了一会儿，然后把它扔进了自己的左口袋里。他再次坐下。“听着。”他轻松地说。

路德斯略带兴趣地看着我。莱西夫人把双手放在一起使劲地捏着，眼睛盯着双脚之间的地板。

我把上衣口袋里的东西通通掏了出来，有几封信，几张便条，一盒烟斗通条，一条手帕。那几封信都不是莱西写的那封，我把那些东西又塞了回去，拿了一根烟出来放进嘴里。我划燃一根火柴点燃香烟，一副若无其事的样子。

“你赢了。”我微笑着说，“你们都赢了。”

巴伦的脸突然缓缓泛红，目光闪烁，转向我时嘴唇抽搐。

“为什么不。”路德斯绅士地问道，“他是不是真的是一名侦探？”

巴伦稍稍瞥了一眼路德斯。“我不在意这些小事。”他说，“现在我在调查一起谋杀案。”

警长似乎没有在看路德斯，也没在看莱西夫人，他的目光似乎停留在角落的天花板上。莱西夫人颤抖着，她的双手握得更紧了，指关节太过用力，在灯光的照射下都泛白了。她缓缓张开嘴，目光向上，干涩的呜咽声被扼杀在喉咙里。

路德斯把烟从嘴里拿出来，小心翼翼地放在身旁烟灰缸的黄铜嘴里。他没有再笑，满脸严峻，一言不发。

巴伦时机把握得非常好，给了他们足够的时间做出反应，但没有多给他们一秒调整。他冷漠地说道：“一个叫韦伯的男人，他是印第安角宾馆的收银员，在埃文斯的房间被人用刀杀死了。当时埃文斯在现场，不过事情发生之前就被敲晕了，所以从他那儿我们得知了那么多消息，他是第一个到现场的。”

“不是我。”我说，“他们把人杀死了，然后扔在我旁边。”

莱西夫人猛地回过头，她抬起头，第一次直视我。她的眼神里有一道奇怪的光，从眼底深处散发出来，遥远而痛苦。

巴伦缓慢地站起身。“我不明白。”他说，“我一点都不明白。但是我想把这个家伙牵扯进来应该没错。”他转向我。“别跑太快了，一开始别跑太快了，兄弟。四十码以内我都能射中。”

我什么也没说，谁也没说什么。

巴伦缓缓地说：“路德斯先生，我需要你先待在这里，等我回来。如果你朋友来接你，你可以叫他先走。我很乐意晚点送你回俱乐部。”

路德斯点点头。巴伦看了一眼壁炉上的时钟，现在是十一点四十五分。“对我这样的老古董来说有点晚了，你觉得莱西先生很快会回来吗，夫人？”

“我……我希望这样。”她说，做了一个毫无意义的手势，可能唯一的意义就是绝望。

巴伦走去门口开了门，下巴朝我示意了一下。我也跟着走到了门廊。小狗半路从沙发底下跑过来，发出悲鸣。巴伦低头看着它。

“真是一条好狗。”他说，“我听说它有一半狼的血统，不知道另外一半是什么？”

“我们也不知道。”莱西夫人喃喃道。

“有点像我正在调查的案子。”巴伦说完也走出了门廊。

9

我们一路走到车旁，一句话也没说。安迪靠在角落里，嘴里叼着一根快熄的烟。

我们上了车。“开车，大概开个两百码。”巴伦说，“多制造点噪音。”

安迪发动车子，马达开始运转，齿轮发出碰撞的声音。车子在月光下前行，穿过了弯道，上了一座月光照耀的小山，山上投射着树干的阴影。

“在山顶转弯，慢慢滑下去，但别离木屋太近了。”巴伦说，“别让木屋里的人看见我们。转弯前把车灯关了。”

“好的。”安迪说。

快到山顶的时候，安迪绕过一棵树掉了头。他熄了车灯往小山下开，过了一会儿关掉了发动机。山坡下有一簇茂密的灌木，差不多有硬木那么高，车子停在那儿。安迪缓慢地松开刹车，以免齿轮摩擦发出过大的噪音。

坐在后座的巴伦警长身体前倾。“我们穿过大路往湖边去。”他说，“最好不要发出声音，这么黑的晚上不会有人在外面晃悠。”

安迪说：“好。”

我们下了车，小心翼翼地走在泥路上，后来一路都铺满了松针。我们穿过树林，绕过倒在地上的树木，走到湖边。巴伦先是坐了下来，然后躺了下来。我和安迪也照做了。巴伦把脸凑近安迪。

“听见什么声音了吗？”

安迪说：“八排气缸的声音，有点不清晰。”

我屏气聆听，我应该也听到了，但不确定。巴伦在黑暗中点了点头。“注意屋子里的灯光。”警长低声说。

我们观察着，约莫五分钟过去了，木屋里的灯光还一直亮着。远远传来模糊的关门声，紧接着是鞋子踩在木台阶上的声音。

“聪明，他们故意留着灯。”巴伦在安迪耳边说。我们又等了一会儿，轰鸣地发动机发出震响，断断续续、模模糊糊地响着，上面夹杂着走路声、跳跃声，转而变成了低沉的隆隆声，没过一会儿就消失了。一个黑影在月光笼罩的水面划走了，留下一道美丽的泡沫，消失在视野之中。

巴伦往嘴里塞了一撮烟草，舒服地嚼着，往离脚四英尺的地方吐了口唾沫，接着站起来拍了拍身上的松针。我和安迪也站了起来。

“现在嚼烟草都没什么感觉了。”巴伦说，“事情不是给他安排好的。刚刚在木屋我差点睡过去。”他左手一直握着他的柯尔特手枪，举了起来换成了右手，装进了后面口袋。

“嗯？”巴伦看着安迪说。

“这是泰德·朗尼的船。”安迪说，“他那艘船有两个阀门不太灵活，消音器上有一道裂痕，踩油门的时候听得最清楚，就像刚刚他们发动那样。”

安迪说了一堆话，不过警长喜欢听。

“不会搞错把，安迪？很多船阀门都不灵活。”

安迪说：“那你问我干吗？”声音不太愉快。

“好吧，安迪，不要生气。”

安迪哼哼了几声。我们穿过马路回到车里。安迪再次发动车子，倒车掉头，他说：“开灯吗？”

巴伦点了点头，安迪打开了车灯。“现在去哪儿？”

“泰德·朗尼家。”巴伦平静地说，“尽快，我们离那儿还有十英里。”

“二十分钟之内到不了。”安迪不高兴地说，“得穿过彪马区。”

汽车行驶在湖边铺设好的马路上，往回经过黑漆漆的男生夏令营和其他营地，左转上了高速公路。一直到我们开到了村庄那一边，上了去斯比克区的路上，巴伦才开口说话。舞厅的伴舞乐队仍在如火如荼地演出着。

“我骗到你了吗？”他问我。

“骗到了。”

“我做错什么了吗？”

“表现得非常完美。”我说，“但我不认为你骗过了路德斯。”

“那位女士十分不安。”巴伦说，“路德斯是个不错的人物，坚硬、沉着、有眼力。但我成功骗过了他一些地方。他犯了几处错误。”

“我能想起几处。”我说，“一个是他根本不该出现在那儿。另一个是为了解释为何他没有车，告诉我们有朋友会来接他。车库就停着一辆车，我们不知道那是谁的车。还有一个就是不应该把船一直不熄火。”

“这不是什么错误。”安迪坐在前排说，“要不然你去试下突然直接发动这艘船看看。”

巴伦说：“顺道过来拜访不会把车停进车库里，又没下雨。船可能是别人的，几个年轻人可能在上面熟络感情。不管怎样，我没在他身上发现任何一点。不过他一直急于‘抢先一步’。”

巴伦对着窗外吐了一口唾沫，我听见他的唾沫像块湿抹布一样，“啪”的一声落在后面的挡泥板上。汽车在月光下穿梭，绕过了弯道，上山下山，行驶在厚厚的松针上，沿着牛群踏过的平地前进。

我说：“他知道我没有莱西写给我的那封信，因为就是他在宾馆从我的房间把信拿走了。路德斯把我打晕，杀了韦伯。他知道莱西已经死了，就算人不是他杀的。他借此要挟莱西夫人，莱西夫人以为她丈夫还活着，在路德斯那儿。”

“你把这位路德斯先生推断成一个不折不扣的坏家伙。”巴伦慢条斯理地说，“路德斯为什么要杀韦伯？”

“因为韦伯引起了一系列麻烦，他们是一个组织，目的是将一大笔天衣无缝的十美金假钞洗掉。把五百美元全都调换成崭新的十美元，这种情况是个人都会起疑心，连福瑞德这种不太小心的人都会起疑心。”

“这个猜测很好，孩子。”警长说，这时车正在快速转弯，他牢牢抓住车门，“但你没有任何证人。我得更加小心点了，我现在在自己的地盘上，彪马湖地带对我来说可不是调查假钞的好地方。”

“好吧。”我说。

“另一方面，如果路德斯是我要抓的人，他应该很难抓到。出峡谷就有三条路，而且森林俱乐部的高尔夫球场东边总是停着几架飞机，夏天一直停在那儿。”

“你似乎不是很担心的样子。”我说。

“山区警长不需要担心太多。”巴伦从容地说道，“没人希望山区警长太聪明，尤其是像路德斯先生那样的人。”

10

水面平静，没有波澜，船只一端系着短粗的缆绳，船体浮在水面轻晃着。一张防水帆布遮住了整条船，连几处本应露出的地方都遮住了。小小的码头后方，一条道路弯弯曲曲地穿过一片杜松林，延伸到高速公路上。路的一边有一处露营地，以小型白色灯塔为标记。其中的一个小屋传出跳舞的声响，不过大部分露营帐篷的人都已进入了梦乡。

我们把车停在路肩上，顺着往下走。巴伦手里拿着一只大手电筒，还不停地晃来晃去，一直开开关关。我们走到了路尽头的码头，站在水边，巴伦用手电照着路面仔细研究了起来，上面有几条崭新的车辙。

“你怎么看？”他问我。

“看起来是轮胎的痕迹。”我说。

“你怎么看呢，安迪？”巴伦说，“这人真可爱，还给我们留了些线索。”

安迪俯身看着车辙研究起来。“新留下的，是大轮胎的痕迹。”他一边说着，一边朝码头走去。接着，他又停下来，用手指了指。警长把光打在他指的地方。“没错，就是从这儿掉头的。”安迪说，“不过又能怎么样呢？现在这地方有很多新车。10 月份来的话，倒是有点意思。这里的人们每次买一只轮胎，还是那种便宜货。不过留下这些车辙的那辆，胎面应该是承重好、耐磨损的。”

“去看看那条船吧。”警长说。

“干吗去看它？”

“看看是不是最近有人用过。”巴伦说。

“天哪。”安迪说，“我们都知道最近用过吧，不是吗？”

"但愿你猜得没错。"巴伦语气温和。

安迪默默地看了他好一会儿，然后朝地上啐了一口，向着停车的地方往回走了。我们走了十几英尺的时候，他回头说："我刚刚不是猜的。"接着转回去继续前进，钻进树林里了。

"有点太敏感了。"巴伦说，"不过是个好人。"他走到停着的船上，弯下腰，把手伸到了船体前身上的防水帆布下。他回来点点头。"安迪是对的，总是这样，他也真够可以的。你觉得这些是什么样子的车胎痕迹呢，埃文斯先生？他们跟你说什么了吗？"

"是凯迪拉克 V-12。"我说，"是俱乐部的那种双开门轿车。红色皮椅，后面两个行李箱。仪表盘上的时间慢了十二分半。"

他站在那儿，思考着这几句话。然后，点了点大脑袋，叹了口气。"好吧，希望这能让你挣到钱。"他说着，转身离开了。

我们回到了车那里。安迪又坐回了驾驶座上，抽着烟。透过脏兮兮的挡风玻璃，他直直地注视着前方。

"朗尼现在住哪儿？"巴伦问。

"还是老地方。"安迪说。

"还是啊，那就只是巴斯康普路边的一小块儿地方吧。"

"没错啊。"安迪闷着声说。

"我们去那儿吧。"警长坐进车里说着。我就坐在他旁边。

安迪掉转车头，往回走了半英里，然后就是一个转弯。警长突然朝他喊了一声："等等。"

他从车上下来，用手晃晃路面，然后又回到车里。"我觉得我们有线索了，码头那里的车辙并没什么用，反而这里，同样的车辙可是能说明不少问题。如果他们是开车去巴斯康普，那就有更多线索了。那边有几处老旧的金矿，专门用来做一些金钱交易。"

汽车驶入旁路，缓缓爬过一处山洼。路两边簇着大大的石块，山坡上也是，在月光下明亮洁白。车子吭哧吭哧走了半英里后，安迪又停了下来。

“好了，侦探先生，这就是那间小屋了。”他说。巴伦又从车里出来，拿着手电四处走了走。小屋里没亮着灯，于是他又回到车上。

“他们来过这里。”他说，“把泰德送回了家。他们离开的时候，是朝着巴斯康普去的。你觉得泰德·朗尼是卷入了什么不正当交易里了吗，安迪？”

“除非，他们给了朗尼钱。”安迪说。

我从车上下来，和巴伦一起朝小屋走去。屋子又小又糙，遮掩在当地的松树里。屋前有个木质门廊，上面的锡质烟囱用金属线绑着。屋后有一间破旧的厕所，就在树林边。屋子看起来有些昏暗。我们走上门廊，巴伦敲敲门，没有回应。于是，他转了转门把手。门锁上了。我们从门廊下来，绕到屋子后面看看窗户。窗户都是关上的。巴伦又试了试后门，后门处没有门廊和台阶，不过也是关着的。他一拳砸到门上。回声穿过树丛，顺着山间岩石飘扬回荡。

“朗尼和他们一起走了。”巴伦说，“我猜他们现在也不敢放他走。估计在这儿停留，只是为了让他拿些自己的东西，就这样。”

我说：“我不这么看。他们想要的只是朗尼的船。那船是在不怎么热闹的黄昏时分，运走了福瑞德·莱西的尸体。尸体说不定是绑了重物之后，扔到湖里了。天黑才动得了手，朗尼也参与了，还拿了钱。今晚，他们又想要那条船了。不过他们不想让朗尼再跟着了。而且，要是他们去巴斯康普山谷的僻静之处制造存储假钞的话，也根本不想朗尼做自己的尾巴吧。”

“孩子，你又在瞎猜了。”警长温和地说，“总之，我可是没有搜查令。但我还是可以去他的那间小破屋看一下的，等等我。”

于是，他走向厕所。我往后撤了六英尺，撞向屋子的门。门猛地晃了一下，上面的嵌板歪歪斜斜地裂开了。我身后的警长喊了一声“嘿”，不过音量不大，好像也就是随意一喊。

我又退后六英尺，再撞了一次门。结果这次，我直直地冲进了屋子，手和膝盖着地，扑在了一块儿油毡上，闻起来就像是一口煎鱼的锅。我站起来，伸手把屋里悬着的灯打开。巴伦就跟在我后面，发出有些厌恶的咕哝声。

厨房里有一个柴火炉子，上面放着一些摞着碟子的脏木架。炉子还有些许暖意，上面几个没洗的锅发出一阵异味。我穿过厨房，走到前面的房间，打开另一盏灯。房子一边放着一张窄窄的床，上面乱七八糟的，还放着一条黏糊糊的棉被；有一张木桌，一些木椅，一台旧无线收音机；墙上有挂钩，一只烟灰缸里面留着四个烟蒂，地板角落还堆着低俗杂志。

天花板很低，这样就可以保存热量。角落有一处活动门，可以通往阁楼。现在，门是开着的，下面就立着一个活动梯子。一只旧旧的满是水渍的帆布行李箱开着，放在一个木箱上，里面有些零碎的衣物。

巴伦走过去看看行李箱。“看起来，朗尼像是准备搬家或是外出旅行。然后，那些家伙就来到这里，把他带走了。他都没有打包完，不过倒是把西装放进去了。朗尼这种人肯定只有一套西装，而且只有下山的时候才会穿。”

“他不在这儿。”我说，“不过他在这里吃了晚饭。炉子还是热的。”

警长露出怀疑的神色，看了一眼活动梯子。他走过去，爬到梯子上，推了推头顶的活动门。他举高手电，在头顶上方四处晃了晃。然后把活动门关上，从梯子上下来。

“很可能之前他的行李箱是放在上面的。”他说，“我看到上面也有一只旧的扁皮箱。你们准备走了吗？”

“我没在附近看到车。”我说，“他肯定有辆车。”

“是的。有辆旧的普利茅斯，把灯关上吧。”

他走回厨房四处看看，然后我们把两盏灯都关上，走出了房子。我关上了残破的后门。巴伦正在检查已风化的花岗岩上的车辙，然后顺着痕迹一路走到了一棵大橡树下，那里有几处深色地带，是车停驻多次留下的，地上还有滴落的汽油。

他摇着手电走回来，看着那间厕所说："你可以回去找安迪，我还是要去看看那地方。"

我没说话，目送着他走去厕所那里，拉开门闩，把门打开。我看着他拿着手电进去，光从不少裂缝和破破烂烂的屋顶透出来。我沿路走回小屋那里，钻进了车。过了好一会儿，警长才回来，慢吞吞地站回车边，咬了一口烟条，接着把烟条卷进嘴里嚼了起来。

"朗尼，"他说，"死在厕所里，头部中两枪。"他回到车上，"大个头的枪，死得透透的。根据情况看，我觉得凶手应该很匆忙。"

11

这段陡峭的山路沿一条干涸的山溪蜿蜒而上，河床上都是大块的岩石。大约走到比湖面水位高出一千或是五百英尺的地方时，路才变得平缓。我们路过一处养牛场，窄窄的缓冲带在车轮下发出叮当声。开始下坡了。眼前隐约出现了一处平地，有几头牛在吃草。月光下立着一间没有灯光的农舍。直角转弯后，我们开到了一条更宽的路上。安迪停车，巴伦再次拿出他的手电开始慢慢地细心观察着路面情况。

"他们左转了。"他站直身子说，"还好他们后面没有其他车经过留下痕迹。"说完就回到了车里。

"可是左边不会去到老矿山啊。"安迪说，"左边会到沃登家，然后从水坝那里就会绕回湖边了。"

巴伦默默地坐了一会儿，从车上下来，又开始用手电观察。他在一个 T 字路口突然惊呼，然后回来，"啪"的一下把手电关了。

“也要走右边。”他说，“不过先走左边。他们原路返回了，可这之前应该是到了西边的某个地方。我们照着他们的路线走。”

安迪说：“你确定他们是先走的左边而不是后走的？走左边的话就驶下高速路了。”

“没错。朝右走的轮胎印是在朝左走的上面的。”巴伦说。

于是我们左转。峡谷间是星罗棋布的小山丘，上面满是铁木树，不过一些已经是垂死的状态。铁木树一般会长到十八或是二十英尺的时候，就会死去。一旦死去，枝丫便会掉落，变成灰白色，在月光的映衬下闪闪发光。

我们大约走了一英里，然后出现一条窄窄的岔路，通往北方，上面只有一个轮胎痕迹。安迪停下来。巴伦再次走下车，拿着手电观察情况。他晃了一下大拇指，安迪就启动了车，警长也回到车上。

“那些家伙也太不小心了。”他说，“不是，我是说他们根本就不谨慎。但是他们永远也料不到安迪居然仅凭声音，就知道了船是哪里来的。”

车子开到了山的褶皱带，而树林又太密，车子穿过的时候还是不可避免地剐蹭到了。然后，又碰到了一个急转弯，山路变得陡峭，我们绕到一个山坡上，一间小屋出现在眼前。小屋就在一个斜坡上，周围树木环绕。

突然，从房子里，或者说离房子很近的地方，传来一声长长的尖叫，最后变成了凶猛的吠叫。不过，吠叫也被戛然打断。

巴伦正说着：“关灯……”不过安迪已经把灯熄了，然后把车停到了路边。“太晚了，我觉得。”他干巴巴地说，“要是有人监视的话，肯定已经发现我们了。”

巴伦下了车。“刚刚那声音听起来像是狼叫，安迪。”

“狼离房子那么近，不太好吧。你不这么觉得吗，安迪？”

“不。”安迪说，“灯已经关了。它来小屋这里应该只是找一些埋掉的垃圾吧。”

“不过说回来，也可能是那条小狗。”巴伦说。

“或者是母鸡正下一颗方形的蛋？”我说，“我们还等什么啊？还回我的枪怎么样？我们是要追上那个人呢，还是说我们就这么一路走，一路查？”

警长从左面的后口袋里拿出我的枪递给我。“我不着急。”他说，“因为路德斯也不着急。要是急的话，他早就走了。他们就是急着抓朗尼，因为朗尼知道些他们的事。但朗尼现在什么都不知道了，他死了，房子锁上，车也被人开走了。要不是你撞开他的后门，没人会起疑，他就要在那个厕所待几个星期了。他们的轮胎痕迹明显，但这仅仅是因为我们知道他们是从哪里出发的。不过他们也根本想不到我们会发现。所以我们从哪儿开始？不，我可不着急。”

安迪弯腰拿起一支猎鹿的步枪。他打开左手车门，然后出去了。

“那只小狗在那儿。”巴伦平静地说，“也就是说莱西夫人也在那儿。应该有人监视着她。没错，我想我们最好过去看看，安迪。”

“真希望你会害怕。”安迪说，“我是害怕了。”

我们穿过树林，离小屋大概有二百码。夜晚静谧，即使隔着一段距离，我都听到了开窗户的声音。我们的队伍前后大概拖了五十英尺，安迪在最后面锁车。然后，他绕了好大一圈，从右面赶上了队伍。

我们靠近小屋的时候，里面并没有什么动静，没有灯。那头郊狼，或者是说叫雪莉的那只狗，不管是什么，都没在叫了。

我们逼近那个小屋，距离都不到二十码了。巴伦和我的距离差不多。是间破破烂烂的小屋，样子和朗尼住的地方很像，但是稍微大一点。后面有一个车库，是打开的，但里面空无一物。前面有一个散石铺成的小门廊。

接着，屋里突然传出短促尖利的挣扎声，之后一声狗吠，却又戛然而止。巴伦趴到地上，我也是。不过什么都没有发生。

巴伦慢慢地站起来，一步一步往前挪动，每走一步还稍稍停一下。我原地站着没动。巴伦走到了屋子前面的空地，踩着台阶上到门廊。

他那么站着，月光把他庞大的体形勾勒得格外清晰，手上还拿着一把柯尔特式自动手枪。整个状态完全就是要自杀的样子。

还是没有动静。巴伦走到了台阶最上面，紧紧贴着墙壁。他左边有一扇窗，右边是门。他把枪换了个手，然后用枪托“砰”地敲了一声门，之后马上收回手，继续靠着墙壁。

屋子里传来狗叫。开着的窗户底端伸出一只拿枪的手，然后开始左右扫射。

在这个范围开枪有点难，不过我必须出手，于是我就开枪了。不过步枪沉闷的声音盖过了手枪的动静。窗户里伸出的那只手耷拉下来，枪也掉在了门廊上。接着，那只手又往外伸了伸，手指扭曲打战，努力去挨着窗台板，之后顺着窗户收回去。巴伦冲上去撞门，我和安迪也从不同方向拼命冲过去。

巴伦撞开了门。突然，屋里像是有人打开了灯，一下子把巴伦的身形照得清清楚楚。

巴伦冲进去的时候，我刚走到门廊，安迪就紧跟着我。我们走进屋子的客厅里。

福瑞德·莱西夫人就站在中间，怀里抱着小狗，旁边的桌子上放着一盏灯。一个矮胖的金发男人瘫在窗边，喘着粗气，手还吊在外面，漫无目的地摸索着掉出去的枪。

莱西夫人松开手让小狗下去。小狗一下子跳着扑向警长，小小的尖尖鼻撞到了警长的肚子上，然后把他外套里的衬衫都扯出来了。小狗又跳回地板，默默地转着圈，尾巴开心地摇来摇去。

莱西夫人僵在那里，面如死灰。在地上的那人一边喘气，一边小声呻吟着。他的眼睛猛地闭上，嘴角一歪吐出了白沫。

“这真是只不错的小狗，莱西夫人。”巴伦说着，把自己的衬衫压平整，“不过对某些人来说，现在似乎不是让这小家伙到处乱转的时候。”

他看看地上的金发男人。那人的眼睛现在是睁着的，不过眼神涣散。

“我对你说谎了。”莱西夫人赶快说，“我不得已才那样做。事关我丈夫的命，路德斯扣着他，就藏在某处。我不知道是哪里，不过他说离这里不远。他去带我丈夫回来，但是留人在这儿看守我。我无能为力，警长。我，真的是对不起。”

“我知道你没说实话，莱西夫人。”巴伦静静地说。他低头看看自己的手枪，放回了后口袋里。“我知道原因。但是你丈夫已经死了，莱西夫人。他死了有一段时间了，埃文斯先生已经看过他的情况了。夫人，我知道这很难承受，但是现在最好还是要让你知晓的。”

她一动不动，似乎都没有了呼吸声。然后，她慢慢走到一把椅子边坐下，双手掩面。她就静静坐着，没有声响。那只小狗呜呜了两声，爬到了椅子下。

地上的那人上半身直起来，十分缓慢而僵硬，眼神空洞。巴伦走到他旁边弯下身。

“小子，伤得重吗？”

那人用左手压着胸口，血从他的指缝里缓缓渗出。他慢慢抬起自己的右手，手臂伸直，指向天花板。他双唇颤抖僵硬，开口说了句话。

“希特勒万岁！”他沙哑地喊。

说完向后一栽，躺在那里没了动静。喉咙里发出一阵咕哝声，之后便也沉默了。此刻，屋子里静悄悄的，就连那只狗也是安安静静的。

“这男人应该是纳粹党吧。”警长说，“你听到他说的话了？”

“是。”我说。

我转身走出了屋子，走下台阶，穿过树林，回到了停车处。我坐在引擎盖上，点了支烟。一边抽烟，一边陷入深深的思考。

过了一会儿，他们也穿过树林回来了。巴伦带着那只狗。安迪右手握着步枪，他坚定而年轻的面庞看起来受到了不小的惊吓。

莱西夫人坐进车里。巴伦把狗交给他，然后看着我说："孩子，在这儿抽烟是违法的，至少要在那屋子开外五十英尺。"

我扔掉烟，使劲踩进了松散的灰色土壤里。我进了车，坐在前排的安迪旁边。

车再次启动，我们返回那个他们大概会叫主路的地方。大家静默了好长一段时间。之后，莱西夫人开口了，她低声说："路德斯提到过一个名字，听起来像是斯洛特。他是对着你们刚刚打到的那个男人说的。他们叫那人库特。他们讲德语，我懂一点，不过他们语速太快了。斯洛特这个名字听起来并不像德语。这情况对你们来说是线索吗？"

"那是离这儿不远处的旧金矿的名字。"巴伦说，"斯洛特金矿。你知道在哪儿，对吧，安迪？"

"没错。我想我把刚刚那家伙打死了，是吧？"

"我想是的，安迪。"

"我之前从未杀过人。"安迪说。

"也可能是我杀了。"我说，"我也朝他开枪了。"

"不。"安迪说，"你举枪的高度不会射到他的胸的。那个高度就是我。"

巴伦说："莱西夫人，是几个人把你带去小屋的？我也不想在现在这种时候，还问你问题，不过夫人，我也没办法。"

回答的声音死气沉沉："两个人。路德斯和你刚刚杀死的那人，他当时是开船的。"

"他们有在湖边的某处停下来吗，夫人？"

"有，他们停在湖边的一处小屋。路德斯开船，那个男人，库特，他出去了。然后船就继续开。过了一会儿，路德斯停下，库特开着一辆旧车回来了。他把车开到柳树后的一处沟渠，然后回到了船上。”

“这些就够了。”巴伦说，“抓到路德斯，事情就了结了。不过我也搞不清楚这一堆事情。”

我没有作声。我们开回之前的T字路口，顺着路到了湖边。从路口开出大概四英里。

“最好停在这儿，安迪。之后我们走路过去，你留下。”

“不，我不干。”

“你留下。”巴伦的语气变硬，“你要照顾一位女士，而且你今晚已经杀了一个人了。我要你做的就是让那只狗安静点。”

车停下，巴伦和我走出去。那只小狗呜咽了一声，又安静下来。我们从路上下去，穿过一片新生的松树、常绿灌木和铁木树。我们默不作声地走着，脚步声也很轻，除非是印第安人，否则三十英尺外是没人会听到的。

12

不出几分钟，我们就走到了丛林的另一边。之后，便是开阔平坦的地面。空中的云雾呈网状散开，地上有几堆垃圾，几个洗矿槽一个叠一个，看起来像是一座微型冷却塔，连着一条从人工渠过来的传送带，没办法看到头。巴伦把嘴巴凑到我耳边。

“已经荒废好几年了。”他说，“这里也不值钱了。两个男人干一天活儿估计也只能赚一本尼威特黄金（译者注：本尼威特是一种英美金衡量单位）。六十年前，这里好多人因为挖矿累死了。那里的低矮小屋其实是旧的冷藏车，车身很厚，都差不多能防弹了。我没看见车，大概在后面，或者藏起来了。极有可能就是藏起来了。准备好进去了吗？”

我点点头。我们穿过这片空地。月光把这儿照得像是白日。我有点兴奋，像是射击场里蠢蠢欲动的枪管。巴伦看起来格外轻松。他拿着手枪放在身旁，大拇指扣在扳机处。

突然，冷藏车的一侧出现一道光，我们立马匍匐在地。光是从半开的门透出来的，地上放着黄色的木板和长矛。月光下，可以看到一些动静，之后有水冲在地面的声响。我们稍稍等了一下，站起身继续走。

也没什么必要再扮演印第安人了。他们有可能会从里面出来，也可能不会。要是出来的话，他们就会看到我们在走着、趴着，或是躺着。地面光秃秃的，月光又很亮。我们的鞋都有些磨损了，不过这只能怪地太硬、走太多，还有就是紧张的气氛了。我们走到一处沙丘，停在一旁。我都能听到自己的呼吸声了。我没有喘气，巴伦也没有。不过我对自己的呼吸声特别感兴趣。长久以来，我并不在意这件事，不过现在倒是来了兴趣。我希望这兴趣能持续久一点，不过我心里也没谱。

我不害怕，我体格健壮，手里还有枪。但死在那间小屋的金发男人亦是如此，而且他还有一面墙可以藏身。不过我还是不会害怕，我只是对一些细枝末节会多想想而已。我觉得巴伦的呼吸声太大了，可我又觉得自己告诉他的时候会折腾出更大的噪音。这就是了，我对细枝末节太在意了。

这时，门又开了。这次，门里没有灯光。一个身形很小的男人，拖着一个看起来似乎很重的行李箱走出来。他拖着箱子走到冷藏车的一边，箱轮发出很大的声音。巴伦抓着我的胳膊，轻轻向我“嘘”了一声。

那个小个子男人拖着箱子，或者说不管是什么东西，走到冷藏车车尾，然后又到了一个拐角处。我想虽然这沙丘看起来不高，不过应该还是可以把我们挡住的。如果那人没有提防着陌生访客的话，应该是发现不了我们的。我们等他走回来，不过等了很久。

我们身后传来一个清晰的声音："我手里有枪，巴伦先生。请举起手来，如果敢耍花样，我就开枪。"

我赶快举起了双手。巴伦犹豫了一会儿，然后也举了起来。我们慢慢转过身，看到弗兰克·路德斯就站在离我们四英尺远的地方。他腰间的位置举着一把冲锋枪，枪口看起来像洛杉矶第二大街的隧道一样大。

路德斯悄声说："我更希望你们面朝那边。查理准备从冷藏车回去时，就会把车里的灯点亮。然后我们就都进去。"

我们再次面朝那辆又长又矮的冷藏车。路德斯尖声吹了一个口哨。那个小个子男人从车的一角绕回来，停了一下，然后朝门口走去。路德斯喊道："开灯，查理，我们有客人来了。"

小个子男人静静走进车里，划了一根火柴，里面就亮起了灯。

"现在，先生们，你们可以开口了。"路德斯说，"当然，要小心。死神就紧跟着你们，可不要轻举妄动。"

于是，我们跟着他走进车里。

13

"把他们的枪拿走，查理，看看身上还有没有。"

我和巴伦背靠一面墙站着，旁边是一张长长的木桌，一边摆着一条长木凳。桌上放着一个托盘，上面摆着一瓶威士忌和几个玻璃杯，桌上还有一盏防风灯、一盏老式的农舍油灯，玻璃厚厚的，两盏灯都点燃了，一个茶碟装满了火柴，另一个装满了灰烬和烟蒂。木屋另外一头有一个小火炉和两张小床，一张凌乱不已，一张整洁干净。

小个子的日本人朝我们走来，眼镜在灯光的照耀下闪闪发光。

“噢，带着枪。”他咕噜道，“噢，太糟糕了。”

他拿走了我们的枪，推给桌子对面的路德斯。

他的小手在我们身上熟练地摸索，巴伦身体畏缩起来，脸涨红了，但一句话也没说。查理说：“身上没枪了。很高兴见到你们，先生们。今晚夜色非常不错，你们在月光下野餐吗？”

巴伦用喉咙发出一声怒吼。路德斯说：“请坐，先生们，告诉我，我有什么能为你们效劳的？”

我们坐了下来，路德斯坐在对面。两把枪放在他面前的桌上，路德斯左手紧握着一把冲锋枪，指着我们的两把枪。他的眼神平静冷酷，不再面带喜色，但仍显示出睿智，一如既往的睿智。

巴伦说：“我得嚼口烟草了，最好让我先嚼口。”他掏出烟草团咬了一口放在一边，安静地嚼着，然后往地板吐了一口唾沫。

“我可能把你们的地板弄脏了。”他说，“希望你们不要介意。”

那个日本人坐在那张干净的床的床尾，双脚离地。“我不怎么喜欢。”他鄙视地说，“味道不好闻。”

巴伦没有看他，他静静地说：“你要把我们毙了然后逃跑吗，路德斯先生？”

路德斯耸耸肩，把手从枪上拿开了，背靠着墙。

巴伦说：“你一路上留下了很深的踪迹，但有一点，我们从哪里开始跟踪你的，这点你肯定想不出来，你能想到的话，也不会一路上留下痕迹。但奇怪的是我们刚到这儿你似乎在等着我们来一样，这我不是很明白。”

路德斯说：“这是因为我们德国人相信宿命，如果事情进展太顺利，就如今晚这样，不过除了韦伯那个蠢货，我们自然就会起疑心。我对自己说‘我没留下痕迹，他们不可能这么快穿过彪马湖追上我。而且他们没有船，也没船跟着我，他们不可能找到我，绝对不可能’。所以当你们出现在这儿时，我对自己说‘他们找到我是因为不可能发生的事情发生了，我理应等待他们的到来’。”

“与此同时查理把一箱子钱运到了车上。”我说。

“什么钱？”路德斯问，似乎没有在问我们其中任何一个人，他似乎在审问自己的内心。

我说：“那些你从墨西哥空运过来的崭新的十美元假钞，那些天衣无缝的假钞。”

路德斯看着我，眼神冷漠。“我亲爱的朋友，你在说笑吧？”他说。

“呸，别装了，这是全世界最简单的事。边境的巡逻机现在全都不见了，不久之前还有好几架海岸巡逻队的飞机，但是一切太平，所以这些巡逻机撤掉了。一架飞机从墨西哥边境飞过来降落在森林俱乐部的高尔夫球场，那是路德斯先生的私人飞机，路德斯先生拥有俱乐部的股份，而且住在这儿，这有什么好引起别人怀疑的呢？但是路德斯先生还是不想把五十万美金的假钞放在自己俱乐部的木屋里，所以他在这儿找了个废旧的金库，把那些假钞藏在冷藏车里，冷藏车几乎就像保险箱那样安全可靠，但是看起来又不像保险箱。”

“有意思。”路德斯镇定地说，“继续说。”

我说：“我们已经做过鉴定了，这笔钱伪造得真不赖，这意味着肯定存在一个组织，这个组织弄到了造假钞的油墨、正确的纸张和图版，这意味着这个组织比任何不正当的组织更完备，是政府组织，纳粹政府。”

那个小个子的日本人从床上跳了起来，发出鄙视的嘶嘶声，但是路德斯面不改色。“我还是很感兴趣。”他简明地说。

“我不感兴趣。”巴伦说，“在我听来，你根本就是自己胡编乱造。”

我继续说：“几年前俄罗斯人也玩过同样的把戏，他们往我们国家注入大量的假钞，借此筹集资金以便从事间谍活动，他们希望顺便破坏我们的货币流通。纳粹政府很聪明，没有在这上面冒险。纳粹政府只想那些伪造精良的美元在中美洲和南美洲流通，那些用出去的价钱真不错。你没法去银行一次存上十万崭新的十美元。让我们警长困扰的是为什么你选择这里，一个全是穷人的山区旅游胜地。”

“你智力这么超群，肯定不会觉得困扰，不是吗？”路德斯讥讽道。

“我也根本不怎么困扰。”巴伦说，“困扰我的是在我的地盘上接二连三地有人被杀，我一点儿也不习惯。”

我说：“你选这个地方主要是因为这里好带钱进来，全国上百个地方也许就能挑出这么一个好地方，这里不需要逃脱太多法律强制规定，而且夏季总是有许多陌生人来来往往，飞机降落在这儿也没人登记，这不是唯一的原因。这里还是洗钱的好地方，如果你足够幸运，完全可以洗掉一大笔钱，但是你可不怎么幸运，你的手下韦伯要了一个愚蠢的花招，让你很倒霉。需要我告诉你为什么只要你有足够的人手，这就是一个洗假钞的好地方吗？”

“说。”路德斯说，他拍了拍冲锋枪。

“因为一年当中有三个月，根据假期和周末，这个地方来自各地的流动人口多达二十万到五十万，这意味着会进来许多钱，许多交易在这里完成。而且这里没有银行，于是宾馆、酒吧、商店不得不常备现金供支票兑换。一直到旅游旺季结束，他们用出去的都是存款都是支票，而现金一直处于流通状态。”

“我觉得非常有意思。”路德斯说，“但是如果这一切在我的掌控之中，我不会在这儿散发大量的假钞，我会一点点在各处投放，刺探行情，看看反应怎么样。有一个原因你想到了，因为钱在这儿转手很快，就像你说的那样，即使被发现是假钞，也很难追根溯源。”

“是。”我说，“你这样更明智，对此你很聪明，也很坦诚。”

“对你而言。”路德斯说，“我坦不坦诚也不重要。”

巴伦突然身体前倾。“听着，路德斯，你杀了我们也没用。如果你想清楚，我们手上其实没有你的把柄。有可能是你杀了韦伯，但事实上很难证明真的是你杀了他。不过你要是散播假钞的话，他们肯定迟早会找上你，但那也不算死罪。我的腰间有几把手铐，我建议你和你那个日本伙伴戴上手铐走出去。”

那个日本人查理说：“哈哈，哈哈。你这个人真有意思，笨蛋才会这么做。”

路德斯隐隐约约地微笑着。“你把所有东西都搬上车了吗，查理？”

“还有一个手提箱就完事了。”查理说。

“最好现在拿上出去，发动车子，查理。”

“听着，没用的，路德斯。”巴伦着急地说，“树林里还有一个我们的人，他手里拿着一把猎鹿枪，外面月光很亮，你的枪不错，但加上我和埃文斯，你不可能对抗过一把猎鹿枪。除非我们跟你一起，否则你不可能出得去。他看着我们进来的，他给了我们二十分钟，二十分钟过去我们还没出现，他就会叫人用炸药把你炸出来，这是我的命令。”

路德斯静静地说：“这项工作很难完成，即使我们德国人也觉得很难，我很累。我犯了一个很糟的错误，我用了一个蠢货帮我做事，他干了件蠢事，就因为他对别人做了件蠢事，被那个人知道了，他把那个人杀了。不过这也是我的错，我不应该被原谅，我的人生没有任何意义了。把手提箱拿上车，查理。”

查理敏捷地移到路德斯面前。“不要，不。”他尖声说，“那该死的箱子重死了，拿猎鹿枪的男人会朝我开枪，去死吧。”

路德斯缓缓微笑。“他们在胡说八道，查理。如果他们有人的话，那些人早过来了。我就是故意让他们说话拖延时间，看还有没有人跟他们一起。他们是单独行动的，去吧，查理。”

查理嘘声说：“我去，但我还是不愿意。”

他走去墙角，拎起箱子，他拎不太动，慢慢地挪到门边，把箱子放在门口，叹了口气。他把门打开一条缝，探出脑袋往外瞄。“没看见人。”他说，“也许全都躺下了。”

路德斯若有所思地说：“我应该把那条狗和那个女人全杀了，我太软弱了，库尔特呢？”

“没听说过这个人。”我说，“他在哪儿？”

路德斯盯着我。“站起来，你们俩。”

我站了起来，背后仿佛有一根冰柱在挪动。巴伦也站了起来，他的脸色变得苍白，两鬓白发上的汗珠闪闪发光，他的脸上全是汗，但嘴里还在嚼着烟草。

他轻柔地说：“这份工作你能赚多少，孩子？”

我含糊地说：“一百美元，我已经用了一些了。”

巴伦仍然用轻柔的语气说：“我结婚四十年了，他们给我提供房子和木柴，每个月给我八十美元，根本不够，我应该拿一百的。”他露齿苦笑，吐了口唾沫，看着路德斯。“去死吧，你这纳粹浑蛋。”他说。

路德斯缓缓地拿起枪，用嘴唇包住牙齿，呼吸时发出嘶嘶的声音。他又缓缓地把枪放下，把手伸进外套里，掏出一把鲁格尔手枪，拇指移到扳机上，他把枪换到左手，站在那儿静静地看着我们，慢慢地他脸上所有的表情褪去，面如死灰。他举起枪，与此同时，他僵硬地把右手举过肩膀，手臂僵直得如同一根棍子。

“希特勒万岁。”他高声喊道。

他迅速地拿回枪，把枪口塞进嘴里开了枪。

14

那个日本人尖声大喊，冲了出去。我和巴伦猛地冲到桌子对面拿回了枪，血从我的手背滑落，路德斯靠着墙缓缓地倒了下去。

巴伦已经冲出了门，我跟在他后面，看见那个小个子的日本人沿着灌木丛拼命地往山下跑。

巴伦站稳了身体，举起他的柯尔特手枪，调低了一点位置。

“他还没跑多远。”巴伦说，“四十码内我总是可以射中。”

他又把那把大大的柯尔特手枪举高了一点，微微调整了一下身体方向，准备开枪时，枪慢慢移动了一下，巴伦往下低了低头，直到手臂、肩膀、右眼在一条直线上。

他保持了一会儿这个僵硬的姿势，一声枪响，手枪在他手里往后弹了一下，一缕倾斜的淡淡的枪烟在月光下升起、消失了。

那个日本人继续往前跑，巴伦放下枪，看见他钻进了灌木丛中。

“该死。”他骂道，“没打中。”他迅速地看了我一眼，又看向远处。“不过他无路可退，他身上什么也没带，腿那么短连松树果都越不过。”

“他有枪。”我说，“夹在左手腋下。”

巴伦摇摇头。“没有，我看见枪套是空的，我想是路德斯拿走了，他想在走之前把他干掉。”

不远处闪着车灯，那辆车沿着路风尘仆仆地开了过来。

“什么让路德斯突然软弱了？”

“我想是他的自尊受伤了。”巴伦意味深长地说，“一个像他那样的大人物竟然被我们几个小人物玩弄了。”

我们走到冷藏车后面，一辆大型的新轿车停在旁边。巴伦大步走了过去，打开车门。那辆车开了过来熄了火，车灯打在轿车上。巴伦盯着那辆车看了一会儿，“砰”的一下把车门关上了，往地上吐了口唾沫。

“凯迪拉克 V-12。”他说，“红色皮椅，行李箱放在后座上。”他把头伸进去，看了看车上的仪表盘。“现在是什么时间？”

“一点四十。”我说。

“这钟可没慢十二分半钟。”巴伦气愤地说，“你疏忽了。”他转身面向我，把帽子往后推了推。“见鬼，你见过这辆车停在印第安角宾馆前面。”他说。

“没错。”

“我还以为你是天才呢。”

“没错。”我说。

“孩子，下次我要去见死神的时候，你能不能在我身边？”

那辆车开过来停在不远处，一条小狗发出哀嚎。安迪大喊：“有人受伤吗？”

巴伦和我朝车走过去，车门开着，柔软的小狗跳了下来，冲向巴伦。离他四英尺远就跳了起来，扑到巴伦身上，前爪猛挠他的肚子，然后跳到了地上转圈圈。

巴伦说：“路德斯在屋内自杀了，有个小个子的日本人跑到灌木丛里去了，我们要逮捕他，还有三四箱假钞我们要好好处理。”

巴伦看向远处，身如磐石。“如此美好的夜晚。”他说，“却充满死亡的气息。”

红　风

1

那天，来自荒野的狂风在整座城市里呼啸了一晚。这种炎热干燥的圣安娜风从四周环绕的群山中一路吹来，狂野地撩起你的秀发，伴随着皮肤吹裂处传来的刺痛感，让你整个人的神经也跟着紧绷起来。这样的夜晚，总要闹出乱子，酒会派对才能草草收场，那些年轻娇美的妻子们都像是要举起锋利的刀子，架到自己丈夫的脖子上来回摩挲一番。这样的晚上还总是充满“惊喜”，什么意料之外的事情都有可能发生，你甚至可以在鸡尾酒酒吧里点到一大杯啤酒喝。

在我所住公寓对面一家装修奢华的新开张鸡尾酒酒吧里，我就办到了这事。这家酒吧已经营业一周有余了，然而一直生意惨淡。吧台后面站着一位二十出头的年轻侍应，看上去拘谨有礼，我猜他这辈子还没有喝过酒。

酒吧里除了我还有一位顾客。他背对着门，坐在吧里的矮凳上自饮自酌。他面前整齐地堆着一摞硬币，看上去一共有两美元的样子。他手中端着一小杯黑麦威士忌，一边喝着一边独自沉浸在自己的世界中。

我坐在酒吧的另一边，举起手中的啤酒杯说道：“兄弟，你就是替他们驱散乌云的好心人。实至名归！”

“我们才刚刚开张。”年轻侍应接嘴道，“我们要一步步巩固生意。你之前就光顾过我们这里是吗，先生？”

“嗯，对呀。”

“住在这附近？”

“我就住在街对面的本格伦德公寓里。”我回道，“我叫菲利普·马洛。”

“很高兴认识你，先生。我叫卢·佩崔勒。”他倾身从那个擦得发亮的黑色吧台上靠过来凑近我，问道：“那边那家伙你认识吗？”

“不认识。”

“都喝到这份儿上了，他早该回家去啦。我应该帮他叫辆计程车送他回家。他像灌水一样喝酒，快把下周的量都喝上了。”

“这样的夜晚，总是让人心生寂寥。”我说道。

“他这样对身体不好。”小伙子说着，对我皱了皱眉。

“再来一杯！”醉汉突然头也不抬地大吼一声。他把手移到吧台上打了个响指，好避免震落桌面上的那摞硬币。

小伙子看着我，无可奈何地耸了耸肩。“我还应该给他酒吗？”

“肚子长在他身上，我可管不着。”

年轻侍应只好再给他倒了杯黑麦威士忌。我猜他一定在吧台后面偷偷给酒里注了水，因为他端着酒杯出来时一脸愧疚，像是不小心踢了自己老祖母一脚似的。醉汉对此毫无察觉，他从面前那摞硬币中抽出几枚硬币，小心翼翼的程度不亚于外科医生给病人做脑部肿瘤手术。

小伙子回到吧台对我说：“首先，我不喜欢酒鬼。其次，我不喜欢见到他们在这里喝得不省人事的样子。最后，请自行参照第一条。”

“华纳兄弟电影公司没有用上你刚才说的那番话真是可惜。”我打趣道。

“那确实。”

话音刚落，酒吧迎来了另外一名客人。伴随着一阵尖利的急刹声，一辆车子在酒吧外停了下来。店门打开，一个家伙慌慌张张地走了进来。他扶着门把手，一双凹陷闪亮的黑眼睛警惕地环顾了酒吧一圈。他衣着得体，皮肤黝黑，一张窄脸，衬托上紧致丰满的嘴唇，颇是英俊。他身着一身黑西装，白色方手巾从口袋露出一角，像个腼腆的小姑娘一样。他整个人看上去很是冷酷，但表情略带一丝紧张。我想大概是因为那股突来的热风吧。我感觉自己也被这股热风所影响了，只是我这个人本来看上去就没有冷酷感。

他望了望醉汉的背影。他正喝得酩酊大醉，跟自己的一个空酒杯在玩障碍物游戏。那个新进来的客人接着转头看看我，再扫视了一遍店里另一边的一长排空位置，终于走了进来。经过正喃喃自语、喝得东倒西歪的醉汉身边，对吧台侍应说道："兄弟，有见过一个高个子的漂亮女子吗？棕色头发，一身蓝色绉纱真丝裙子，外搭女士敞式印花短夹克，戴着一顶缀有天鹅绒的宽檐草帽。"他的声音尖细，听着很刺耳。

"抱歉先生，没见过。我们这里没有来过这样的顾客。"小伙子回道。

"不管怎样，多谢你了。我要一杯苏格兰威士忌，麻烦快点，可以吗？"

年轻侍应将酒飞快倒上递给他，他付了钱，将酒一饮而尽，接着动身向外面走去。走了三四步，他突然停下，与醉汉面面相觑。醉汉咧嘴一笑，只见一道模糊的影子闪过，手中顿时不知从哪儿变出一把手枪，速度之快，令人咋舌。他将枪支稳稳地握在手中，一扫之前的醉汉模样。比起他现在沉静严肃的样子，我倒更像个喝醉酒的人了。皮肤黝黑的高大男子相当冷静地伫立着，他将头向后微微仰起，接着仍然静静地立在原地。

一辆汽车在外面飞驰而过。醉汉手中举着的是一把22毫米口径的自动式手枪，枪身前头还配有一个巨大的瞄准器。随着几声枪响，枪身上冒出一缕微不可见的白烟。

"永别了，沃尔道。"醉汉说道。

接着他将枪头转向我和吧台侍应。

那个皮肤黝黑的家伙中枪后像是过了整整一个世纪那么漫长才倒地身亡。他先是向后踉跄一步，用手捂住胸口，另一只手臂在空气中无谓地挥动了一下，然后又向后踉跄了一步，头上的帽子先掉落地面，最后才面朝下一个倒栽葱狠狠摔倒在地。直到倒地后，他死去这个事实仿佛才尘埃落定，之前造成的一切声嚣躁动随之烟消云散。

醉汉马上身手敏捷地将桌面上的硬币一把装进口袋，整个人朝着门口的方向从凳子上滑下来，把枪架在身上，侧着身子往前走。我身上没有带枪，我没料到下楼买杯啤酒都会遇上这样惊心动魄的事情。小伙子则躲在吧台后纹丝不动，大气都不敢出。

醉汉双眼紧盯我们，先用肩膀撞门试探了一下，接着便将它大力朝后一推。一股狂风顿时从门口刮了进来，把中枪倒地男子的头发吹起。醉汉望了他一眼说道："可怜的沃尔道，我敢打赌我还把他鼻子弄流血了。"

门在他走出去后合上，我立马冲到门边——我老是反应慢人一拍。但幸好这次并不碍事。车子在外面传来发动的轰隆声，当我冲到人行道时，它那束红色的汽车尾灯正好打到隔壁的街角。我将汽车车牌号认真记下，就像记下自己第一次中了一百万的号码一样。

街上依旧车水马龙，没有人注意到一个杀手刚刚逃离了案发现场。风继续猛烈地刮着，一支22毫米口径的自动式手枪扣动扳机时发出的咔嗒声，在呼呼的风声中听起来不过像一阵关门声罢了。我转身走回酒吧里。

那位年轻侍应仍然站在原地呆若木鸡。他把手搁在吧台上，身体微微前倾，低头盯着倒地男子的背部。男子则躺在地上一动不动。我弯下身子，把手放在他的颈动脉上测量脉搏。他再也不会动了——永远。

年轻侍应的脸慢慢涨红成像牛排的颜色，表情也变得异常冷酷。他的双眼迸发出与其说是震惊，倒更像是愤怒的眼神。

我点燃一根香烟，朝着天花板慢慢吐出一口烟雾，接着扔下一句话："去报警。"

“他可能还有气呢。”小伙子说道。

“他用的可是22毫米口径的自动式手枪，这种枪百发百中。电话在哪儿？”

“店里没有安装电话。我装修店铺已经花光了所有预算。天啊，我可以为自己花的那800美元装修费讨个公道，朝他脸上来一脚吗？”

“这家店是你自己开的？”

“在没有发生这件事之前还是。”

他将身上的白色外衣和围裙一把拉下，绕过吧台走到外面。“我现在就把店门锁上。”他说着，从口袋里掏出钥匙。

他走到门边，将门关上，然后从外面不停旋动门把手直到推动门闩锁上。我蹲下身子，将沃尔道的尸体翻了过来。我并不能一下子在他身上找到枪孔，仔细查看后才发现。他的西装外套上有两个极小的枪孔，就位于心脏的正上方。衬衫上还沾染了一些血迹。

那个醉汉是一位名副其实的杀手。

警车要大约八分钟后才能抵达这里。此时，那个叫卢·佩崔勒的年轻小伙子又走回到吧台里面。他再次穿上那件白外套，将柜台里的钱数了数，然后塞进自己的口袋里。接着拿起一本小本子在上面涂涂写写。

我坐在另一边吧台的边上默默抽烟。一边看着躺在地上的沃尔道脸色渐渐变成一种死人特有的苍白，一边思索：那个死者提到的穿着印花外套的女子是谁？为什么沃尔道把车子停在外面时不关上引擎？为什么他看起来一副慌慌张张的样子？那个醉汉是故意等待他还是恰巧出现在这里？

巡警们满头大汗地赶到这里。他们的体形看上去跟普通人没什么两样，其中一个警察的帽子戴得东倒西歪的，还在下面插了一朵花。当他看到躺在地上的尸体时，他将帽子上的花拔下，俯身查探沃尔道的脉搏。

“似乎已经没救了。”说着，他将尸体稍微朝正面翻了一下。“噢，对，我找到枪孔了，手法真是绝了。你们两个看到凶手了吗？”

我回答看到了。小伙子则继续躲在吧台后面默不作声。我还告诉警察凶手逃走时似乎开着沃尔道的车。

警察一把抽出沃尔道身上的钱包，将整个钱包快速翻查了一遍，然后低语道：“死者身上携有大量现金，但不见驾驶证的踪影。”说着将钱包扔到一边。“好了，我们没有碰他，看到了吗？我们只是想碰碰运气看能不能找到他那辆凭空消失的车子。”

“鬼才信你没有碰过他。”卢·佩崔勒说道。

警察意味深长地望了他一眼。轻声说道：“好吧，朋友，我们确实碰过他。”

小伙子拿起一个高脚玻璃杯开始认真地擦拭起来。后面的时间里他一直在擦拭它。

接着，一辆重案组警车鸣着警笛飞速驶进酒吧外的停车场停下。从车上下来两名警官、一名摄影师和一名化验师，他们一同走进屋里。两个警官我都素未谋面，就算在侦探这个行业混得再久，也还是不可能把一座大城市里的人认识完。

其中一名警官是个看上去和蔼文静的矮个子男人，脸上总是笑意盈盈的，有着一头黑卷发和温和机灵的眼睛。另一位则是个结实健硕的大块头，长颌骨，鼻子上青筋暴起，眼睛澄澈明亮。他像是个会酗酒的酒鬼，整个人看上去很有气势，但有点盛气凌人。他将我一路逼到酒吧的最里面朝墙站着，另外一名警官则将小伙子叫到跟前盘问情况。摄影师和化验师也开始进行拍照和指纹采集。

一名法医也走了进来，但因为酒吧内没有电话可以让他呼叫殡葬车，所以尸体暂时没法运回警局做进一步解剖，为此他极为恼火。

矮个子警官掏空了沃尔道的口袋，将他钱包内的东西通通倒到铺在桌面的那张大方巾里。我看到他倒出的物品有现金、钥匙、香烟、一条小手巾，然后就没有其他的了。

大块头警官一把将我推回吧台中间的位置。“把你钱包交出来。”他说道，“我是哥白尼克中尉警官。”

我将钱包递给他。他打开迅速看了一遍里面的东西后，把钱包扔回给我，然后掏出身上的本子将资料登记下来。

“菲利普·马洛？哈，是名私家侦探。你在这里是被委托了什么案子吗？”

“只是来喝一杯。”我说道，“我就住在街对面的本格伦德公寓内。”

“和这个小伙子很熟吗？”

“这家店开张以来我第一次到这里。”

“你有没有发现他有什么可疑之处？”

“没有。”

“觉不觉得这个小伙子对整件事的经过交代得太少了？你不用回答，把事情经过详细告诉我就好。”

我将整件事原原本本地告诉了他——整整说了三次。第一次让他对整件事有个大致了解，第二次将细节给他细细道来，第三次则是让他检查我是不是提前把对话背得滚瓜烂熟糊弄他。他最后说道：“你提到的那些硬币令我很感兴趣。并且你说凶手能准确叫出死者的名字，却根本不能确定他会到这里来。我的意思是说，既然沃尔道并不确定他寻找的那名女子有没有来过这里，凶手当然也不能确定沃尔道会不会进来。”

“这件事真是令人捉摸不透。”我说道。

他仔细观察着我，我一本正经地看回去。“听起来像是宗积怨后的报复性案件，对吗？不像是经过周密计划的样子。逃走的方式也像是偶然为之。在这座城市里，一个人离开时不把车门锁上还是很少见的。再加上凶手竟然在众目睽睽之下公然杀人，我可真猜不透。”

“我也不喜欢当目击证人。”我回道，“又不会有什么报酬。”

他咧嘴笑笑，露出的牙齿上烟渍斑斑。“凶手当时真的喝醉了吗？”

“你是指开枪杀人的时候？我可不那么认为。”

“我也是这么想的。接下来的工作没什么复杂的，我们只要找到开枪的家伙，把他带到警局里录口供就可以了。这里到处都是他的指纹。沃尔道之前一定就认识凶手，但今晚到这里并不是为了见他。他应该只是机缘巧合之下走进这家酒吧询问一名女子的下落。那名女子大概是跟他有约，但却失去了联络。这种刮着狂风的炎热夜晚，会毁掉一个女人出门化好的精致妆容的。她一定是平时等人时会习惯性走进店里，所以凶手才能预料到沃尔道会出现，干净利落地给他两发子弹后就迅速逃离现场，压根儿没有在乎你们两个的存在。整件事就是这么简单。”

“是的。”我说。

“这么简单就能结案真是没有意思。”他说。

他将头上的帽子一把扯下，把压在帽下那头乱蓬蓬的金发打松，接着用手抵住额头，露出一副很苦恼的样子。接着，他拿出一方手巾，分别擦了擦自己那张长长的马脸和脖子后面还有手背。然后，不知从哪里掏出一把梳子，他开始梳理起头发来，但梳理后的头发看起来更糟了。最后，他再次把帽子戴回头上。

“只是我有个地方想不通。”我说道。

“是吗？哪里？”

“沃尔道进来询问女子的下落时，能说出她的穿着。我想他今晚一定有跟她见过面。”

“那又怎样？也许是他去了趟洗手间回去后，发现女子不见了。也许她改变主意自己离开了。”

“你说得有道理。”我说道，“但那不是我疑惑的地方。我疑惑的是为什么沃尔道描述那名女子穿着的时候用词那么精准，这不是一般男人可以做到的。他当时形容的原话是‘一身蓝色绉纱真丝裙子，外搭女士敞式印花短夹克'。我甚至都不知道什么叫女士敞式短夹克，还有我可能会说蓝色裙子，或者更好一些，说出蓝色真丝裙子，但我绝不可能想得到'蓝色绉纱真丝裙子'。"

过了一会儿，两个手提篮子的男人走了进来。卢·佩崔勒还在一边擦拭他手中的玻璃杯，一边跟矮个子警官交谈。

我们两个一起被带到了警局总部。

卢·佩崔勒被盘问背景资料时，整个人显得很淡定。他的父亲在卡特拉卡斯塔县的安提俄克附近有一个葡萄园农场，他给了卢 1000 美元让他去创业谋生。于是卢便花费了其中 800 美元租店装潢，开了这家鸡尾酒酒吧。

他们随后便让他离开，并叫他将酒吧停止营业，直到他们不需要再到现场采集指纹为止。他跟警察们握手道别，笑容里带着一丝狡黠，他觉得凶杀案可能反而会给店里的生意带来意想不到的好处。因为大家看到报纸后会对这个事情产生兴趣，这样就会到他的店里来，坐下喝一杯，好听他亲口讲讲事情发生的经过。

"这个小伙子真是个乐天派。"待他离开后，哥白尼克说道，"比我们强多了。"

"可怜的沃尔道。"我说道，"指纹采集顺利吗？"

"采集到的指纹有点模糊。"哥白尼克说道，"但我们会找到一个完整清晰的扫描上电脑，然后今晚就跟华盛顿这里的指纹库进行匹配。如果匹配不成功的话，就要麻烦你在这里待上一天到楼下看那些铁框肖像图找出凶手了。"

我分别跟他和他的拍档依巴拉握了握手，然后离开了。他们到目前为止仍然无法确定那名叫沃尔道的死者的身份，他口袋里也没有任何可以提供证明的东西。

2

大约晚上 9 点的时候，我终于回到家里楼下那条熟悉的街道。在进本格伦德公寓之前，我来回扫视了街上好几遍。酒吧在街道的另一侧，店里一片漆黑，原先聚集看热闹的人群都散去了，只剩下一两个人依旧好奇地东张西望，用鼻子抵着店门玻璃希望看清楚里面的情况。人们只看到法医和殡葬车来了，但大多数并不了解里面到底发生了什么。在街角药店里玩弹球游戏的那帮小伙子倒是对事情经过一清二楚。他们除了不知道怎样好好找份工作外，其他什么都知道。

狂风依旧在整座城市里呼啸，酷热干燥，将地上的尘土和碎纸屑卷起老高，打到墙上。

我走进公寓的大厅，乘电梯上四楼。电梯门打开，我走了出去，见到一个高个子女人正站在外面等电梯。

她一头棕色波浪卷发，戴着一顶缀有天鹅绒饰带的宽檐草帽，上面挂着个松松垮垮的蝴蝶结。一双湛蓝大眼睛，睫毛几乎要长到下巴那儿去了。她穿着一条看上去是绉纱丝质布料的裙子，款式简单但剪裁得体，外搭一件女士敞式印花短夹克。

“你身上穿的是一件女士敞式短夹克吗？”我问道。

她漫不经心地瞥了我一眼，然后做了一个挥手的动作，像是面前有一层挡道的蜘蛛网，她努力要挥开似的。

“是的。你介意让开一下吗？我赶时间，想……”

我没有让开，反而用身体将电梯门挡住不让她进去。我俩望着对方面面相觑，然后她的脸上慢慢泛起了红晕。

“出门最好不要穿成这样子。”我说道。

“为什么？你怎么敢……”

电梯发出“叮”的响声，然后再次下降。我不知道她想要说些什么。她的声音不是那种在酒吧里常听到尖利刺耳的声音，而是软糯温细，像春天滋润万物的细雨。

“我不是调戏你。”我说道，“你陷进麻烦里了。如果他们乘电梯来到这层楼的话，你就只有一丁点时间赶去楼下大厅了。先把帽子和夹克脱下来，手脚快些！”

她站在那里一动不动，那张化了淡妆的脸变得惨白了些。

“警察现在到处找你，就因为你穿着的这身衣服。给我点时间让我向你慢慢道来。”我向她说道。

她快速转了转头，看向身后的走廊。就凭她回眸的样子，我完全不能怪她这种虚张声势吓唬我的行为。

“你真是莫名其妙。不管你是谁，我是住在这里 31 楼的勒洛伊女士，我能确保……”

“那你来错楼层了。”我说道，“这里可是四楼。”话音刚落，电梯已经在楼下停住，从升降间里传来电梯门“哐当”打开的声音。

“到楼下去！”我冲她厉声吼道，“快！”

她迅速摘下帽子，脱去身上的印花外套。我捧着它们，然后卷成一团夹在腋下。挽着她的手肘，我带她一个转身，朝楼下大厅走去。

“我住在 42 号房，就在你房间对面的楼上。你有选择相不相信我的权利。我再强调一次，我不是想调戏你。”

她快速伸手理了理头发，像一只精心梳理羽毛的小鸟。那动作没有个十年八年一般人学不会。

“去我房间。”她说。接着把包用手臂挽着，快步走到楼下大厅。电梯在楼下停着，等它停下时她也跟着停下了脚步，然后转身面对着我。

“楼梯在电梯口后面。”我轻声提醒。

“我在这里没有房间。”她说道。

“我也认为你没有。”

“他们正在到处找我吗？”

“是的。但在明天之前他们还不至于为了找你，把整个街区翻个底朝天。况且只有确认沃尔道的身份后他们才会开始这么干。”

她一脸疑惑地盯着我：“沃尔道？”

“噢，老天，你不认识沃尔道？”我说。

她缓缓地摇摇头。又听到电梯开始关门下降的声音了。她那双湛蓝的眼睛开始流露出越来越深的恐惧，像一阵湖面泛起的涟漪。

“不认识。”她屏住呼吸道，“请你快带我离开这里。”

我们马上到我房间门口了。我一把将钥匙插进锁孔中，转动门锁把门打开，然后向内推开了门。我走进房间将灯点亮，她一阵风似的经过我身边，飘了进去。空气中流动着一股淡淡的檀木香味。

我关上了门，将帽子扔在房间的椅子上。她一进门就径直走到我平时用来下棋的一张小牌桌边，上面摆着一盘我百思不得其解的残局。进屋将门锁上后，她整个人马上平静了下来。

“看来你是名棋手。”她警惕地说道。听起来就像正在观赏蚀刻版画一样，我倒希望真是如此。

我们两个都静静站着，认真聆听远处电梯门传来的哐当声，然后传来一阵脚步声——走到了走廊的另一边。

我露齿笑笑，但是因为紧张的缘故，不是心情愉悦。接着我走到厨房里，想要翻找出两个玻璃杯，这才意识到自己腋下还夹着她脱下来的帽子和夹克短外套。我走到壁床后的衣帽间，将它们通通塞进一个抽屉里，然后回到厨房，往拿出的两个高脚杯里倒上苏格兰威士忌。

当我端着酒杯回到房间时，她的手里正握着一把枪。那是一支把手上镶有珍珠的自动式小手枪。她把枪指着我，眼睛里满是惊恐。

我双手各拿着一杯酒，停下脚步说道：“这股热风大概害你神志不清了。我是一名私家侦探，我可以证明给你看。”

她脸色变得惨白，朝我轻轻点了点头。我慢慢向她走近，将酒杯放到她脚侧，然后后退，将自己那杯也放在地上。完成这一系列动作后，我从身上掏出一张崭新的名片。她坐下了，左手搁在自己的膝盖上，右手举着枪。我把名片轻轻放到她的酒杯旁，然后在自己那杯旁坐下。

“永远不要让任何一名男子靠你那么近。”我说道，“除非你是真心实意。还有记得拿着枪时将保险栓拴上。”

她把目光投向地面，整个人战栗不已，然后将手枪放回包内。接着将酒杯举起，一口气喝掉一半，然后用力放下酒杯，终于把名片拿了起来。

“一般人过来我可不会给他们这种酒喝。”我说道，“这酒可价格不菲。”

她噘了噘嘴。“我猜你想要钱。”

“啊？”

她一声不吭，手再次放在包上。

“不要忘记拴上保险栓。”我说。她停止了手上的动作。我继续道：“我刚才提到那个叫作沃尔道的家伙大约有 5 英尺 11 英寸高，身材瘦小、皮肤黝黑，拥有一双亮晶晶的棕色眼睛，薄嘴唇，鼻子细挺。身穿黑色西服套装，口袋上还露出一方白手帕，四处打听你的下落。你能想到是谁吗？”

她再次举起酒杯。“他就是你刚才提到叫沃尔道的人啊。”她说道，“嗯，他到底怎么了？”她的声音现在变得尖利起来。

“呃，事情很有意思。楼下街道过去对面有一家新开的鸡尾酒酒吧——不如你说说你今晚一晚上在什么地方？”

“大多数时间在车上坐着。”她冷酷地说道。

“你在这里的时候没有留意到街道对面有过一阵骚乱吗？”

她的眼神想极力否认，但失败了。她张嘴说道："我听到那边的骚乱了，还看到有警察和闪着红光的警灯。我想那里大概有人受伤了。"

"是有个人受了伤，就是我们刚才提到叫沃尔道的家伙。他去酒吧打听你的下落，向我们形容了你的样貌和穿着，结果后来被射杀了。"

她的眼睛一动不动地盯着某处，表情也变得呆滞。嘴唇开始发抖，一直抖个不停。

"我当时在案发现场。"我说道，"正在和经营酒吧的年轻小伙子聊天。那里只有我和他，再加上一个坐在小矮凳上的醉汉。那个醉汉在那里一直自顾自地喝酒，对周围一切漠不关心的样子。沃尔道走了进来，向我们打听你的下落，我们说没有见过，他便要转身离开。"

我停了下来，啜饮着手中的酒，一边观察她的一举一动。我喜欢注意她的反应，望着她的眼睛令我目眩神迷。

"正要离开的时候，那个之前表现得对一切漠不关心的醉汉忽然叫出他的名字，然后不知从哪儿掏出一把手枪，朝他身上来了两发子弹。"说着我用手打了两个响指，"像这样，然后就死了。"

她对我刚才所说的一切置若罔闻，面对着我大笑起来。"这么说是我的丈夫雇你来监视我的咯。"她说道，"我就知道整件事只不过是场表演。你和你口中所指的沃尔道。"

我愣住了，呆呆地盯着她。

"我没料到他会这么容易嫉妒。"说着她打了个响指，"不管怎样，连司机都不满的话嫉妒心未免也太强了。嫉妒斯坦还算情有可原，但连约瑟夫·克茨斯都……"

我整个人如坠雾中，摸不着北。"女士，我想我们之间一定是有什么误会了。我从来没有听说过叫斯坦或是约瑟夫·克茨斯的人。可以麻烦你给我好好解释一番吗，我甚至不知道你有司机，住在这附近的人都不雇司机。至于你的丈夫，对，我们的确有时会有像这样子的丈夫上门委托，但并不常见。”

她慢慢地摇了摇头，手一直搁在包包附近，一双湛蓝眼睛里闪烁着微光。

“你真不会撒谎，马洛先生。不，是实在太差劲了。我知道你是名私家侦探，你们都是一丘之貉。你设套骗我到你的公寓这里来，如果这里确实是你的公寓的话。我想这里更可能是某个为了钱什么都可以出卖的烂人的公寓吧。你不过想要恐吓我，好勒索我一笔，也好向我丈夫勒索一笔。说吧。”她屏住呼吸道，“你想要多少钱？”

我将手中的空杯放到一边，靠回身子说道：“请原谅我必须要抽一根烟，我现在整个人都神经紧张。”

我打火点烟，她使劲盯着我，脸上一副大无畏的样子，好像就算我是个十恶不赦的人她都不会怕一样。“这么说来，约瑟夫·克茨斯是他的名字。”我说，“那个在鸡尾酒酒吧里被凶手叫沃尔道的男子。”

她笑了笑，露出有点鄙夷的样子，但仍旧不失风度。“不要再顾左右而言他了，你想要多少钱？”

“你为什么要跟约瑟夫·克茨斯见面？”

“我要去买回他从我这里偷走的一个东西。那个东西价值不菲，同时对我来说弥足珍贵。大约值 15000 美元。是我曾经深爱的男人留给我的遗物。他已经死了！就死在那里！他死了！死在一架失事爆炸的飞机里！去吧，你尽管去告诉我的丈夫这件事，你这个卑鄙无耻的鼠辈！”

“我既不卑鄙可耻，也不是你说的什么鼠辈。”

“不用狡辩了，你就是那种卑鄙可耻之人。你大可放心大胆地把这些事告诉我丈夫，我也会找个好时机亲自告诉他。他可能早就对这些事情知道得一清二楚了。”

我咧嘴笑道：“真是聪明人的做法。我还应该知道些什么吗？”

她抓起酒杯，将里面剩下的酒一饮而尽。“他老怀疑我私下跟约瑟夫约会。也许我跟他是有私下碰过面，但那又不是为了缠绵。我才不会跟一个司机发生关系，他原本只是个流浪汉，是我在前门台阶上发现后，给他提供工作和吃穿。就算我想风流，也不至于堕落到这种地步。”

“女士。”我说道，“我确定你没有这么做。”

“我现在要离开这里。”她说。“你尽管试试能不能拦住我。”说着她从包中一把拎出那把珍珠手柄的手枪指向我。我坐在原处纹丝不动。

“你为什么不反抗，你这个不知名的讨厌鬼。”她暴怒道，“我怎么知道你是不是真的私家侦探？你也许其实是个大骗子呢。这张名片什么都说明不了。谁都可以随随便便印一大沓这样的东西。”

“你说得没错。”我说道，“并且我自作聪明地提前两年入住这里，今天还故意到街对面的酒吧去见那个叫沃尔道，但真名其实是约瑟夫·克茨斯的被人杀害了的男子，好等你搬家之际向你勒索一笔。你打算用来买某个东西的那 15000 美元准备好了吗？”

“噢！我猜你一定以为你可以阻止我。”

我模仿她的语气嘲弄道：“噢！我猜我现在可以算作一个持枪自卫的艺术家，是吗？女士，请问你可以放下那把枪或是把它的保险栓拴上好吗？看到这么漂亮的一把小手枪被人像耍猴一样用，让我这个做私家侦探的很惆怅。”

“在你身上真是找不出一处招人喜欢的地方。”她说，“别挡道。”

我一动不动，她也没有动静。我们都干坐着，相互对峙。

“在你离开之前再告诉我一个秘密。”我恳求道，“你跑到公寓楼下来所为何事？约了人在街上碰面吗？”

“别傻了。”她打了个响指，“我没有要到街上去。我撒了谎。这是他的公寓。”

“他是谁？约瑟夫·克茨斯？”

她使劲点头。

“我刚才向你描述过的那个人就是约瑟夫·克茨斯吗？”

她再次使劲点头。

“好吧，至少我现在了解到了一些真相。你有没有意识到，沃尔道在被射杀之前描述了一番你的穿着，那番描述警察现在知道了，然而警察不能确定沃尔道的身份，所以想找出这个人来帮助他们确认身份？你还不清楚怎么回事吗？”

她突然开始摇晃手中的枪。低头盯着，一副茫然若失的表情，然后慢慢将它放回包里。

“我真笨。”她喃喃自语，“就冲我跟你聊天这件事我就够傻的了。”她盯着我好长一段时间，然后深深呼吸了一下。“他告诉了我自己住的地方，看上去没有一丝恐惧，我猜他是想要勒索我。本来我们约好在街上碰面的，结果我迟到了。等我赶过去，那里已经站满了警察。所以我又原路折回，在车上坐着等了好一会儿，却迟迟不见他出现。我只好上来公寓找他，敲了好一阵子门都没人回应，我只好又回到车里继续等。我一共上来这里三次了，最后一次我飞快走来这里打算乘电梯下去。在此之前我已经在三楼被别人撞见过两次。然后我遇到了你，这就是所有的经过。”

“你提到过你的丈夫。”我咕哝道，“他在哪儿？”

“他正在开会。”

“噢，开会。”我揶揄道。

“我的丈夫在公司里是个重要角色。总是有大大小小的会议等着他开。他是一名水电工程师，经常满世界飞来飞去。我会让你知道……”

“先不用浪费口舌跟我说这些。”我说，“我会找天约他共进午餐让他亲口对我说的。不管约瑟夫原先手头上拿了你什么东西，现在都一文不值了，就像他一样，已经死翘翘了。”

“他真的死了？”她低语道，“真的吗？”

“他真的死了。”我说，“他死了，女士。他早就死了。”

她终于相信我所说的话，我也没料到她这么轻易就相信了。一片寂静中，我们听到了电梯在楼层里停下的声音。

门外一阵正向这里过来的脚步声。我俩迅速产生了一种不祥的预感。我将手指放在嘴上做出一个噤声的动作。她则坐着一动不敢动，表情异常僵硬。一双大蓝眼睛变得跟眼睫毛投下眼睑的那层阴影一样黑暗。屋内一片寂静，只剩下屋外狂风继续敲打窗户的声音。每次到了刮圣安娜风的季节，不管是不是灼热难耐，都要紧闭窗户。

正当我们都猜想那阵脚步声只是有人经过发出的寻常声响而开始稍稍安心的时候，脚步声突然在屋外响起，停在了门口，接着响起了敲门声。

我指指壁床后面的衣帽间。她将包背在身体一侧，悄无声息地起身。我再次指指她仍放在地上的酒杯，她马上将酒杯拿起，迅速穿过铺在房间大厅的地毯，推开门钻进了衣帽间，顺便将门静静地带上。

我突然想不透为什么要给自己身上揽上这样子的麻烦。

急促的敲门声再次响起。我的手心都开始冒汗了。我费力推开椅子，站起身来冲外面答应了一声。然后过去打开了门，忘记捎上一把枪在手上，真是一个愚蠢的错误。

3

我第一眼差点没认出他来。也许沃尔道一开始也认不出他。他之前在鸡尾酒酒吧里一直戴着一顶帽子，现在把它脱了下来。他头上光秃秃的，一根头发也没有，反而满是结痂发硬的白色伤疤。现在的他看上去比之前老了不止二十岁，简直像是改头换面，完全变了个人。

但我马上就认出了他手中那把枪，还是那把带着巨大瞄准器的22毫米口径自动式手枪。我也记得他的眼睛，那双像蜥蜴一般狭窄尖利，闪着贼光的眼睛。

他孤身一个过来。随后将手枪轻轻贴着我的脸庞，从牙缝里挤出一句话："对，是我，我们又见面了，一起进去聊吧。"

我向后退去，留出足够的空间让他可以轻易关上门，又不至于动作幅度太大。我从他的眼神中看出他很满意我的这一举动。

我没有害怕，我只是被他用枪抵着，不敢有任何举动。

关上门后，他用枪指着我继续逼我慢慢后退。直到我的腿肚子撞上了一个东西。他的眼睛紧盯着我的双眼。

"是张牌桌。"他说道，"某个傻子在那里下棋。是你吗？"

我咽了口唾沫。"算不上会下棋，我就是业余时间玩玩消遣一下。"

"那就是说有两个人。"他用一种略带嘶哑的尖细嗓音说道。像是喉咙被警察拿着皮革金属棍棒大力殴打过一样。

"只是一局残棋。"我说，"没有跟其他人下棋，你仔细瞧瞧那些棋子。"

"我看不懂。"

"只有我自己一个。"我说道，声音不可抑制地发抖。

"这无关紧要。"他说道，"反正我迟早会被警察找到逮捕起来，要么是明天，要么是下周，谁知道呢？我就是不喜欢你的样子，伙计。还有酒吧里那个小白脸，看上去就像那些在福德姆里运动队当左前锋的总趾高气扬的家伙，像你们这些人都该下地狱！"

我纹丝不动，同时一声不吭。手枪上的瞄准器还抵在我的脸上，像要跟它继续保持亲密接触一般。男子脸上露出了一个微笑。

"这桩买卖还很划算。"他说，"不怕一万就怕万一。像我这样的老手不会留下完整的指纹让警察追查到。现在对我最不利的只剩下两个目击证人了。把你们两个干掉可以省去很多麻烦。”

“沃尔道怎么就惹到你了？”我尽力让自己听上去对这件事很感兴趣，好遮掩自己吓到浑身战栗的事实。

“跟他合作抢劫一家银行害我在密歇根的监狱里蹲了整整四年。他倒好，逍遥法外了。在密歇根那四年里我可没少吃苦头，他们会折磨你到恨不得跳进娘胎再出生一次，好乖乖听话。”

“你怎么知道他会在那里出现？”我哑着嗓子道。

“我不知道。噢，是的，我在到处寻找他的踪迹。我有点迫不及待地想跟他见面。前几天的一个晚上我在街上曾经看到过他，但一下子就没了踪影。之后我就没有费功夫去找他了，但昨晚却被我瞎猫碰到死耗子撞见了。沃尔道，这家伙真是有意思。他现在怎么样了？”

“早就一命呜呼了。”我说。

“看来我宝刀未老。”他咯咯窃笑，“不管是喝醉还是清醒的时候。可惜这事办得再漂亮也不会有什么报酬。他们开始在市里通缉我了吗？”

我还没来得及回答，他一把将枪口戳到我喉咙上。我干咳不已，差点本能地要抓住那把枪。

“不。”他轻声提醒我，“不要想那么干。你不是那种冲动的笨蛋。”

我将手缩回，垂放在身侧，将手心转向朝着他举起双手。他对我的这一举动很满意。从头到尾他都没有碰过我，只是一直用枪抵着我的身体。似乎也不担心我身上有没有带枪。事实上他也不会担心——如果他真想一枪干掉我的话。

虽然又回到那个街区，但他看上去对什么都毫不在乎的样子。也许是那阵持续的热风对他造成了影响。它们现在正在外面呼啸着，使劲拍打在房间紧闭的窗户上，就像码头下总是翻涌不停的海浪。

“他们采集到了指纹。”我说，“只是不知道完不完整。”

“指纹是完整的，但不能进行电子传送就完事。他们要费点功夫把它航空邮到华盛顿去，再寄回鉴别结果到这里。知道为什么我能找到这里来吗，朋友？”

“你在酒吧里听到了我和那个小伙子的谈话内容。我告诉了他我的名字和住的地方。”

“那是我找到这里的方法，我问的是原因。”他朝我微微一笑。那真是我见到过看上去最无耻的微笑。

“省省吧。”我说道，“把你送上绞刑架的家伙可不会叫你猜他为什么会在那里。”

“我说吧，你就是个狠角色。料理完你之后我就去会会那孩子。我刚才从总部一路尾随他回家，但我不得不指出，你才是那个首先报警的家伙，所以我就先找你来了。我开着沃尔道租来的车，从市政府那里就开始跟踪他回家。可是从警局总部就开始咯，朋友。那些警察真够可笑的，就算你面对面坐在他们大腿上他们也认不出你来。他们整天净开着那些警车在街上瞎溜达，间或拿着手中的枪开两下，顺带撞飞两个路人。一个是在车里打瞌睡的出租车司机，一个是上了年纪在二楼清洗拖把的清洁工阿姨。但还是没抓到我这个他们千辛万苦想要通缉归案的犯人，真是帮可笑至极的废物。”

他将枪口抵着我的脖子转动，开始目露凶光。

“我有的是时间。”他说道，“沃尔道租来的车子不会马上就被发现，他们也没那么快可以确认他的真实身份。我对沃尔道了解得很，他是个聪明人，一个机警的小子。”

“你再不把枪从我喉咙拿开，我就要吐了。”我喊道。

他再次微笑起来，将枪口下移到我心脏的位置。“换到这地方还可以吧？给你个机会，说说想我什么时候开枪。”

一定是我说话的声音太大了，壁床旁衣帽间的门在黑暗中打开了一丝缝隙。一开始只有一英尺的宽度，然后慢慢打开到有将近四英尺。

我看到了她躲在门后张望的双眼，但不敢盯着她看。我连忙紧盯住秃头男子的眼睛，不想让他的视线离开我身上。

“怕了吗？”他轻轻说道。

我抵住枪口向前倾了倾身，然后开始浑身发抖。我想他会很乐意看到我发抖的样子。女人举着自己那把小手枪，从她藏身的门后走了出来。我心里暗暗为她祈祷。只要她跑去开门，或者发出哪怕一声尖叫的话，我们俩就死翘翘了。

“好了，不要磨蹭一个晚上。”我颤抖着说。我的声音听上去虚无缥缈，像是街对面那台老旧收音机里传来的声音。

“我就爱看你们临死前吓得半死的样子，朋友。”他微笑起来，“我就喜欢你们这样子。”

女人在他的身后悄悄地移动身子，没有发出一丝响声，简直像浮在半空前进一样。但这并没有什么实质性帮助，他才不会和她进行斡旋。我只盯着他的眼睛看了五分钟，但仿佛已经认识他一辈子的时间。

“小心我要大喊救命了。”我说道。

“好呀，你爱喊就喊。来呀，尽管喊吧。”说着，他脸上露出邪恶的微笑。

她没有过去开门逃跑，而是站在他的身后。

“好了，那我开始喊了啊。”我说。

就好像那句话是暗号似的，她猛地将枪戳在他的肋骨上，整个过程干净利落，没有发出一丝响声。

他的身体立刻做出了一系列反应，就像叩击膝盖时会产生膝跳反射一样。他的嘴唇张开，双手跳动了一下，背部也随之稍稍弓起。枪口随之指向了我的右眼。

我蹲下身子，使出全身的力气用膝盖朝他胯下顶了一下。

他缩着身子低下了头，我顺势朝他下巴砸上一拳。我朝他挥拳的时候带着像要往第一条通贯大陆的铁道上砸下最后一颗钉子的决心。

活动关节时我还能感受到指间传来的痛楚。

他的枪扫过我的脸侧但没有扣响，整个人开始重心不稳趔趄起来。因为极度痛苦，他开始身子左侧倒地呻吟起来。我用力朝他右肩踢了一脚，枪支随之掉落，一路滑到铺在地板凳子下的毯子上。我听到身后棋子散落一地的叮当声。

女人站在他跟前，低头望着他。接着她睁着一双惊恐万分的黑色大眼睛盯着我。

“你征服了我。”我说道，“从现在开始我的一切都属于你，直到永远。”

她对我的话置若罔闻，只是使劲瞪大自己的双眼，大到能清楚看到她蓝色瞳孔下的眼白。她举着手枪快步后退到门口，把另一只手伸到背后摸索到门上的把手，然后转动把手将门一把拉开，瞬间跑到没了影儿。

门在她身后关上。

她只顾着走，全然不记得还在屋内的帽子和夹克外套。

她只拿着把枪，而且为了防止走火，枪的保险栓还拴得好好的。

除了屋外持续呼啸的风声，房间里一片寂静。接着我听到他躺在地板上发出痛苦的呻吟，他的脸已经因为疼痛变得青白。我走到他身后，搜了一遍他全身，想要找出更多他藏在身上的枪支，但一无所获。我从抽屉柜子里翻出一副手铐，从前面铐住他的双手手腕。如果他不拼命挣扎的话，它们是能治住他的。

虽然正忍受着巨大的疼痛，他的一双眼睛仍不怀好意地打量着我，似乎想用眼神马上将我送进坟墓里去。他躺在地板的中央位置，仍像刚才一样将身子侧向左边。这个面容扭曲、皮肤干瘪的秃子，正张开嘴巴露出牙齿上镶着的廉价银质填充物。他张开的嘴巴就像个无底的黑洞，气息微若无声，还时不时呛住，有一搭没一搭地呼吸着，整个人虚弱无力。

我走进衣帽间，将衣橱里的抽屉打开。她的帽子和夹克衫就躺在我的衬衣上。我将它们折叠好搁到抽屉后面的底部，然后将衬衣整理好放在上面。接着我走到厨房，给自己倒上一杯纯威士忌。我没有马上喝，而是将酒杯放下，静静伫立了好一会儿，听着屋外那股不停拍打窗户的热风传来的响声。下面停车库的门被风吹得哐当作响，一根经过多年日晒雨淋开始裸露在外的电线在狂风中不停撞击着建筑的表面，听上去就像拍打地毯的声音。

酒很快就在我的身体里起了作用。我回到客厅，将窗户通通打开。躺在地上的那个家伙也许没有闻到女人留下的那股淡淡的檀香味，但不能打包票别人进来会闻不到。

等味道散去后，我将窗户关好。用手擦去额头沁出的汗水，然后拨通了警局总部的电话。

哥白尼克接的电话。他用自己那盛气凌人的声音说道："嗯？马洛？先别告诉我，我敢打赌你又不知道在打什么鬼主意了。"

"抓到凶手了吗？"

"我们暂时别提这档子事好吗，马洛。你知道的，事情总是不会那么快就能尽如人意。"

"好吧，我不管他到底是谁了。你们赶紧过来把人从我的公寓地板上带走就行。"

"上帝耶稣！"话筒里传来他变得激动低沉的声音，"你等一下，等我一会儿。"他走开了好长一段路，我仿佛还听到了关门的声音。最后，他再次拿起话筒。"用枪打中他了吗？"他柔声问道。

"用手铐铐住了。"我回答，"接下来就把他交给你们了。我不得不用膝盖顶了他一下，但他没什么大碍。他到这里来想要把我这个目击证人灭口。"

电话那端沉默了好一会儿，然后传来一阵甜得发腻的声音："听着，朋友，你身边还有其他人吗？"

“没有，就我一个。”

“将现场保持原样，不要四处张扬，知道了吗？”

“你觉得我会出去把附近的流浪汉都招呼过来做观众吗？”

“别生气，朋友，放轻松点。待在原地不要乱动。我马上就赶到那里。也不要乱碰房里的东西。知道了吗？”

“没问题。”我将自己的地址和公寓房号给他再说了一遍，好让他顺利到达。

我可以想象他那张颧骨突出的脸上此刻正神采飞扬。我从地板椅子下捡起那只 22 毫米口径手枪，将它握在手中坐下。不一会儿，门外就传来了脚步声，接着响起一阵敲门声。

哥白尼克独自赶了过来。他一步跨过门廊，带着狡猾的笑容将我推进房内，把门“砰”的一声推上。然后将背部抵在门上，一只手垂在大衣左侧，瘦骨嶙峋的脸上是一双呆滞、凶残的眼睛。

他将目光下移，看到了躺在地板上的男子。男子的脖子正在微微抽搐，一双眼睛急速翻转，像是生了什么病。

“确定就是这个家伙吗？”哥白尼克的声音略带嘶哑。

“确认无误。依巴拉去哪儿了？”

“噢，他没空过来。”讲这话时他正眼都没瞧我一下，“手铐是你的吗？”

“是的。”

“打开它们的钥匙呢？”

我把钥匙扔过去，他一把接住，然后单膝跪在杀手旁边，将他手腕上的手铐取了下来，扔到一旁。之后他从裤子的屁股口袋里掏出自己那副手铐，将秃头男子双手扭到他身后铐上。

“够了，你这个浑蛋。”杀手病恹恹地说道。

哥白尼克咧嘴笑笑，挥起拳头朝男子嘴上狠狠砸了一拳。他的头被砸得向后猛地一仰，幅度之大，几乎要把脖子扭断了。鲜血从他的嘴角慢慢渗出。

“拿条毛巾过来。”哥白尼克命令道。

我拿了条手巾递给他。他将它粗暴地塞进杀手嘴中，站起身子，将手指插进自己那头凌乱的金发中揉搓着。

“好了，将事情经过告诉我。”

我将整件事原原本本给他说了一遍，但绝口不提女子的部分。所以事情听上去有点令人哭笑不得。哥白尼克望着我，一言不发。他用手抚摩了一下自己的鼻子，然后像之前在酒吧里那样，从身上掏出梳子，开始一丝不苟地将头发梳得服服帖帖。

我走到他身边，将杀手的枪递给他。他随意看了一眼，将它丢进大衣侧边的口袋中。他的眼神像隐藏着什么东西，脸上也不自觉露出一个严酷而明亮的笑容。

我弯下身子将散落在地的棋子捡到棋盒里。然后将棋盒放到壁炉架上，移正牌桌歪掉的一条腿，还四处整理了一番。整个过程哥白尼克都站着静静地看着我。我希望他能想通一些事。

最终他想了出来。“这个家伙使用的可是22毫米口径手枪。”他说道，“他选择这把手枪因为他能驾驭它，这证明他身手相当不错。他敲开了你的门，将枪口抵在你的肚子上，逼你进屋里，然后对你说他来这里是打算把你杀人灭口的，然而却被你拿下了。还是赤手空拳的情况下独自拿下的。你还真是身手了得呀，朋友。”

“听着，”我说道，眼睛盯着地板，我拾起一颗棋子，在两指间将它来回翻转，“我正在努力破这局残棋，不要害我分神。”

“你的小脑袋瓜里装了些隐瞒起来的事，朋友。”哥白尼克轻声说道，“你不会不自量力到想糊弄一个经验成熟的警察吧，对吗？”

“你一副对我步步紧逼的样子，我还想问你是什么事呢。”我说道，“你还想知道些什么？”

躺在地板上的男子从塞着毛巾的嘴里发出含混不清的声音。他光秃秃的头上满是渗出的汗珠。

“怎么了，伙计？你有什么想说的吗？”哥白尼克几乎对他窃窃私语道。

我快速瞄了他一眼，然后将目光移开。“好吧。”我说道，“你清楚得很，我不可能仅凭一己之力将他制服，他当时可是拿枪指着我，而且指到哪儿看到哪儿。”

哥白尼克眯起眼睛，用其中一只眼睛斜睨着我。“说下去，朋友。这也是我怀疑的一个地方。”

我拖着沉重的脚步走了几步，好让自己冷静下来。然后我开口，用缓慢的语调说道：“有一个小孩，他专门在泊伊尔高地附近混，靠抢劫谋生，但失手了。就是干那种从加油站抢劫几个零钱的低端活罢了。我认识他们一家子，他本性并不坏。他过来想找我讨几个钱做交通费。敲门声响起时，他一溜烟躲进了这里……”

我指指壁床旁的衣帽间门口。哥白尼克将头轻轻地来回转动，同时眨巴着眼睛。“这个小孩带了枪。”他说道。

我点点头。“他当时还在背后拿枪对着杀手。那是非常需要胆量的，哥白尼克。你得放过他，保证他不被卷进这件事。”

“你在帮他求情是吗？”哥白尼克柔声问道。

“他说现在暂时还没有必要。但他害怕以后会有需要。”

哥白尼克笑了起来。“我是个刑警。”他说道，“我不清楚，或者说，我压根儿不在乎这些事。”

我指指地上被铐住的犯人温言道：“是你抓住他的，不是吗？”

哥白尼克继续保持微笑，伸出自己发白的舌头舔了舔厚厚的下嘴唇。“我怎么办到的？”他低语道。

“从沃尔道身上取出子弹了吗？”

“当然。两颗长长的 22 毫米口径手枪装填子弹。一颗直接贯穿了肋骨，另一颗还保存完整。”

“你真是个细心的人。把角角落落都找仔细了。你调查过我的事儿了吧？你到这里来是想看我用的是什么枪？”

哥白尼克站起来，像刚才一样单膝跪在杀手的身旁。“你能听到我说话吗，伙计？”他将头俯下，凑近他的脸说道。

男子再次发出一阵含混不清的呜呜声。哥白尼克站起身喊道：“谁在乎他说的是什么？你继续，朋友。”

“你本来没打算能有什么收获，只是过来看看我住的地方。然后当你搜到那里时。”说着我指指衣帽间，“我也没多说什么，只是心里有点不高兴。接着响起了一阵敲门声。他进到屋里，然后你偷偷溜出来，一把擒下了他。”

“啊。”哥白尼克咧嘴大笑，露出满嘴的牙齿，“你说得对，朋友。然后我就给他脸上痛快挥了一拳，一脚踢中他的胯下，将他一把拿下。你手中没枪，他突然猛地朝我转头，所以我就把他从左侧一下摔倒在地。怎么样？”

“很好。”我说。

“你在警局里录口供的时候也会是这番说辞吗？”

“我保证。”我说。

“我会保护你的，朋友。你对我不错，我会回报你的。那孩子的事你就不用操心了。如果他有任何需要，到时尽管知会我。”

他走到我跟前，伸出自己的手。我和他握了握手。他的手上一片黏糊糊的东西，像死鱼表皮的分泌物一样。他和他这双黏糊糊的手令我作呕。

“还有一件事。”我说道，“你的搭档依巴拉，你过来这里不带上他，他不会生你的气吗？”

哥白尼克伸手揉揉自己的头发，然后掏出一张巨大的黄色丝质手帕擦了擦帽檐。

“那个几内亚黑人？”他讥诮一笑，“让他见鬼去吧！”他将脸凑到我跟前，鼻子呼出的粗重气息喷到我脸上。“不会有问题的，朋友，这是我们俩之间的小秘密。”

不出所料，他的口气难闻极了。

4

哥白尼克撒谎的时候，警局办公室里算上我一共有五个人在场：一个速记员、警长、哥白尼克自己、依巴拉，还有我。依巴拉靠着墙坐在一张椅子上。他的帽子压得很低，几乎要把眼睛遮住，但依旧可见他温和的目光在帽子下时隐时现。他那线条明显的拉丁式嘴角上一直挂着一抹微笑，自始至终都没有正眼瞧过哥白尼克，哥白尼克则根本没有看过他一眼。

外面的走廊通道上挂着我和哥白尼克握手的合照。哥白尼克挺直身躯，手持警帽在身侧，手中还握着枪，脸上挂着一副严肃刻板的表情。

他们说他们已经确认了沃尔道的真实身份，但不能告诉我。我不相信他们的说辞。因为我看到警长办公桌桌面上摆着一张沃尔道的遗照。他们将他的遗体做了好一番装扮，头发梳得服服帖帖，领带端端正正挂在脖子上，柔和的灯光恰到好处地打在他的眼睛上，使它们看上去闪闪有神。如果不是心脏上的两个弹孔，没有人能看出这是一张死人的照片。他看上去就像个风流倜傥的翩翩美男子，正在苦恼该带个金发姑娘还是红发姑娘回家。

我回到家中时已是深夜。正当我努力翻找钥匙，想把门打开时，从黑暗里传来一个低沉的声音。

我听到一个人喊道：“请给我点时间！”但我听得出这声音。我转身，映入眼帘的是一辆停在路缘边的凯迪拉克敞篷车。车子没有开灯，街灯投射下来，正好照在一个女子明亮的双眼上。

我走过去。“你真是愚蠢至极。”我说。

“上车。”她说道。

我爬上车子，她随即启动车子沿着弗兰克里大道开了一个半街区，继而转入金思丽大道继续前进。车外炎热的狂风还在怒吼，升起的气浪像要把大地燃烧起来。一间公寓的边窗没有关上，从屋内收音机里传出阵阵欢快愉悦的音乐声。到处车满为患，但她还是在一辆帕卡德篷式小轿车旁找到了一个空位，小轿车前的挡风玻璃上还贴着汽车商的贴纸。她娴熟地将车子停到路缘边，然后身子靠回椅背上，将戴着手套的双手轻轻搁在方向盘上。

她现在一身黑色衣服，或者说是接近深棕的颜色。头上戴着一顶滑稽的小帽子。我能闻到从她身上传来的阵阵檀木香水味。

“我对你太不友善了，对吗？”她问道。

“是你救了我的命。”

“发生什么事了？”

“我打了电话到警局里，对一个我厌恶的警察撒了几个谎，让他对我说的话深信不疑。你救我脱离他魔手的那个家伙，就是杀害沃尔道的凶手。”

“所以说，你没有向他们说起过我？”

“女士。”我再次说道，“你可是救了我的命的大恩人。你还有什么要吩咐的吗？我乐意为你效劳，定当竭尽全力。”

她坐着一动不动，也一声不吭。

“我不会向别人透露关于你的任何事。”我说道，“真是不可思议，实质上我也不了解你。”

“我是弗兰克 · C. 巴萨利夫人，住在弗里蒙特大道 212 号，电话号码是奥林匹亚 24596，你还想知道些什么吗？”

“谢谢你坦诚相告。”我呢喃道，摆弄两指间夹着的那根还未点燃的香烟。“你为什么要回来？”说着我用左手打了个响指，“对了，你回来拿帽子和夹克衫。”我说，“等等我，我可以上楼拿下来给你。”

“我想要回的不止那个。”她说，“我想要回我那串珍珠项链。”我很有可能被吓了一跳。她似乎只留下了帽子和夹克，我并没有看到那串所谓的珍珠项链。

一辆车从街上飞驰而过，速度超过了那条路规定车速的整整两倍。车子所过之处卷起一层薄薄的尘土，在街灯下萦绕盘旋继而重归地面。女人马上把车窗关上。

“好吧。”我说道，“告诉我那串珍珠项链是怎么回事。我今天一天已经经历了一起枪击案，遇到一位神秘的女人和发疯的杀手，还来了场英雄式的援救，顺带帮一个警察撒谎伪造口供。现在我们该着手找一串珍珠项链了。好吧，你尽管告诉我。”

“我跟约瑟夫·克茨斯，也就是你所指的沃尔道，相约见面就是打算用 5000 美元把它买回来。珍珠项链应该在他手上。”

“在他身上没有发现珍珠项链。”我说道，“我亲眼看到警察把他的口袋翻了个底朝天。有大量现金，但丝毫没有一串珍珠项链的影儿。”

“你觉得他会不会把它藏在公寓里了？”

“很有可能。”我说道，“就我目前所知，他有可能把它藏在加州的任何地方，除了他的口袋里。像今晚这种灼热难耐的天气，巴萨利先生怎么样了？”

“他还在市里忙着开会，不然我也不可能到这里来。”

“你应该带上他一起过来的。”我说道，“他可以坐在后车座上。”

“噢，这我可不确定。”她说，“弗兰克整整有 200 磅重，是个结实的大家伙。我不认为他会想坐在后车座上，马洛先生。”

“我们现在到底在这里谈论什么事？”

她沉默不语。只是用戴着手套的双手轻轻拍打着方向盘的边缘。

我将手中还未点燃的香烟扔出窗外，回转身子抱住她。

等我松开她后，她立刻尽可能将身子靠到远离我的车子一侧，然后用戴着手套的手背不停摩挲嘴唇。我静静地坐着。

我们沉默了好一会儿。然后她开口慢慢说道："我想要你抱我，但不是用这种方式。自从斯坦·菲利普斯因为飞机失事死后，我再也没有过这种想法。如果不是因为那次事故，我现在早就成为他的妻子了。那串珍珠项链是斯坦送我的。他说他当时花了 15000 美元买它回来。一串纯白珍珠项链，上面一共有 41 颗圆润的大珍珠，最大的一颗半径足足有三分之一英尺。我不知道它有多重，我一直珍藏着，从来没有把它们戴出去炫耀过或是拿给珠宝商鉴赏，所以对那些不甚了解。我纯粹因为斯坦的缘故，所以将它们视若珍宝。我深爱着斯坦。像你刚才那样的行为只能发生一次。你明白了吗？"

"你叫什么名字？"我问道。

"萝拉。"

"接着讲吧，萝拉。"我从口袋里掏出另一根香烟，依旧没有点燃它，只是夹在指间翻转，不至于让自己无事可干。

"项链上有一个银质搭扣，是两片螺旋纹扇叶形状，最大的那颗珍珠上还镶有一颗小碎钻。我骗弗兰克项链是自己在店里买的。他也看不出它们之间的差别。我敢打赌，要一下子辨出珍珠的真伪并不是件易事。这下你听出来了吧，弗兰克嫉妒心很重。"

她在黑暗中慢慢向我靠近，直到她的身子碰到我的身侧。但这次我坐着一动不动。风在车外怒号，把树木吹得摇晃不已。我继续专心翻弄手中的香烟。

"我想你应该读过那个故事。"她说道，"关于一个妻子向她的丈夫谎称自己那串珍珠项链是假的的故事。"

"我读过。"我说，"毛姆写的。"

"我雇用约瑟夫的时候，我的丈夫正远在阿根廷出差。我当时很寂寞。”

“你感到寂寞也是正常的。”我说道。

“我经常跟约瑟夫开车出去兜风。有时候还会两个人找个地方小酌一杯。但仅限于这些了，我没有到处随随便便……”

“你告诉了他珍珠的事。”我说道，“然后等你那 200 磅重的丈夫从阿根廷出差回来，要将他扫地出门的时候，他就将珍珠项链偷走了。因为他知道它们是真的，之后就向你勒索 5000 美元。”

“就是这样。”她简短地回答，“我当然不希望去警局报案，鉴于这种情况，约瑟夫也不担心让我知道他住在哪儿。”

“可怜的沃尔道。”我说道，“我有点心疼他。就为了找你意外地与当年的‘老朋友’相遇被杀害了。”

我将火柴在鞋底擦燃，用它点燃手中的香烟。烟草被炙热的狂风吹得无比干燥，一碰到火立马就像枯草一样熊熊燃起。女人静静地坐在我身旁，再次将双手搭在方向盘上。

“真是瞧不起女人，那些飞行员们。”我说道，“这么说来，你还深爱着斯坦，或者是你认为你还深爱着他。你一直把珍珠项链藏在什么地方？”

“我把它放在我衣帽间的一个俄罗斯买来的祖母绿珠宝盒里，和一些用来搭配衣服的首饰放在一起。我只能那么做，如果我还想有机会戴它的话。”

“可实际上它们价值 15000 美元。你认为约瑟夫将它们藏在了自己的公寓里是吗？他住在 31 号房？”

“是的。”她说道，“我觉得我对你提的要求太苛刻了。”

我打开车门，走到车外。“你救过我的命。”我说道，“我会过去帮你查看一番的。我们那栋公寓的门都不算很难对付。等警察登出沃尔道的照片，他们就能找到他所住的地方。但我想这至少要到明早。”

“你真是太贴心了。”她说道，“我应该在这里等你吗？”

我将一只脚踏在车的制动器上，探身过去，双眼直视着她。我没有回答她的问题，一直静静地坐着，盯着她那双明亮的眼睛。接着我甩上车门，踏上前往弗兰克林大道的路途。

即使狂风无情地拍打在我的脸上，我仍然能闻到她头发散发出的阵阵檀香味儿，感受到她柔软的双唇。

我没有锁上本格伦德的大门，而是穿过深夜寂静的大厅到电梯口，乘电梯上到三楼。走出电梯，我蹑手蹑脚地沿着寂静的走廊找到了 31 号房的所在位置。低头从门缝窥视了一下，里面一片漆黑。我轻轻叩了下门——门上有个含义神秘的走私贩古老图腾，脸上露出灿烂的笑容，裤子背后还有个大大的口袋。没有人回应。我抽出钱包里的硝化纤维塑料薄膜，平时我用它覆盖在驾驶证的表面当保护膜用。我将它放在门锁和门侧边柱之间来回摩擦，接着将门把手紧紧握住，用力朝门锁转轴推去。硝化纤维塑料顺利卡住了门锁锁芯，伴随着一声清脆如冰柱断裂的细微声响，锁芯向后弹开，门也随之打开。我走进几乎一片漆黑的屋内。夜晚的街灯照映进来，将星星灯光散落四周。

我把门关上，打开电灯，静静伫立着将四周打量了一番。空气中弥漫着一股熟悉的味道。我仔细辨认了一会儿，是烟草的味道。我迈步过去窗台边的烟缸托台处，低头仔细查看。不出所料，里面有四个棕色烟蒂，是产自墨西哥或南美洲的香烟。

头顶正上方的房间里传来踏上地毯的脚步声，接着是一阵抽水马桶冲水的声音。我走进 31 号房的洗手间，里面略显凌乱，什么也找不到，也没有什么可以藏东西的地方。厨房的搜查工作与之对比复杂得多，但我搜到一半就放弃了。我心里清楚得很，珍珠项链根本就不可能藏在公寓里。我知道沃尔道一定是匆匆忙忙出的门，而他被昔日“好友”撞见，身中两枪命丧黄泉之时，心里一定记挂着什么事。

我回到起居室，旋动壁床，透过镜子一侧看衣帽间里的摆设。随着壁床慢慢移动，我没有发现珍珠项链的踪影，却看到了一个男子的尸体。

他是个身材瘦小的中年男子，两鬓斑白、皮肤黝黑，穿着一身浅黄褐色西装，脖子上系一条酒红色领带。他那双精致瘦弱的棕色小手无力地耷拉在身体两侧。穿着崭新皮鞋的双脚直直垂下，脚尖几乎要挨到地面。

他的脖子被一条穿过壁床顶端金属挂钩的皮带绕了一圈，舌头从张开的嘴巴里伸出老长，长到超越人类极限的程度。

他轻轻晃动了一下，我见状立刻将壁床关上。他的身子又回到两个枕头的中间，被它们紧紧夹住。我没有碰过尸体，不用摸我也能想象得到他的身子一定像冰块一样冷硬。

我绕过他走进衣帽间，用一块手帕包住抽屉把手打开抽屉。衣帽间里只有一些生活难以避免会留下的细小垃圾，对于一个单身男子的房间来说，这算是非常整洁的了。

我走出衣帽间，将尸体搜查了一遍。他身上没有钱包，大概早就被沃尔道拿走扔掉了。搜遍全身，只发现了一个扁扁的烟草盒，里面还剩下半盒烟，上面印着金色的字体：路易斯·塔皮尔·伊·西亚，帕伊桑度大道 19 号，蒙特维迪亚。火柴是斯培兹亚俱乐部的，腋下还夹着一个深色皮革枪套，里面塞着一把 9 毫米口径毛瑟枪。

腋下夹着的毛瑟枪使他看上去很专业的样子，我心里顿时好受了些。但应该也不是什么很专业的行家，不然就凭这把毛瑟枪，他也不可能被人赤手空拳就制服了。这把枪可是连墙壁都能轻易打穿，却还静静地待在枪套里连亮相的机会都没有。

我突然产生了一股莫名的直觉。烟灰缸里留下了四根烟蒂，这说明有人曾经在屋内等人或者谈论过什么事情。沃尔道一定是在什么地方突然将这个小个子男人的喉咙扼住，让他昏迷过去，这种情况下毛瑟枪的作用可比不上一根小小的牙签。然后将他用带子吊起来窒息而死，又或者是在吊起来之前就已经掐死了他。这样子就解释得清为什么沃尔道会表现出一副慌慌张张的样子，为什么公寓会这么整洁干净，为什么他急急忙忙去打听女人的下落，也能解释为什么他把车停在鸡尾酒酒吧外面的时候忘记拔走钥匙。

因为沃尔道在这里杀了人，一切都能解释得清了。只要这里确实是沃尔道的公寓，我没有被耍。

我继续搜查他的其他口袋，在裤子左边的口袋里我发现了一把金色袖珍折刀还有一些银子。在他裤子后面的左边口袋里放着一块叠得整整齐齐，还散发着淡香的小手帕，右边口袋也有一块类似的干净手帕，但只是胡乱地塞在里面。右腿口袋里还塞着四五张纸巾。纸巾下面是一个小小的新钥圈，上面挂着四把车钥匙。钥匙圈上印着一列小小的金色字体：R.K. 沃格尔桑股份有限公司荣誉出品，谨以此献给“帕卡德之家”。

我把所有东西物归原处，将壁床转回原位，用手帕把门把手还有碰过的物品表面都仔仔细细擦拭了一遍，然后把灯关上，偷偷溜出门外。大厅里空无一人，我走到街上，一个转弯拐进金斯利大道。巴萨利夫人的那辆凯迪拉克敞篷车还静静地停在原地。

我拉开车门，探身进去。她看上去似乎也一直待在原地没有动过。黑暗中很难辨认出她脸上是什么表情，除了眼睛和下颌外其他部位都模糊不清，但空气中萦绕的那股淡淡的檀香味还是一下子钻进了我的鼻子。

“你用的香水会令教堂里的执事都为之疯狂的……屋里没有那串珍珠项链的踪影儿。”我说。

“好吧，谢谢你的鼎力相助。”她用低沉微弱的嗓音柔声说道，“我觉得它们不算太浓烈。呃，接下来我应该……我们……还是……”

“你现在应该马上回家。”我说道，“无论发生什么你都当作不认识我。记住，是无论发生什么。我们也可能再也不会见面了。”

“我不喜欢这样。”

“祝你好运，萝拉。”我将车门猛地关上，身子后退。

车灯亮起，引擎也开始发动。车子迎着狂风在街角一个漂亮的转弯，慢慢远去离开了我的视线。我茫然若失地站在路缘边，站在汽车一开始停着的空地上。

这里光线非常昏暗。抬头望向传出愉悦音乐声的公寓窗户，也只能看到一个模糊不清的轮廓。我转头看着身后那辆崭新的帕卡德篷式小轿车，觉得似曾相识的样子——在我上楼之前，它停在相同的地方，就在萝拉的车子前方。当时它静静停放在那里，车内一片漆黑、空无一人，只有右上角挡风玻璃上贴着的贴纸在街灯下闪耀着微弱的光。

我的脑海顿时浮现出了一个与之相关的物品，一串看起来同样崭新的钥匙，钥圈上印着一行金色的字体：谨以此献给“帕卡德之家”，放在楼上一个男子的尸体口袋里。

我爬上篷式小轿车的车头，掏出随身携带的手电筒，把贴在上面的蓝色贴纸细细看了一番。是同一个汽车商家没错。商家名字和宣传语下面还用钢笔写着一个名字和地址：尤金妮·科尔沁可，阿维厄达大道 5315 号，西洛杉矶。

这件事真是奇了怪了。我马上动身回到 31 号公寓，像之前那样将门锁巧妙地打开，走到壁床后面，找到那具还悬挂着的尸体，将他裤子口袋里那串钥匙掏了出来。五分钟后，我拿着钥匙重新回到街上篷式小轿车旁。钥匙与汽车完美匹配。

5

那是一幢坐落在索特勒郊外峡谷边上的小房子，门前还围着一圈正在随风摇摆的桉树。街道的另一边，一场派对正在疯狂地进行着，时不时可以见到有人从屋内走出来，将手中的酒瓶猛地砸在街道地面上，然后惹来周围一阵欢呼声。就像在观看耶鲁对普林斯顿球赛时，看到耶鲁突然来了个触底得分一样。

我要找的房子则围着铁丝栅栏，院内种植了好些玫瑰树，旁边街道上还立着一些小旗子。里面有一个宽敞的开放式停车场，但一辆车也没有。房子前面也没有停放任何车子。我走到门口，按响了上面的门铃。接着是一阵漫长的等待，门忽然一下子打开。

透过她那双涂了厚重眼影，炯炯有神的眼睛可以看出，我不是那个她期望见到的人。她静静地伫立在门口，一动也不动地把我细细打量了一番。眼前的女子身材颀长、性感迷人。脸颊上施了脂粉，一头浓密的黑色长发从中间分开，嘴巴大得可以一口吞下一个三层三明治，身穿金红色睡衣，涂着金色指甲油的脚上拖着双沙滩凉鞋。她的耳朵下悬挂着一对小铜铃，在微风吹拂下轻轻摇晃，发出清脆的叮铃声。她手中举着一支像棒球拍似的香烟滤嘴，做出一个充满不屑的动作。

“嗯哼，你到这里来有什么事吗，小矮子？想找什么？是不是在对面街上开派对不小心走到这里来迷路了？嗯？”

“哈哈。”我笑道，“那个派对真够疯的，对吗？我只是帮你把车开回来，你不小心弄丢了，是吗？”

街对面，某个喝醉了撒酒疯的醉汉正在前院里神志不清地胡言乱语，震天响的四重混合音乐像要将夜晚的天空撕裂出好几道口子。他们大吼着，继续做出一些疯狂的举动，仿佛要尽己所能往伤口上撒盐。这位充满异域风情的女人淡定地看着对面这阵喧嚣混乱如火如荼地进行，眼睛都不多眨一下。

她不是尤物，甚至算不上漂亮。但她看上去有一种特别的魅力，让人觉得在她身上什么都可能发生。

“你刚才说什么？”她终于走出了门口，用一个像烤焦过的吐司面包一样柔软的声音问道。

“你的车子。”我盯着她的双眼，将手越过肩膀，指向车子停放的地方。她看上去像用惯刀子的那种女人。

她手中的香烟滤嘴从身侧慢慢滑落，香烟也从中掉了出来。我往前一步，一脚将它踩灭，正好走进了屋子大厅。她也随之一连后退了好几步。我将门关上。

大厅是狭长形的，跟普遍的铁道公寓一样。台灯在铁质座台上散发出柔和的粉光。房子尽头垂挂着缀满珠子的窗帘，地板上铺着一张虎皮地毯。整个地方看上去跟女主人格调一致。

“你就是科尔沁可太太吗？”我问道，没有做出任何进一步的举动。

“是的，我就是科尔沁可太太，你到这里来到底想干什么？”

她现在看着我的表情就好像我在不合时宜的情况下，到这里来清洗窗户。

我用左手从口袋中抽出一张名片，伸手递给她。她直接动动脑袋，凑近我的手看起来。“你是名私家侦探？”她倒吸一口气。

“没错。”

从她嘴中吐出一长串像是咒骂的话。然后她用英语说道：“进来！这些该死的风要把我的皮肤吹得干到像纸巾一样了。”

“我们现在就是在屋内。”我说道，“我刚刚还关上了门。振作点，纳兹莫娃。他是谁？那个小矮子？”

珠帘后传来一阵男子的咳嗽声。她整个人吓得跳了起来，像是被牡蛎叉突然困住一般。接着她努力想要在脸上挤出一个笑容。但不太成功。

“给你个奖励吧。”她低语道，“你愿意在这里稍候一会儿吗？给你十美元，够吗？”

“不用了。”我说道。

我慢慢朝她伸出一只手指，然后说道：“他死了。”

她惊呼一声，整个人蹦起有三丈高。

突然传来一阵椅子的嘎吱声，珠帘下露出了一双男人的脚，一只大手将帘子一把推开，接着一个看上去一脸冷峻的金发男子出现在我们的视野中。他在睡衣外还套了一件紫色睡袍，右手拿着什么东西插在睡袍的口袋中。一穿过珠帘，他整个人就伫立不动，双脚像在地上生了根似的。突出的下颌，一双泛着灰白色的眼睛，他看上去就像个不会被轻易推倒的橄榄球运动员。

“发生什么事了，宝贝？”他用冷酷、近乎粗鲁的语气说道。语调中带着一丝恰到好处的男子气概，像是为女人赴汤蹈火也在所不惜。

“我把车子开回这里给科尔沁可太太。”我说道。

“好吧，你可以把帽子脱下。”他说道，“这样也好做事。”

按他所说的那样，我脱下了帽子，诚恳地道了个歉。

“好了。”他说。他的右手仍旧死死地插在紫色浴袍的口袋里。“这么说你过来是为了科尔沁可太太的车子。尽管把它开走吧。”

我推开女人，经过她身边朝他靠近。她手掌撑墙，整个人将身子靠在墙上。像在扮演校园戏剧里的卡米尔一样。刚才掉落地面的长香烟滤嘴就躺在她的脚边。

我离大个子男人大约还有六英尺远的时候，他突然用轻松的语气开口道：“我大老远都能听到你发出的声响。不要紧张，伙计。我口袋里可是揣着一把枪，正想要学学怎么用呢。把车子的事说来听听怎么样？”

“来借车子的人不能来还它了。”我说道，然后将一直攥在手中的名片举到他的面前。他正眼都不瞧一下，继续看着我。

“那又怎样？”他说。

“你总是这么冷冰冰的吗？”我问道，“还是只有穿着睡衣的时候才这样？”

“不要再叽叽歪歪个不停了，直接告诉我为什么他不能自己过来还车？”他说。

黑发女子在我身边发出一声咕哝。

“没事儿，宝贝，让我来处理这事。你继续说吧。”男子说道。

女人越过我们，钻进珠帘里。

我坐着好一会儿没有言语。大个子男人也纹丝不动。他看上去一副悠然自得的样子，像一只在晒太阳的蟾蜍。

“他不能过来还车，因为他被人射杀了。”我说道，“你打算怎么处理这事？”

“是吗？”他说道，“你带上他的尸体过来证明你说的话了吗？”

“没有。”我说道，“但如果你肯把领结和那顶碍眼的帽子脱下来的话，我可以载你过去警局看看。”

“你在这里疯言疯语些什么？”

“我没有说什么。我想你大概能自己看懂字。”说着我将手中的名片凑到他眼前。

“噢，我当然能看懂。私家侦探菲利普·马洛。好了，好了。你认为我应该跟你过去看看那个谁？为什么？”

“也许他偷了车子。”我说。

大个子男人点点头。“这算是一个推测。他也许真那么干过。他是谁？”

“钥匙在一个皮肤棕黑的小个子男人口袋里找到了。他把车停在本格伦德公寓附近的角落里。”

他细细想了一下，脸上没有露出任何明显的不安感。“你猜到了点东西。”他说道，“不算多，其中一小部分。我猜今晚警察们都光顾着抽烟聊天了，所以你来帮他们办事。”

“啊？”

“名片上写着你是名私家侦探。”他说道，“你来的时候有带警察一起过来吗？他是不是太害羞了不敢进来？”

“没有，我自己一个人过来的。”

他咧嘴笑笑，露出里面的一排大白牙，在被太阳晒得黝黑的皮肤衬托下牙齿闪闪发亮。“所以说你独自一人发现了一具尸体，在他身上找到了一把车钥匙，然后孤身把车开来这里。没有报警。我说得对吗？”

“完全正确。”

他叹息一声。“进屋里吧。”他说。他将珠帘拨到一边，好让我顺利穿过去。“你也许有什么想法值得让我好好倾听一下。”

我走过他身边，他随之回转身子，一直将身上揣着手枪的口袋对着我。直到走到跟前我才发现他的脸上早已渗出了滴滴汗珠。也许是屋外那股热风的缘故，可是我并不这么认为。

我们现在一起坐在屋子的客厅里。

我们一起坐着，目光穿过深色的地板相互交汇。深色地板上铺着几块纳瓦加地毯和土耳其深色地毯，与屋内几样历史悠久的豪华家具互相映衬，将整个大厅装饰出一派和谐优美的景象。屋里还有一个壁炉、一架袖珍钢琴、一扇中式屏风、一个装有柚木轴架的中式大灯笼，一个斜格栅栏窗子上挂着金色网帘。窗户朝南开着，一棵树干被粉刷得雪白的果树在窗外被风吹得东倒西歪，不时发出与窗户摩擦的声音，与对面街上传来的噪音融为一体，像一曲合奏的交响乐。

大个子男人将自己的身子整个陷入一张铺着精美织锦的椅子里，穿着拖鞋的双脚随意地放在搁脚凳上。我们见面以来，他就一直保持着右手插袋这个动作——把手按在枪上。

黑发女子一直在暗处走来走去。屋内不时回荡着水瓶咯咯作响的声音和她耳上那对铜铃发出的清脆响声。

“不用担心，宝贝儿。事情都在我的掌控之中。有个倒霉家伙被人射杀了，这个小子认为我们会对这事感兴趣呢。你快放轻松点，坐下就是了。”他对女人说道。

女人将头仰起，一下子灌下半杯威士忌。她重重叹息一声，说道：“真该死。”语气听上去漫不经心，然后整个将身子慵懒地蜷进沙发里。她的腿挺长的，一个人就把整张沙发占满了。她金光闪闪的指甲片在昏暗的角落里朝我眨巴着眼睛。之后她一直躺着，缄默不语。

我掏出一根香烟，他并没有为此朝我开枪。随后我将它点燃，开始讲述我要说的故事。故事内容并不完全真实，但有一部分是真的。我告诉他关于本格伦德公寓的事，包括我住在那里，而沃尔道住在我楼下的31号房，我因为工作原因一直关注着他的一举一动。

“关注沃尔道什么？”金发男子插嘴道，“为了什么工作原因？”

“先生。”我说道，“难道你就没有什么不可告人的秘密吗？”他的脸微微泛上了一层红晕。

我告诉他本格伦德街道对面的那间鸡尾酒酒吧，还有发生在那里的事情。不过我没有将印花外套女子的事告诉他，我把她完全从故事里剔除在外。

“这项工作必须进行得非常隐秘，站在我的立场上来说。”我说道，“如果你了解我什么意思的话。”他再次脸红起来，咬紧牙关。我继续道：“我从市政府回家，没有告诉他们我知道沃尔道的真实身份。在那期间，我确定他们那晚不可能马上找出他的住址，所以我到他的公寓里彻底搜查了一番。”

“你到那里想找什么？”大个子男人加重语气问道。

“找一些重要的信件。我刚才就说过我在那里一无所获，除了一具尸体，被皮带勒死挂在壁床顶部，那个地方完全就是个视觉盲区。一个小个子墨西哥或南美洲男人，大约四十五岁的样子，穿着一身浅黄色……”

“够了。”大个子男人吼道，“我反问你一句，马洛，你是不是掺和进了什么敲诈勒索这些见不得光的勾当里？”

“对的。有趣的是这个棕色皮肤小个子男人腋下还夹着把手枪。”

“他的口袋里不会还有二十多张 500 元面值的钞票吧？还是你真打算这么说？”

“当然没有。但沃尔道在酒吧被杀时，他的身上带着超过 700 美元的现金。”

“看来是我低估这个叫沃尔道的家伙了。”大个子男人沉着地说道，“他杀了我的人，还拿走他身上的酬金和枪支之类的全部东西。沃尔道身上有枪吗？”

“他身上没有带枪。”

“给我们弄杯喝的过来吧，宝贝儿。”大个子男人说道，“看来我确实低估他了，我把他看得像特价柜台打折贱卖的 T 恤那样值不了几个钱。”

黑发女人轻松探身给我们倒了两杯加了苏打和冰块的威士忌，整个过程甚至连腿都没弯一下。接着她给自己的杯子里加了半品脱酒，将身子再次蜷回沙发里。然后睁着一双炯炯有神的大黑眼睛静静地盯着我看。

“好了，我来总结一下。”大个子男人说道，举起手中的酒杯向我致意。“我没有杀过任何人，但从现在起我的手上就握着一份离婚诉讼案了。你也没有杀过任何人，像你所说的那样，但你却在警局里胡说八道了一通。真是见鬼了！不管你怎么对待它，生活就是永远会令你一个头两个大。不过至少还有宝贝儿在我的身边。她是白俄罗斯人，我在上海与她相遇。她安全得像个保险箱，看上去像是个会为了五美元就将你喉咙割开的女人。我就是喜欢她这一点。你不用去做任何冒险就可以源源不断地得到刺激感。”

“你说话的样子真蠢。”女人争执道。

“你看上去还行。”大个子男人继续对她置之不理，“你作为一名专门窥视别人隐私的私家侦探，有办法令我置身事外吗？”

“没问题。但要收取一些小酬劳。”

“这我没问题。要多少？”

“至少要再付 500 美元。”

“该死，这股没完没了的热风快要把我烤干成爱的灰烬了。”俄罗斯女人苦恼地说。

“500 美元这价格可以成交。”金发男子说道，“我能从中得到什么好处？”

“后面的事情我替你料理，好让你顺利置身事外。如果没有成功的话，你就不用付钱了。”

他再三思忖。整个人看上去疲惫不堪，仿佛衰老了许多。那头金色短发上有细密的汗珠在闪烁。

“这宗谋杀案会让你开口的。”他咕哝道，“我指的是第二宗。我现在不打算付钱。要是真的情况紧急的话，我愿意直接亲自付款。”

“那个棕色皮肤的小个子男人是谁？”我问道。

“他的名字叫列昂・瓦伦桑诺，是乌拉圭人。我的另一件进口货。我因为生意的缘故经常去世界的各个地方，他当时正在切泽尔郡的斯培兹亚俱乐部工作——你应该知道那里吧，就挨着比弗利山庄日落大道。我猜他当时的工作就是在轮盘赌桌旁给人服务。我给了这个所谓的沃尔道 500 美元，好买回科尔沁可太太用我的账户付款后寄回这里的账单。这个决定可不太明智，是吗？我把它们藏在我的公文包里，结果被沃尔道发现后趁机偷走了。你觉得接下来还会发生什么事？”

我低头啜饮了一口酒，然后眼睛向上瞄了他一眼。“你那个乌拉圭朋友大概说了什么没礼貌的话，惹沃尔道不高兴了。然后小个子男人大概觉得自己那把毛瑟枪能直接把这件事了结掉，但沃尔道动作比他快多了。我不觉得沃尔道是个杀手，至少不会故意杀人。他也就是个勒索的料，但也不排除他一时冲动丧失了理智，或者是不小心掐住小个子男人的脖子太长时间。所以他不得不畏罪潜逃了。但他当时还有另外一个约会，那个约会他可以勒索更多的钱。于是他便匆匆忙忙跑到附近去找那个人。却不幸在酒吧里撞见了一个喝得醉醺醺的老仇人，就这么被崩了两子弹儿，一命呜呼了。”

“这件事巧合真多。”大个子男人说道。

我咧嘴一笑。“都怪这股热风，大家今晚都精神失常了。”

“给你500美元你就能保证我不会受到一丝牵涉？如果我跟这件事扯上任何关系，你一毛钱也拿不到。这样子可以吗？”

“没问题。”我说道，向他露出一个微笑。

“今晚确实令人神志不清。”他说道，将玻璃杯中的酒一饮而尽。“我同意你说的这句话。”

“还有两件事。”我翘起椅子，将身子前倾，低声说道，“沃尔道被杀时在酒吧外面停了一辆准备用来逃跑的车子，当时连引擎都没有关上。但被杀手开走了。这么想来，我们还是有机会拿回那些属于自己的东西的。你想想，沃尔道的东西应该都在那辆车上。”

“包括我的账单和你的信件。”

“没错。通常警察对这类事还是很通情达理的，除非你不介意在公众场合露面。否则的话，我想我可以到市区去活动活动，疏通好关系。如果你想这样的话，这是第二件事了。你刚才说你叫什么名字？”

他迟迟没有回答。但从他嘴里吐出这个名字的那一刻，一切事情都得到了合理解释。

“弗兰克·C. 巴萨利。”他回道。

俄罗斯女人替我叫的计程车不一会儿就抵达了这里。我离开时，对面那场疯狂的派对还在热火朝天地进行。我关切地望了望房子外的那堵墙壁，还完整无缺地立在那里，真是令人惋惜。

6

我刚跨过本格伦德公寓入口那扇玻璃门，就嗅到了一股警察的味道。低头看了看腕表上的时间，已经将近凌晨三点。在大厅昏暗的一个角落里，一个男人正坐在一张椅子上，用报纸蒙着脸打瞌睡。一双大脚在身前随意地伸展着。报纸的一角被风吹动，扬起一英尺，然后又落了下去。但那个男人自始至终都一动不动。

我穿过大厅，乘电梯到自己所住的楼层。我轻手轻脚地通过走廊，打开房门，把它大开着走进屋内打开了灯。

开关上的链条随之当啷作响，安乐椅旁的一盏站立式台灯亮了起来。放在牌桌上的棋子依旧四处散落着。

哥白尼克坐在屋内，脸上挂着严肃不悦的笑容。那个叫依巴拉的皮肤黝黑的小个子警察，坐在他的对面，我的左手边，一副似笑非笑的样子。

哥白尼克笑着露出比平时更多的大黄牙说道："你好，好久不见了。刚跟女人约会完回来吗？"

我关上了门，将帽子脱下，不停地缓慢揉搓自己的脖劲儿。哥白尼克还是一副笑眯眯的样子，依巴拉则用他那双柔和的黑眼睛望着某处出神。

"坐下吧，朋友。"哥白尼克拉长调子说道，"别拘谨，随意就行。我们得好好聊聊。你知道吗，我真讨厌大晚上的还要加班查案。你知道你家里快没酒了吗？"

"我早就知道了。"我倚着墙壁说道。

哥白尼克继续咧嘴笑着。"我一向对私家侦探不太感冒。但我从来没有机会，可以像今晚这样好好教训教训他们。"

他看似随意地拿起旁边椅子上的印花外套，一把将它扔在牌桌上。接着再次探身向下，拿出一顶宽檐帽子放在隔壁。

“我敢打赌你穿上这些看起来会更可爱。”他说道。

我抓起一把直背靠椅，把它转了一个圈然后跨坐在上面，将双手交叠放在椅背上，然后盯着哥白尼克。

他慢慢起身，故意放慢动作。穿过房间到我面前，理了理自己外套上的褶皱，然后举起右手朝我脸上重重挥了一拳。我的脸顿时一阵火辣辣地疼，但我忍住没有做出任何反应。

依巴拉在一旁一会儿看看墙壁，一会儿看看地板，假装没看到的样子。

“我真为你感到羞耻，朋友。”哥白尼克懒洋洋地说道，“你这样大费周章地把这些独家好货占为己有，还藏到自己那堆旧 T 恤下面。你这种无耻的臭侦探真让我感到恶心。”

他站立在我面前俯身盯了我好一会儿。我一动不动地坐在那里，一声不吭地望着他那双醉汉一般无神的眼睛。他再次攥起放在身体两侧的拳头，随后耸了耸肩，一个转身回到原来的椅子上坐下。

“好吧，剩下的以后再跟你算账。这些东西你是从哪里搞来的？”

“是一个女士留下的。”

“你最好给我从实招来。它们当然是属于某个女士的。你还真是个不知好歹的混账东西！我来提醒你它们是哪个女士的。就是沃尔道在街对面的酒吧里打听下落的那个女人，然后可怜的沃尔道两分钟之后就被人开枪射死了。你的小脑袋瓜是记不住这件事吗？”

我沉默不语。

“你是不是自己对她产生了兴趣？”哥白尼克嘲弄地说道，“你还真是聪明，朋友。把我耍得团团转。”

“那并没有令我变得有多聪明。”我说。

他的面容突然开始扭曲，一下子站起身来。依巴拉轻声笑了起来，急促而轻柔，听上去比呼吸声大不了多少。哥白尼克将目光移到他身上，盯着看了好一会儿。然后再次转向我，眼神缓和了许多。

“我的搭档喜欢你。”他说道，“他觉得你很不错。”

依巴拉脸上的笑容迅速退去，变回一副面无表情的样子，脸上完全没有一丝神情。

哥白尼克继续道：“你一直都知道那个女人是谁，也清楚地知道沃尔道住在哪里，就住在你楼下大厅对面的房间。你也知道沃尔道杀了个人打算畏罪潜逃，这个女人是他某个计划的一部分，所以他在逃跑前才急着要跟她碰面。可惜他永远不可能再见到她了。那个从东部过来，叫艾尔·特斯洛尔的劫匪把沃尔道射杀了，也顺带帮他了结了这事。所以你就私下偷偷跟那个女人见了面，帮她把衣服藏起来，然后助她逃走，之后再用小伎俩将事情隐瞒起来。像你这种人就是靠这种方法捞钱谋生，我说得对吗？”

“没错。但说实话，我也是刚刚才知道这些事。沃尔道的身份确认了吗？”

哥白尼克朝我咧咧嘴，露出里面的牙齿。他灰黄色的脸颊上满是皮肤被晒伤后留下的红点。依巴拉低头盯着地板，然后开口轻声说道：“通过华盛顿过来的电传结果，我们已经确认了他的身份。他的全名叫沃尔道·拉提根，是个有过小偷小摸案底的惯犯，曾经在底特律开车打劫过银行，案发被抓后他将同伙都供了出来，于是被赦免起诉。其中一个同伙就是那个叫艾尔·特斯洛尔的劫匪。他什么也不肯说，但我们认为他们在街对面酒吧里的相遇只是纯属偶然。”

依巴拉控制着自己的音量，用一种轻柔温和，似乎意有所指的声音说道。我回道：“多谢了，依巴拉。我可以来根烟抽抽吗？哥白尼克会不会一脚把它从我嘴里踢飞？”

依巴拉迅速微笑起来。“当然可以，你想抽就抽吧。”

“我的几内亚拍档果然喜欢你。”他嘲弄道，“你永远搞不懂他会对什么感兴趣，对吗？”

我点燃香烟。依巴拉看着哥白尼克用异常柔和的语气说道：“你老提几内亚，说得太过头了。我不喜欢你总把它套在我身上。”

“我才不在乎你的喜好，你这个几内亚黑人。”

依巴拉脸上保持着僵硬的微笑。“你真是大错特错。”他说。然后从口袋里掏出一把小指甲刀，低头剪起了指甲，目光一直望着地下。

哥白尼克开始自吹自擂：“我打从一开始就知道你这个人有问题，马洛。所以我们在逮捕那两个罪犯后，依巴拉和我都认为这件事需要再好好斟酌斟酌，仔细推敲一番。最好是再叫你过去盘问一下。我捎上了一张沃尔道在殡葬房拍的遗照，照片拍得很好，灯光恰好打在他的眼睛上，脖子上的领结也绑得端端正正，口袋里还塞着一块露出一角的白手帕。照片给后面的工作带来了很大帮助。按照惯例，我们先是找来了这里的经理，让他帮忙辨认照片里的人。他立刻就辨认了出来，告诉我们他是这里 31 号房的住户，叫 A. B. 胡梅尔。于是我们立刻过去 31 号房，在仔细搜查之后找到了里面那具早就僵硬的尸体。我们找来附近的人辨认死者，但没有人认识他。接着我们解开勒在尸体脖子上的皮带，在下面找到了好几个瘀青的指印。经过比对，指纹跟沃尔道的完全吻合。”

“这些发现真是了不起。我还以为自己谋杀了他呢。”我说。

哥白尼克死死盯着我，脸上停止了刚才一直保持的笑容，开始露出一个冷酷暴戾的表情。“是的，不只如此。我们还有了其他的发现。”他说道，“我们找到了沃尔道打算用来畏罪潜逃时使用的那辆车，还有他逃走时放在车上的物品。”

我将烟雾喷得到处都是。风在外面怒吼着，不停地拍打紧闭的窗户。房间里的空气变得污浊不堪。

“噢，我们警察可不是吃素的。”哥白尼克狞笑道，“只是没有料到你竟然这么大胆。过来看看这个。”

他将自己那双枯瘦如柴的手伸进口袋里，慢腾腾地掏出了什么东西举到小牌桌的边上，然后一把将它们放在绿色的桌面上，任由它们散落开来。是一串带着两片螺旋纹扇叶形状搭扣的珍珠项链，它在桌面上泛出柔和的色泽，在一片烟雾中仍然显得熠熠生辉。

是萝拉·巴萨利夫人的那串珍珠项链。那串她曾经的爱人——那个叫斯坦的飞行员送给她的珍珠项链。那个男人虽然已经死了，但她还深爱着他。

我一直盯着桌子上的项链，但依旧不动声色。就这样过去了很长时间，哥白尼克终于忍不住厉声说道："真是一串漂亮的珍珠项链，不是吗？你现在可以开口告诉我们它背后的故事了吗，马洛先生？"

我站起身，一把将椅子推到身后，慢慢踱步穿过房间，然后站在桌子前俯身看着桌面的珍珠项链。项链上的珍珠最大的一颗半径足足有三分之一英尺，每一颗都纯白无瑕，熠熠生辉，散发出迷人的柔和光泽。我情不自禁地伸出双手，从她衣服旁将项链小心翼翼地捧起，想要细细端详一番。它们摸上去圆润饱满、光滑细致又不失典雅。

"真是一串漂亮的珍珠项链。"我说道，"它就是造成这么多麻烦的根源。好吧，我愿意坦白一切了。它们一定价值不菲。"

依巴拉在我身后轻笑出声。"大约值一百美元。它们是高仿品，但始终是假的。"

我再次将珍珠项链捧起。哥白尼克那双了无生气的眼睛得意扬扬地望着我。我问道："你怎么能辨别出来？"

"我会辨别珍珠的真假。"依巴拉说道，"这串珍珠项链打造精妙，女性通常会故意打造一串这样的项链以防万一。但它们都是虚有其表，实则是玻璃打造的。真正的珍珠用牙齿咬起来会有种沙砾的粗糙感。你可以把它放到嘴里咬咬试试。"

我拿起两三颗珍珠放到嘴里，将它们在牙齿间来回移动，还放到侧边大牙上试了一下。我没有真的用力咬下去，但那些珍珠似乎全都非常光滑坚固。

“它们真的打造得很精妙。”依巴拉说，“有几颗甚至在表面还弄上了一些小纹理和扁平的斑痕，就像真正的珍珠那样。”

“如果这些珍珠是真的话，它们会值 15000 美元吗？”我问道。

“是的，很有可能。这很难估计，取决于很多方面。”

“这样那个叫沃尔道的家伙还不算坏透了。”我说。

哥白尼克猛地站起了身，但我根本没有留意他，我还在全神贯注地低头看着那串珍珠项链。他挥了一拳到我的脸上，砸在嘴巴臼齿的位置，我的嘴里马上泛起了一股血腥味。我向后踉跄几步，让自己看起来被打得很严重的样子。

“坐下给我把事情说清楚，你这个浑蛋！”他低声呵斥道。

我坐下，拿出一张手帕捂着脸，还用舌头舔舐嘴里的伤口。接着我再次站起，捡起我被他打掉在地的烟蒂，在烟灰缸里将它捻灭后才安心坐下。

依巴拉还在继续剪着指甲，同时将剪好的指甲放在台灯下细细端详。哥白尼克的眉间沁出颗颗汗珠。

“你在沃尔道的车里除了发现这些珍珠外，还有看到一些账单吗？”我朝依巴拉问道。

他头也不抬地摇了摇头。

“我相信你。”我说道，“事情是这样子的。我之前从来没有见过沃尔道，今晚在鸡尾酒酒吧里是我们的第一次碰面，他向我们打听女人的下落。我没有什么好隐瞒的。当我回家，乘着电梯上到这里的时候。我遇到了一个穿着一身蓝色绉纱真丝裙子，外搭女士敞式印花短夹克，戴着一顶宽檐草帽的女人，就像沃尔道向我们描述的那样，站在电梯门口，就是我们现在所在楼层。她看上去不坏的样子。”

哥白尼克一脸冷漠地放声大笑起来。这对我不会造成什么影响，我早就看透他了，他只不过是想知道那件事罢了。他现在马上就要得偿所愿了。

我继续说道："我知道接下来她会被警方传唤过去警局当目击证人。而且我想还会有其他的事情。但我不希望你们把任何事情怪罪到她的身上。她只是一个深陷麻烦的好女人罢了，她甚至都还没意识到自己深陷麻烦中了。当时我把她带到这里。她从自己的小皮包里掏出一把手枪指着我，但我知道她只是吓唬我，她根本不会开枪的。"

哥白尼克猛地站立起来，用舌头舔了舔嘴唇。他的脸看上去异常凝重的样子，就像一块雨后淋湿了的灰色岩石。然后整个人保持缄默。

"沃尔道曾经做过她的司机。"我继续道，"他的本名叫约瑟夫·克茨斯。她的真实身份是弗兰克·C. 巴萨利夫人，丈夫是一名电气工程师。珍珠项链是过去她的爱人送给她的礼物，她欺骗她的丈夫说只是从商店里买来的便宜货。沃尔道跟巴萨利夫人有一段时间走得很近，洞悉了珍珠项链的秘密。所以当巴萨利本人从南美洲出差回来，看到他长得相当英俊，一怒之下把他解雇掉的时候，他就偷走了那串珍珠项链。"

依巴拉突然把头抬起，惊讶地问道："你是说他不知道珍珠项链是假的吗？"

"我认为他把真的那串拿到黑市卖掉了，然后拿着这串假的过来滥竽充数。"我回答。

依巴拉点点头："不是没有这种可能。"

"他还偷走了其他东西。"我说道，"从巴萨利先生的公文包偷走的东西，那些东西会暴露巴萨利先生在外面包养情妇这件事，他包养的那个女人就住在本伦特伍德。他对巴萨利和巴萨利夫人两夫妇都分别进行了勒索，但他们两夫妇对此毫不知情。现在了解整件事的来龙去脉了吗？"

"我懂了。"哥白尼克从牙缝里狠狠地挤出这句话，脸上仍旧一副凝重的表情，"真是见鬼了。"

“沃尔道一点也不怕他们。”我说道，“他丝毫没有隐瞒自己所住的地方。我认为这事他干得太蠢了点，但如果他愿意冒险的话，倒是可以省不少功夫。那个女子今晚带着5000美元来到这里想把珍珠项链买回去。但一直找不到沃尔道本人，于是她只身一个来到这里找他。她考虑得很周密，行事非常小心，先乘了电梯到楼上再下来这里，于是便与我相遇了。我把她带到自己住的地方，当艾尔·特斯洛尔闯进来要杀我灭口的时候，她正藏在衣帽间内。她勇敢地拿着自己那把小手枪走了出来，把枪口抵在凶手的背部，救了我一命。”我说。

哥白尼克一动不动，脸上露出一副惊惶的表情。依巴拉终于剪完了指甲，将指甲刀放入一个小皮夹套里，然后再小心翼翼地塞回口袋里去。

“这就是全部的经过了吗？”他轻声问道。

我点点头。“她还告诉了我沃尔道的公寓所在，我便偷溜进去帮她找珍珠项链，没想到项链没找着，却发现了一具尸体。在他的口袋里我发现了一把崭新的车钥匙，挂在一个印着帕卡德汽车商的钥匙套里。我在不远处的街道上找到了那辆帕卡德小轿车，把它开到上面所写的地址去，发现了巴萨利包养情妇的地方。巴萨利派了一个在斯培兹亚俱乐部工作的手下去找沃尔道，想将从他那里偷走的东西买回来。没想到那个家伙没有听他的话乖乖交钱，反而想用枪来解决这件事。结果现在命丧黄泉。”

“就这些了吗？”依巴拉柔声问道。

“我把我知道的都告诉你们了。”说着我舔了舔嘴巴里流血的地方。

依巴拉慢腾腾地问道：“你想要什么？”

哥白尼克的脸因为激动都开始变形了，大力拍打着自己的腿说道：“这家伙还真不错。”他冷笑道，“他为了个女人误入歧途，几乎触犯了所有成文法律。你现在还问他想要什么？让我来给他他想要的东西！”

依巴拉将头转向他慢悠悠地说道：“我觉得你不会难为他。无论他想要什么，你会让他平平安安的。他这次可是给你这个当警察的好好上了一课。”

哥白尼克很长时间坐着一动不动，也一言不发。我们大家也纹丝不动。接着哥白尼克俯身向前，外套也随之掉落在地。他的警枪尾部从他腋下夹着的枪套里露了出来。

“你到底想要什么？”他问我。

“牌桌上的那些东西。那件夹克外套、帽子和那串假珍珠项链。还有最好不要让我们几个人的名字见报。我的要求并不过分吧？”

“是的，一点也不过分。”哥白尼克几乎温柔地说道。他将身子侧向一边，枪支随之干净利落地掉落手中。然后他俯身向前，单手撑在腿上，另一只手将枪抵住我的腹部。

“我更喜欢看到你因为拒捕被人狠揍一顿的倒霉样子。”他说道，“我更喜欢看到你那样，因为我今早逮捕艾尔·特斯洛尔时伪造的那份假报告和你欺骗我的事，也因为我今早才挂在警局走廊的照片和得到的荣誉现在都要烟消云散了。所以我更想看到你活得惨不堪言，笑都笑不出来的样子。”

我突然变得口干舌燥。远处传来狂风怒号的声音，听起来就像枪支扣动扳机的响声。

依巴拉将脚在地板上来回挪动，冷冰冰地说道：“我的好拍档，你都已经破了好几个案子了。你现在要做的只不过是在这里留下几件没用的垃圾，同时不让几个名字出现在报纸上罢了。就让他拿走那几样东西好了，又不会对你造成多大影响。”

哥白尼克固执地说：“我还是比较喜欢另一种方式。”他手中的那把蓝色手枪看起来就像块硬邦邦的石头，“如果你不肯跟我站在一边，那就自求多福吧。”

依巴拉继续说道："如果那个女人被牵涉进来公之于众，你就会成为谎报报告的骗子和背叛搭档的小人。我打赌一周内警局总部里都不会有人愿意提起你。提起你大家就会犯恶心。"

哥白尼克手枪上的金属锤扣不断击打在枪身上，手指也逐渐在扳机附近游移。

依巴拉站起来，一下子拿起手中的枪指向哥白尼克："那就来看看我有多大能耐。我现在命令你马上将手中的枪收起来，山姆。"

他开始移动起来，一连向前逼近了四步。哥白尼克呆呆地站在那里动也不动，气都不敢大喘一口。

依巴拉又向前迈了一大步，然后握着枪的手突然剧烈抖动起来。

依巴拉冷静地说道："把枪收起来，山姆。如果你缄口不语，让一切事情保持原样的话，我们就当什么也没发生过。不然的话，你就等着受死吧。"

他再次逼近一步。哥白尼克的嘴巴张得老大，发出一阵艰难的喘气声。然后整个人无力地跌坐到椅子里，就像脑壳上被人打了一枪似的，他的眼皮也耷拉了下来。

依巴拉将他手中的枪支一把打飞，速度快得几乎看不见影儿。然后他迅速后退，把举着手枪的手放下垂在身侧。

"都是这股热风惹的祸，山姆，我们还是握手言和吧。"他用一种平稳温和得近乎娇气的语调说道。

哥白尼克的双肩耷拉了下来，将脸埋在两手间，透过指缝轻轻说道："好的。"

依巴拉缓缓穿过房间，走到房门边把门打开。接着倚在门边半眯着眼，慵懒地对我说道："换了是我，我也会这样奋不顾身地帮一个救过我一命的女人。我很欣赏你这种勇气，但作为一名警察，我不能赞同你的做法。"

我对他说道："被挂在壁床上死去的那个男人叫列昂·瓦伦桑诺。

是斯佩兹亚俱乐部的一个轮盘赌桌服务员。”

“多谢啦。”依巴拉说道，“我们走吧，山姆。”

哥白尼克拖着疲惫的身子站起，迈开沉重的步伐走向门口，逐渐消失在我的视线中。依巴拉也紧随其后出了门，赶上他的步伐。

我大喊一声：“等一下！”

他回转身，将左手搭在门上，拿着蓝色手枪的右手耷拉在身侧。

“我做这些不是为了钱。”我说道，“巴萨利夫妇住在弗里蒙特大道 212 号。你可以亲自过去把珍珠项链交还给他们。如果可以不把巴萨利先生的名字公诸报端，我将得到 500 美元酬劳。我会把这笔钱捐到警察援助基金会里去的。我没有你想的那么聪明，只是当时事情就那么发生了。还有，你的搭档是个浑蛋。”

依巴拉将目光投向房间牌桌上的珍珠项链，眼睛闪烁着光芒。“这串项链交给你处理吧，我相信基金会会很乐意收到这 500 美元捐款的。”

他关上了门头也不回地走了。不一会儿，外面传来了电梯门打开的声音。

7

我打开房间里的一扇窗户，探出头去，看着警车逐渐驶离街区。风依旧猛烈地刮着，墙上的一幅画被刮落在地，牌桌上的两颗棋子也滚到了地上，但我依然任由它刮进屋内。萝拉·巴萨利夫人的印花开襟外套也在风中颤抖飞扬。

我走到厨房，给自己倒了一杯苏格兰威士忌后回到客厅，然后拨通了巴萨利夫人的电话，尽管时间已经很晚了。

电话很快被接起，是巴萨利夫人本人，她的声音听起来没有一丝睡意。

“我是马洛。你那边只有自己吗？”我说。

“是的，就我自己一个人。”她回道。

“我找到了些东西。”我说道，“或者说是警察找到的。但你被沃尔道骗了，我现在手头上有一串珍珠项链，是在他的车上找到的，经过鉴定是假的。我觉得真的那串早就已经被他拿到黑市里转手卖掉了。然后拿了上面的搭扣伪造一串假的来敲你竹杠。”

她在电话那头沉默良久，然后用虚弱的声音回道：“是警察找到的？”

“在沃尔道的车上发现的，但具体过程他们没有详细说明。我们之间达成了一项协议。你看看明天的早报就明白是怎么回事了。”

“看来我也没什么话好说的了。我可以拿回那个小搭扣吗？”她说道。

“当然，你明天有空到‘绅士俱乐部’的酒吧那里跟我见一面吗？”

“你真是太贴心了。”她拖着调子说道，“没问题。弗兰克还在外地开会没回家。”

“那些没完没了的会议真是令人耗费心力。”我说。然后我们互相道别挂了电话。

我拨通了一个西洛杉矶的号码。他还在那里，和那个俄罗斯女人在一起。

“你明早就可以给我寄一张500美元的支票了。”我说，“或者直接寄到警察援助基金会那里去，如果你愿意的话。反正那里是它的最终归宿。”

关于哥白尼克的报道占了早报整整三页的空间，报纸还刊登了他的两张照片和半页专栏采访。关于31号公寓的棕色皮肤小个子男人的事根本没有出现在报纸上。公寓房屋协会这边也进行了很好的善后公关工作。

吃完早餐后，我出外散心。昨天刮了一天的狂风终于停了，天气变得凉爽舒适，空中还萦绕着一层淡淡的薄雾。略带灰色的天空看上去美丽宜人，挂在上面的云层似乎触手可及。我开车到市区的商业大道上，找到其中最好的珠宝店走了进去，将手中的珍珠项链放在店里打在天蓝色柔和灯光下的黑色法兰绒衬布上。一个穿着翻领衬衫和条纹裤子的店员走了过来，漫不经心地低头看了它一眼。

“这串珍珠怎么样？”我问道。

“对不起，先生。我们店里不做珠宝鉴赏。我可以给你推荐一位珠宝鉴赏家。”

“不要开玩笑了，它们可是荷兰产的珍珠。”

他俯下身子，将项链捧起靠近灯光一些，一脸不置可否的样子端详起来。

“我想用这个搭扣做一串跟这个一模一样的珍珠项链。要尽快交货。”我说道。

“怎样子的？跟这串一样吗？”他头也不抬地说道，“他们不是荷兰货，是波西米亚那边产的。”

“好吧，你能仿制一串一模一样的出来吗？”

他摇摇头，将放着项链的天鹅绒布鄙夷地推到一边，好像多看一眼会玷污眼睛似的。“可以吧，大概要三个月。我们这个国家不生产这样的玻璃，如果你要仿造一串一模一样的至少要等三个月的时间。还有，我们店里根本不接这样的活。”

“看你一副目中无人的样子，想必工艺上乘。”我说。顺势将名片放到他的黑色袖子边。“给我推荐一个会接这种活的人，最好不用三个月那么久的，也可以不用完全一样。”

他不以为然地耸耸肩，拿着名片走到柜台后。五分钟后，他再次回到这里，将名片交还给我，背后写上了名字和一串电话号码。

这是一家由一个年迈的黎凡特人在梅尔罗斯开的杂货店，店里货品种类繁多，从婴儿折叠车到法国号角，从放在年代久远到早已褪色的法兰绒上的祖母珍珠长柄望眼镜到 44 毫米口径特制单动式六连发左轮手枪，这种手枪至今还有西部某些祖父是牛仔的维和地方官使用。

黎凡特小老头头上戴着顶无檐便帽，鼻子上还架了副眼镜，一嘴浓密的胡子。他认真研究了一下我手中的珍珠项链，摇摇头遗憾地说："20 美元。基本上可以仿造出跟这串差不多的，但没有这么好，你懂的，找不到这么好的玻璃了。"

"看起来有多像？"

他摊摊手。"我现在就告诉你真相吧。"他说道，"它们连三岁小孩都骗不了。"

"把它们尽快做出来。"我说道，"装上这个搭扣，当然了，原来这一串也给回我。"

"没问题，两点钟过来取货吧。"他说。

午报上终于刊登了关于列昂·瓦伦桑诺——那个棕色皮肤的小个子乌拉圭人——的报道。他的尸体在某栋公寓被警方发现，现正立案调查。

下午四点钟，我走进了绅士俱乐部的酒吧里。一路沿着狭长的前台前进，几经找寻，我终于看到了一个独自坐在桌子旁的女士。她戴着一顶帽檐极宽，浅底汤盆形状的帽子。一身剪裁得体的棕色套装，内搭线条简洁的中性衬衫和领结。

我在她身边坐下，将一个小包裹从桌面用手推到她面前。"你最好不要打开了。"我说道，"实际上你直接把它扔到垃圾焚化炉里得了。如果你愿意的话。"

她睁着一双看上去略带倦意的眼睛看着我。手里把玩着一个薄口玻璃杯，杯子里散发出阵阵清爽薄荷香味。"谢谢你。"她的脸色异常苍白。

我点了一杯威士忌，服务员便走开了。“看到今天的报纸了吗？”

“看了。”

“你做的事情被这个叫作哥白尼克的警官先生顶替得功了，所以他们没有把你牵涉进去。”

“现在怎样都无所谓了。”她说道，“不管怎样，谢谢你这么帮我。请你，请你把它们拿给我看看好吗？”

我从口袋里掏出那串用餐巾纸草草包起的珍珠项链，越过桌子递给她。墙灯上的灯光打落下来，恰好照在项链上，上面的银质螺旋纹搭扣和镶嵌的碎钻闪闪发光。珍珠却暗淡如白色皂块，甚至连大小都不一致。

“你说得对。”她用毫无感情的语调说道，“这不是我的那串珍珠。”

服务员端着我的酒走了过来。她迅速将项链藏进包里。等服务员走远后，她将项链从包里拎起再次细细端详了一番。然后扔进包里，朝我露出一声干涩的苦笑。

我双手撑着桌面，静静地站立了一会儿。

“像你所说的那样，我会把搭扣留下来好好收藏的。”

我开口缓缓道：“你一点也不了解我。你昨晚救了我一命，我们之间也一度产生了火花，但那只有一瞬间，你还是谈不上对我有任何了解。市区警局里有一名叫依巴拉的警察，是一个十分友善的墨西哥男子。从沃尔道的行李中找到珍珠项链时他也在现场，你可以去找他问问证实一下……”

她回道：“别傻了，一切都结束了。只剩下回忆罢了。我当时太年轻了，所以无法放下这段感情。这可能是最好的结局，这一切都让时间来弥合吧。我曾经爱过斯坦·菲利普，但他已经不在人世间很久了。”

我望着她，什么也说不出。

她继续平静地说："今早我的丈夫还向我坦白了一件一直隐瞒着我的事。我们马上要离婚了，所以我今天看上去可能会有点闷闷不乐的样子。"

"我对此感到很抱歉。"我蹩脚地安慰她道，"我也没什么可说的了。大家有缘再见吧。祝你一切顺利。"

我站起来，和她对视了一会儿。她突然开口说道："你还没有喝过那杯酒呢。"

"你爱喝的话喝掉它吧。酒里那股薄荷味浓到令人发晕。"

我单手撑桌又站了一会儿。

"如果有人敢找你麻烦的话，你尽管来找我。"我说。

说完我头也不回地离开了酒吧。钻进车里发动车子朝西驶上日落大道，一路开到海岸高速公路上。一路上经过的地方到处都是被炙热的狂风吹到枯黑掉落的树叶和凋萎零落的花朵。

但大海看起来还是像往前一样深邃而广阔。我将车子开到差不多到马里布边界的地方停了下来，下车走到路边一处人家屋外，在篱笆里的一块岩石上坐下。海里的潮水已经涨至海滩一半的地方，并且还继续上涨。空气中弥漫着一股海草特有的咸鲜气息。我静静地眺望了一会儿远方的大海，然后掏出口袋里那串波西米亚玻璃仿制的珍珠项链，将链子一端打的结解开，让上面的珍珠一颗颗滑落到手中。

珠子现在全都松散地躺在我的左手上，我举着它们，静静思索了一会儿，但其实脑子里一片空白。我很确定。

"以此祭奠斯坦·菲利普先生。"我大喊道，"又一个装模作样的伪君子。"

我将手中的珍珠一颗颗砸向大海，它们掉落水中时在海面溅起阵阵水花，惹得那些原本静静伫立在海面的海鸥争相飞起，朝水花激起的地方俯冲过去。

宾格教授的鼻烟

不过才早上 10 点，劲爆的舞曲已是震耳欲聋。嘣、嘣、嘣，低音炮不断响着，地板几乎都在震颤。乔·佩蒂格鲁正拿着剃须刀在脸上来回滑动，“滋滋”的声响合着音乐声，地板和墙壁都随之震动起来。他的脚趾头似乎都能感觉到震颤，而这种震感随即从脚尖延伸至腿部。邻居们对这种音乐可谓情有独钟。

已经到了早上 10 点，盛放着冰块的杯子，显出绯红的脸颊，透出些许呆滞的眼神，傻里傻气的笑容，恣意放纵的大笑。

他拔出插头，剃须刀立刻停止了声响。当指尖划过下颌的棱角，他看到镜子中一双忧郁的眼睛。“洗干净了。”他咬着牙挤出一句话来，“52 岁的你已到了不惑之年，我很讶异，你居然还在那里，我竟然能看到你。”

他对着剃须刀里残留的胡须楂子吹了吹，套上保护盖，接着小心翼翼地用绳子缠住剃须刀刀身，最后收进抽屉里。随后，他拿出须后润肤乳，和着水揉出泡沫，然后仔细地用毛巾将脸擦干净。

他皱起眉头，看着镜子里憔悴的面孔，然后转过头看向浴室窗外。今早，晨雾稀薄，阳光媚好，天朗气清，一眼就能望到市政厅，可是谁愿意看到市政厅？去他的市政厅。他出了浴室，走下楼梯，随手穿上外套。“嘣、嘣、嘣”的声响依旧，就好像进了家廉价的酒馆，到处充斥着烟味、汗味和香水味。大厅的门半掩着，他走了进去，正看到他们两人面贴着面，在屋子里慢慢地晃悠着。他俩搂得很近，眼神迷离，正沉浸在二人世界里。这两人都没喝醉，喧嚣的音乐就足以点燃气氛。他就站在那儿，看着他们。他们转过身，即使看到了他，也懒得正眼瞧他一眼。葛莱蒂唇边透出一丝极淡的冷笑。波特格林嘴角还叼着一支烟，烟雾中半耷着眼。这是一位身材高大，肤色黝黑的男子，头发已些许灰白，着装考究，眼神躲躲闪闪，或许是个二手车推销员，或者在做些轻松的工作，不太像干正经事的。音乐停了下来，有人开始滔滔不绝地打起广告，一起跳舞的两人也分开了。波特格林走过去，将音量调低，而葛莱蒂则站在屋子中央，对着乔·佩蒂格鲁打量起来。

“亲爱的，需要帮忙吗？”她询问道，语气透出轻蔑。

他摇了摇头，一言未发。

“不如你帮我个忙，马上给我滚。”她咧开嘴，放声大笑起来。

“算了格拉，别拿他开玩笑。就算他不喜欢舞曲，那又如何？世上总有你不喜欢的事，不是吗？”

“当然有，比如说他。”葛莱蒂说道。

波特格林走了过来，拿起一瓶威士忌，在咖啡桌上张罗起两个高脚玻璃杯。

“乔，喝一杯怎样？”他问道，眼都没抬一下。

乔·佩蒂格鲁又轻轻地摇了摇头，默不作声。“他可真会耍把戏，除了不会说话外，其他倒和常人无区别。”葛莱蒂说道。

“啊，闭嘴。”波特格林懒洋洋地说道。他手中拿着两杯盛满酒的玻璃杯，站了起来：“这样，乔，这杯酒我请你，你该不是担心这事吧。不喝吗？好吧。”他递给葛莱蒂一杯酒，两人便对饮起来。透过玻璃杯，他们看到乔·佩蒂格鲁正在门口，缄默不语。

“你知道我和那人结过婚。”葛莱蒂若有所思地说道，“我居然和他结过婚，真不知道我当年吃错了什么药。”

乔·佩蒂格鲁退到走廊上，半掩上门。葛莱蒂盯着他，换了种语气说道：“和以前一样，他让我感到害怕。他就站在那里，什么也不说，也从不抱怨，从不生气。你觉得他脑子里到底在想什么？”

那位广告推销员终于不再聒噪，换了一首新歌。波特格林走过去将声音调大，然后又把它调小。“我想我可以猜到，这应该是一个很老套的故事。”说完他又将音量调大，并伸出双臂。

乔·佩蒂格鲁走到外廊，掩上那扇沉重的旧式大门。身后的大门紧紧地关闭着，将他与屋内收音机的噪音隔绝开来。他朝屋子的正面望去，前窗紧闭着，躁动的音乐也不再震耳欲聋。这些旧式的屋子都建得十分结实。他正想着这些草是否要修剪修剪时，一个外表滑稽的男人直直朝他走了过来。你有时能看到身着夜礼服斗篷的男人，但是绝不可能发生在莱辛顿大道的那条街上，也绝不可能出现在早上，更不可能还戴着一顶大礼帽。乔·佩蒂格鲁目不转睛地盯着他的高礼帽，帽子显得有些陈旧，已经磨起了毛边，好像猫身上立起的细毛。身上穿的斗篷也不像阿德里亚的款式。这个男人鼻梁高挺，眼窝深陷，脸色虽然苍白，但是看着不像是生了病。他站在石阶底端，抬头看着乔·佩蒂格鲁。

“早上好。”他抚了抚帽檐说道。

“早上好。你今天卖点什么？”乔·佩蒂格鲁问道。

“我不卖杂志。”那男人回道，“我也没什么要买的，朋友。”

“我也无意向您打听。您是否有一张自己的照片？可以用美丽的水彩对它进行染色，它会像照在马特洪峰上的月光一样透亮。”说着，他就将手收到斗篷底。

“你的斗篷里不会有一台真空吸尘器吧。”乔·佩蒂格鲁说。

那男子继续说道：“我的口袋里可没装着整套不锈钢餐具，不是我没办法做到，只是我不想而已。”

“但是你肯定在兜售某些东西。”他干巴巴地说道。

“我来这儿的目的，是将一些东西赠送给合适的人，而且要经过精挑细选……”男子答道。

“西服俱乐部，我不知道竟然有这种组织。”乔·佩蒂格鲁一脸嫌恶地说道。

这个高瘦的男子将手从斗篷中取出来，手中多了一张卡片。

“精心挑选出少数人。”他口中重复着这些话语，“今早有些犯懒，或许我选一人已足矣。”

“那人就是我吧。”乔·佩蒂格鲁说道。

那男子将卡片拿出，乔·佩蒂格鲁接过来，看到上面写着“奥古斯都·宾格教授”，在角落上还附着行小字“白鹰牌脱毛粉”，还有一行电话号码和一个北威尔科克斯的地址。乔·佩蒂格鲁用指甲弹了弹卡片，摇摇头说道：“我从不用这玩意儿，朋友。”

奥古斯都·宾格教授微微笑了笑，或许不过是他的唇往上翘了些许，眼角稍稍皱起而已，姑且称之为微笑吧，不用刻意深究。他又将手收回到斗篷里，拿出一个小圆盒，大小和打印机色带盒子差不多。他举起盒子，上面清晰地写着“白鹰牌脱毛粉”。

“我觉得您应该知道脱毛粉的作用，额，怎么称呼您……”

“佩蒂格鲁，乔·佩蒂格鲁。”乔·佩蒂格鲁温和地答道。

“啊，我的直觉是正确的，你遇到麻烦了。”宾格教授一边用指尖敲打圆盒子，一边说道，“佩蒂格鲁先生，这个可不是脱毛粉。”

“等一下，最开始，你说这是脱毛粉，怎么之后又说不是了，接着还说我遇到麻烦，又是为什么，难道因为我叫佩蒂格鲁吗？”乔·佩蒂格鲁问道。

“别着急，佩蒂格鲁先生，我来跟你说说这来龙去脉。这儿的房子残破不堪，根本就没人愿意来。你的房子虽然陈旧，但是保存良好，一点也不显破败。正因为如此，你才是这房子的正主。”

“不如说我是这房子的主人之一。”乔·佩蒂格鲁说道。

教授举起左手，掌心向外，说道：“请别说话，我继续为您分析。这年头赋税很高，而你又是房子的主人。如果你有经济能力，你早就搬走了。但为什么你还住在这儿呢？因为这套房子你卖不出去。不过这毕竟是一套大房子，所以你就租给很多人住。”

“只有一个租客，只有一个。”他叹了口气，说道。

“你应该在 48 岁上下。”教授猜道。

“还应加上或减掉 4 年。”乔·佩蒂格鲁说道。

“你刮了胡子，穿着干净整洁，但是你的表情却并不快乐。因此我猜想，你有一位年轻的妻子，平时娇宠惯了，极难讨好。我还猜测……”他突然打住，拆开盒子绑带，盒子里装的并不是脱毛粉。“我停下来好好想想。”他平静地说道，“这个，不是哥本哈根鼻烟。”他打开盒子说道，乔·佩蒂格鲁看到里面装着半盒的白色粉末。

“我虽是个有耐心的人，但请你别跟我卖关子了，请直接告诉我这是什么。”

“这是鼻烟。”教授冷冰冰地回答道，“宾格教授的鼻烟，是我的鼻烟。”

“我从不用鼻烟。”乔·佩蒂格鲁说道，“但是，我可以告诉你，沿这条街往下走，一直走到尽头，就会看到一间极具都铎风格的庭院，叫作莱克星顿堡。里面有许多不知名的小演员和临时演员，大部分时间都闲得很，常常喝着 65 度的烈酒打磨时光，鼻烟可能正对他们的胃口。如果你想赚点钱，去那儿最合适不过了。”

“宾格教授的鼻烟并不是可卡因。”教授冷冰冰又不失尊严地说道，他将斗篷紧紧裹住身体，抚了抚帽檐，左手依旧拿着那个小盒子，转身便离开了。

“朋友，可卡因算什么，比起我的鼻烟，可卡因不过是爽身粉罢了。”

乔·佩蒂格鲁看着他沿着马路上的人行道往下走去，古老的道路两旁都栽满了古树，郁郁葱葱。莱克星顿大道两旁则生长着茂密的香樟树。树上刚冒出的新鲜的嫩叶，还透着点点粉色，似乎给大树穿上了一套新装。宾格教授在林荫下走着走着，渐渐远去了。房子里“嘣、嘣、嘣”的劲爆声音仍未退去，那两人现在估计已经喝了三四杯酒，面贴着面，口中还哼着音乐。不过一会儿，这两人可能就在沙发上滚作一团，难舍难分。好吧，那又能怎样？不知 52 岁的葛莱蒂会是个什么样，现在的她肯定和之前在合唱队唱歌的她大相径庭，他不禁这样想到。

他打住了这些念头，继续观察宾格教授，他这时正立在一株香樟树下，往回看了看。他将手举至帽顶的边缘，将帽子提起，对着他鞠了一躬，乔·佩蒂格鲁则礼貌地向他挥了挥手。乔·佩蒂格鲁清清楚楚地看到，宾格教授慢慢地将帽子戴上，随后从盒子里捏了一小撮粉末，推入鼻孔中。乔·佩蒂格鲁几乎能听到他吸鼻烟时发出的吸气声，吸鼻烟的人常常这样做，因为这能将鼻烟吸到鼻膜上。

他当然不可能真的听到宾格教授的吸气声，一切都源自想象罢了。不过，他高高的礼帽，夜礼服斗篷，瘦长的腿，常年不见阳光而显得苍白的脸庞，深陷的黑色双眼，举起的双臂，拿着圆盒的左手，这一切倒是真真切切地尽收他眼底。宾格教授在不过 50 英米开外的地方，正站在从脚下数起的第四株香樟树下。

但实际情况恐怕并非如此，如果宾格教授站在树前的话，乔·佩蒂格鲁应该根本无法看到整个树干、草坪、路肩膀以及街道。宾格教授瘦长又奇怪的身形恐怕遮住一些东西，可是这时哪儿有宾格教授的身影，他根本就没站在那儿，根本就没人在那儿！

乔·佩蒂格鲁看向街道的另一边，眼睛直勾勾地盯着大道，身子紧绷，耳朵几乎听不到房子里收音机发出的声响。这时，一辆小车转过路口，沿着这条街道行驶，车后扬起阵阵尘土。树上的叶子发出微弱的沙沙声，几乎难以察觉，接着某种东西发出一阵窸窸窣窣的声响。

一阵脚步声缓缓地朝乔·佩蒂格鲁走来，没有鞋跟着地的声音，只听到皮鞋沿着水泥路上轻轻地划过。他脖子后的肌肉开始疼痛起来，也能感觉到自己的牙关紧紧地咬着。脚步慢慢地走过来，非常接近了，随之而来的则是一片万籁俱寂。接着这沙沙的脚步声又渐渐绕开乔·佩蒂格鲁，随后，宾格教授的声音不知从何处传来：“佩蒂格鲁先生，我愿意免费提供给您一份样品，当然，我很乐意进一步为您提供货物和更好的服务。”脚步声又沙沙响起，渐渐远去。不一会儿，乔·佩蒂格鲁就再也听不到一丁点动静了。他自己都没明白为何要往脚下望去，但他就是这么做了，脚下台阶上什么也没有，除了右边的鞋尖边上多了一个类似打字机色带盒的小圆盒，盒盖上用斯宾塞字体清晰地写着“宾格教授的鼻烟”。

乔·佩蒂格鲁像一位年事已高、行动不便的老人，或者像一名还沉浸在梦中的人一样，极其缓慢地弯下腰，拿起盒子，紧紧地握在手中，最后放入口袋。

收音机依然发出“嘣、嘣、嘣”的声响。葛莱蒂和波特格林可没工夫理会，他俩正在沙发上抱成一团，双唇交织在一起，难舍难分。葛莱蒂长长地叹了口气，睁开双眼，朝屋子四周望了望，接着她身子突然绷紧，猛地挣开了波特格林，只见房里那扇门缓缓地推开了。

“亲爱的，怎么了？”

“快看那门。他现在干吗去了？”

波特格林转过头来，这时的门已经大开，但是看不到任何人。“好吧，门打开了，那又怎样？”他有些含混不清地说道。

“是乔。”

“就算是他，那又能怎样？”波特格林怒气冲冲地说道。

“他就藏在外面，他肯定在算计着什么。”

“呸！”波特格林站起来，走了过去。

他将头伸出去望了望，转过头来说道：“一个人影也没见着，应该是风把门吹开了。”

“根本就没风。”葛莱蒂说道。波特格林将门关上，感觉门已经紧紧关上，又不放心地晃了晃门，门确实扣紧了。他朝屋子里往回走，还没走到沙发，那门在他身后又“咔”的一声响了起来，接着慢慢地打开了。在收音机强劲的节奏中，葛莱蒂惊声尖叫起来。

波特格林气冲冲地走过去，狠狠地按掉收音机，生气地转过身来。

"别耍我，我不喜欢开这种玩笑。"他从牙缝间蹦出这几个字。

葛莱蒂目瞪口呆地坐在沙发上，直勾勾地盯着那扇开着的门。波特格林走向门，跨了出去。门外空无一人，悄然无声。之后在很长的一段时间里，整栋房子都是静悄悄的。

突然，楼上的屋子背后传来了某人的口哨声，波特格林又关上门，将门固定住，但没上锁。他应该将门锁好才对，那样或许能省下不少麻烦，可他并没有那样做。可惜他并不是一位特别敏感的人，脑子里还想着其他事情。不过，门锁不锁其实都一样。

有些事情需要细细琢磨，比如那些发出的声响，只要收音机一打开，就能被掩盖掉。就算收音机声音并不大，也照样听不到。或许收音机连开都不需开，也听不到一点声响。该死的邻居，地板还是和往常一样震天动地。乔·佩蒂格鲁对着浴室镜子里的自己轻蔑一笑："我们两人相处这么长时间，我们真是一对好兄弟。从现在开始，你应该有一个自己的名字，我就叫你约瑟夫好了。"

"别跟我耍什么花招。"约瑟夫说道，"我可不是包子，我向来爱憎分明。"

"我需要你的建议。"乔说，"我是说真的，想想宾格教授给我的鼻烟，确实起了作用，葛莱蒂和她的那位男朋友都看不到我。我就站在开着的门那儿，他们的眼睛就盯着我的方向，但是他们看不到任何东西，所以才引得葛莱蒂惊声尖叫起来。要是在平时，她看到我，哪里会感到一丝害怕。"

"她也可能会放声大笑。"乔说道，"可是约瑟夫，我能看到你，当然你也能够看到我。想想要是鼻烟的功效渐渐消失，可如何是好？功效肯定会消失的，不然宾格教授怎么赚钱？所以我得知道时限是多长。"约瑟夫回答道："你总归会知道的，当这种作用消失的时候，就会有人朝你望去，你就知道了。"

"如果你能从我的角度想想，就该明白，那种方式很不方便。"

乔·佩蒂格鲁说道。

约瑟夫点点头，他心里很清楚。“也许这烟的效果不会消失，也许宾格教授还藏着另一种粉末，用于解除效用。也许这就是个诱饵，他给你这种可以隐身的鼻烟，当你想恢复如常的时候，就得揣着一大把钞票跑去找他了。”乔·佩蒂格鲁想了想，心里否定了这种念头，事情应该并不是这样，因为宾格教授所给的卡片上标明的地址是威尔科斯特，也许那是一幢办公大楼的名字，楼里还安装着电梯。假如宾格教授等待的顾客都隐身，不过如果别人触碰到这些顾客，就可能会察觉到他们的存在。好吧，除非这种作用不会消失，不然选择在办公楼里营业真的很不切实际。

“好吧，我同意你的看法。”约瑟夫有些酸溜溜地说道。佩蒂格鲁接过话：“下一个问题就是关于这种隐身的能力会在什么地方消失。我是说，葛莱蒂和波特格林都看不到我。他们应该看不到我穿的衣服，因为他们若是看到一套空荡荡的衣服站在门边，估计比什么都没看到吓得更够呛。应该会有某种系统进行控制，难道是我碰到了衣服，所以他们都看不到？”

约瑟夫说：“也有可能，就像你的衣服一样，你碰到的任何东西都能隐匿起来。”

乔又道：“但是我碰到了门，但是我觉得那门并没有消失不见。我应该并没有真正意义上触碰到我所有的衣服。我的脚贴着我的袜子，我的袜子贴着我的鞋。我确实碰到穿着的衬衫，但是我并没有触碰我的外套啊。还有，我口袋里装的东西又怎么说？”

约瑟夫说道：“也许你有一种光环，或者说磁场，再或者是你的性格之类的，任何进入你场力之内的物体，都能像你一样隐身。不管是烟、钱还是其他属于你的东西，都能消失，但是像门、墙壁和地板就无法受你影响了。”

乔·佩蒂格鲁一脸严肃地说道：“我觉得这不太符合逻辑。”

约瑟夫冷冷地问道："你还谈逻辑？那位古里古怪的宾格教授会和有逻辑的人谈生意吗？这桩生意从头到尾哪里体现出逻辑了？他挑选了一个完全不认识的陌生人，一个之前从未见过也从未听说过的人，免费将一盒鼻烟赠送给这个陌生人，这人呢恐怕是这条街上立即就使用鼻烟的第一人吧。这事自始至终，哪里有逻辑了？在猪眼里，这就是逻辑。"

乔·佩蒂格鲁慢条斯理地说道："那么我应该带些什么东西下楼，同时让他们什么也看不到，甚至什么都听不到。"

"你可以拿一只高脚杯试试。"约瑟夫说道，"你可以这么做，当正好有人伸手拿杯子的时候，你马上提起它。你立刻就知道你触碰杯子的时候，杯子是否也消失不见了。"

"这个方法不错。"乔·佩蒂格鲁顿了顿，若有所思地回答道，接着，他又开口说道："我想知道你是逐步地恢复原形，还是'嘣'的一下子，突然就变回原样。"

约瑟夫说道："我觉得是'嘣'的一下子，不然那位年迈的绅士为什么要称自己为'宾格'。我觉得实现隐身和解除隐身的方式是相同的，都是突然发生的。你要弄清楚的重点是，到底什么时候隐身会解除。"

"我会搞清楚的。"乔·佩蒂格鲁说道，"我会小心行事的，丝毫不能大意了。"他朝镜子里的自己点点头，约瑟夫也向他点点头。正当他转身离去时，又说道："我只是觉得有些可惜了波特格林，他在她身上花了那么多时间和金钱。如果我有了一叶知秋的本事，那么他所得到的不过是无尽的嘲讽罢了。"

"有些事你也说不准。"约瑟夫说道，"对于我而言，他可不像会吃亏的人。"对话就此打住。乔·佩蒂格鲁走进浴室，从橱架上将一只陈旧的箱子拿了出来，箱子里装着一个皱巴巴的公文包，绑在上边的绳子已经断开了。他拿出一把小钥匙，打开公文包，包里装着一个硬邦邦的包裹，四周都用法兰绒裹得严严实实。法兰绒里裹着的是一只旧羊毛袜，袜子里装着一把上满子弹的0.32口径的自动手枪，光泽油亮，纤尘不染。

乔·佩蒂格鲁将手枪放入右边的裤袋里，心情无比沉重。他将箱子放回原处后，便下了楼。他踮起脚，尽量放轻脚步，随后他又觉得自己真是蠢得可以，因为收音机依旧欢快地唱着歌，就算发出“嘎吱”的声响，也没人能听到。

他下了楼梯，来到大厅的门前，轻轻地敲了敲门，但是门被锁上了。应该是上了弹簧锁，那还是将楼下改装成单身公寓进行出租的时候装上的。乔拿出钥匙串，将钥匙轻轻地插入锁孔，慢慢地转动，他感觉插销弹了回来。弹簧锁根本没锁上，怎么会这样？只有在大晚上的时候，心慌意乱的你才会这么做。他用左手握住门把手，轻轻地将门推开一些，好让锁松开，这可是一种开门诀窍。插销解开后，他又将门把手拉回原来的位置，最后取下钥匙。接着，他紧紧地握住门把手，推开门，直到他能将房里的情形都看得清清楚楚。房里只有收音机在聒噪地响着，没有尖叫声，也没有人注视着门，到目前为止，一切都进行得很顺利。

乔·佩蒂格鲁将头伸进门里，往里面瞧了瞧。屋子里暖洋洋的，弥漫着香烟的味道和人的气息，还飘散着一丝酒香，但是却空无一人。乔推开门，走进屋里，皱了皱眉，一脸失望。接着他失望的表情又变成了一脸的嫌恶。

客厅的那扇推拉门原是通向餐厅的，而今餐厅改装成了卧室，但是这扇推拉门从那时起就一直保留了下来，而现在，这扇门正紧紧地关闭着。乔·佩蒂格鲁无声无息地站在那儿，面无表情地盯着推拉门。

他漫不经心地抬起手，捋了捋稀疏的头发。在很长的一段时间里，他的脸上始终没有一丝表情，接着，他扬了扬嘴角，露出了意味深长的微笑。他转身将门关上后，朝着沙发走过去，这时，他看到两只高脚杯，杯底的冰已经化了一半，一些小冰块浮在杯面上，杯子旁还放着一只开了瓶的威士忌，烟灰缸里盛放着脏兮兮的烟蒂，有一个还冒着一缕缕青烟。

乔在沙发的一角静静地坐了下来，看了看手表。自从他认识宾格教授以来，似乎已经过了很长很长一段时间，长到仿佛进入了另一个世界。现在，要是他能清楚地记下拿到鼻烟的时间就好了。也许是10点20分左右，他想。时间要是能确定一些就更好了，要是能再延长一些就更好了，要是能再体验一次就更好了。这些当然更好啦，但是事情什么时候如过他的意？

他现在什么也想不起来，自从遇见葛莱蒂后的每一件事都想不起来。

他从口袋里掏出自动手枪，放到跟前的茶几上，坐在那儿，出神地望着它，收音机依旧放着嘈杂的音乐。接着他拿起枪，以近乎优雅的动作松开了保险栓，做完这些后，他身体又往后靠去，静静地等着。在等待的过程中，他的心中平静得不起一丝情绪。他依稀能听到，紧闭的双层门后传来些许声响，但是他并未在意，一方面是因为收音机叽叽喳喳吵个不停，另一方面则是因为他正沉浸在思绪里。

这时，推拉门滑开了，乔·佩蒂格鲁立即伸手过去，一把拿起茶几上的手枪，放在膝盖上，动作干净利落，一气呵成，他甚至都没有朝门看过去。门已经开到能够容得下一个人的时候，波特格林的身影出现了。他手扶着门，手指因为发力而泛白，身子摇摇晃晃，像是一名醉汉，但实际上，他并没有喝醉。他双目圆睁，直勾勾地盯着前方，嘴角还带着傻笑，脸上和圆鼓鼓的白肚皮上都沾满了汗液。他近乎赤裸，全身上下只挂着条短裤，脚上也没穿鞋，脑袋上布满了汗珠，头发也是乱成一团。他的脸上浮现出一丝猜不透的表情，但是乔·佩蒂格鲁没看到，因为他正盯着两脚之间的地毯，膝盖上还放着那把手枪，枪口撇向一侧，并未瞄准任何东西。

波特格林深深地吸了一口气，长叹一声，手放开了门，急冲冲地跑进客厅，目光在茶几上的威士忌周围扫过，而乔·佩蒂格鲁就正坐在对面的沙发上。随后，他锁定了酒瓶，微微转了转身子，在距离酒瓶尚远的地方，就弯腰去拿酒瓶。酒瓶碰到茶几的玻璃表面，发出“叮叮当当”的声响。即便如此，乔·佩蒂格鲁都未曾抬头望一眼，他能闻到这个男人的气息是如此之近，依然对他的到来丝毫未察觉。突然，他可憎的面孔痛苦地扭曲起来。

酒瓶被拿了起来，那双长满浓密黑色汗毛的手从乔·佩蒂格鲁的视线消失了。即使收音机依旧聒噪个不停，但是倒酒的哗哗声依旧清晰可闻。

“婊子！”波特格林齿间挤出一句话来，“不要脸的贱货。”他语气里满是嫌恶，十分粗暴。

乔·佩蒂格鲁微微地动了动脑袋，心里十分紧张。沙发和茶几之间的空间仅能容许他站起来，再无转身的余地。他站了起来，握着枪的手缓缓抬起，他的目光也随之缓缓移动。他能看到波特格林裤腰带上挤出的肥肉，还能看到他的肚囊上亮晶晶的汗珠。他的目光往右瞟去，视线停在了波特格林的肋骨上，他的手依旧一动也不动，但心都快跳到了嗓子眼，乔·佩蒂格鲁对此当然心知肚明，他的枪口也同样明了。枪口此时正对着波特格林的胸口，乔·佩蒂格鲁稳稳地一按，几乎难以察觉，他扣响扳机。

巨大的枪声盖过了收音机和其他东西发出的声音，极具力量的冲击波随之而来。如果你已经很久都没有进行射击的话，这肯定会吓你一大跳，因为这种致命的武器在电光火石之间就能夺取一条鲜活的性命，速度之快就犹如一只趴在岩石上的蜥蜴，“嗖”的一下就溜走了。

被枪击中的人倒下的姿势各有不同，而波特格林是侧着身子倒下的，两只膝盖先后着地，身子软绵绵的，膝盖好像黏在了地上。就在他倒下的这一刻，乔·佩蒂格鲁想起了很久之前，当他还是话剧演员时看过的一幕歌剧。

当时一同演出的是一名高高瘦瘦、柔弱无骨的男子和一名女孩。在荒诞剧表演中，那名高高的男子会慢慢地侧身倒在一旁，身体蜷成一个圈。任何一刻，你都观察不到他撞击舞台的地板。他似乎与舞台融为一体，不需费半分力气，而同样的动作，他重复了六次。他的第一次表演非常有趣，而第二次同样也很值得一观，观众们纷纷猜测他将如何完成动作。但是到了第四次，观众席中一名女性猛地惊声尖叫起来："别再让他表演了！别再让他表演了！"然而，他还是继续表演。就在演出接近尾声之时，情绪激动的人群开始骚动起来，对他即将上演的动作惊恐不已，因为这样的表演是不人道的，是违反常理的，常人根本不可能完成这样的动作。

乔·佩蒂格鲁打住了思绪，重新回到现实之中，波特格林正瘫倒在地上，脑袋靠着地毯，一丝血迹也没有。乔·佩蒂格鲁这才看了看波特格林，他的脸上满是深深的伤痕，应该是被女性锋利的指甲划伤的，确实是指甲划伤的伤口。乔·佩蒂格鲁张开嘴尖叫了起来，声音如同一头被刺伤的马一样尖锐。在他自己听来，那尖叫声似乎很遥远，就好像是从其他屋子传过来的。这微弱的声音似乎和他没有半点关系，也许他根本就没有张口尖叫。这声音也可能是汽车转弯速度太快，轮胎发出了微弱的摩擦声，或者是某个迷失的灵魂直冲冲地朝地狱俯冲而去的呼呼声。乔·佩蒂格鲁此时已是毫无知觉，他似乎在桌子尾端飘浮着，在波特格林尸体周围游荡着。

不管你称他是在飘浮着或者其他什么，乔·佩蒂格鲁都是有他的目的。他现在已经走到了门边，将门锁上后，又飘到了窗边。窗户虽然紧紧关着，但是有一扇并没有锁上，他随手将窗锁上。随后，他又移到收音机边，关上了它，"嘣、嘣、嘣"的声音瞬间就停息下来。接着是如太空一般的寂静，毫无半点声息，乔·佩蒂格鲁就如同被一条长长的白色裹尸布束缚着。他转身回到屋里，直直朝推拉门走去。

他穿过推拉门，走进波特格林的房间，这个房间还是由餐厅改装而成的，那时的洛杉矶还是一座年轻的城市，气候干热，依然属于沙漠地带，一排排桉树被风吹得沙沙响，一行行粗壮的棕榈栽种在道路两旁。这一切都勾起了他的回忆，曾经的餐厅是一架夹在两扇北窗之间的内嵌式陶瓷橱柜，橱柜门上刻有栩栩如生的浮雕图案，门后放着一些书籍，但其实波特格林并不是名副其实的书虫。房里的床正挨着东墙，墙的另一面是早餐厅和厨房。床上凌乱不堪，上面还有一些东西，但是乔·佩蒂格鲁丝毫没有心情察看了。

窗前曾有一扇回转门，现在已经改装成一扇实拼门，稳固地嵌在门框上，门上还安装着一把旋转式门栓，而门并未拴住。乔·佩蒂格鲁心想，若是朝着门缝看去，肯定能看到缝隙中沉积的灰尘。他心里很清楚，这扇门极少会开，但是现在门并未拴住，这可是一个值得注意的地方。他穿过门，来到了一段短短的走廊上，走廊横穿过大厅，上方是一道楼梯。沿着走廊直走，就能到达一间浴室，这间浴室处在房子的另一边，曾经是一间缝纫室，在楼梯下方还安装着一个壁橱。乔·佩蒂格鲁打开了柜门，随手拧开了灯。柜子角落放着几个手提箱，衣杆上挂着几套西服、一件大衣和一件雨衣，还有一双脏兮兮的白色鞋子胡乱地扔在角落里。

他接着又将灯关掉，掩上门，继续朝浴室走去。这是一间很大的浴室，浴室里安装着一个旧式的浴缸，一个洗漱台，台上还有一面镜子。乔·佩蒂格鲁从旁边走了过去，瞧都未瞧一眼，这时还不是和约瑟夫谈天说地的时候，现在最重要的是关注细节，要全神贯注地注意细节。浴室的窗还打开着，纱帘正随着风轻轻舞动。他立即将窗户紧紧闭上，又将帘钩移到窗棂旁。除了他进入浴室的那扇门外，就再也没有其他出口，这里曾经有一扇门通往房子前面，但是现在已经被封上了，并用防水墙纸覆盖住，大厅里的其他门也是如此这般。现在跟前这个屋子实际上是一间杂物房，里面存放着一些老旧的家具和物件，还有一个浅橡木制成的卷盖式书桌，样子并不讨喜，不过是以前人们喜欢的款式。乔・佩蒂格鲁从没用过它，也从没走进过这件杂物间，所以它就静静地待在那里。

他转过身往回走，就在浴室镜子前，他停住了脚步。他其实并不想这样做，但是约瑟夫也许知道一些他应当知道的事情，所以，他看向约瑟夫，约瑟夫也直勾勾地瞪着他，神色透着不悦。

“收音机！你居然关了收音机，真是大错特错，你应该把声音调小，而不是把它关了。”约瑟夫粗声粗气地说道。

“啊，确实应该那样，我想你是对的。还有那把枪，还好我没有忘记。”他拍了拍口袋。“还有浴室的窗户，还有你应该去看看葛莱蒂。”约瑟夫用几近轻蔑的语气说道。

“还要查看卧室的窗户。”乔・佩蒂格鲁说完顿了顿又接着道，“我不想去看她，她已经死了，她早就该死了，你要做的应该是去看看那个男的。”

“她这次惹错人了，是吧？”约瑟夫冷冷地说道。

“或者说，你希望发生类似的事情？”

“我不知道。”乔说道，“我并没有想那么远。但是我把好好的事给搞砸了，我根本没必要射杀他的。”约瑟夫看着他，表情十分古怪。“这么说来，宾格教授的时间算是白费了，他送的东西也是白给了？你不觉得他来到这儿就是为了做实验的吗？”

“再见，约瑟夫。”乔・佩蒂格鲁说道。

“你为什么要对我说再见？”约瑟夫厉声说道。

“我觉得应该是说再见的时候了。”乔・佩蒂格鲁回答完，就径直走出了浴室。

他绕过床，将窗户关上并锁好。尽管他心里一百个不愿意，但是他最后还是去看了看葛莱蒂，其实他根本没必要这么做，不过他的预感是正确的。你可见过与战场一般惨烈的床？你可见过一张满面死灰、表情扭曲、已经毫无气息的脸？那是葛莱蒂的脸，上边还散落着几块碎布，似乎被打得不轻，看上去面目全非。

他的腹膜开始抽搐，酸水往上涌。他赶忙走出去，靠着门，缓了口气。此时他也十分注意，不能用手触碰到门的任何地方。“要让收音机开着，声音要调低。”他心里默念道，此时，他终于不再反胃。“枪要塞到他手里，虽然我并不喜欢这么做。”他的目光跳到外面的那扇门上。“我最好还是用楼上的电话，时间还很充裕。”他轻轻叹了口气，开始着手处理起来。但是正当他准备将手枪塞到到波特格林手里时，他感觉自己根本无法直视波特格林的脸。此时，一种奇怪的感觉油然而生，他觉得波特格林的眼睛正大睁着，直定定地看着他，但是他依然不敢直视那双眼睛，即使他是一个死人了。他觉得波特格林应该会原谅他，并不会在意自己被枪杀这事，因为整个过程进行得非常快，也许比他即将面临的法律程序要少些折磨。

乔·佩蒂格鲁并没有因为这事而感到羞愧，也没有因为波特格林从他身边夺走葛莱蒂而感到羞愧，因为那样就太傻了。很多年以前，波特格林就是个什么事都敢做的人。他想，也许就是那些血淋淋的抓痕让他感到羞愧。被划伤前的波特格林至少看上去还像个男人。虽然他已经死了，但不知为何，这些抓痕让他看起来像个十足的大傻瓜。那些不管样貌还是行为都像波特格林的人，成天混迹于花柳繁华地，又常有胭脂俗粉相伴左右，对女人可谓了如指掌，已是风流成性。像他这种男人就应该和葛莱蒂这种贱货实实在在干一架，抓得头破血流为止。葛莱蒂不过是个金玉其外、败絮其中的贱人，对于男人，甚至是自己，她什么都给不了。

乔·佩蒂格鲁是个控制欲很强的男人，他对自己的评价也不算高，但是好歹他的脸可没被指甲划破。他将手枪放到波特格林的手上，没敢朝他的脸瞧上一眼。似乎有些太过于伶俐了。他随后又将要处理的事情一一安排好，同样做得干净利落，不紧不慢。

一辆黑白相间的无线电通信车警车转过街角，缓缓在向这条街滑来，不紧不慢，不疾不徐。这辆车静静地停在这栋房子前，两位穿着制服的警官看向那深邃的门廊和紧闭的门窗，一时间什么话都没说。对讲机里源源不断地传来说话声，但他们俩都没有留心注意听。

随后，那位临近路缘的警官说道："我没听到任何尖叫声，周围邻居也没有走到前面来，看起来像是有人空放了一枪。"坐在方向盘前的警官点了点头，漫不经心地说道："不管怎样，最好还是按一下门铃，看看情况。"说完便在报告簿上记下了当时的时间，并把出勤情况向调度员报告。靠近路缘的那位警员下了车，从上水泥小道走到门廊前，按响了门铃。他能听到门铃在屋里某处响了起来。

他还能听到左手边紧闭着窗的屋子里传来收音机或者电唱机微弱的声音。他再次按响了门铃，没有人回应。他只好沿着门廊走过去，双手朝着纱窗上方的玻璃窗拍打起来，力气越用越大，音乐声依旧在响，但是再无其他动静。他走下门廊，绕到房子的另一边，找到屋子的后门。纱窗被钩住了，门也从里边锁住了，但后门也安有个门铃。他又按下门铃，铃声十分响亮，可是依旧没有人回应。他只好用力地拍打纱窗，又猛地一拉，但是钩子稳稳地钩住纱窗。他只能绕到房子的另一面去了。北面的窗户太高，根本够不着，因此看不到里面的情况。他只能折回房子前，穿过草地返回到停在斜对角的警车旁。草地打理得很好，昨晚已经浇过了水。他一度回头看看自己是否在草地上留下了脚印，还好没有，他心里庆幸道。他还只是位年轻的警员，做事还嫩得很。

"没有人回答，但是依旧能听到音乐声。"他将身体靠在车上，对着搭档说道。

那位开车的警察听了一会儿对讲机，随后下了车。"你往这边走。"他指着南边，回答道，"我就朝另一个方向走，也许邻居听到了一些声响。"

“恐怕听不着什么声音，不然现在应该有些邻居在偷偷关注我们的一举一动了。”另一位警员说道。

佩蒂格鲁南边的屋子后有一名老人，他此时正在玫瑰丛中用一台除草机除草。年轻的警员问他是否知道隔壁屋为了什么事报警，有没有什么事发生。看到有人走出来吗？

没有，他并没有注意到有人走出来。

佩蒂格鲁没有车，租客有一辆车，但此时车库大门紧锁着，还能看到门上挂着一把挂锁。那位租客是个什么样的人？普通人，从不麻烦别人。收音机声最近是不是声音太大？像现在这样？这位老人摇了摇头。现在声音并不大，不过之前还挺吵的。他们什么时候把音量调低的？他不知道。真见鬼，他为什么要知道？一个小时前，半个小时前吧。警官，这里什么事都没有，我整个早上都在外面干活。

警官说，有人报警了。也许误报了吧，老人回答道。他的房子里还有别人吗？他的房子？老人摇了摇头，没有，现在没有人，他妻子去了美容院。现在那些美容院喜欢在白色头发上抹上一些紫色的东西，她就是冲着那儿去的。他咯咯咯地笑了起来。年轻的警官并没想到老人会笑起来，神态和他侍弄那些玫瑰一样心不在焉的。另一名警官走到了佩蒂格鲁屋子的另一面，但是前门并没有人应答。警察绕到后边，看到一个小孩，年龄和性别一时无法判断，只见他正往围栏外踢着一块木板。这小孩鼻涕直流，但是他似乎并不想擦干净。警官瞧了瞧这家的后门，一位头发稀疏、邋里邋遢的妇女走了出来。她开门的时候，还能听到那些无脑的肥皂剧的声音从厨房里传出来，他看得出来，女人刚才正全神贯注地看剧，好像扫雷员一般专心致志。

她朝警员大声喊叫道，她什么都没听到。她回答得十分简短，心里正算计着时间，生怕错过了剧里的下一句台词。她根本没时间关注其他事情。隔壁的收音机声？对，他们好像是有一台，时不时能听到收音机的声音。警员一脸不悦地瞪着厨房水槽上放着的收音机，问她是否能把那东西的声音调低一些。她说可以，但是却没有行动的意思。这时，一名肤色黝黑、身形瘦小的女孩不知从哪里冒了出来，她的头发和她妈妈一样稀稀拉拉的，正站在警员六英尺外的地方，定定地盯着他的衬衫。他后退几步，她也跟着前进几步。

他觉得估计要不了一分钟，他的小火山就要爆发了。哈，什么动静都没听到？他朝那位妇女吼叫道。她默默地抬起手，专心地听着收音机里的对话，接着摇了摇头。她赶在警官探着身子进门前关上了大门，那位小女孩还对着他呸了呸。直到他和另一位警察在车旁碰面的时候，还能感觉到脸上热辣辣的。他们俩同时看向了街对面，又看了看彼此，耸了耸肩。开车的警察正打算从车后上车，但是突然，他改变了主意，又折回那间屋子的前廊。

他专注地听着收音机，注意到百叶窗泛着星星点点的灯光。他停下来，调整好角度，从一扇又一扇的窗户往里边望去，最后，他找到一个很小的缝隙，只能用一只眼睛往里边看。

一番努力后，他终于看到在一张矮桌腿旁，似乎有一具男尸躺在地板上。他直起身子，对另一名警员打了一个手势。那名年轻的警员看到后赶忙跑了过来。

“我们得想办法进去。”开车的警员说道，“这里看得不是很清楚，有一个人在那儿，他可没有在跳舞。收音机开着，灯也开着，所有的门和窗都锁上了，但是却没有人应门，有一个人正躺在地毯上。你不觉得该在报告本上再记上一笔吗？”就在那一刻，乔·佩蒂格鲁第二次抹上了宾格教授的鼻烟。

他们俩并没有打破玻璃，而是用一把螺丝刀扭开了一扇窗户，顺利地进入了厨房。隔壁那名老人看了看他们，又继续做手头的事情。在乔·佩蒂格鲁的打理下，整个厨房十分干净整洁。走进了厨房，他俩觉得还不如待在外面，因为若要进入那间开着灯的前厅，还要打破一扇门。所以最后，他俩只得又转回前廊。那名开车的警员用一把沉甸甸的螺丝刀撬开窗户，拉开窗栓，将窗户拉高直至能探身进入，随后又用螺丝刀刀尾将窗钩撬松，终于能将窗框拉了起来，走进了屋子里，双手除了窗钩外，没有碰到其他东西。房里很暖和，可是却非常压抑。开车的警员看了一眼波特格林后，就朝卧室走了过去，边走边将手枪皮套的盖子打开。

“最好把手收到口袋里。”他转过头朝年轻的警员说道，“今天恐怕你不会太好过。”他的话就是字面上的意思，没有讽刺或者其他意味，但是那名年轻的警官还是红了脸，抿了抿嘴唇。他站着，低头看向波特格林，因为根本不需触碰尸体，甚至连腰也不用弯下。他见过的尸体要比他同事见过的多得多。他就静静地站在那儿，因为他知道他什么也做不了，无论他做什么动作，即使就是绕着地毯走动，都很可能会破坏对勘测现场的警察有用的东西。

收音机依旧在角落咿咿呀呀地叫着，他就默默地站在那儿，似乎听到了一些轻微的叮当声，还有外面的门廊传来的沙沙的脚步声。他飞快地转过身，跑到窗户边，将窗帘拨到一旁，直往外边瞧。没有，什么也没有。他看起来有些疑惑，因为他耳力十分了得，不会听错。接着，他流露出一丝厌烦的情绪。“当心，伙计！”他默默地对自己说道，“没有发现敌情。”

想象你站在一条幽深的门道里，从口袋里拿出钱包，又从钱包里扯出一张卡，读着卡片上的信息，但是却没有人能看到这个钱包、这张卡片以及这只拿着卡片的手。街上行人来来往往，有的行色匆匆，有的悠哉游哉，正是下午早高峰之时，根本没人有空瞧你。就算有人目光扫了过来，看到的也不过是条空无一物的门廊。换作别的时候，这场景或许还挺有趣的，当然，由于一些你我心知肚明的原因，现在可不是那么好玩的。乔·佩蒂格鲁双腿都已经很累了，近十年来，他都没有走那么长的路。他只能这么走路过去，因为波特格林的车不好拿出来。要是让交警看到一辆没有司机的车正在路上行走，十有八九会疯掉的。要是被其他人看到，估计又会引来一阵尖叫，恐怕闹出的事情还不止这些。

他也可以跟随人群挤到公车或者电车上，不过这有些冒险。看起来好像还是挺可行的，人们也许不会注意谁撞到他们，但是也有可能会被某些壮汉一把抓住，然后发现自己抓到根本看不到的手臂，不过他们可不管看得见或看不见，只会紧紧地抓住不放。不，最好还是走路过去吧，约瑟夫也会同意这么做的。

“你也是这么想的对不对，约瑟夫？”他边问边看了看身后那条门道上那块布满灰尘的玻璃。约瑟夫什么话都没说，他当然还在那里，但是却不甚清晰。他整个人都朦朦胧胧的，个性也不分明。

“好吧，约瑟夫，下次再说吧。”乔·佩蒂格鲁看了看手中的卡片。这里距离宾格教授的办公楼还有八个街区，他的办公室在 311 室，卡片上还写着电话号码。

乔·佩蒂格鲁在犹豫是否提前预约会更合适一些。好吧，还是提前预约一下。楼里也许安装有电梯，一旦走进电梯，他恐怕又要冒着巨大风险了。这里有很多这样的旧楼房，他心里清楚宾格教授应该会选择把办公地点定在这种老旧的大楼里，从他戴的那顶都磨起了毛边的旧帽子就能看出来，而这种大楼连消防逃生楼梯都没有。这种大楼会将消防逃生楼梯建在楼外，你也无法从大厅直接登上货运电梯。提前预约果然才是明智的选择。

还有费用也是一个问题，乔·佩蒂格鲁钱包里只放着 37 美元，他可不认为 37 美元能让宾格教授高兴得忘乎所以。毫无疑问，宾格教授会如此小心翼翼地挑选试用鼻烟的人，很可能是想从他们手中捞到一大笔钱，这事可不太好办。如果没人能看到你的支票，恐怕就无法进行支付了。不过，乔·佩蒂格鲁想，也许他将支票放到柜台上，再拿开手，银行出纳员能看到那张支票，不过即使是这样，看到的也仅仅是一张支票而已，出纳员是不会把钱取给看不见的人的。银行支付的方式不可行。当然，他也可以在兑现支票的人身边等着，然后再把钱抓走。但是银行可是不将这种想法付诸实践的好地方，因为被抢钱的人会引来大范围骚动，乔·佩蒂格鲁清楚，一旦有事发生，银行一定会首先将大门关闭，然后再引发报警器。或许等那人带着钱离开银行后再动手会更好些，但这种方法也有漏洞，如果这人正好是位男性，他会将钱放到一个缺乏经验的小偷很难偷到的地方，就算乔·佩蒂格鲁的偷盗技术比最富经验的小偷还高超，也不是件容易的事。

看来还是得向女性下手，但是女性通常兑现的金额不会太大，乔·佩蒂格鲁对于抢走女性的包包也是有所顾虑的。就算她能放弃被抢的钱，没了包包的女性也会显得十分无助、可怜。“我不适合干这事，这种抢钱的事，我真干不了。”乔·佩蒂格鲁依然站在门道里说道，话音有些大。这确实是事实，也是问题所在。除了让波特格林吃了一颗子弹外，乔·佩蒂格鲁本质上是一位正直、行为得体的人。刚开始获得隐身的技能时，他还高兴得飘飘然，但现在他也清楚隐身也有缺点，不过他也许不再需要鼻烟了，事情总会有解决的办法。但如果他还有需要的话，他希望能够很快地得到它。当务之急，是打电话给宾格教授，进行预约。他离开门廊，沿着人行道外缘往前走，一直遇到下一个交叉路口。一家光线昏暗的酒吧出现在马路对面，那儿也许有一间僻静的电话亭。当然，即使是一间僻静的电话亭，也有可能将自己置于危险之中。想想看，当有人进入这间看起来空无一人的电话亭，哎，还是别想了。

他走进了酒吧，确实很是僻静，只有两名男子坐在吧台前的凳子上，还有一对情侣坐在卡座里。这时几乎没什么喝酒的人，出现的人不是懒汉就是酒鬼，当然有时还有一对偷偷摸摸的情侣，坐在卡座里的情侣就是如此，他们依偎在一起，眼里再无他人。那名女子戴着一顶极丑的帽子，穿着一件脏兮兮的白色羊羔毛外套，看起来臃肿不堪，很是丑陋。那名男子看起来倒有些像波特格林，他的头发和波特格林一样乱糟糟地竖起来。乔·佩蒂格鲁在卡座旁停了下来，厌恶地打量着这对情侣。那名男子前放着一杯威士忌，旁边还有一杯酒后喝的饮料，而那名女子则点了杯颜色层次不清的饮品。乔·佩蒂格鲁低头看着那杯威士忌。

这也许不太好，不过他就是喜欢这样。他迅速将那个小小的玻璃杯拿起来，将酒一饮而尽。这酒味道实在差劲，引得他剧烈地咳嗽起来。坐在卡座里的男子直起身子，朝四周望了望，直定定地看着乔·佩蒂格鲁。“搞什么鬼……”他尖声叫喊道。

乔·佩蒂格鲁呆住了，他站在那儿，手里拿着玻璃杯，而那名男子则直直地看向他，目光一直往下移，直看到此时乔·佩蒂格鲁手里拿着的杯子里。那男子将手移到桌子边缘，开始向一侧挪动，什么话都没说出口，不过乔·佩蒂格鲁此时也不需他说。转身朝酒吧后跑去。酒保和吧台上坐着的两名男子也回头朝这边望过来，而卡座上的男子现在已经站了起来。乔·佩蒂格鲁及时找到了藏身之地，门上写着男洗手间。他匆匆忙忙闯了进去，在里面转了一圈，发现洗手间门上并没有锁。他火急火燎地抓住放在口袋里的盒子，刚把它拿了出来，门就打开了。他退到门后，掰开盒子盖，抓了一大把鼻烟，将鼻烟送到鼻子里。这些动作刚一做完，那名卡座里的男子就冲到了卫生间。

乔·佩蒂格鲁的手抖得非常厉害，近一半的鼻烟都被他抖到了地板上，盒子盖也掉了下来，不偏不倚正擦过那名男子的右脚鞋尖。这名男子站在门里，朝四周看了看，直直看向了乔·佩蒂格鲁。不过这次他脸上的表情则不同于刚才。他的目光转向了别处，向两个隔间走去，打开了第一间的门，然后第二间，不过两间都是空无一人，他只好站在那儿，看着隔间里边，喉咙里发出一种奇怪的声音。他不知何时拿出一包烟，抽出一支放到嘴里，随后又拿出一只银色的火机，给嘴里的烟点上火。然后吐出一口长长的烟。他像身处梦游之中，慢慢地转过身，朝门口挪动，走出了洗手间。接着他以迅雷不及掩耳之势又猛地闯了进来，用力地甩开面前的门，就在这一瞬间，乔·佩蒂格鲁跳出了门后。那名男子又朝洗手间里仔仔细细地看了看。他恐怕心里满是疑惑，乔·佩蒂格鲁心想。真是个难缠的家伙，浑身上下都散发着怒火。最后，这名男子又走了出去。

乔·佩蒂格鲁再次动了动。洗手间里有一扇雾蒙蒙的窗嵌在墙上，窗虽然小，但已足够。他拉开窗销，试着将它推开，但是窗卡住了。他又继续发力，由于用力过猛，背部一阵酸疼。不过最终窗子还是被打开了，打开的时候还颤颤巍巍地晃动着。他用手擦了擦裤子，一个声音从身后传来："那个之前可不是开着的。"

"您说什么东西不是开着的，先生？"

"窗户，笨蛋。"乔小心翼翼地环顾四周，然后侧了侧身子，往墙边靠。

酒吧老板和那名卡座上的男子都看着窗户。"一定一直都是这样。"酒吧老板言简意赅地说道，"别想那个傻瓜啦。"

"这之前可不是这样的！"那个卡座男子气冲冲地说道，语气不善。

"你是说我在撒谎吗？"酒店老板问道。

"你怎么知道窗子之前有没有开着？"卡座男此时语气开始咄咄逼人。

"如果你很肯定的话，你为什么又要回到这里？"

"因为我不敢相信自己的眼睛。"卡座男几乎喊叫起来。

酒吧老板笑了笑："你还指望我相信你的眼睛？"

"天啊，去死吧你。"卡座男说道，转身一把甩上门，正好踩在宾格教授的鼻烟盒上，烟盒在他的鞋子下被踝压得平平整整的，但是没有人看到，除了乔·佩蒂格鲁。酒吧老板走过去将窗户关上，又拴上窗销。"这样就能如了那个浑蛋的意了吧。"他说着就走出了洗手间。乔·佩蒂格鲁谨慎地走到被压扁的盒子盖旁，将它拾起来。他尽量将其掰直，又套回还装有一半鼻烟的烟盒上，但是已经盖不紧，还可能会漏出来。他用一张纸巾将盒子包裹住，这样安全点。

这时又有一名男子走进洗手间，不过他是来上厕所的。正当门快关上的时候，乔·佩蒂格鲁一把扶住门，溜了出去。酒吧老板又回到了吧台后边，卡座上的那对男女正打算走出去。“下次再来呀。”酒吧老板说道，当然语气里透着截然相反的意思。卡座男几乎停下了脚步，但是那名女子对着他说了些话，两人就双双离开了。

“你们俩之间发生什么事了？”吧台上的男子问道，就是他之前去了趟洗手间。“我凌晨1点到百老汇北街都能挑到比那破布好看得多的裙子。”酒吧老板轻蔑地说道，“那个男人不但没礼貌、没脑子，连品位也没有。”

“但你知道他有什么。”他简略地说道，就在这时，乔·佩蒂格鲁悄悄地走出了大门。

这是卡汉加大道上的一座公交车站。人们来来往往穿梭不停，他们专注于自己的事，从不在意谁推挤了自己，也没有时间去想，即使他们有时间，也懒得去想这种事。这里嘈杂声不绝于耳，在空荡荡的电话亭打电话应该不会引起什么注意。他抬起手，将电灯泡松了松，这样关门后，里边的灯才不会亮起来。他现在有些担心。鼻烟的隐身效果恐怕坚持不了一个小时。他往回算了算时间，从离开那间年轻警察进入的客厅时开始算起，到那个卡座男看到他的时间为止，差不多有一个小时。这得好好想想，仔细地想想。

他看向那串电话号码，格莱斯顿7-4963，他往里投了硬币，开始拨号。第一次没有声响，接着他听到一阵尖锐的抱怨，声音忽隐忽现，然后又听到嘀嗒一声，是投入的硬币掉进退币槽的声音。随后一位接线员的声音传了过来：“请问你要拨打的号码是多少？”

乔·佩蒂格鲁将电话号码告诉她，她回答道：“请您稍等。”接着是一阵顿默。乔·佩蒂格鲁一直透过玻璃向外张望，他不知离有人拉开电话亭门的时间还剩多少，也不知还有多久就会有人注意到话筒以一个奇怪姿势摆放着，话筒隔空停在大概人耳高的位置，但是却根本看不到人。他想人们看到的应该就是这样一幅场景。这个鬼电话亭是不太可能整个都消失在人们的视野之中的，因为他只用到电话亭中的电话而已。

这时，耳边又响起接线员的声音："先生，很抱歉，这个号码并不存在。"

"肯定有这样一个号码。"乔·佩蒂格鲁粗声粗气地说道，又将号码重复了一遍。

接线员也重复了她的回答，同时又说道："请您再稍等一会儿，我将提供给您一些信息。"电话亭里热的慌，乔·佩蒂格鲁的汗珠开始往下流。接线员提供了一些信息，接着让他等了等，最后才返回来对他说："先生，很抱歉，该名字下并不存在该号码。"

乔·佩蒂格鲁走出电话亭的那刻，一名拿着网兜的女性急冲冲地闯了进来。他刚好及时溜了出来，赶快逃离了那里。这个号码也许没有注册，他之前就应该想到了。按照宾格教授行事的方式，他的号码很可能没有注册。乔·佩蒂格鲁呆呆地站在那儿，直到有人踢到他的脚跟，他赶忙走开了。不，他真的太笨了，他拨了那串号码，就算这号码并未注册，那位接线员也知道他手上有这么一个号码，并且如果这是一串正确的号码，接线员就会告诉他再拨一次，她可能会认为他打错电话了。所以这么想来，宾格教授根本就没有电话号码。

"好吧。"乔·佩蒂格鲁说道，"好吧，宾格，也许我应该直接过去，然后跟你说说这事情。也许我根本就不需要交钱。到了你这个年纪的人，应该不会把一串假号码印在卡上。如果顾客找不到你，那么你是怎么售卖产品的呢？"他心里默默地想着。接着，他告诉自己或许错怪宾格教授了，他看上去可是个行家里手，他这么做应该有自己的道理。乔·佩蒂格鲁又将卡片拿出来看了看。北威尔科克斯路，布兰基大厦 311 室，可是乔·佩蒂格鲁从未听过这栋大楼，不过这也不意味着什么。任何一个大城市都有很多这种大楼，应该还有不到半公里的路程，大概就在威尔科克斯商业区附近。

他朝着南边往前走，楼号是双数，应该坐落于东边。在那位接线员找不到宾格这个名字的时候，应该让她核对一下地址的，也许她会给他答案，也许她会告诉他不用在这儿浪费时间。

他很轻松就找到了这个街区，但是楼号却不容易找到，最后一直使用排除法才终于找到了它，但是这栋楼却不叫布兰基大厦，他又看了看名片，做最后的确认。对，他确实没有看错，地址是对的，但是大厦却不是一幢写字楼，不是一间私人住所，更不是一间商店。宾格教授可真是幽默，他给的地址居然是好莱坞警察局。

现场有勘测员收集着证据，有拍照员正在拍图，旁边还站着一位警员，负责将街区的草图做成示意图，标明家具、窗户和其他物品的位置，其中还有一名探员和小队长。因为是好莱坞分局，警员看起来比普通警察都要更花哨一些。有一名警员将里边穿的运动衫的领子翻了出来，盖在羊绒格子外套的领子上。他穿着一条天蓝色的长裤，脚上是一双钉着镀金扣的潮鞋。楼下的卧室和浴室之间有一间衣橱，门正大开着，在黑暗中，他脚上穿的那双陵纹袜闪烁着微微的光芒。他把方形的毯子卷了起来，下面显现出一个暗门，门上有一把凹环。那名身着蓝色长裤的警员虽然看起来比那探员年纪要大一些，但他到现在还只是一名小队长。他直接拉动凹环，将暗门拉了起来，靠在衣橱的后壁上。地下室的水泥墙上架着一把做工粗糙的木梯。那位名叫雷德尔的小队长将木梯架好后，往后仰了仰头，以便看到暗门下的东西。“里面空间很大。”他说道，“他们用硬木头封了这个地方，又做起了衣橱，不过之前应该是有楼梯通向这里的。这里应该是为了安装天然气、自来水和排污水的管道。不如去通风口看看？”

探员名叫瓦尔德曼，是一位高大帅气的男子，他体形健硕，脸上一双黑色的眼睛透着忧郁。他微微点了点头，“这里是地板炉的底部了。”雷德尔说道。他伸出手敲了敲，铁皮发出一阵声响。“所有的地板炉都在这儿了，应该是从顶部安装下来的，有人去检查排气口了吗？”

“有人去了。”瓦尔德曼说道，“这些地板炉都非常大，但其中三个都被钉上钉子，封了起来。房子后面那个地板炉钉子松了，但是气量表就在里边，没办法进去。”

雷德尔回到梯子那儿，将暗门拉低至衣橱底。“还有，这块地毯，铺上去总是会皱起来。”他说道。

他用一小块地毯擦掉手上的灰尘后，走出了壁橱，关上橱柜的门，随后进入了客厅，看到勘测员正忙得不可开交。“指纹说明不了什么。”小队长一边说着，一边用手抚摩着刚刮掉胡须的下巴边缘。“除非我们能找到一个清晰的脚印，或者在门或窗上找到一些东西，但是即使这些都算不上决定性的证据。毕竟佩蒂格鲁住在这里，这房子是属于他的。”

“我想确认一下是谁报警说听到了枪声。”雷德尔问道。

“佩蒂格鲁，还能有谁？”瓦尔德曼手还在不停地摸着下巴，眼睛透着忧伤，耷拉着好像还没睡醒似的。

“我认为这不是自杀，我从没见过自杀的人能从超过三英尺的地方将自己的心脏击穿，看起来这距离恐怕有四至五英尺。”雷尔德点了点头，他低头看看地板炉，地板炉的栅板很大，一部分嵌在地板上，还有一部分在墙上。

“但是，若假设这是自杀。”瓦尔德曼继续说道，“整个屋子都被锁得死死的，只有那两个警察爬进来的窗口开着，而且其中一人还一直站在那扇窗户旁，一直等到我们过来。大门不只上了锁，而且还拴上了弹簧锁。每一扇窗户也都紧紧锁住，只有屋后那扇通向早餐室的门是从这面上了弹簧锁，这样就无法从早餐室那面开门，而且门的那面也上了一道弹簧锁，这边也开不了门。所有物证都证明枪响的时候，佩蒂格鲁不可能走进这些屋子。”

“目前情况确实如此。”雷尔德说道。

“是的，只是目前而已。但是有人听到了枪声，而且还有人报警了。可是邻居们却谁也没听到。”

“只是他们的一面之词罢了。”雷尔德插话道。

“但是我们都找到尸体了，他们为什么还撒谎呢？没找到尸体之前还是情有可原的，因为他们都不想牵扯进来。你可以说，无论谁听到枪声，都不会想作为证人接受询问，或者出庭做证，当然确实会有人不想这么做。但是说没听到的人可能麻烦会更多，因为无论他们没听到还是认为自己没听到，调查员会一直让他们回想一些自己可能遗忘的细节，你也知道那样很有效。”

雷尔德说道：“我们再说说佩蒂格鲁吧。”他眼睛看向同伴，神情中透着警惕，又带着一丝扬扬得意，似乎在偷偷想着什么事。

“我们不得不怀疑他。”瓦尔德曼说道，“我们一直都在怀疑那位丈夫，他肯定知道他的妻子和这个波特格林私通。佩蒂格鲁应该还没出城，去了其他地方。邮差今早看到他。他在枪响之前或者枪响之后离开的。如果他在枪响之前离开，那么他就是清白的，但如果他是在枪响之后离开的，那么他也可能没听到枪声。但是我觉得他应该听到了，因为他犯案的机会比别人都要大得多。如果真是他杀的人，那么他接下来会怎么做呢？”

雷德尔皱了皱眉。“凶手一般不会那么明目张胆，对吧？不，你也可以说他曾试着进入屋子，但是他最后发现要进屋子，就必须打破门窗。接着，他就打电话报警。但是这个男人就住在这栋房子里，而他的妻子就在这里和房客私通。除非他是个极其冷血的人，或者他根本就……”

“事情已经发生了。”瓦尔德曼插话道。

“也许他觉得自己受到了侮辱，心中愤愤不平。听到枪声的时候，他就恨不得是自己开的枪，而且他也知道我们也会有同样的想法。所以他就走出屋子，从外边的电话亭给我们打电话报警，最后销声匿迹。他回到家的时候，就会装出一副极为震惊的样子。”

瓦尔德曼点了点头。“除非我们能把他抓住，不然这些都只是猜测而已。没人看到他离开，没人听到枪声再报警，应该是纯属巧合。他不可能运气一直那么好，他也不能装作什么都不知道。如果这是自杀事件，那么我认为他应该没听到枪声也没报警。他在枪响之前或者之后离开的话，应该对这两起死亡案件一无所知。”

“所以，这不是自杀事件。”雷德尔说道，“那么他不但要离开这栋房子，还要将房子门窗都锁死。好吧，那么他到底是怎么做到的呢？”

“是啊，他是怎么做到的？”

“地板炉，炉子也为大厅供暖，你难道没注意到吗？”雷尔德得意扬扬地问道。

瓦尔德曼的眼睛看向地板炉，又看了看雷尔德，问道：“他有多高多重？”

“有一个警员检查了他楼上的衣服，他身高 5.1 英尺，体重 160 磅，穿 8 码半的鞋子，38 码的衬衫，39 码的西装外套，其实很小。直栅板后面的那一件就挂在竿子上，我们会把它印下来，然后拿去检验。”

“马克，别和我开玩笑行吗？”

“长官，你心里很清楚，如果这是自杀，那么这个男人就必须逃出这间屋子。从来就没有真正的密室杀人，从来就没有！”瓦尔德曼叹了口气，朝在茶几一角的地毯看去，地毯上有污渍。

“我想应该没有。我们一件这样的事都没碰上，实在有些可惜。”

两点四十四分，乔·佩蒂格鲁正在好莱坞墓园一条僻静的小道上走着。此时周围虽然也不是一点儿声音也没有，但是这里远离喧嚣，是一个被人遗忘的角落。路旁还有一个小小的石凳。他坐下来，看向一方大理石纪念碑，上面还刻着天使的图样。这块石碑看起来价值不菲，因为他能看到上边曾经涂过金的大字。他看着上边的名字，似乎回到了遥远的年代，那失落了的繁华，那时在屏幕上闪耀的明星过着奢华的生活，死了也享受贵族的待遇。

对于曾经显赫一时的人而言，这里可谓简陋至极，不像是远处河对岸勉强拼凑而出的华丽天堂。很久很久以前，在这个迷失且肮脏的世界里，浴缸里会盛满杜松子酒，帮派常常聚众斗殴，只有百分之十的计算证据金，人人都在派对里疯狂享乐，剧院里袅袅升起雪茄烟雾，那时人人都喜欢抽雪茄。剧院的中层观看台总是笼罩着一股股浓浓的雪茄烟雾，那烟雾缓缓飘向舞台。他双腿在空中蹬着一架轮子好似西瓜的自行车，隐隐约约地闻到那烟雾的气味。

乔梅雷迪斯是马戏团的小丑演员，他表演得也非常好，但是跟特技演员就相差十万八千里了，所以从未能成为马戏团的头牌人物，像这样的小丑表演是很难成为团里的顶梁柱的。单人杂技是杂技表演中最受观众欢迎的表演之一，看起来很轻松对吧？有空你也可以试试，看看到底有多轻松。这种表演需要离地 15 英尺高，然后在这方硬邦邦的舞台上，用脖子后部着地，然后头和脚缓缓蜷成一团，头上还要戴着一顶帽子，嘴巴画得又大又红，嘴角还要叼着一支点燃的雪茄。他不知现在要是这么做会发生什么事，也许四根肋骨都会折断，肺部被肋骨刺穿。

一名男子正沿着这条路一直往前走。他是一名年轻的男子，长相凶狠，似乎任何季节都不穿外套，年龄大概 20 到 21 岁，顶着一头乱糟糟的黑发，长着一双扁平细长的眼睛，皮肤呈深橄榄色，衬衫没扣上，露出了硬邦邦的、还未长出胸毛的胸膛。

他在一张长凳前停住了脚步，迅速打量了一眼乔·佩蒂格鲁。“有火吗？”乔·佩蒂格鲁站了起来，现在该回家。他从口袋里掏出一个纸火柴，递给他。

“谢谢。”这个年轻人从衬衫口袋里拿一支散开的烟，慢吞吞地点燃，双眼瞟来瞟去。他左手将火柴盒递回之时，迅速转身看了乔·佩蒂格鲁一眼。乔·佩蒂格鲁伸手将火柴接住。那个年轻人立即将手伸进衬衫里，掏出一把手枪。“现在是钱包，傻子，把它拿出来……”

乔·佩蒂格鲁一脚朝他的腹部踢了过去，那年轻人身体蜷曲起来，汗水开始不停地向下流，什么声音都没发出，他手里依旧握着那把手枪，但是枪口没有对着人。好个倔强的男孩，乔·佩蒂格鲁向前走了一步，将枪从他手中踢走，赶在年轻人动身前将枪抢了过来。那年轻人现在已是上气不接下气，他好像生了很严重的病。乔·佩蒂格鲁觉得有些难过。年轻人躺倒在地上，他可以说任何想说的话，但是他什么都没说。这世界上如此桀骜不驯的孩子可真不少，这是这些孩子的世界，波特格林的世界。

现在是时候回家了。他沿着这条洒满阳光的小道向前走去，没有回头。他走到一个挺干净的垃圾桶旁，随手就将手枪扔了进去。他回过头去望了望，但是那位年轻人却不见了踪影。也许就在他走开的时候，那位年轻人也迅速唧唧哼哼地走开了，也许是跑着离开的。如果你杀了人，你会逃到哪里呢？无处可藏，你只能回家。逃跑是一件很复杂的事情，需要好好思考，好好准备，还需要时间、金钱和衣服。他的腿十分疼痛，身体已经很疲惫了，但是他现在还不能买咖啡喝，也不能坐公交车。他本应该再等等，再好好想想。都是奥古斯都·宾格教授的错。他将事情变得太过容易，就好像地图上没有标出的一条捷径。你选择了这条捷径，但是之后，你却发现这条捷径不过是一条死路，路的尽头是一个院子，院子里还拴着一条恶狗。所以如果行动够快，运气也足够好，那么你只能对准那条恶狗踢一脚，然后原路返回。

他将手伸到口袋里，手指碰到宾格教授的鼻烟盒。盒子已经被弄得皱巴巴的了，有一部分鼻烟已经撒了出来，如果他想用的话，还是能用的，但是目前似乎不太可能使用到它了。

但糟糕的是，宾格教授给的卡片上并没有留下真实的地址。乔·佩蒂格鲁很想去拜访拜访他，然后再拧断他的脖子，像他这样的人在世上恐怕还会祸害人间，比一百个波特格林带来的害处还要大得多。但是像宾格教授这样聪明的人，恐怕心里早已一清二楚。就算他有一间办公室，除非他想让你看到他，不然你是找不到他的。

乔·佩蒂格鲁继续走着。瓦尔德曼看到了他，在三间房子之外就认出了他，那时他还没走上步行道。他看上去和瓦尔德曼想象中的一样，脸色憔悴不堪，一身笔挺的灰色西装，不慌不忙地走着，身材和体重也和预测一样。

“好吧。”他从窗子旁的椅子上站了起来，说道，“别着急，马克，慢慢试探他。”

他们已经将警车停在街角，整条街重新安静下来。一切看起来都很正常。乔·佩蒂格鲁走上步行道，朝门廊走过来。他在半路停了下来，拿出一把小刀，弯下腰，从地上割下一束蒲公英。他将小刀往草上擦了擦，接着小心翼翼地将小刀折好，放进口袋里。他将蒲公英朝屋子一角扔了过去，扔出了警员的视线。

“他看到了窗。”瓦尔德曼说道，慢慢地退回阴影之中。现在房里的灯都灭了，收音机也静下来了很长一段时间。乔·佩蒂格鲁站在草地上，看了看面前那扇被打碎的窗户。他走在门廊上，稍稍加快了步伐，突然停了下来。他伸出手，推了推纱窗，发现纱窗已经松动。他放开纱窗接着直起身子，脸上显现出一种奇怪的表情。接着他迅速转向大门，刚一接触到门，门就缓缓打开了。瓦尔德曼站在门里，表情沉重地看着他。

“我想你应该就是佩蒂格鲁先生。”他礼貌地说道。

“是的，我是佩蒂格鲁。”他脸上十分憔悴，没有显露一丝表情地说道，“你是谁？”

“我是警察，乔・佩蒂格鲁先生，我叫瓦尔德曼，请进来吧。”

“警察？有人闯进来了吗？那扇窗户……”

“不是，不是强盗，乔・佩蒂格鲁先生，我们会将一切告知于您。”

站在门后的他往后退了几步，乔・佩蒂格鲁越过他，走进门来。他如同往常一样，将帽子脱下挂了起来。

瓦尔德曼一步一步逼近他，快速用手检查一遍他的身体。

“抱歉，乔・佩蒂格鲁先生，这是我的工作。这位是雷尔德队长，我们是好莱坞分局。一起到客厅里吧。”

“那间不是我们的客厅。”乔・佩蒂格鲁说道，“这间屋子已经租出去了。”

“我们知道，乔・佩蒂格鲁先生，只是坐坐而已，别紧张。”

乔・佩蒂格鲁坐下来，往后靠了靠，眼睛将屋子每一个角落都仔仔细细地检查了一遍。

他看到遗留下的粉笔记号和除尘粉。他又向前靠了靠。

“那是什么？”他毫不掩饰地问道。

瓦尔德曼和雷尔德望着他，嘴角没有一丝笑容。

“你今天几点出门的？”瓦尔德曼问道，说着又随意地往后一靠，掏出了一支烟，点上。雷尔德坐在前面的椅子上，身子往前倾，屁股只坐了椅子的一半，他的右手摊开，放在膝盖上，那只真皮短枪套里放着他的手枪，此时正藏在他右边的裤后袋里，他一直都不喜欢将枪夹在腋下。

佩蒂格鲁看起来不像是突然拿出枪将他撂倒的人，但是有些事情你也无法预测。

“什么时候？我不记得了，大概是中午的时候。”

“你去了哪里？”

“就是到处走走。我去好莱坞墓园待了一会儿，我第一任妻子就安葬在那儿。”

“哦，你的第一任妻子。”瓦尔德曼不经意地说道，“你可知你的现任妻子在哪儿？”

“也许和房客一起出去了，那名房客叫波特格林。”乔·佩蒂格鲁平静地说道。

“真的吗？”瓦尔德曼说道。

“嗯，就是这样。”佩蒂格鲁的目光再次投向地板，盯着地板上粉笔画下的记号和地毯上留下的污渍，“也许你们能够告诉我……”

“等等。”瓦尔德曼插嘴道，语气十分严厉，“是您打电话报的警吗？在这里打的电话还是出去打的？”乔·佩蒂格鲁摇了摇头。“只要邻居没有抱怨，我为什么要报警？”

“我不明白。”雷尔德说道，“他在说什么？”

“他们很吵，不是吗？”瓦尔德曼问道，他说对了。

乔·佩蒂格鲁又点了点头。“但是他们把门窗都关上了。”

“也锁上了吗？”瓦尔德曼不经意地问道，

“警察开始套话了呢。”乔·佩蒂格鲁也同样漫不经心地回答道。

“开开玩笑罢了，我怎么知道窗锁没锁？”

“乔·佩蒂格鲁先生，如果你心里不舒服的话，那么我就直说了。”瓦尔德曼真是哭笑不得，“窗子都被锁上了，所以巡逻警察才会打破窗子进来。现在我们说说他们为何会闯进来吧，乔·佩蒂格鲁先生。”

乔·佩蒂格鲁静静地看着他，心里想着，千万别作任何回应，他们会告诉你的。只有一件事情他们不会做，那就是停止说话。他们喜欢听自己滔滔不绝地说着。他什么也没说，瓦尔德曼就接下了话头：“有人打电话报警，说他听到房子里传来枪声。我们还以为打电话的人是你，我们之前并不知道是谁。邻居说没有听到任何声音。”

现在就是你的不对了，乔·佩蒂格鲁心里想到。我希望约瑟夫能和我说说话，我现在很平静，感觉也良好，但是这些人可不是傻瓜，特别是那个声音温和，有着一双犹太人一般的眼睛的家伙，傻瓜不会戴着警徽的。

他人不错，但是他可不傻。我回到家，这些警察就已经占据了这栋屋子，还有人报警说听到了枪声，前窗也被打破了，屋子被仔仔细细地检查了一遍，现在看起来凌乱不堪。那儿还有一点污渍，也许是一些血渍。这些粉笔画下的记号可能是记下尸体的位置。

葛莱蒂和波特格林都不在这里。好吧，如果我什么都不知道，那么我的反应应该是什么呢？也许我根本就不关心，我想应该就是这种反应，我才不管这些警员心里是怎么想的。只要我改口说自己之前在这里，那么我就没必要在这里。再等等吧，万事都还没有定论，这是一起谋杀还是自杀还尚未定论。反正只能是这两者之一，不然还能是什么。我得好好想想。如果这是谋杀或者自杀，那么我才不在意自己出现在这里，我没什么问题。

“是自杀。”他大声地喊道，似乎思考了良久，“波特格林可不像是这种人。我妻子葛莱蒂也不是这样的人，他们可都是肤浅又自私的人。”

“没人说有人死了。”雷尔德厉声说道。乔・佩蒂格鲁暗中思索到，这可是一位真正的警察，就像电影演的一样，但我并不在意他。难道就不能是经过思考或者仔细推理得出的结论吗？这恐怕是我听过的最愚蠢的话了。

他接着大声说道：“这难道还不够明显吗？”

瓦尔德曼不动声色地笑了笑。“如果报案人没听错的话，只有一声枪响，佩蒂格鲁先生。坦白说，我们不知道报案人是谁，所以没办法进行询问。但是这可不是自杀事件，我可以很肯定地跟您说。我想您也不打算绕弯子，那么我也就直说了，巡逻警察刚发现波特格林的时候，他已经死了，您看到的记号就是他尸体摆放的位置。您所看到的血迹就是他胸部贴着的位置。他只流了很少的血，子弹击穿了心脏，非常精准，而且从枪击的距离看来，这不像是自杀。”

“他以为自己很了解女人，其实他什么都不懂。”乔·佩蒂格鲁说道。

“这家伙兴奋得抖动起来。”雷尔德厌恶地插嘴道，“就好像一只在别人家门口的草地上横冲直撞的小鹿。”

瓦尔德曼挥了挥手，脸上依然挂着笑容。“这可不是一场表演，马克。”他并没有朝搭档看一眼，“虽然我知道你这次演得很好。乔·佩蒂格鲁是一个非常聪明且头脑冷静的人。我们不太了解他的家庭生活，但是根据所知的信息我们可以猜测，他的家庭生活并不开心。那些看似发自内心的悲伤都是伪装出来的对吧，佩蒂格鲁先生？”

“确实如此。”

“我也这么认为，我也不是傻瓜，马克，乔·佩蒂格鲁先从房里的情形以及我们的出现和我们的行为都能推测出这里一定发生了什么事情。他甚至可能也希望类似的事情发生。”

乔·佩蒂格鲁摇了摇头，平静地说道：“她其中一个男朋友还打过她。她让他失望了，她让他们都失望了。他甚至还想打我来着。”

“那他为什么没有打你？”瓦尔德曼问道。一位像葛莱蒂一样的妻子，一名像乔·佩蒂格鲁一样的丈夫，还有一个像波特格林一样的房客，或者像波特格林的那一类人，发生这样的事也是情理之中。

乔·佩蒂格鲁也微微一笑。这些事情他们没必要知道。他只会在特殊时期使用隐藏技能，平时尽量不显露，剩下的宾格教授的鼻烟可是秘密武器。

“也许他觉得这样做不值得。”他回答道。

“你可真算得上是个男人，不是吗，乔·佩蒂格鲁先生？”雷尔德讥笑道，情绪中透出厌恶，还有一丝恼怒。

“就像我所说的。”瓦尔德曼平静地继续道，“我们到达这里时，可以从现场的情形推断这里曾经发生过十分激烈的争斗。这个男人的脸都被抓得面目全非，那个女人全身都是不堪入目的瘀青，脖子上还有勒痕。对于情绪易波动的人而言，这可不太能接受。乔·佩蒂格鲁先生，您能承受得住吗？即使您无法承受，也必须去辨认尸体。”

“警官，这可是您说出口的第一句假话。”瓦尔德曼脸微微一红，咬了咬嘴唇，他自己就是一个情绪极易波动的人，佩蒂格鲁说中了。

“我很抱歉。”他似乎十分真诚地为此感到抱歉，“您现在应该知道我们在现场看到了什么。您既然是丈夫，而且离开的时间也不能确定，那么在正常情况下，您会被列为这其中一起谋杀案的嫌疑人，也有可能是这两起杀人案件的嫌疑人。”

“两起案件？”乔·佩蒂格鲁问道。这次他是真的感到十分震惊，很快，他明白自己犯下了一个致命的错误，开始想办法进行弥补。“噢，我明白你的意思。那些出现在波特格林身上的抓痕和我妻子身上的瘀青都不能证明是波特格林勒死了她。我也有可能先将他射杀，然后趁我的妻子被打后意识还未清醒或者毫无反抗力的情况下再勒死她。”

“这家伙真是不带一丝情绪。”雷尔德有些惊讶地说道。

瓦尔德曼温和地说道：“他当然有情绪，马克。他的情绪在很早之前就产生了，所以隐藏得很深，对吧，乔·佩蒂格鲁先生？”

乔·佩蒂格鲁先生也承认确实是如此。他并不认为自己弥补了所犯的错误，但是也许能敷衍过去。

“波特格林身上的伤肯定不是自杀形成的。”瓦尔德曼接着说道，“肯定不是自杀的伤口，就算他有足够的理由，非常冷静从容地决定自杀，如果自杀也算得上是一个冷静的决定的话，当然也有人会这么认为。但是，这样的人刚刚才经历了一场恶斗，人在这样的精神状态下居然能够握着一把手枪，远远地对着自己，而且还分毫不差地对准自己的心脏，最后扣动扳机，这恐怕没人能相信，乔·佩蒂格鲁先生，根本就不可能有人会信。”

“所以是我杀的咯。”乔·佩蒂格鲁说道，直直地看向瓦尔德曼的眼睛。瓦尔德曼也盯着他，接着转过身，在一只琥珀色的烟灰缸里来回捻着香烟，直到烟蒂被捻得不成样子。他没有看向正在自言自语、完全沉浸在思考中的佩蒂格鲁，说道：“但是也有两项反证。首先所有的窗户都是关闭着的，这间屋子的门也是锁着的，虽然你有这门的钥匙，因为房子是你的，哦，对了，你应该是房子的主人吧。”

“这房子确实是我的。”乔·佩蒂格鲁说道。

“即使你有这扇门的钥匙，也无法进来，因为门上有一把弹簧锁，和门锁是分开将门锁上的。通向厨房的门也无法从另一面打开，除非将这边的门栓扭开。还有一扇暗门通往地窖，但是地窖和外界并不连通，我们已经证实过了。所以我们最开始认为，除了波特格林自己之外，没人能杀得了他，因为杀死他之后，无人能离开这间屋子，还把门像那样锁得死死的。但是我们也破解了这种作案手法。”

乔·佩蒂格鲁感到太阳穴旁的皮肤微微刺痛，他的嘴唇开始发干，舌头也僵硬起来，还有些发胀。他的情绪几乎失控，差点就脱口而出：根本就没有办法做到，没有！如果真的有办法做到，那么这整件事就是一个笑话，宾格教授也是天大的笑话。不然我为什么要在窗边，一直等到警察破窗而入后，才躲在他身后不到10英尺的地方，然后跨到门廊上，最后悄无声息地逃走？不然我为什么要费尽心思做完这些事情后，还要避开路上的行人，不能喝咖啡，哪儿也不能去，也不能和任何人说话？如果这两个警察真能找到走出这间屋子的办法，我为什么还要千方百计做这些事？

他什么都话都没有说，但是他心中的想法投射到了脸上。雷尔德又向前靠了靠，隐隐能看到他唇间的舌头尖。瓦尔德曼叹了口气，真是好笑，他和马克都不认为两人都是凶手杀掉的。

“是炉子。”他冷冷地说道。

乔·佩蒂格鲁眼睛直勾勾地盯着他，缓缓地转过头去，看向地板炉的栅板。地板炉有两道栅板，一道水平放着，一道垂直嵌入房间与大厅间的墙上。“地板炉。”他说着看向了地板炉，回头看了看瓦尔德曼。“为什么是地板炉？”

“地板炉本来是给大厅和这间屋子供暖用的，但也许热气也会传到楼上。在地板炉的这两块栅板间，就是说在这两个屋子间，还有一个铁纱窗就挂在竿子上。

这应该是用来分流热气的。它能将垂直栅板或者平放的栅板遮住，然后把热气排到另一个出气口，我们发现的时候栅板是立起来的，这样热气能散向两个方向。”

“人能从那里通过吗？”乔·佩蒂格鲁满是疑惑地问道。

“并不是所有人都能通过。但是你可以。这纱窗很容易打开，我们都试过了。我们的一位技术人员就能穿过去。大概有 20×20 英寸的空间可以容身。对你而言已经足够了。”

“所以是我杀了他们，还从那扇纱窗逃了出来。”乔·佩蒂格鲁说道，“我很聪明，确实很聪明。我逃出去后，还把栅板放回原处。”

“并不是这样。栅板并没有被拧下来，而是依靠自身的重量立在那儿。我们试过了，乔·佩蒂格鲁先生，我们当然很清楚。”

他拨了拨黑色的卷发。“很不幸，这还不是全部的作案方法。”

“不是？”乔·佩蒂格鲁的太阳穴跳了跳，似乎被一只愤怒的硬锤敲了一下，他很累了，积时累日的疲惫朝他涌来，是的，他现在已经精疲力竭了。他将手伸进口袋，摸到里面的那只皱巴巴的鼻烟盒子，盒子外面还包裹着一层纸巾。

两名探员神经都紧张起来。雷尔德立刻将手放至臀部，身子往前靠，将重心集中在脚上。

“只是鼻烟而已。”乔·佩蒂格鲁说道。

瓦尔德曼站了起来，走到乔·佩蒂格鲁面前，厉声说道：“把它给我。”

“只是鼻烟而已，没什么大碍。”乔·佩蒂格鲁打开包裹，将纸巾扔在地板上，打开皱巴巴的盒子盖，用手指抹了抹这剩下的白色粉末，只剩下一匙的用量了，只有两撮了，再也没有了，只有这两次机会。

他转手就将粉末倒在地上。

“我从没看到过这种颜色的鼻烟。”瓦尔德曼说着就拿走了那只空盒子，盒子上写着一些字，但是因为沾了污渍，已经看不清楚了，不过要是真要看，还是能依稀辨认出来，但是要花些时间。

“这确实是鼻烟。”桥佩蒂格鲁说道，“这并不是毒药，至少不是你想象的那种，我不再需要它了。你还有哪些推断，警官？”

瓦尔德曼从他身边移开，但是他并没有再坐下。

“还有一项谋杀不成立的推理，波特格林根本就没有杀死您妻子的动机。直到您提起这事，不然我根本就不会往这方面想。乔·佩蒂格鲁先生，这就说明您是一个非常理智且敏锐的人。您妻子喉部的手指印非常清晰，这些印记只会随着时间推移而更加明显，如果这些痕迹是您的手留下的，那么一切就顺理成章了。”

“那不是我的手指印。”乔·佩蒂格鲁说道。他伸出手，将手掌向上摊开。“你应该看得出来，波特格林的手是我的两倍大。”

“乔·佩蒂格鲁先生，如果是那样的话。”瓦尔德曼音调变得尖锐起来，声音也逐渐加大，“那么就是那时您的妻子已经死了，然后你才开枪杀死了波特格林，您错就错在不该逃跑，还打了个匿名电话。因为即使您被起诉蓄意谋杀，陪审团也不会判您过失杀人罪。您完全可以进行自我辩护……”瓦尔德曼虽然算不上是大喊大叫，但是声音十分洪亮清晰。雷尔德看着他，满脸都是崇拜之色。“如果你只是拿起电话报警，并称你开枪打死了他是因为你听到了一声尖叫后，拿着一把手枪跑下楼来，而这个男人当时是半裸着，满脸抓痕，还滴着血，接着他向你冲了过来，最后您……”瓦尔德曼声音渐弱，“您向他开了枪，这完全是出于本能反应。这番说辞任谁都会相信的。”他平静地将话说完。

“我杀了他后，才看到这些抓痕的。”乔·佩蒂格鲁说道。说完后，房里是死一般的寂静。瓦尔德曼站在那儿，嘴巴还张开着，他的话还停在嘴边。雷尔德则大笑起来。他的手摸再次摸向后边，从臀部的手枪套里将手枪拔了出来。

“我感到很羞愧。”乔·佩蒂格鲁说道，“所以我不敢看他的脸。我也为他感到羞愧，你是不会明白的，因为你没有和她生活过。”瓦尔德曼静静地站在那里，低着头，眼睛满是泪水。他走了过去，“我想事情就是这样了，乔·佩蒂格鲁先生。”他平静地说道，“这案件倒是有趣，但是也让人有些伤感。现在跟我们去一趟警察局吧。”

乔·佩蒂格鲁凄厉地大笑起来。刹那间，瓦尔德曼用身体挡住了雷尔德。乔·佩蒂格鲁侧身从椅子上跳了下来，好像从高处落下的猫，在空中快速转了一个身子。他眨眼之间已经跑到了门廊。雷尔德对他大喊道站住。说时迟那时快，他迅速朝佩蒂格鲁开了枪。子弹穿过大厅击中乔·佩蒂格鲁，他立刻倒下，撞在远处的墙上，双臂直直地垂着，半转着身子。慢慢地，他沿着墙滑了下来，靠着墙坐在地上，嘴巴大开，双眼也圆鼓鼓地睁着。

“我的乖乖。”雷尔德边说着，边大步从瓦尔德曼身边迈过。

“长官，这两人肯定都是他杀的。”他弯下腰，接着又直起身子，将手枪放好。“不用叫救护车了。”他简洁地说道。

“我并不希望这样，你让我很难办。”瓦尔德曼站在门廊旁，又点燃一支香烟，他的手微微发抖，他就这么看着自己的手把火给抖灭了。

“你是否想过，他可能是清白的？”

“不可能，长官。根本一点可能性都没有。我见过太多这种事了。”

“见过太多……”瓦尔德曼淡淡地说道。他黑色的眼睛透着冷酷与怒火，“你看到我对他搜过身，你很清楚他并没有携带武器。他能跑多远？你杀了他不过是因为你喜欢显摆炫耀罢了。这就是你杀他的唯一理由。”

他越过雷尔德穿过大厅，弯下腰将手放入乔·佩蒂格鲁的外套，摸了摸他的心跳。他直起腰，转过身来。

雷尔德直冒冷汗，他的眼睛拉成一条缝，脸上的表情极其不自然，身子僵直地站着，手里依然拿着那把枪。

“我没有看到你对他进行搜身检查。”他含糊地回答道。

“所以你以为我是个傻瓜。”瓦尔德曼冷冷地说道，“即使你没撒谎，你现在就是在撒谎。”

“你是我的上司。”雷尔德沙哑着嗓子，用刺耳的声音说道，“但是你不能说我在说谎，兄弟。”他稍稍将手枪抬起。瓦尔德曼的嘴唇微微翘起，一脸轻蔑。他什么话都没有说。时间慢慢地流逝着，雷尔德掉转枪口，朝它吹了口气，接着把枪拿开。“我犯了错。”他说着，声音中透着紧张和不安。

“你想怎么说都行。但是你最好换一个搭档吧。对，我开枪太快了，这个人可能像你所说的那样，他是清白的。不管怎样，这确实是疯狂的行为。他们可能会给他判刑，一年或者九个月。服刑后，他就过上了没有葛莱蒂的幸福生活。我将这一切都毁了。”

瓦尔德曼温和地说道：“某种程度上，这的确很疯狂，无可开脱。但是他确实打算把这两人都杀了，所有的推理都指向这里。我们心里都很清楚。而且他并不是从地板炉那里钻出去的。”

“嗯。”雷尔德的眼睛跳了跳，无意识地张开了嘴。

“我跟他分析的时候一直都盯着他。马克，只有这事让他感到惊讶。”

“他只能从地板炉那里出去，根本就没有其他的方法。”

瓦尔德曼点了点头，随后耸了耸肩。“我们没有找到其他的方法。现在，我们也没必要再找了，我会打电话说明情况的。”他越过雷尔德，走进客厅，在电话旁坐了下来。

前面的门铃响了。雷尔德低头看了看乔·佩蒂格鲁，又看了看大门。他放轻步子，沿着大厅向前走，在门前停了下了，将门拉开大约6英寸，就这么扶着门，纹丝不动，他看到外面站着一个高瘦、长相怪异的人，那人还戴着顶高帽，穿着一件夜礼服斗篷，其实雷尔德也不确定夜礼服斗篷到底是什么样子。

“乔·佩蒂格鲁？”

“他很忙，您是谁？”

“今天早上我送给他一小份新品鼻烟的样品，不知道他是否喜欢。”

“他不想要鼻烟。”雷尔德说道，这人看起来真可笑，不知从哪里冒出来的，最好还是检查一下那份鼻烟是否含有可卡因。

“好吧，如果他喜欢的话，他知道到哪里去找我。”宾格教授礼貌地回答道。“祝您愉快。”他抚了抚帽檐，转身离开了。他走得非常慢，风度翩翩。他才走了几步，雷尔德用不同寻常的严厉的声音喊道：“先生，请您留步。我们想和您谈谈鼻烟的事情。那看起来并不像鼻烟。”

宾格教授停下脚步，转过身。此时他的手臂都收在斗篷里。“请问您是谁？”他向雷尔德问道，声音透着疏离和傲慢。

“我是警察。这间屋子发生自杀事件，可能是那鼻烟……”

宾格教授笑了笑：“我只和乔·佩蒂格鲁先生做生意，警官。”

“你回来！”雷尔德喊道，将门全部拉开。宾格教授往大厅里面瞧了瞧，噘起嘴，纹丝未动。

“乔·佩蒂格鲁先生怎么看起来像是倒在地上。”他说道，“他生病了吗？”

“比那更糟糕。他死了，照我说的做，你过来。”

宾格教授将手从斗篷里伸出来，两手空空，并没有带武器。雷尔德向后摸了摸臀部上的枪，随后才松了口气，将手放了下来。

“啊，死了？”宾格教授笑了起来，似乎非常开心，“好吧，警官您不必为这事烦心。我猜，他试图逃跑的时候，有人朝他开了枪，对吧？”

“你过来！”雷尔德走下台阶。

宾格教授挥了挥他那只修长又白皙的手。“可怜的乔·佩蒂格鲁，他已经死了十年了，只不过他自己不知道罢了，警官。”雷尔德此时已经站在台阶底。他又忍不住朝臀部的手枪摸去，宾格教授的眼里藏着一些东西，让他觉得浑身发冷。

“我猜你在这里碰到了大麻烦。”宾格教授礼貌地说道，“很大的麻烦，但其实很简单。”他的右手优雅地从斗篷里伸了出来，拇指和食指并在一起，抬向脸部，宾格教授拿出了一只鼻烟。

青铜门

1

那小个子男人来自卡拉巴尔沿岸，要么是巴布亚岛，又或是汤加塔布岛，这种遥远的地方。他久经岁月沧桑，两鬓斑白，面黄肌瘦，在酒吧喝酒，已经有点小醉。他系着一条褪了色的学校领带，这领带他可能年复一年地放在锡盒里，所以没被虫子咬烂。

萨顿·科尼什先生并不认识他，至少这会儿还不认识。不过他认得那领带，那是他原来学校的领带。于是他羞怯地跟小个子搭话，小个子回了话，微醺的他并不认识什么人。他们一起喝酒，聊了聊母校。他们用那种英国人自古以来的独有方式交谈，即便没有告诉对方彼此的名字，但聊得友好愉快。

萨顿·科尼什先生很惊讶，因为除了那些酒保，还从来没人在酒吧和他说过话。他很挫败，非常内向，而且在伦敦的酒吧，你也不必去和谁说话。这也是人们要去酒吧的原因。

萨顿·科尼什先生回到家喝茶，发觉自己舌头有点大，这还是十五年来的第一次。他在楼上的客厅里呆呆地坐着，端着一杯温热的茶，脑海中反复浮现出那人的脸，想象着这张脸更年轻更圆润时的模样，那时他应该会系着伊顿领子，或戴着学校的板球帽。

他突然想到了那模样，开心地笑了。这也是他许多年都未曾做过的事了。

“是卢埃林，亲爱的。”他说，“小卢埃林。他有个哥哥，在骑兵炮兵团服役，后来阵亡了。”

萨顿·科尼什夫人冷冷地盯着他，眼神掠过绣满花饰的茶壶套。她栗色的双眼，干涸得像栗子，呆滞无神。大大的脸看上去阴郁灰暗。10月末的下午，灰蒙蒙一片，挂在窗户上的窗帘沉重而宽大，上面绣了字纹图案。连墙上挂着的祖先画像也都灰暗无光，除了那张有点损坏的将军像。

笑声卡在了萨顿·科尼什先生的喉咙里。夫人阴郁的双眼一直盯着。他不禁打了个冷战，而且他握得不是很稳，手抖了一下。茶洒在了地毯上，好像是故意为之，他把整杯茶水都倒在了地毯上。

“噢，糟糕。”他粗声粗气地说，“对不起，亲爱的。还好没洒到裤子上。亲爱的，实在抱歉。”

整整一分钟，只听得到萨顿·科尼什夫人的呼吸声。突然，她的身上开始叮当作响——叮当声，沙沙声，还有吱吱声，满是古怪的声音，像一间闹鬼的屋子。萨顿·科尼什先生颤抖着，因为他知道她已经是气得全身发抖。

“啊……”好长一段时间后，她缓缓地长呼一口气，异常愤怒，“啊……詹姆斯，你是喝醉了吗？”

突然，有东西在她脚上搅动。是泰迪，一条博美公犬，它停止了鼾叫，抬起头，随即怒目而视。它发出了一声短促的狂吠，像待发的子弹，接着晃晃悠悠地站起来。它凸起的棕色眼睛不怀好意地盯着萨顿·科尼什先生。

“我本该按门铃的，亲爱的。”萨顿·科尼什先生站了起来，低声下气地说，“我没按吗？”

她没有回答。而是轻声地和泰迪说话。声音柔软得像面团，又夹带着些许虐待狂的意味。

“泰迪。”她轻轻地说，“看这个人。看着这个人，泰迪。”

萨顿·科尼什先生说：“别让他来咬我，亲爱的。别，别让他来咬我，求你了，亲爱的。”

夫人依旧不搭理他。泰迪抖了抖身子，恶狠狠地盯着他。萨顿·科尼什先生把视线移向了别处，抬头看着那张损毁的先祖画像，那位将军。将军穿一件红色外套，斜系着一条蓝色肩带，看起来更像是对角的纹章。像他那个年代的将军那样，他也满身酒气。他身上佩戴着许多水果状的圆形装饰物，他眼神犀利，像极了那种毫无悔意的罪人。这位将军心高气傲得很。他打过无数次仗，摧毁过无数人的家，打了很多胜仗。

抬头看着那张无畏且青筋凸起的脸，萨顿·科尼什先生抖擞了精神，俯下身来，从茶几上拿来一小块三角形三明治。

“来，泰迪。”他猛吸一口气，“来，小家伙，抓住！”

他把三明治抛了出去。三明治落在了泰迪棕色的小爪子前。泰迪懒洋洋地嗅了嗅，打了个哈欠。它平时都在瓷碗里吃饭，而不是像这样扔到它面前。泰迪故作天真地移到地毯边缘，突然猛地扑向那块三明治，嗷嗷地嚎叫起来。

“吃饭了吧，詹姆斯？”萨顿·科尼什夫人用可怕的语气缓缓说道。

萨顿·科尼什先生站起身来，踩在了茶杯上，上好的瓷杯碎成了细薄的明亮碎片。他又哆嗦了一下。

不过现在是时候了。他迅速朝门铃那儿冲了过去。等他快到门铃处的时候，泰迪始终假装玩弄地毯的边角流苏。忽然它嘴里吐出一块地毯的边角布饰，悄无声息地冲过去，小爪子像羽毛般轻轻掠过地毯。萨顿·科尼什先生就要够到铃铛了。泰迪亮白的小牙齿已经迅速而熟练地撕扯到他那珠灰色的鞋罩。

萨顿·科尼什先生大叫，立马转过身来，踢了一脚。他整洁的鞋在灰色的灯光中闪闪发亮。一个褐色的柔软物体从空中飞过，接着当啷落地。

屋子里随即陷入难以言状的死寂，就像午夜时分冷藏库最深处的房间，静得可怕。

泰迪狡诈地呜咽了下，身体贴在地板上匍匐爬行，钻到萨顿·科尼什夫人的椅子下。泰迪从紫褐色的裙摆下缓缓露出脑袋，紫褐色的丝裙搭在它的脸上，看起来就像一个头上裹着丝巾的凶狠老妇人。

“害我站不稳了。”萨顿·科尼什先生嘟囔着，靠在壁炉架上，“不是故意……从来没想……”

萨顿·科尼什夫人站了起来，身边似乎还召唤了一个随从。她说话的声音冷冷的，冷得像冰河上冰雾释出的寒气。

“钦弗里。”她说，“我立刻回去钦弗里。马上。这个点……喝醉了！下午这时候喝成这样。还踢无辜的小动物。可恨！简直可恨！把门打开！”

萨顿·科尼什先生摇摇晃晃地穿过房间，打开了门。她走了出去。泰迪一路小跑跟在她身旁，躲着萨顿·科尼什先生，不过这次它没有在门口捣乱试图绊倒她。

走到门外她缓缓地转过身来，像一艘巨轮掉了个头。

“詹姆斯。”她说，“你没什么要和我说的了吗？”

他咯咯地傻笑着，纯粹是因为紧张不安。

她狠狠地看着他，转回身去，低着头说：“结束了，詹姆斯。我们的婚姻到此结束了。”

萨顿·科尼什先生震惊地说：“天哪，亲爱的……我们结婚了吗？”

她又想着转过身来，但她没有。她发出一种可怖的声音，像是有人在地牢里要掐死她那般。然后她走了。

房间的门开着，像一张瘫痪的嘴。萨顿·科尼什先生就站在那里头，一动不动地听着。他一直戳着不动，直到他听到楼上的脚步声——沉重的脚步声——她的。他叹了口气，低头看了看他那被撕裂的鞋罩。然后，他轻轻地走下楼，走进门厅旁边狭长的书房，然后拿了威士忌。

他几乎没有注意到她离开的声音、行李被拖下楼的声音、屋前大汽车悸动的轰鸣声，还有泰迪喉咙里发出的最后一次吠叫。整个房子陷入了死一般的沉寂。那些家具静躺着，似乎含着舌头乱动。屋外的街灯笼罩在一层薄雾中，出租车沿着潮湿的街道轰鸣。壁炉里的火渐渐熄灭了。

萨顿·科尼什先生站在壁炉前，有点儿晃悠，看着墙上镜子里自己苍白的长脸。

“去走走吧。”他低声说，“就我们俩，没有其他人，好吗？”

他悄悄地走到大厅，管家柯林斯没有听见。他围上围巾，穿好外套，戴上帽子，拿了手杖和手套，悄无声息地走进黄昏深处。

他在台阶下站了一会儿，抬头望着那所房子。格林林·克雷桑街14号。那是他父亲的房子，他祖父的房子，他曾祖父的房子。这是他唯一的财产了。其余的都是她的，即使他穿的衣服，他银行账户里的钱。但这房子还是他的，至少名义上是。

四级白色的台阶，如处女的灵魂般一尘不染，通往一道苹果绿的深镶板门，门上用油漆绘着旧时的图案，那个悠闲的时代。门上面有个黄铜门环，把手上是一个门闩，还有那种门铃，你无须拨按，只要扭转一下它就会在门的里边响起。如果你不习惯的话，会觉得这很可笑。

他转过身，看着街对面有围栏的小公园，公园门总是锁着的。天气晴好的时候，格林林·克雷桑街的小孩子们会牵着他们保姆的手来到这里，沿着平缓的小径行走，绕着观赏小湖散步，或是在杜鹃花丛旁嬉闹。

萨顿·科尼什先生有点无力地看着这一切，然后他挺起瘦弱的肩膀，走进黄昏深处，想起了内罗毕、巴布亚和汤加塔布岛，想起了那个打褪色领带的人，他不久会回去那里，那个他来的地方，睁着眼躺在丛林中，想着伦敦。

2

“坐车吗，先生？”

萨顿·科尼什先生停了下来，站在路边，凝神注视着。声音是从上方传来的，带着酒气的沙哑声，那种你不经常听到的嗓音。喊话的是坐在马车上的车夫。

马车从黑暗中驶来，高大的橡胶轮胎沿着街道滑行，那马踏着平缓的脚步缓缓行进，萨顿·科尼什先生开始没有注意到，直到车夫从上面喊了他一声。

马车看起来倒还真像那么回事。马的双眼戴着陈旧的黑色眼罩，典型的膘肥体壮，不过和旧时拉车的马那样，也是一副疲惫模样。对开的马车门向后掩着，萨顿·科尼什先生看到里面的灰色棉坐垫。长长的缰绳上满是裂缝，沿着缰绳往上他看到了健壮的车夫，戴一顶马车夫的宽边“礼帽”，大衣上面缝着大大的纽扣，身子的下面裹了一层又一层的破旧毯子。他像所有的车夫那样，轻轻地握着长鞭，姿势优雅。

麻烦的是也没有其他的马车了。

萨顿·科尼什先生大吸一口气，摘下一只手套，伸手摸了摸车轮。冰冷的车轮非常坚固，沾满了城市街道的湿泥。

“那场战争后我就没有见过这样的车了。”他大声说，非常坚定。

“哪场战争，老板？”

萨顿·科尼什先生哆嗦了一下。他又摸了摸车轮。然后他微笑着，慢慢地、小心翼翼地把手套戴回去。

“我要上来了。”他说。

“坐稳了，先生。”车夫喘着粗气说。

马倨傲地摇摆着它长长的尾巴，示意他要坐稳了。萨顿·科尼什先生越过车轮爬了上去，有点笨手笨脚的，因为这些年人们已不再坐这样的马车了。他把面前对开的门关上了，倚靠在座椅上，闻着车内宜人的香味。

他头上的小窗开了，他看到的是一幅难以想象的画面，车夫的大鼻子和醉醺醺的双眼，像水族馆里的深海鱼透过玻璃墙盯着你看。

“去哪里，先生？”

“呃……索和区吧。”这是他能想到的最异域的地方了，马车最远也就到那儿了。

车夫俯视着他。

“你不会喜欢那儿的，先生。太多外国佬了。”

“我不需要喜欢那儿。”萨顿·科尼什先生苦涩地说。

车夫又盯着他看了一会儿。“也是。”他说，“索和区跟华都街一样。您说得对，先生。”

小窗猛地关上了，鞭子轻轻地打在马的右耳，马车开始缓缓动了。

萨顿·科尼什先生一动不动地坐着，围巾紧绕在他的细脖子上，手杖立在他的膝间，他戴着手套的手紧紧地握着手杖柄。他静静地凝视着外面的薄雾，像一名站在桥上的将军。马儿嗒嗒走出了格林林·克雷桑街，穿过贝尔格雷夫广场，经过了伦敦皇宫，到了特拉法加广场，又穿过到了圣马丁巷。

它走得不快也不慢，但是也不会比其他交通工具慢多少。它悄无声息地移动着，只听得到马蹄声，走过了充斥着汽油味和焦油味的街区，这里到处是汽笛声，还有汽车喇叭发出的鸣响。

似乎没有人注意到它，也没有什么东西阻挡它的去路。萨顿·科尼什先生心想，这真是神奇。不过转念一想，一架马车与这世界也并无关联。它就像幽灵，像时间之塔的底层，像重写本上的第一次书写，在幽暗的房间里被紫外光线映射而出。

“要知道。”他对着马的屁股说，也没有什么别的说话对象了，“人总会遇到一些事，如果听凭其发生的话。”

长鞭轻轻挥舞着，声音轻柔，就像岩石下面小暗池里一条忽闪而过的鳟鱼。

“他们已经这么发生了。”他又闷闷不乐地补充说。

马车在路边停了下来，然后小窗又“啪”地打开了。

“好了，先生，到这儿了。您觉得一顿十八便士的法国小晚餐怎么样？先生，你知道的，六道菜根本不算什么。我们都还饿着呢，您请吃一道，我再请您吃一道。您觉得怎样？”

萨顿·科尼什先生的心似乎被一只寒冷的手拽住了。十八便士的六道菜晚餐？一个马车夫会说：“哪场战争，先生？”也许只有在二十年前才会如此吧。

“我在这里下！”他尖声说。

他打开车门，把钱递给小窗外的那个车夫，跨过车轮跳到人行道上。

他没有跑，却走得很快，紧靠在幽暗的墙边，小心谨慎地走着。然而并没有谁跟着他，连那马儿的蹄声都早已消失在空气中。他转过一个拐角，拐进一条狭窄而拥挤的街道。

灯光从敞开的商店门口照射出来。商店正门写着“古玩和古董”，用镀金的字母书写而成，哥特式风格浓烈。人行道旁有闪烁的灯光吸人眼球，透过这灯光他看到了上面的标志。里面传来说话声，一个矮胖男人正站在箱子上，对着一群外国佬说些什么。那几个外国佬安静地站在那里，一副没精打采的神情。矮个男人的呼喊声里也夹杂着疲惫与无奈。

“现在出价多少，先生们？现在我手上这件极富东方特色的艺术珍品你们愿意出价多少？先生们，球滚动后，一英镑开始起拍。一镑的纸币或钱币。来，先生们，谁出一英镑？谁愿出一英镑？”

没人说话。胖胖的小个男人在箱子上摇了摇头，拿出一块脏手帕擦了擦脸，长叹了一口气。接着他看见萨顿·科尼什先生站在这一小撮人群的最外围。

“先生您呢？”他扑了过去，“您好像有一栋乡间别墅，门就是为别墅而制的。先生，您意下如何？您只要先给我开个价就好。”

萨顿·科尼什先生吃惊地看着他。“嗯？那是什么？”他突然说。

这群没精打采的男人们微微笑了笑，相互间说些什么，他们的厚嘴唇却一动不动。

“无意冒犯，先生。”那拍卖的人尖声说道，“如果您确实有栋乡间别墅，那么那门正是您需要的。”

萨顿·科尼什先生慢慢转过头去，朝拍卖者手指的方向看去，第一次看到了那青铜门。

3

店铺的墙皮几近脱落，那门独自倚靠在商店的左侧墙边。它距离墙壁约有两英尺，靠门基立在那儿。这是一扇双页门。虽然从尺寸看来似乎不太可能，不过它显然是由青铜铸造而成。门上装饰着一堆浮雕阿拉伯文，似乎在诉说无尽的故事，只是此处无人倾听，此外还整齐排布着一些曲线和圆点，可能书写着古兰经的选段，抑或是组织完备的宫廷里的条文规则。

除了两扇门页，门的底部有一个厚厚的宽大基座，门的上部是马蹄形的拱顶。两扇门页的开合处有一个巨大的锁孔，一枚巨大的钥匙插在锁孔里，像那种中世纪狱卒常挂在腰间皮带上的钥匙，走起路来叮当作响，就像歌剧《皇家卫兵》里的那种钥匙。

“噢……这个。”萨顿·科尼什先生在一片寂静中说道，“嗯，确实，你知道。恐怕不是这样的。”

拍卖人叹了口气。可能没有比这更渺茫的希望了，但至少它值得一叹。然后他拿起了什么东西，好像是雕刻的象牙，不过又不是，他悲观地盯着它，并再次大声喊道：

“来，先生们，现在我手上拿着这世上最珍贵的……”

萨顿·科尼什先生微微一笑，穿过那群男人，走近那扇青铜门。

他站在门的前面，拄着手杖，手杖内部为钢芯，外面一层光滑的犀牛皮，颜色是单调的红褐色，这根手杖甚至足以支撑一个彪形大汉。过了一会儿，他漫不经心地走上前去，扭了一下那把大钥匙。钥匙很难转动，但终究是动了。旁边的环形物是门把手。他也转了转，拉开了门，让它半开着。

他直起腰来，一副百无聊赖的愉悦姿态，把他的手杖向门开着的地方伸过去。接着难以置信的事情又发生在了他的身上，这已是这天晚上的第二次了。

他突然转过身来。没有人注意到。拍卖会已经结束。沉默的男人们渐渐消失在夜色中。停滞的那一刻，商店后面响起了敲锤的声音。这个胖胖的小拍卖师脸色越来越难看，看起来就像在吃一个臭鸡蛋。

萨顿·科尼什先生低头看着他戴着手套的右手。手里并没有拿手杖。什么都没有拿。他走到门的一边，往门后看去。里面布满灰尘的地板上，也没有手杖。他什么也没感觉到。没有什么拉拽他。手杖只是通过了那道门，然后就这么消失不见了。他俯身捡起一张破纸，迅速揉成一个纸团，往身后又瞥了一眼，接着把纸团从门打开的地方扔了过去。

然后他缓缓地长舒了一口气，内心文明人的惊异与久远的狂喜彼此挣扎。纸团没有落在门后的地板上。它就在半空中，消失得无影无踪。萨顿·科尼什先生向前伸出空着的右手，小心翼翼地把门缓缓关上。然后他就站在那里，舔了舔嘴唇。

过了一会儿。“后宫之门。”他轻轻地说，“这是一座后宫的出口门。是的，可能是这样的。”

当然，这也是个非常迷人的想法。身穿柔软丝衣的女子，与国王欢度春宵之后，会礼貌地走到那扇门前，然后漫不经心地走进去。接着什么也没有了。没有哭泣的夜晚，没有破碎的心，没有配着弯刀凶神恶煞的黑人，没有打结的丝线，没有血，也没有博斯普鲁斯海峡午夜沉闷的潮水飞溅。什么都没有。一段凉爽、干净、完美的时间，完美的一无所有。有人会把门关上，然后锁上，取出钥匙，一切到此又复归平静。

萨顿·科尼什先生没有注意到店里已渐渐人去楼空。他隐约听到店家的街道门关上了，但他并没有去理会太多。店后面铁锤的敲打声停了一会儿，传来了说话的声音。接着传来了脚步声。寂静中疲乏的脚步声，一个男人的脚步声，他这天累得够呛，且过了好几天这样的日子。一个人走到萨顿·科尼什先生的身旁说话，声音有点疲惫。

“这真是件好东西，先生。不瞒您说，超出我的想象。”

萨顿·科尼什先生没有看他，眼下还没有。“有点超出任何人的想象。”他严肃地说。

“不过，先生，我看您挺感兴趣的。”

萨顿·科尼什先生慢慢转过头。拍卖人已经从箱子上面下来了，站在地板上的他，不过就是小矮人。一个寒酸的红眼睛小个男人，生活对他来说着实不易。

“是的，可是能拿它做什么呢？”萨顿·科尼什先生用沙哑的声音说道。

“嗯，先生，这门跟其他的门没啥区别。有点重。有点怪异。不过仍旧和其他任何门一样。”

“我不知道。”萨顿·科尼什先生说，声音依旧嘶哑。

拍卖人迅速地打量了他，耸了耸肩，然后放弃了。他在一个空盒子上坐下，点燃一支烟，独自悠闲地享受着他那点闲暇。

“您要价是多少？”萨顿·科尼什先生突然问道，“您要价多少，您叫……”

“斯基姆，先生。我叫约西亚·斯基姆。呃，二十英镑如何，先生？单就一件青铜艺术品而言，应当是值这个价的。”小矮人的眼睛又亮起来了。

萨顿·科尼什先生心不在焉地点点头。“这些我不太懂。”他说。

“这个我熟，先生。”斯基姆先生从箱子上跳了下来，拍了拍门页，并推开了门，门发出低沉的咕噜声。“都不知道怎么把它弄到了这儿。七个人抬。像我这种小个子可弄不动它。先生，您看。”

当然，萨顿·科尼什先生有种不好的预感，但他没做什么，也做不了什么。他的舌头卡在喉咙里，双腿像被冰冻住了一样。巨大的门与自己矮小身材之间的滑稽反差似乎让斯基姆先生感到可笑。他那小圆脸咧着嘴露出了笑容，然后他抬起脚跳了进去。

萨顿·科尼什先生看着他，知道什么也看不见了。事实上，他看了挺久。商店后面的锤击声在一片宁静中变得更加响亮。

过了一段时间后，萨顿·科尼什先生又一次向前俯身并关上了门。这一次，他转动了钥匙，并把钥匙拔了出来，放在了大衣口袋里。

“得做些什么。”他小声说，“要做点什么……不能让这种事……”他的声音变小了，然后他剧烈地抽搐了起来，仿佛尖锐的疼痛射穿了他。然后他大声笑了出来，笑得极不自然，听起来让人有点毛骨悚然。

“这挺残忍。”他低声说道，“不过倒是出奇的有趣。”

他仍然站定在那里，一个面色苍白的年轻人手里拿着一把锤子出现在他的面前。

“斯基姆先生出去了，先生，你注意到了吗？我们要打烊了，先生。”

萨顿·科尼什先生没有抬头看拿着锤、面色苍白的年轻人。他挪动着湿冷的舌头说道：

“是的……斯基姆先生……出去了。”

年轻人转身打算离开。萨顿·科尼什先生做了个手势。“我从斯基姆先生那儿买了这门。”他说，“二十英镑。你能先收下钱和我的名片吗？”

面色苍白的年轻人微笑着，很开心有东西卖了出去。萨顿·科尼什先生取出皮夹，从里面抽出四张五英镑的纸币，还有一张个人名片。他用一支金色的小铅笔在卡片上写了字。他的手看起来出奇的稳固。

“格林林·克雷桑街 14 号。”他说，“明天务必把它送过来。这东西非常重，所以我得要付运费。斯基姆先生会……”他的声音又低了下来。斯基姆先生是不会的了。

“哦，没关系的，先生。斯基姆先生是我叔叔。”

“啊，那太……我的意思是，好吧，你自己收下这十先令，好吗？”

萨顿·科尼什先生快步走出了商店，右手插在口袋里紧紧攥着那把大钥匙。

他打了一辆普通的出租车回家吃晚饭。喝了三瓶威士忌后，他独自一人吃了晚饭。但他并没有看起来那么孤独。他应该再也不会孤单了。

4

第二天，青铜门送过来了。用粗麻布包裹着，并用绳子捆得严严实实，看起来不像这世间的任何东西，比平台大钢琴小不了多少。

穿皮革围裙的四个壮硕男人抬着它上了门前的四段台阶，汗流浃背进了大厅，嘴里不停地抱怨着。他们有轻吊帮助他们把货物从马车上卸下来，但抬上台阶几乎累垮了他们。进入大厅后他们把它抬上了两台推车，待它平稳后，重活开始了。他们把它放置在萨顿·科尼什先生的书房后面，那里有一个壁龛，他打算要放在那里。

他大方地给了他们小费，等他们走后，老管家柯林斯让前门再开了一会儿通风。

木匠们来了。他们剥去了裹在上面的粗麻布，在门的四周造了一个框架，装在了壁龛的隔墙上。隔墙上还设了一道小门。这些做完后，场地也清理了，萨顿·科尼什先生问下人要了一瓶油罐，回到书房把门锁上。接着他拿出了那枚大青铜钥匙，并再次把钥匙插进了巨大的锁孔，把青铜门的两页门都敞开了。

他给门后的铰链上了油，以防万一。然后他把门关上，又给锁孔上了油，取出了钥匙。在肯辛顿花园散步许久后，他回来了。柯林斯和侍女主管在他出去后端详了那门，饭菜还没有准备好。

“告诉我那老傻瓜在干些什么。”巴特勒冷冷地说，“再给他干一个星期，布拉格斯。如果那时他还没回来的话，我就跟他辞职。你呢，布拉格斯？”

“让他自己玩去吧。”布拉格斯说，摇了摇头，“他娶的那老母猪……”

“布拉格斯！”

“彼此彼此，柯林斯先生。”布拉格斯说完，走出了房间。

柯林斯先生在房间里留下待了许久。他把萨顿·科尼什先生吸烟桌上的大方瓶威士忌好好品尝了一番。

青铜门后的壁龛内有个高高的、浅浅的壁柜，萨顿·科尼什先生在里面放置了一些零碎的旧瓷器、小古玩、象牙雕刻和一些铮亮的黑木雕像，这些东西非常老旧，放在这里显得多余。其实并不需要一个这么巨大的门。他还添置了三尊粉红色大理石雕像。壁龛看上去依旧非常怪异。当然，青铜门永远不会打开，除非房间的门被锁上了。

早上，布拉格斯，还有就是女仆玛丽，会在壁龛内清扫灰尘。当然，她们是从那道隔门走进去的。萨顿·科尼什先生有点被她们的举动逗乐了，但是这点愉悦也开始逐渐消散了。这也是妻子和泰迪离开了约三个星期后，终于有什么让他开心了一下。

一个身材高大、黄褐皮肤的男人来拜访了他，这个男人脸上的大胡子连鬓带腮，灰色的双眼眼神坚定。他提供的名片上显示，他是苏格兰场（译者注：苏格兰场，即伦敦警察厅）的侦缉警长托马斯·劳埃德。他说，有个叫约西亚·斯基姆的拍卖人，住在肯宁顿，现在他失踪了，家里人很担心。他的侄子，一个叫乔治·威廉·霍金斯的人，也住在肯宁顿，据他说萨顿·科尼什先生某天晚上在索和区的某个商店出现过，而那晚正好是斯基姆先生消失的时间。事实上，萨顿·科尼什先生可能是目前所知最后一个和斯基姆先生说过话的人。

萨顿·科尼什先生摆出威士忌和雪茄，合拢指尖，严肃地点了点头。

“我很清楚地记得他，警官。事实上，那边那道奇怪的门就是从他那里买的。很奇怪，是吗？”

警长瞥了一眼那青铜门，眼里没有一丝波澜。

“先生，这个我不怎么清楚。我记得确实有人说过一些关于这道门的事情。他们费了好大劲挪动它吧。非常柔滑的威士忌，先生。的确很柔滑。”

“别客气，警官。所以是斯基姆先生走了，然后失踪了。不过对不起，我帮不到您什么。要知道，我跟他也不熟。”

警长点了点他那黄褐色的大脑袋。“我知道您跟他不熟，先生。警厅也是前几天刚接到这个案子。例行走访，您知道的。他那时看起来兴奋吗？”

“他看起来很累。”萨顿·科尼什先生说道，“也许很厌倦吧——对整个拍卖事务。我只跟他说了一会儿。关于那扇门的事，他是个很好的小个子男人，但他很疲惫。”

警长又看了那门一眼。他喝完了威士忌，又给自己倒了一点。

“没有家庭矛盾。”他说，“也没多少钱，可这年头谁有呢？没有丑闻。他们说，他也不是那种会患忧郁症的人。真奇怪。”

“索和区是有些怪人的。”萨顿·科尼什先生温和地说。警长想了想。“不过呢，无伤大雅。曾经是粗野的地方，但现如今不是了。能跟我说说您在那里做什么吗，先生？”

“闲逛。”萨顿·科尼什先生说，“就是随便走走。再来点吗？”

“好了，够了，真的，先生，一个早上三杯威士忌……好吧，再来一点点，谢谢您，先生。”

侦缉警长劳埃德离开了，心感遗憾。

他走后十分钟左右，萨顿·科尼什先生站起来，锁上了书房的门。他静静地走在狭长的房间里，从胸前的口袋里掏出一把大铜钥匙，现在钥匙他都放在那个口袋里。

门无声地打开了，现在也很好开了。两边的重量平衡得很好。他把门敞开，两扇门页都开了。

“斯基姆先生。”他轻轻地对着空荡荡的门后说，“警察现在找你呢，斯基姆先生。”

他开心地这样玩到了午餐时间。

5

下午，萨顿·科尼什夫人回来了。她很突然地出现在他书房，重重地嗅了嗅烟草和威士忌的味道，拒绝了递过来的椅子，坚实地站着，靠在了关上的门后。泰迪在她旁边站了一会儿，然后猛地扑到毯边撕扯了起来。

“别闹了，你这小野兽。马上给我停下来，亲爱的。”萨顿·科尼什夫人说。她抱起泰迪，抚摩着它。它躺在她怀里，舔着她的鼻子，蔑视着萨顿·科尼什先生。

“我发现。”萨顿·科尼什夫人说，声音干得像清脆的干板油，“经过了无数次和我律师的无聊访谈后，没有你的帮助我什么也做不了。当然，我不喜欢这样来求你。”

萨顿·科尼什先生指着椅子示意她坐下，但是萨顿·科尼什夫人没有理会，于是他靠在了壁炉架上。他说他想事情也该是这样的。

“也许你没有注意到，我仍旧是个比较年轻的女人。而现在都是现代社会了，詹姆斯。”

萨顿·科尼什先生惨然一笑，瞥了一眼那青铜门。她还没有注意到它。他把头斜向了一边，皱了皱鼻子，没多大兴趣温和地说：

“你是想离婚吗？”

“不然还能有什么。”她残忍地说。

“你希望我像往常那样，在布莱顿，跟一位在法庭上矫揉作态的女人妥协吗？”

她两眼瞪着他。泰迪也跟着她一起瞪。可这丝毫没有使萨顿·科尼什先生感到不安。他现在有自己的法宝了。

“而不是跟这只狗妥协。”看她没有回答，他漫不经心地说。

她有些大发雷霆，咆哮了几声。接着她非常缓慢而沉重地坐了下来，她有点困惑。她松手让泰迪跳到了地板上。

“詹姆斯，你究竟在说些什么？”她咄咄逼人地问。

他走到青铜门那儿，背靠在门上，用指尖触碰着门上凸起的纹络。即便这样，她也没看见那门。

“你想离婚，我亲爱的劳拉。”他缓缓地说，“这样你就可以和另一个男人结婚。带着那只狗……这绝对是没有任何意义的。我不该自取其辱，没有任何作用，没有人会接受那只狗。”

“詹姆斯，你是在要挟我吗？”她的声音很可怕，几乎叫了起来。泰迪溜到窗帘下假装躺下来。

“即便他会。”萨顿·科尼什先生用一种特别平静的语气说，“我也不能让这样的事发生。我应该有足够的同情心……”

“詹姆斯！你竟敢！你的虚伪让我恶心到想吐！”

这辈子的第一次，詹姆斯·萨顿·科尼什在他妻子面前笑了。

“这是我所听过最愚蠢的话了。”他说，“你已经老了，现在就是个该死的沉闷的无聊女人。你走吧，出去养个小白脸，如果你想要有人对你唯命是从。但不要叫我做那样的无情之人，这样他就可以娶你，接着把我从我父亲的家里扔出去。现在赶紧滚出去，带上你那可怜的小畜生。”

她猛地站了起来，对她而言算是很快了，摇摇晃晃地站了一会儿。她的眼睛就像一个盲人般黯淡无神。沉静中，泰迪焦躁地撕扯着窗帘，发出痛苦的、心事重重的咆哮，他们俩都注意到了。

她非常缓慢而几近温柔地说：“看你还能在你父亲的房子里待多久，詹姆斯·萨顿·科尼什……你个穷光蛋。”

她迅速走到门口，走出门去，重重地把门一甩。

摔门而去，在这家子里不是件寻常之事，似乎唤起了许多回音，已经很长时间没有出现过的回音。因此，在门内的萨顿·科尼什先生并没有立即意识到那独特的小声音，抽泣和呜咽的混合之音，夹带着一点咆哮。

泰迪呢。泰迪没来得及跑出门去。那突如其来的痛苦别离让它一度措手不及。泰迪与萨顿·科尼什先生一起被关在了门内。

萨顿·科尼什先生茫然地看着它，仍旧震惊于之前的谈话，还没有完全反应过来发生了什么。湿湿的小黑鼻子在门底缝隙嗅来嗅去。有时候，抽泣和呜咽的声音继续传来，泰迪突出的眼睛变成了红棕色，像一颗肥肥的、湿润的大理石，盯着它所憎恨的那个男人。

萨顿·科尼什先生突然清醒了过来。他站直了身子。“好吧，好吧，老伙计。”他咕哝着，“就这样了，这一次没有女人了。”

他闪耀的双眼露出狡猾之光。泰迪领会了，从椅子上滑了下来。它现在安静了，非常安静。萨顿·科尼什先生静静地沿着墙迅速移动，转动了书房门上的钥匙。接着他飞快地朝壁龛走了回来，从口袋里掏出青铜门的钥匙，开了锁，把门敞开了。

他信步走向泰迪，经过了泰迪，走到了窗前。他对着泰迪咧嘴笑了笑。

“就剩我们了，老伙计。开心吧，嗯？来杯威士忌，老伙计？”

泰迪在椅子下小声鼾叫着，萨顿·科尼什先生轻轻地向它侧身贴过去，突然弯下腰扑了过去。泰迪逃到了远处另一把椅子下面。它沉重地呼吸着，眼球凸起，比以往更湿润更滚圆，但它很安静，只听得到它的呼吸声。而萨顿·科尼什先生则很耐心地跟着它从一张椅子到另一张椅子，静得出奇，就像秋天无风的树林里缓缓旋而掉落的最后一片落叶。

就在此时，门把手突然转动了。萨顿·科尼什先生停下来微笑着，舔了舔舌头。接着是一阵刺耳的敲门声。他没去理会。敲门的声音越来越刺耳，还有个人愤怒地嚷叫着。

萨顿·科尼什先生继续追踪着泰迪。泰迪吃奶的劲都用上了，但是房间很窄，萨顿·科尼什先生又很耐心，而且该敏捷的时候他又非常敏捷。为了保证自己的身手，他已经顾不得什么优雅举止了。

门外的敲门声和呼喊声仍旧持续着，但房间里的事只能以一种方式结束。泰迪跑到了青铜门的门槛处，立马嗅了嗅，几乎就要轻蔑地抬起了后腿，可惜并没能抬起来，因为萨顿·科尼什先生离得太近。它转过头发出一阵低沉的咆哮，然后跨过了那道灾难性的门槛。

萨顿·科尼什先生跑回房门处，迅速悄悄地转动了钥匙，奔向椅子，躺在那儿笑。萨顿·科尼什太太试着再次旋转门把手时，他还在大笑着，门这会儿开了，她冲进了房间。他的笑声可怕而孤独，恍惚间他看见了她冰冷的眼神，然后他听到她在房间里窸窸窣窣地走来走去，听到她在叫泰迪。

随后——“那是什么东西？”他突然听到她厉声说，“我的笨泰迪！过来，妈妈的小羊羔！过来，泰迪！”

即便他在笑着，萨顿·科尼什先生仍旧感到一丝悔意从脸颊拂过。可怜的小泰迪。他不再发笑，坐了起来，有点僵硬和警觉。房间里太安静了。

“劳拉！”他厉声叫道。

没有人应他。

他闭上双眼，咽了口口水，又睁开了眼睛，顺着房间凝视前方。他在小壁龛前面站了很长一段时间，他注视着，视线穿过那青铜门，看着里面那一堆无辜的小物件。

他双手颤抖着锁上了房门，把钥匙放进口袋，给自己倒了一杯烈性威士忌。

一个幽灵般的声音，听起来像是他自己的，但又不像，凑到他的耳旁，大声说：

“我真的没有想过要做这样的事……从来……从没有过，噢，从没有过……或者……”他停顿了很长一段时间，“我有过吗？”

趁着酒意他偷偷走到了大厅，出了前门，柯林斯没有看到他。外面没有车在等。幸运的是，她显然是从钦弗里坐火车过来的，然后坐的出租车。当然了，若是有人查起来的话，他们也可以找寻出租车的痕迹。对他们来说能有许多线索。

接下来是柯林斯。他想，柯林斯应该会盯着青铜门看，一副饶有兴趣的模样，但最终仍旧摇了摇头。

“不是这样。”他喃喃地说，“得有所区分才行。不能一直……”

他又喝了些威士忌，还按了门铃。柯林斯给他设计的，很容易够着。

“你按了门铃，先生？”

“这听起来像什么？”萨顿·科尼什先生问，舌头有点打结了，“金丝雀吗？”

柯林斯的下巴往后缩了足足两英寸。

“那老女人不回这里吃晚饭了，柯林斯。我出去吃饭。就这样。”

柯林斯盯着他。柯林斯一脸阴郁，两颊泛着微红。

“您是指萨顿·科尼什夫人吗，老爷？”

萨顿·科尼什先生打了个嗝。“不然你以为是谁？回到钦弗里再去自作自受吧。应该有她受的。”

柯林斯极其礼貌地说：“我是想问您，老爷，萨顿·科尼什夫人是否还会完全回到这里。否则的话……”

“接着说。”又打了一个嗝。

“否则的话，我可能就要辞职了，老爷。”

萨顿·科尼什先生站了起来，走近柯林斯，在他面前吐了一口气。满嘴酒味，是海格兑和威士忌的味道。

“出去！”他粗声粗气地说，“马上给我滚出去！上楼收拾了你的东西。会给你准备好你的支票。整整一个月的。一共三十二英镑，没错吧？”

柯林斯退后了一步，向门口那边走了过去。“这对我来说很好了，老爷。没错，是三十二英镑。”他走到门前，开门之前又说道，“推荐信，先生，您就不用给我了。”

他走了出去，轻轻地关上了门。

“哈！”萨顿·科尼什先生说。

然后他狡猾地咧嘴笑了，不再假装生气或喝醉，而是坐下来写支票。

那晚他在外面吃晚饭。接下来的两个晚上也都是。厨师第三天离开了，带着厨房女佣一起走的。然后就剩下布拉格斯和玛丽两个女仆。第五天的时候，布拉格斯哭着递了辞呈。

“我想马上就走，老爷，如果您准许的话。”她抽泣着说，“自从厨师和柯林斯、泰迪和萨顿·科尼什夫人走后，这屋子就让人觉得可怕。”

萨顿·科尼什先生拍拍她的胳膊。“厨师和柯林斯、泰迪和萨顿·科尼什夫人。”他重复道，“要是她能听到这优先顺序就好了。”

布拉格斯盯着他，眼睛红红的。他又拍了拍她的胳膊。“没关系，布拉格斯。我会给你这个月的工钱，你转告玛丽也一起走吧。我想我会把房子收起来，去法国南部住一段时间。别哭了，布拉格斯。”

“不，老爷。”她大哭着走出了房间。

当然，他没有去到法国南部。他现在待的地方有太多乐趣，终于剩下自己独自一人在他父亲的房子里。也许，那些先祖们并不完全赞同，可能那位将军除外。可是他也只能这样做了。

几乎一夜之间，空旷的房子里开始有了杂音。他把窗户紧闭，放下了窗帘。他似乎认为这是一种不可忽略的举动，一种代表敬意的举动。

6

伦敦警厅的办案动作缓慢，有时候似乎像冰川那样移动缓慢，所以已经过了一个月零九天，侦缉警长劳埃德才回到格林林·克雷桑街 14 号。

而此时，屋前的台阶早已不再洁白纯净，苹果绿的门也积了一层灰色阴影。绕在门铃上的黄铜碟子，门环，大锁头，所有这些都锈迹斑斑，像绕着合恩角跛行的老货船里的黄铜器物。那些按门铃的人缓缓离去，然后又回头看看，而萨顿·科尼什先生则会拉开窗帘往屋外窥视。

他在空荡的厨房里胡乱烧些奇怪的饭菜，天黑后他会带着一包包粗糙的食物悄悄潜进来。接着他又会溜出去，把帽子压得低低的，立起大衣的领子，迅速地扫一眼街道，然后很快溜达到拐角处。值班的警察偶尔会看到他这样来来回回，接着揉揉下巴推测这究竟是怎么一回事。

萨顿·科尼什先生已不再是那个绅士，连仅剩的优雅都丢失了。他经常光顾那些不起眼的饭铺，像马厩一样的隔间里，车夫们在粗糙的桌上大口囫囵喝汤；那些国外咖啡店，蓝黑头发的人穿着尖头靴，没完没了地灌酒；那些拥挤的、无名的茶馆内，里头的食物看着、尝着就跟吃的人一样疲惫不堪。

他不再是个完全理智的人了。他的笑声干涩、孤独，仿如墙壁摇摇欲坠的声音。就连泰晤士河堤拱门下的潦倒懒汉也识得他的声音，因为他路过时会给他们六便士，他小心翼翼地拖踏着暗淡无光的皮鞋，轻轻挥动他那根本不存在的手杖。

后来有一晚深夜，从暗灰色的黑暗中静静走出来的他，发现伦敦警厅的那个人在房前脏兮兮的楼梯附近潜伏，那人躲在灯柱后。

“我想和您聊一聊，先生。”他说，轻快地向前走了过去，握着他的手，好像他突然不得不握着它们一样。

“荣幸，我确信。”萨顿·科尼什先生笑了，“进来吧。”

他用钥匙打开了门，开了灯，像往常一样轻松地往里走着，地板上是一堆沾满灰尘的信。

“下人们都走了。”他向警长解释说，“总想着有一天能自己一个人。”

地毯上满是燃烧完的火柴、烟灰和碎纸片，大厅的各个角落也布满了蜘蛛网。萨顿·科尼什先生打开书房的门，把里面的灯开了，站在一旁。警长警惕地从他身旁走过，凝神注视着屋里的摆设。

萨顿·科尼什先生请他坐在满是灰尘的椅子上，塞给他一支雪茄，接着伸手去拿那瓶威士忌。

“这次谈正事还是随便聊聊？”他戏谑地问。

侦缉警长劳埃德把帽子放在膝盖上，犹豫地看着雪茄。“过会儿再抽，谢谢您，先生。对我来说是正事，我奉命来打听萨顿·科尼什夫人的下落。”

萨顿·科尼什先生亲切地抿着威士忌，指着酒瓶。他拿了自己的纯威士忌。“不怎么清楚，”他说，“怎么了？可能在钦弗里吧，那是她在乡下的住所。”

“可是她并不在那儿。”侦缉警长劳埃德说，口齿不怎么清晰，他很少会这样。“有人跟我说你们刚离婚。”他冷冷地说。

“这是我们的私事，老伙计。”

“的确，一定程度上是的。只是她的律师找不到她，没有人知道她在哪里。现在情况不一样了，这就不仅仅是你的事情了。”

萨顿·科尼什先生想了想。“正如美国人常说的那句，你说的没错。”

警长苍白的手搭在额头前，接着探身倾过去。

“我们好好聊聊吧，先生。”他平静地说，“这才是长远之计。对所有人都好。自欺欺人没什么好处。法律就是法律。”

“来点威士忌吗？”萨顿·科尼什先生说。

“今晚我就不喝了。”侦缉警长劳埃德冷冷地说。

“她离开了我。”萨顿·科尼什先生耸耸肩，“后来下人们也离我而去了。你知道现在的下人们就是这样，除此之外我就什么都不知道了。”

“哦，是吗，我想你知道些什么的。”警长说，有点不耐烦的样子。“没有人喜欢被指控，但我相信您是知道些什么的。”

萨顿·科尼什先生轻盈地微笑着。警长怒视着他，接着说道：

“我们已经监视你有一段时间了，而对于像你这样一个绅士来说，恕我冒昧，你这样奇怪的生活方式着实让人怀疑。”

“你可以这样说，不过你可以滚出我家了。”萨顿·科尼什先生突然说。

“没那么快，事情没完我不会走。”

“那或许你得要搜查下我这房子。”

“也许我该如此。也许我应当这样做。不急，需要费点时间，可能还需要找些工具。”侦缉警长劳埃德充满恶意地瞥视着。“在我看来，似乎每次有人消失不见，你就在附近，以前是斯基姆，现在是萨顿·科尼什夫人。”

萨顿·科尼什先生怒气冲冲地盯着他。“以你的经验来看，警官，人们失踪以后，他们会去哪里？”

“有时不是他们失踪，而是有人让他们消失的。”警长舔了舔他厚厚的嘴唇，表情有点像猫。

萨顿·科尼什先生慢慢抬起胳膊，指向青铜门。“就它了，探长。”他温和地说，“你该看看它。你应该到那里去找斯基姆先生，那条博美犬泰迪，还有我的妻子。那里，就在那道古老的青铜门后面。”

警长没有转移他的目光。很长一段时间，他都面不改色。接着，他很随和地笑了。他的眼睛后面似乎隐藏着什么，但究竟是什么恐怕只有他自己知道了。

“我们一起好好走走吧。”他轻松地说，“新鲜的空气对你会大有助益，先生。我们……”

“那里。”萨顿·科尼什先生宣称，仍然用他僵直的手臂指着，“门的后面。”

“啊啊啊先生。”侦缉警长劳埃德剧烈地摇晃着一根大手指。“你已经孤独一人太久了，出现了幻觉吧。有段时间我也曾这样过。去找个年轻女子吧，跟我出去走走吧，先生。我们可以驻足某处来个美好的……”这个黄褐皮肤的高大男人把食指抵在他的鼻尖，扭头回来，同时在空中摆动着他的小手指。但他那坚定的灰色眼睛仍然想着其他的一些事。

“我们先看看我的青铜门吧。”

萨顿·科尼什先生从椅子上跳起来。警长立马抓住了他的手臂。

“不用。”他冷冰冰地说，“你站好了。”

“钥匙在这儿。”萨顿·科尼什先生说，指着他胸前的口袋，但并没有伸手去取的意思。

警长从他口袋里拿了出来，狠狠地盯着钥匙。

“都在门后面，挂在肉钩上。”萨顿·科尼什先生说，“三个都是，小挂钩挂的是泰迪。非常大的那个挂的是我妻子，非常大的挂肉钩。”警长左手抓着萨顿·科尼什先生，一边仔细想了想。他苍白的眉头紧锁。他那大而沧桑的脸甚是严峻，半信半疑。

“看看也无妨。”他终于说道。

他拉着萨顿·科尼什先生穿过房间，把青铜钥匙插入巨大的老旧锁孔，转动锁环，打开了门。他把两扇门页都打开了。他站在那里往里看，非常无辜的壁龛内阁里摆放着一些小玩意儿，别无其他。他又变得亲切了。

他笑了，放开了萨顿·科尼什先生的手臂，穿着高跟靴的他摇摇欲坠。

“这东西到底是干吗的？”他问。

萨顿·科尼什先生很快弯了腰，瘦弱的身体飞速撞向警长。

“你自己到里面看看就知道了！”他尖叫着。

侦缉警长劳埃德身材魁梧壮硕，可能也习惯了被撞被推。因此即使萨顿·科尼什先生铆足了劲冲刺了一段，仍旧只是将他向前挪动了六英寸。青铜门有道很高的门槛。警长凭借着他超凡的职业敏捷，身体只是晃动了一下，立刻用脚抵住了青铜门槛。

若不是如此，他早就将萨顿·科尼什先生熟练地拽上空中，用他的拇指和食指捏住他，就像捏一只小猫那样。但是门槛绊了他一下，使得他失去了平衡。他往前倾了一下，摇晃着完全摆脱了萨顿·科尼什先生。

萨顿·科尼什先生撞向了空框，雄伟的青铜门构筑的空框。他伸手向前抓着，倒下又抓着，就这样跨过了门槛。

侦缉警长劳埃德慢慢站起来，扭了扭他那粗壮的脖子，瞪着双眼。他从门槛那儿向后移了一点，这样他就可以完全确定门的那一边没什么藏着。的确没有。他看到了一个内阁，里头摆放着一堆奇怪的细碎瓷器，象牙雕刻的零碎物件，闪亮的黑色木头，而在内阁的顶柜有三尊粉红色大理石小雕像。

他没有看到其他的东西。那里也没有别的东西了。

“竟有这种事！”他最后猛烈地说。至少他认为他是这么说的，或者是另有人说的。他不太确定。那晚之后，他对任何事情都没有绝对的把握了。

7

威士忌看起来很不错，闻起来也挺好。侦缉警长劳埃德身体颤抖着，几乎无法握住酒瓶，他倒了一点到杯子里，啜了一口到他干渴的嘴里，然后他等着。

过了一会儿，他又喝了一口。依然等着。然后他又猛喝了一口，大大的一口。

他在威士忌旁边的椅子上坐下，从口袋里拿出叠好的大棉手帕，慢慢打开它，擦了擦他的脸、脖子和耳朵后面。

又过了一小会儿，他的身体抖得没有那么厉害了。温暖开始在身体里流淌。他站起来，又喝了一些威士忌，然后慢慢地、痛苦地移回房间。他把青铜门关上，锁了起来，把钥匙放进了自己的口袋里。他打开一边的隔门，抱紧自己，走进去那个壁龛。他看着青铜门的后面。他摸了摸它。那里不是很亮，但他可以看见，除了那个看起来怪怪的内阁，这地方空无一物。他又走了出来，摇了摇头。

“不可能。”他大声说，“完全不可能。怎么都不可能。”接着，这个理性之人突然失去了理智，他勃然大怒。

“如果我被挂在那儿了。”他咬着牙说，“如果我被挂在那儿了。”

他往下走到黑暗的地下室，四处翻找，终于他找到了一把斧头，扛着它回到了楼上。

他把木质门框架砍成了碎木片。砍完之后，青铜门靠着门基独自立着，周围是零零碎碎的木片，但不再支撑它了。侦缉警长劳埃德放下手中的斧头，用他的大手帕擦了擦手和脸，走到门后。他把肩膀靠过去，并磨了磨他坚硬的黄色牙齿。

只有一个意志坚定且力大无比的人才能做到这些。门向前倒了，倒地的声音振聋发聩，似乎震动了整栋房子。倒塌的回声沿着无尽的走廊渐渐消失了。

房子又陷入了沉寂。警长走进大厅，又从前门向外看了一眼。

他穿上外衣，整了整帽子，细心地叠好他的湿手帕，放进裤袋里，点了萨顿·科尼什先生给他的雪茄，喝了威士忌，大摇大摆地走到门口。

在门口他转过身来，故意嘲笑了那青铜门，那门躺在那里，在一堆碎木头中间依旧显得庞大。

“告诉你，不管你是谁。”警长劳埃德说，“我可不是好惹的。”

他把房子的门关上了。外面的雾有点浓，昏暗的夜空中点缀着几颗星星，安静的街道两旁，各家窗户里透出灯光。还有两三辆外观看起来昂贵的车，司机很有可能躺里面休息，却不见人影。

他在街角穿过马路，沿着公园的高铁栏杆走着，徐徐穿过杜鹃花丛，能看到小观赏湖上昏暗的微光。他在街上看了看，从口袋里掏出了那把大铜钥匙。

“愿一切好起来吧。”他轻轻地告诉自己。

他伸出手臂往前一甩。观赏湖上飞溅起一点涟漪，接着又静止了。侦缉警长劳埃德衔着雪茄，继续从容地走着。

回到刑事侦缉部，他镇静地汇报了工作。这是他平生第一次也是最后一次，没有将真相如实汇报。不能再叫人去那栋房子了，那无尽的黑暗和漫长的等待，都必须到此结束。

检察官点点头，打了个哈欠。

后来，萨顿·科尼什的后人从法院赎回了房产，打开了格林林·克雷桑街 14 号的房门，发现青铜门躺在一堆碎裂的木头中间，灰尘满布，蜘蛛网缠结。他们瞪大了眼睛盯着它，当他们终于发现它是什么之后，叫来了古董商人，想着可能还能换点钱。但商人们叹了口气说，不，这东西现在值不了几个钱，最好把它运到铸造厂，熔成金属，说不定还能弄个一英镑。商人们带着苦苦的微笑安静地离开了。

刑事侦缉局失踪人员调查科的警员有点无聊时，他们会拿出萨顿·科尼什的卷宗，拂去灰尘，怪异地浏览一遍，接着又扔到一边。

有时，前任侦缉警长、现任督察托马斯·劳埃德会沿着异常黑暗和安静的街道散步，他会突然转过身来，没有任何理由，并敏捷地跳到路另一侧，一脸痛苦的表情。

但四周并没有什么人，想要来撞他。

Mo 推理馆·经典

雷蒙德·钱德勒

/ 街道上尽是比夜晚还要黑暗的东西。/

“一身都是烟头烧的洞，永远宿醉难醒”的

私人侦探马洛系列

THE BIG SLEEP | 长眠不醒

放得下万贯家财，放得下两个千金女儿，
却唯一放不下那个失踪的女婿……

FAREWELL,MY LOVELY | 再见，吾爱

越是漂亮的女人，越危险……

THE LADY IN THE LAKE | 湖底女人

深埋心底的暗暗杀机，
柔情满载也是骗局……

THE LONG GOODBYE | 漫长的告别

道别，等于死去一点点……

Thornton
Chandler

Mo 推理馆·经典

雷蒙德·钱德勒

/ 街道上尽是比夜晚还要黑暗的东西。/

“一身都是烟头烧的洞，永远宿醉难醒”的

私人侦探马洛系列

THE HIGH WINDOW | 高窗

两枚金币，引出三具尸体。
关键证人，一出场就被干掉。

THE LITTLE SISTER | 小妹妹

很慢，很悲伤，
仿佛她正在淹死一只心爱的小猫。

PLAY BACK | 重播

以为今天一如平常，
谁知道人生就此谢幕。

Thornton
Chandler

Mo 推理馆 · 经典

约瑟芬 · 铁伊

The Man In The Queue | 排队的人

在剧院门口排队买票的男子死在队伍中，
却没有人知道他是谁，何时被插入了匕首？

A Shilling For Candles | 一先令蜡烛

当红明星的尸体出现在清晨的海滩上，
是溺水？还是情杀？

Miss PYM Disposes | 萍小姐的主意

女子学校里一位女孩的意外死亡，
让研究心理学的萍小姐陷入两难，
是选择理智？还是情感？

The Franchise Affair | 法兰柴思事件

失踪近一个月的 16 岁女生，
指控有人诱拐她，
漂亮女人的话，能不能相信？

Tey

Mo 推理馆·经典

约瑟芬·铁伊

To Love And Be Wise | 一张俊美的脸

俊美的她打乱了小镇的宁静，
而后的离奇失踪，更掀起轩然大波……

The Daughter Of Time | 时间的女儿

能不能躺在病床上，
就推翻流传四百年之久的历史定论？

The Singing Sands | 歌唱的沙

“醉”死在火车车厢里的年轻人，
为何要留下一首诗？

Brat Farrar | 布拉特·法拉

失踪八年的第一继承人，
突然出现了……

图书在版编目 (CIP) 数据

找麻烦是我的职业 /（美）雷蒙德 · 钱德勒著；徐芳李天智译 . —北京：现代出版社，2017.5

ISBN 978-7-5143-5708-0

Ⅰ . ①找… Ⅱ . ①雷… ②徐… ③李… Ⅲ . ①侦探小说－小说集－美国－现代 Ⅳ . ① I712.45

中国版本图书馆 CIP 数据核字（2017）第 053635 号

找麻烦是我的职业

作　　者 【美】雷蒙德 · 钱德勒
译　　者 徐　芳　李天智
责任编辑 赵海燕
出版发行 现代出版社
通信地址 北京市安定门外安华里 504 号
邮政编码 100011
电　　话 010-64267325　64245264（传真）
网　　址 www.1980xd.com
电子邮箱 xiandai@vip.sina.com
印　　刷 北京美图印务有限公司
开　　本 890mm × 1240mm　1/32
印　　张 13.5
版　　次 2017 年 5 月第 1 版　2017 年 5 月第 1 次印刷
书　　号 ISBN 978-7-5143-5708-0
定　　价 45.00 元

TROUBLE
IS MY
BUSINESS

寻找唯一的真相